質性研究論文撰寫

一本適用於學習者與教學者的入門書

THE QUALITATIVE DISSERTATION : A GUIDE FOR STUDENTS AND FACULTY

Maria Piantanida, Noreen B. Garman◎著

郭俊偉◎譯

五南圖書出版公司 印行

The Qualitative Dissertation
A Guide for Students and Faculty

Maria Piantanida. Noreen B. Garman

獻給那些

所有曾經藉由與我們分享

本身學術旅程而豐富過我們人生

與思想的學生們

以及

獻給那些

所有正要開始經歷

本身博士學位論文旅程的學生們

關於作者本身

瑪麗亞‧皮耶塔妮達　博士

　　美國匹茲堡大學（University of Pittsburgh）教育學院的兼任副教授。身為一名全部課程之顧問，她已經進行過各式各樣有關健康與人文服務專業的課程。由於她努力於催生以醫院為基礎的教學者之研究，因而使得她獲得了美國社會之健康照護教育與訓練協會（American Society for Healthcare Education and Training）所提供之1989年的「傑出作者獎項」（Distinguished Author Award）以及1987年的「傑出成就獎項」（Distinguished Achievement Award）。在過去四年以來，她也擔任過一名《質性健康研究》（*Qualitative Health Research*）期刊的審查員身分。

諾林‧B‧賈門　博士

　　美國匹茲堡大學教育學院附屬國際教育學研究機構之協同主持人與教授。過去曾擔任高中英文教師，並且近來曾榮獲傅爾布萊特（Fulbright）研究獎學金，賈門已經發表過臨床管理、課程研究，以及質性研究等相關領域的期刊文章與書中章節。從1994年到1997年，她曾經為在波士尼亞（Bosnia）與赫塞哥維納（Herzegovina）.的「教師教育計畫與發展」來主持過相關的研究計畫。她在自己的職業生涯中已經參與過不止七十篇以上的博士學位論文口試會議，並且在1994年，她獲得了「美國教育研究協會」（American Educational Research Association）所頒發的獎項：「在女性議題中的顧問指導與行動主義」。

　　這兩位作者橫跨了超過二十年以上的合作關係，首先是學生與教授的關係，之後是博士候選人與指導教授關係，而現在則是同儕關係。因為具備文學理論、文學批評，以及課程研究的背

景，她們為教育學裡面的質性研究帶來了一個詮釋學的觀點，探索研究調查裡面特別適合於以工作或實踐為基礎的博士學位論文之研究模式。身為共同提高質性博士學位論文研究團隊效率的一員，她們已經與超過五十位教育學從業者（來自於小學、中學，以及大專學院背景的教師、行政人員）共事過，並且運用各式各樣的研究方法，包括：紮根理論（grounded theory）、個案研究（case study）、啟發式研究調查（heuristic inquiry）、個人敘事體（personal narrative），與以藝術為基礎的研究（arts-based research）。身為開設在研究所裡面兩學分的質性研究之共同指導員，皮耶塔妮達與賈門已經獲得了相當深入的鑑賞來看待博士班學生，如何努力奮鬥於發展出一套可以與質性研究相互兼容的思想傾向。連帶地，她們也提供了大量的質性博士學位論文研究之建議以及研討內容。

序　言

本書的開端

　　這本書的起因是源於1980年那個時候，當時「質性研究」（qualitative research）此詞彙都還沒有進入到教育學研究調查的主流論述當中。身為作者，我們分享了這樣一個有趣味來理解相關所謂可以從事「另一種可供選擇的」博士學位論文——亦即是，個人不需要遵循一直在我們學術機構背景中占有如此支配地位之準實驗研究的規則。因為在教育學文獻之中只有少數的參考資料可以用來引導我們的思維方式，所以我們組成了一支博士學位論文研究團隊，來讓我們能夠建立起後來被稱之為質性研究的理解力。自從那時之後，研究團隊已經逐漸的貫穿了三個交替世代，提供相當富饒的環境背景，其也是讓這本書所種下的種子在此能夠生根並成長。

議題與挑戰

▶開始來掌握住質性研究

　　令質性研究初學者（以及必須指導他們的教學者）頭疼之兩難，已經在這短短不到二十年之內就產生相當戲劇化的改變。在初期，其挑戰正是如何隨著某個相關文獻的有限內容來支持，而設計出可加以辯護的研究，其主要是獲取自社會科學（例如：民族誌、社會學的個案研究、行動研究）。今日的挑戰就幾乎是完全不同了——從發展迅速的質性研究文獻當中發掘出意義來（註釋1）。此挑戰會因為這兩種複雜的狀況而變得更加困難——第一，在此領域本身固有的複雜性，以及第二，新進者運用不正確的方

法取向來理解質性研究這個領域。

▶此領域的複雜性

　　「質性」這個描述符號會令人煩惱，是因為其可取決於教育學研究者團隊所運用的詞彙，而涵蓋到不同的意義。撰寫於1984年，索提斯（Soltis）發表了：「身為一名教育哲學家，我已經受到這些現實的干擾了，我一直都沒有能力來置入許多空間與極大化不同的語言和邏輯學，來讓人們將教育學研究帶入到一個清楚易懂的概念架構」（p.5）。之後他提出了三種描述符號——實證的、詮釋學的，以及批判的——來當作是這樣的概念架構。近來，賽普（Sipe）與康斯特布爾（Constable）（1996）也建議加入一個第四種的類型：解構的。這些類型提供了一個有用的起始點，將目前陷入於一般質性研究標題裡面之研究調查中，不一致的概念加以分類整理。然而那些才剛剛開始要探索質性研究形貌的人，常常會錯過這些概念註記的重要性。

▶邁入質性研究中的不正確方法取向

　　許多隨著某種找尋質性方法目標而著手處理此多方面的形貌，會取代某些質性方法中模糊構想出的觀念來進行研究。（或者更糟的是，他們只把它當作是逃避統計學的方式。）大量的時間與精力（以及金錢）都可能被耗費殆盡在找尋一本可以用來解釋所能設想得到質性方法的書。舉例來說，有一位學生，來到了質性研究調查導論課程的第一次聚會當中，而很得意地告知其他同學說她已經購買到了如何進行質性研究的教科書。因為我們是依賴於閱讀內容的多樣性而非只是單篇而已，而有必要為課程指定閱讀文本，我們對於如此的堅持感到相當苦惱，直到她從自己的公事包中拿出了一本全新購買的那本由丹沁（Denzin）與林肯（Lincoln）（1994）所編撰的《質性研究手冊》（*Handbook of Qualitative Research*）。姑且不論我們花了多少時間，來解釋這本手冊介紹了許多不同質性研究取向的內容，這位學生緊緊依附

在其可能是為了要進行一篇質性研究，所涵蓋到的方法之信念當中。

　　雖然這位學生事先錯誤形成的觀點頗為極端，但是其只像是某個我們已經在本身或與初學研究者共事中所遇到過的常態現象一樣。亦即，他們會用許多有關質性研究以及博士學位論文步驟過程中，不正確的觀念來著手進行質性研究的調查。在初期，我們認為可以透過演講、指定閱讀教材，以及引導討論方向來消除這些觀念，其都可能會為學生們來清晰化從事博士學位論文的方法。然而，現在我們看到了一個交互消長現象──學生們痛苦地面對了本身事先形成的觀點，來當作是自己更深入走進博士學位論文之中的見解，而他們更深入地移動到博士學位論文當中，其就好像是他們透過自己錯誤的觀點來進行一樣。

　　要給學生們的議題──以及他們的指導教授──就是來找尋用以幫助自己可以掌握如何進行質性研究之意義的資源。在此過程步驟的核心位置，就是要認可與仔細考慮到那些個人視為理所當然的假設。

需要一本教育學的質性博士學位論文介紹書籍

　　新進入到質性研究中的人，常常認為做計畫的步驟過程以及處理一篇研究，會覺得其具有高度的歧義性。當博士班學生用一般神祕的感覺來矇蔽博士學位論文時，如此的歧義性就常常會增加許多。如此歧義性以及神祕的組合，可加劇學生們將任何潛在的焦慮帶到博士學位論文撰寫過程之中。當學生不顧一切地找尋研究方法來處理這篇被稱之為「博士學位論文」的雜亂事物時，常見的焦慮就會像是以一種消耗力量的混亂或是狂躁的行為來顯現。

　　一般對於如此焦慮的回應就是試圖找尋出一個引導的方向。然而如果學生們毫無意識到要立即引導出鑲嵌於質性研究的傳統時，這個策略卻可能會產生出乎意料並事與願違的結果。嘗試來

化解質性研究文獻中，有關博士學位論文形式以及格式上不一致的建議，就可能導致一種概念上的僵局。

相反的，能從不熟悉的任務（例如：承擔起博士學位論文）之雜亂內容中，區分出質性研究調查本身內在固有的歧義性，就可能會具有讓人得以平靜的效果。當我們想到那些已經成功地完成質性博士學位論文的人時，裡面看似乎有兩種力學上的變化正在進行。其一，成功的研究初學者會看見並且欣然採取能將歧義性減低，來當作是研究調查步驟過程的基本面向。另一，區別出在表面上好像雜亂的步驟過程之具體的次要任務，可以有助於學生在研究調查中，將自己的焦慮以及擔心擱置在一旁。

本書之目的及其編排

▶形塑博士學位論文的步驟過程

雖然這可能會顯得膽大妄為地提供具有高度規範性的建議，給概念化、提出論文研究計畫、撰寫，以及支持質性博士學位論文，我們確實相信這有機會來描述一些範例來幫助弄清楚這個步驟過程。我們把這些範例構思成像是思慮周延的循環，以下就是我們加以特徵化之後所作的描述：

- 正視博士學位論文
- 進入到博士學位論文
- 精心處理博士論文研究計畫
- 提出論文研究計畫
- 接受這個研究的內容
- 進入到公開論述中
- 適應博士學位論文之後的新生活

努力來撰寫具有前後一致敘述的博士學位論文之步驟過程，

可能會創造出一種錯誤的印象，認為每個循環都是截然分開、線性發展的。然而，當博士學位論文步驟過程在真實的生活之中展現開來時，這些循環會呈現出沈浸在研究調查過程裡的層層關係。在走廊上與教授不期而遇的時候，有一名學生將此沈浸的過程描述成像是一種向下盤旋降落的樣子：

「蜜雪兒（Michelle），我聽說妳今天通過論文研究計畫了。我很高興看到妳終於能夠再次往下前進了。」
「黛兒（Dale），謝謝妳。但是妳應該曉得我一直以來都是持續在前進。我剛剛走到了一個交叉點而可以引導我更深入的進入到本身的研究當中。」
「是啊。那麼，還是很高興能夠看到妳往前進囉。」
「我想妳判定往前進所用的詞語是『離席』（get done）。但是我是把此視為要進入到更深入的理解當中。」

如同此評論所建議，從一個循環移動到下一個會發生在學生們取得更深入，且更清晰的研究調查之概念連結的關鍵問題面向之中：

- 把自己當作是一名研究者
- 研究調查之目的或是意向
- 研究調查的步驟過程
- 研究調查的步驟過程與目的兩者所支持的論述基礎

此本書的基礎前提就是學生可以藉由埋頭致力於擴大思慮周延的邊際，而達到這些概念化的連結。然而，在我們的經驗中，學生們不一定需要具備相當犀利能夠擴大思慮周延邊際的能力，才能完成博士學位論文。

▶本書之目的

我們撰寫本書之目的，就是要幫助學生們逐漸形成本身擴大思慮周延邊際的能力，如同是他們經過此博士學位論文步驟過程的創作。為了完成這個，我們運用了思慮周延的循環之觀念來當作是啟發式的模型（註釋2），我們會透過此來努力完成以下所述：

- 弄清楚博士學位論文的步驟過程
- 挑戰有關博士學位論文以及質性研究當中不正確、視為理所當然的假設，其可能會阻礙思慮周延的進行
- 標示出所引發的議題，如同是學生們要在本身研究調查之中努力克服的問題面向
- 來建議一些可以移動進入以及穿越這些循環的策略

▶各部分的描述內容

將本書概念化成一架構，我們努力地掙扎於兩個如同諺語所描述的「先有雞，還是先有蛋」的變項之兩難當中。在很多情況下，我們覺得讀者可能先需要一幅巨大圖像，來理解之後將要討論的細節內容。然而此巨大圖像的重要性如果沒有理解細節內容的話，可能就不是那麼清晰了。介於巨大圖像或是細節內容之間緊張關係的兩難，會被一種介於本身非常想要弄清楚博士學位論文步驟過程，以及自己所使用的語言之緊張關係所強調，而可能使得研究初學者看得一頭霧水。然而所鑲嵌的理論基礎之複雜概念的闡述，而後進入到本身形塑質性博士學位論文之闡述潛在的不確定狀態看起來是會逐漸增長，而不是減少。最後，我們藉由編排本書成兩個部分以標示出這兩難來。第一部分是由十篇聚焦於思慮周延的循環之章節所組成。

第二部分是由幾篇更加以理論為基礎的帶有分析和評論的內

幕報導來組成。一篇帶有分析和評論的內幕報導是半正式的檔案
文件，其比一篇登載於個人或是專業的期刊更加具有結構性與公
開性質，然而卻沒有一篇正式論文或是文章那樣被加以修正過。
一般而言，帶有分析和評論的內幕報導聚焦於某個想法、觀念、
議題、難題，或是問題上。我們運用它們像是一種促使思慮周延
與論述的手法，並且鼓勵學生也同樣能運用它們。本書最後一部
分是一連串有關概念與議題之帶有分析和評論的內幕報導，在學
生們考量到要理解處理一篇質性研究時，其會變得特別有幫助。

　　第一章，思慮周延的循環，提供了一個更加詳細的關鍵概念
之解釋，其能夠形塑我們教育學上的質性博士學位論文之見解
（例如：反覆循環、思慮周延，以及論述）。

　　第二章，正視博士學位論文，標示出什麼是我們考慮到的第
一個思慮周延之循環，何時是學生們開始來認真看待相關的博士
學位論文。在這個時間之前，博士學位論文常常很含糊地隱現在
相當遙遠的水平端。隨著學生們不同的背景，在這循環期間的理
性任務可以涵蓋到讓相關博士學位論文的恐懼盡情宣洩，發展一
套可與思慮周延論述相容的既定看法，以及理解所聲稱要來進行
一篇質性研究的含意。

　　第三章，進入到博士學位論文，探索第二個循環，其開始於
學生們從很模糊地談論如何進行博士學位論文轉變至準備撰寫博
士論文研究計畫。沈浸在與所有研究調查面向相關的正式論述之
中是位於在此循環期間的核心理性任務，如同發展出一種語言來
清楚說明研究一樣。

　　有兩個章節是貢獻在第三個循環當中——精心處理博士論文研
究計畫。第四章提供一個更寬廣的見解來瞄準給予讀者可以體會
到此循環之覺察目的。第五章聚焦於論文研究計畫具體要素中一
個更加詳細的方法上。

　　第六章，提出論文研究計畫，幫助學生預見當本身從自己的
研究進入到一個更為公開的場域，並藉由本身口試委員進行正式
的檢視與通過時，其會發生什麼事。

　　接受這個研究內容所延伸的循環以兩個章節來討論。第七章聚焦於描述內容的概念，給予質性研究結構上的瞭解，就好像是知識所陳述的方式一樣。第八章聚焦於步驟過程，並經此產生描述內容來。

　　第九章，進入到公開論述中──博士學位論文口試會議，標示出相關研究的公開呈現與解釋之議題。第十章，博士學位論文之後的新生活，探索一種失衡的感覺，其可能發生在一旦博士學位論文已經完成而生活就會回復到「一般」。

　　緊接在這十個章節之後就是帶有分析和評論的內幕報導。在帶有分析和評論的內幕報導（一）（什麼是我們經由思慮周延所得的意義？），我們探索更加非正式與對話中思慮周延的事先形成之概念（以及錯誤見解），其關聯到理論上「論述」的觀點。帶有分析和評論的內幕報導（二）（博士學位論文研究團隊：為擴大思慮周延的邊際建立起一個社群）建議的方式，可以給博士班學生能夠進入到更加擴大邊際學習與瞭解之方法。接下來兩篇帶有分析和評論的內幕報導更加直接地聚焦在質性研究中認識論的基礎，首先是搜尋教育學研究當中的知識陳述與正當性議題（三）；之後研究初學者在此方法上可以成為使人理解到質性研究調查的論述內容（四）。最後一篇帶有分析和評論的內幕報導（五）聚焦於上下文脈絡以及詮釋的概念。

▌質性研究的論述 ▌

▶清楚定義的 vs. 擴大邊際的理解

　　在轉向到注意具體的循環之前，我們想要再次回顧先前所提出的議題，亦即是，質性研究中各式各樣意義。典型上，當學生們開始來進行質性研究時，他們會用力呈現出精確的定義。特別是，他們會搜尋某單一的定義，其將可以澄清介於質性與量化研究之間的差異來。雖然如此的搜尋可令人理解，但是我們認為這

會產生相反效果。這不像是有關於質性研究想法上複雜的相關事物可以簡化為單一、普遍可接受的定義（註釋3）。

　　因此，我們鼓勵學生們放棄清楚定義的理解模型而進入到一個擴大邊際的模型。我們藉此認為質性研究的意義，像是其他研究的領域一樣，是由許多論述社群所組成──那些分享相同有關知識特性的假設，以及如何透過質性研究調查來產生正當性知識的思想家或是作家團隊（也可參閱帶有分析和評論的內幕報導（三））。如同之前提到過，至少在相關質性研究之文獻當中呈現出四個主要的論述社群（實證的、詮釋學的、批判的，以及解構的）（註釋4）。在此範圍之外，質性研究文獻不只是在教育學這領域，也在其他像是社會學以及人類學這些學科當中被產製出來。

　　領會到在質性研究領域中不同論述社群的重要性，會很戲劇性地增加學生們學習上的熱情，並能更加掌握住學習的步驟過程。我們從來沒有精確地解釋任何可以在當下，如同「靈光一閃」時刻般的具體經驗或是訊息。

　　僅僅點出這些各式各樣社群的共存只是必須但非充足要件。從我們本身的立場來回答學生們的問題，並且鼓勵他們認知到本身在哪裡落腳可能會促使自己持續關注於這個議題。最後，當學生們努力克服本身研究並開始尋找可以發出與自己共鳴的文獻或是學者，其看起來就會出現重大的突破了。

▶我們的詮釋學觀點

　　要為先前相關論述社群之重要性加以評論，我們可能就不會在沒有描述本身加以撰寫的觀點，就勇敢採取這本書的主體內容。第一，我們最為堅定地指涉出詮釋學在質性研究中的傳統，一種可藉由我們正式的文獻批判之研究，不但可以預示也可強化的認識環境之方式。第二，我們已經與女性博士班學生共同為理解詮釋學的方法，分享如此傾向之最為密集且有產值效率的工作。第三，那些與我們最為深入共事的學生們都是教育的從業人

員，他們大部分都打算在拿到自己學位之後，仍保有從業人員的角色。這樣的經歷建構了我們對介於理論與實務之間相互影響的理解，就好像是博士學位論文的角色可以用來支持從業人員學術上的立場一樣。

雖然我們對質性或是詮釋學的研究產生熱情，但是我們看到本身有責任來幫助學生發覺論述與論述社群，可以為他們的研究調查提供支持的脈絡。我們對於詮釋學研究調查具有熱情，而且我們也尊重每一位個體從事研究取向的感覺，兩者都可以強化這本書的撰寫。不論質性傳統是否有貫穿他們的研究，我們都希望教育學領域的學生與教授們都可以從我們觀點中找出實用性。

▌致謝▐

這幾年下來，我們致力於理解在教育學領域中從事一篇質性博士學位論文的意義，其已經藉由與各式各樣的學生和同儕之相遇而變得豐富了。我們想要感謝以下這些具有洞察力之原創者的回顧：德拉瓦大學（University of Delaware）的威爾‧雷特（Will Letts）、內華達大學拉斯維加斯分校（University of Nevada, Las Vegas）的卡琳‧湯瑪（Colleen Thoma）、佛羅里達州貝瑞大學（Barry University）的貝蒂‧賀布斯曼（Betty Hubschman），以及賽普勒斯大學（University of Cyprus）的佩卓斯‧帕緒亞蒂斯（Petros Pashiardis）。

我們特別感激博士學位論文研究團隊的成員，其對於學術的承諾已經引發了一種在個人意義，與博士學位論文步驟過程價值上之深入的信念。每一次我們教導本身的質性與詮釋學研究的導論課程，都會邀請團隊的成員來分享他們自己的研究。我們其中一位出席的來賓總是在開場時會評論：「第一，容我說明本身熱愛撰寫博士學位論文。這需要大費周章，而且也相當辛苦。但是我真的很享受那個過程。」不可避免的，當他們聽到這樣的觀點時，課堂中總會有一至兩位學生呈現出好像減輕壓力與感激的

樣子。在博士學位論文民間傳聞中循環的主題，認為博士學位論文是需要被克服的學術緊箍帽或是主觀獨斷的障礙。令人惋惜的是，這種看法有時候會被一些好心但效果未如願的教授所強化，其提出建言：「只要做一個小型、方便處理的研究就可以了。在你自己生活中的工作保有那份研究——直到你畢業之後。」雖然我們希望學生們都能夠欣然接受博士學位論文，將其當成是生命中具有深刻意義的事件，但我們發覺到總是不會出現這樣的案例。但是就我們與研究團隊的經驗來看，其說服了我們確實存在有博士學位論文緊箍帽心態上之另一種相對位置。

瑪麗亞・皮耶塔妮達
諾林・B・賈門
賓州・匹茲堡
1998年10月

▌ 註釋 ▌

1. 由於質性研究題材的多元性以及穩定湧出新的出版書籍與文章，我們也只可能引述一小部分能夠運用到的優秀資料來源。因此，我們的方法取向就是標示出可以用來提供像是文獻初入階段的參考書目。在整篇文本中所引述的項目可以給新進者一種感覺，瞭解到參考書目也許會有助於探索質性研究中各式各樣的問題面向。

2. 在質性研究中啓發式的概念是很重要的。《方塔納現代思想辭典》（*The Fontana Dictionary of Modern Thought*）（Bullock, Stallybrass & Trombley, 1988）在下方提供了這樣的一個定義：「在社會科學之中，詞彙是用來特定表現某些概念的手法，例如：理念型、模型、運作的假設，並非打算要描述或是解釋其真相，而是要建議或是要消除其他具有可能性

的解釋」（p. 382）。簡而言之，其是一種現象學概念上的再現，用一種方式來傳遞出現象學的複雜性，而使其更能進入到論述、思慮周延，以及研究調查之中。在科學傳統之中，假設具有一種啓發式的形式。在藝術與人文之中，啓發法可能會採取視覺或是聽覺形式的印象或是隱喻。

3. 為一個不熟悉的概念或是詞彙之定義，而請教於一本標準的英語辭典，也許會陳述出一種朝向理解的釋義定向。雖然對於思想上會有像是催化劑般的助益，但是如此的定義並不會提供一幅論述環境中重要研究詞彙之全面性綜合的圖像。更實用的起始點需涵蓋有研究取向的辭典，以及百科全書來將概念置入到更廣博的論述當中。Blake 與 Hanley（1995）加入了例證：《社會學專有詞彙字典》（*The Dictionary of Educational Terms*）；Bullock、Stallybrass，與 Trombley（1988）所撰寫的：《方塔納現代思想辭典》（*The Fontana Dictionary of Modern Thought*）；以及 Schwandt（1997）所著：《質性研究調查：專有詞彙字典》（*Qualitative Inquiry: A Dictionary of Terms*）。

4. 雖然我們在相關的各種思慮周延之循環中，觸及了四種質性研究的傳統，但是其超越了本書的範圍與目的來提供一種對它們徹底的解釋。帶有分析和評論的內幕報導（四）：使人理解到質性研究調查的論述內容，為思考相關的傳統以及建議幾本參考書目提供了一個起始點，讓學生們常常可以找尋到有助於本身確定在質性這個領域中的研究。

目　錄

㈢教育學研究當中的知識陳述與正當性議題

㈣使人理解到質性研究調查的論述內容

㈤文本以及解釋內容

英文書幾乎都附有厚厚的參考書目,這些參考書目少則10頁以上,多則數十頁;中文翻譯本過去忠實的將這些參考書目附在中文譯本上。以每本中文書20頁的基礎計算,印製1000本書,就會產生20000頁的參考書目。在地球日益暖化的現今與未來,為了少砍些樹,我們應該可以有些改變,──亦即將英文原文書的參考書目只放在網頁上提供需要者自行下載。

我們不是認為這些參考書目不重要,所以不需要放在書上,而是認為在網路時代我們可以有更環保的作法,滿足需要查索參考書目的讀者。

我們將【參考書目】放在五南文化事業機構(www.wunan.com.tw)網頁,該書的「教學資源」部分。

對於此種嘗試有任何不便利或是指教,請洽本書主編。

範例與個案研究列表

第一章

思慮周延的循環

從事博士學位論文這樣的構想，是要持續透過不斷地重新檢視重要關鍵議題之循環，但是如果學生從一個線性的或功能主義者的觀點來操作過程步驟，此可能會導致本身陷入一種全然不一致的衝突中。由此觀點視之，我們要規劃一個研究以及在之後如何「貫徹執行」此計畫。在這個計畫模型範圍之內，我們開始於確認或抉擇一個論題，而後選擇一種研究方法。在整個實施階段中，首先需要蒐集資料，然後進行分析，最後才是解釋內容。每一個過程中的步驟，看起來似乎就像是發生在一個有條理順序主題場景中，介於開始與結束兩方，其間所銜接的每一個清楚步驟。

在參與超過五十篇博士學位候選人的質性研究論文之中，我們從未感覺到有任何一篇論文擁有一個安排有序、達到理想的過程步驟。我們也沒有看到那些原本就掌握相當不錯質性研究技巧之學生，寫出到達已經能「運用自如」這些過程步驟水準的博士學位論文。或多或少，我們檢視這樣一個發展推演的學習步驟就像是——1976年約翰·霍特（John Holt）所描述的狀況：

> 另外一個隱藏在「學習」（learning）這詞彙背後的一個常見、判斷上錯誤之觀念，其所指稱的就是「學習」和「從事」（doing）是兩種不同的行為。如同下例，在短暫幾年前我開始彈奏大提琴。我喜愛這種樂器，在一天中花了許多小時來彈奏它，在此下了很大功夫，也就是意味著將來的某一天我能彈奏出相當不錯的程度。大多數的人們可能會說我當下所正在從事的是「學習彈奏」（learning to play）大提琴。在我們的語言中並沒有賦予我們其他詞彙來描述這件事。但是這些詞彙延伸了未被加以察覺的想法且進入我們的感知能力中，而在其中存在有兩種非常大差異的過程階段：(1)學習彈奏大提琴；以及(2)彈奏大提琴。如此暗示著我將會一直從事著第一個階段，直到我已經使這件事圓滿完成，達到前述進度之後，我才將停止第一階段而進入到第二階段；總而言之，我將從「學習彈奏」作為起始點，歷經我「已經學會彈奏」，然後

接下來才是我將開始「彈奏」。

　　當然，這只是無意義的察覺效果。這裡並沒有兩種過程，而是只有一種罷了。我們藉由實行某件事的方式來加以學習如何從事這件事。只因這裡沒有其他的路徑。（p. 13）

「思慮周延的循環」（cycles of deliberation）這樣之概念，所表示的是要傳達藉由「做中學習」（learning by doing）意涵中固有的混雜情形。再者，這也點出了我們在博士學位論文過程中所看到的本質與要素——也就是說，這是一個循環的、反覆的、思慮周延的以及擴大邊際的。請注意到這裡，我們並沒有宣稱所謂的思慮周延與論述方式，在整個教育體制上是質性研究論文做學問的唯一範圍。事實上，以上所談的這些都是一篇令人滿意的研究調查之不可或缺因素。當然，這些概念為了要突顯一個理性的安排或態度，而提供更加適合博士學位論文的過程步驟。

　　接下來這一章節的三個部分，將以更加具有廣泛深度來解釋我們先前所提到的反覆循環、思慮周延以及擴大邊際的知識想法。經由這些解釋，我們安排確定了向前邁進的視野，將之轉變成一篇充滿技巧性質性研究論文，其實就是減少引起精準掌握技巧的問題，並且發展多一些思慮周延的想法。本章節最後一個部分提供大體上整個博士學位論文過程步驟一個言簡意賅的勾勒描述，以及標示關於對這樣一個如同跑馬拉松般，在智力考驗上拖時長久而令人難以忍受的進展速度和維持資助之論題。

反覆循環的觀念

　　在我們的觀點中，所謂「反覆循環的觀念」（the notion of iterative cycles）至少具備有以下四個意涵。第一，這詞語含有某種學習過程的附加意義，說出一個由不同想法所聯繫起來的研究論文，是需要被加以探討與一再檢視——潛在可能表示這一開

始是某人的一篇博士班作業，且很有可能如果持續進行會超過某人本身程度完成的能力。在這樣的意義之下，學生會盤旋圍繞在他們本身感興趣的題目或議題，由不同有利的觀點切入探索，並透過他們這樣的作業而成為本身的研究論文。舉例來說，像是瑪姬‧洛格斯登（Marge Logsdon），提出她對於女性主義議題感興趣的博士研究論文，她進行的旨趣是因為她獲得了關於女性主義的獎學金，來當作是她對不同的研究途徑進行探討以及撰寫的文章。現在則更接近成為她博士學位論文，瑪姬正在聚焦於權威觀念和女性主義教育學，憑藉她許多年經驗且具多元幽雅風采態度的探索，使得一個更精細的觀念顯現在這研究領域中。

第二，反覆循環隱藏意義就是有規律地在個人反思，和與他人理性發出聲音中重複地交互影響。稍後在此章節中，我們會回歸到這個反覆循環的意義來瞭解思慮周密的討論與論述。

第三，反覆循環隱藏意義涉及到一個一再於以下三者的重複交互影響：個人紮根於本身經驗中的知識、如同文獻中描述的知識外觀上之形體，以及在調查過程中所蒐集到的資料或訊息。這樣的意涵挑戰了先前提到過的研究計畫之線性觀點，且之後將會在本書中的各個部分更深入檢視此觀點。

第四，所指的就是介於已撰寫完的文獻準備，和讓別人來回顧這些非正式與正式的文獻之間的循環。然而博士學位論文的進展是透過公開檢視和關鍵文件的認可來評價（例如：博士學位資格考試、論文研究計畫、最後論文呈現），朝向這些階段的趨勢不常發生在一個線性的過程，而是需要重複檢視循環，因為像是錯誤的開始、行不通的過程，或是失敗的嘗試都可能逐漸增長研究者的挫折感而削弱其原本的研究規模。

本來從學術性的觀點和立場來看，就是具有一種慎重的既定看法與意願來銜接擴大邊際的思慮周延。在接下來的兩個部分，我們以圖示說明這些概念，並且以那些展現在思慮周延與論述方面有改變學習能力的學生為例證。帶有分析和評論的內幕報導（一）提供了這些概念更多理論上的觀點。

思慮周延的觀念

　　過去幾年以來，我們已經發現到學生們在處理博士學位論文時常常會有一種強大的，並且幾近於本質性的趨勢及傾向。在典型上，他們著手處理論文的同時，會連帶在他們實際操作的一些部分中產生使人不得安寧的焦慮。很猶豫的，有時候是憂愁的，因為他們希冀自己實際聚焦的關注可能有機會以某種途徑而成為本身研究論文的題目。沒有從事這方面的研究者會比米契林·史黛博（Micheline Stabile）（註釋1）身上攜帶更多這樣清晰的慎重特長而使得我們眼睛一亮。在米契林專職生涯的第一年中，她發展出深入且持久的關注於那些因為學校系統失靈，或甚至是因為他們本身有特殊教育上需求但沒有在那些系統中被滿足，而被標籤化的孩童身上。因此，她當時是既感到驚訝且困惑，但是經過二十年之後，她察覺自己不屈從教育內含命令的特性，且透過本身的領域而加以延伸。當我們開始與米契林共處時，她試著在她專業的信念和承諾中看似為一個相當特殊事物的想法，變得更加有意義。逐步地，她形塑出一個研究計畫來，促使自己能更加仔細思慮周延，以及對於原本就涵蓋於教育中難處理事物更有系統性加以處理。

　　在許多方面，將米契林作為思慮周延態度舉止的典範，我們也對於那些參與我們博士學位論文研究團隊的學生給予高度的期待與盼望。除此之外，黛芙妮（Daphne）也提供一個重要的提示，說明了我們不能把思慮周延的趨勢與傾向視為理所當然。黛芙妮喜愛談論關於她自己以及她本身的想法。她很熟練於將談話內容轉變為獨白的呈現，她經常聚焦在不易看清楚的想法上面、令人感到神祕的訊息中，或是她自己本身充滿異國風情的國際經歷裡。除了缺少顧及到正在談論的話題，黛芙妮還會很快速地跳到一則軼事中，但這也同時表達出了一個令人覺得她好像「說到哪，做到哪」的感受，並且開始長篇大論地發表她對於

自己喜愛議題的見解——家父長制權力結構（patriarchal power structures）對女性的宰制。雖然她談論到進行自己博士學位論文時具有高度的熱情，但是她從不選擇某個議題，讓自己一頭栽進文獻中，或是草擬簡單幾頁的研究計畫。黛芙妮如此缺少謹慎的態度舉止，我們將此狀況描述成像是「學術中的無頭蒼蠅」（the academic gadfly），她立基點所帶來的衝擊，與瑪姬對於女性主義議題仔細且運用大量時間研究的態度，形成強烈明顯的差異。

所謂思慮周延的傾向——典型上指的是關於一個人的處事習慣——從和博士班學生共事之後，我們已經得到明顯的答案，如同是一個要進入到學術性調查中，關乎理解能力的重要指示。相反的，學生們在著手處理他們的博士學位論文，如果經常希望能愈快愈好地用應急手段來完成一個像是討人厭的工作之時，其實這樣像是已經走進民俗方法之中，他們的博士學位論文就會變成不過是一個充斥主觀的「學術緊箍帽」（academic hoop）。艾倫（Alan）與羅恩（Ron）不良的觀念雖然展現在不同方面，但是卻有相同的極端方式。

艾倫著手處理他的博士班所有事物，他把這些視為是一系列的學術障礙。對他而言，介於兩端點最短的距離就是一條直線，也就是經過一條讓人最不會心煩意亂或是迂迴的路線。艾倫已經很迅速地完成他所有的課程作業，他還自誇關於如何「應付」他的博士學位論文委員會，使他們不要在他時間上有任何不需要的耽誤與任意的延長。（很耐人尋味地，雖然艾倫完成了他的博士學位論文，但是卻與其他同時期一起開始著手處理本身研究的同學，所花費的時間是一樣多的；然而，他看起來似乎是相當不情願的樣子、幾乎是令人尷尬的，來與他專業領域的同僚分享自己博士學位論文的成果。）

雖然羅恩沒有像艾倫那樣明目張膽地操縱他人，但是他也同樣地很渴望能儘可能早點完成博士學位論文。除去他對任何主旨的表面意涵需要深思熟慮不談，包括他的博士學位論文題目，羅恩喚起我們給予這樣的行動創造了一個新詞彙：「免受指責的不

沾鍋症狀」（the teflon syndrome），這只是另一套換句話說罷了，拿來用以形容那些沒有能力做事或不情願埋頭致力於縝密思慮周延中的人。

對許多相關的專業從事者而言，較少發生故意閃躲思慮周延的情況，大部分會發生的原因是因為被維持生活所需的忙碌工作步調所綁住。思慮周延含有附加意義，一種對於經常是處於同時互相連結的複雜情境或是想法的縝密反思。為了化解排除一個總是不停產生紛擾的清單，這種不間斷的壓力常抵銷了思慮周延的縝密。或者是，如果研究者只擁有一有限的時間，思慮周延就可能只專注於鑲嵌在實踐過程中所遇到的問題之上。考慮那些研究困境所可能引發的可能性意涵，可讓自己遠離強迫性處境。

大體而言，就一般的博士程度研究，我們對於這本書所談及的主要學位論文相當具有信心，尤其是在博士學位論文過程步驟中，更加有助益地點出了思慮周密的態度。對於博士學位論文研究調查過程步驟的仔細留意，但非慌亂不安地只眷戀於論文結束的那一刻，而用此信念支撐所謂的思慮周延。

擴大知識邊際的觀念

如同在序言所標示，我們大多已確實地說明了關於質性研究在傳統上的解釋。一個對於此傳統上重要的解釋，就是「知識」是由一群具解釋力的團體透過論述方式來進行社會建構。得到這樣一個屬於認識論的方向，我們看到了一個進入到與他人相互論述的意圖，這是構成思慮周延與調查的整體必需面向。這裡提出兩個重要的議題供思考：(1)從事於論述呈現的學生願意，以及(2)如此一些有助益的論述會出現在論壇之內的情況。

我們從本文脈絡中上述提到的這兩個議題開始我們的研究，這對我們在思考方面有實質上相當大的貢獻——本身的博士學位論文研究團隊。這個團隊的功能就像是一個迷你的論述群體，在

這裡我們和學生們可以「盡情大聲地思考」（think aloud）他們的研究；並且，藉由在這樣的過程步驟裡，學生們能夠習慣於產生在公開論述中的學術性過程。

對一些學生而言，參與這樣的研究團隊就像是回到家中一般，可以找到一個思維上的安全休憩所。在這裡，與想法相似的學生們相處，他們可以分享本身還不是很清楚的概念，並且「以自己的方式來談論清楚」。於此可藉由某一個研究團隊之成員以下的評論，來說明這樣回應的例證：

> 我不知道如果沒有這樣的研究團隊的話，我還能怎麼辦。在我與這個團隊接觸之前，我的博士學位論文就只像是另一個「馬戲團中供動物跳躍穿越的圈環」一樣，來讓我跳過去而已。但是現在，我對於自己的研究感到相當興奮，並且更重要的，我已經學習到很關鍵的概念。我所學習到的，不只是關於我的論文題目，同樣也學習到關於質性研究、學術性的討論，以及大體上的撰寫方式。我對於整個研究團隊的所有成員都相當感激，他們使得我在這段時期所接受到的教育過程，變得如此具有生產力並令人覺得相當值得。

然而，如此規律定期的狀況，即使是經驗豐富的團隊成員談到這樣的學習模式，也都會感到相當令人恐懼。因此經常是在博士班課程以及研究環境中，唯有展現個人的勝任能力與堅定信念，才能突顯其重要性。揭露自我疑惑、不確定性、設計不當，以及技巧性的缺乏，都是相當具有風險性的。易受到攻擊的意願表示，並不應該讓其隨便任意出現。但是對一些學生而言，這樣根本上是不可能的。

當我們想到那些因為反抗而不肯擴大邊際思考研究論文的學生時，首先浮現在腦海裡的印象就是安潔（Angie）和艾瑞克（Eric）。身為質性研究導論課程的成員，他們似乎在先前的課程作業中以輕描淡寫態度帶過，而沒有在已經學習過的概念或議

題之細微處留下深刻想法。他們扮演引導者角色所表現的氛圍，給了一種「令人喪失信心」的期待，不單只是精神活力如此，並且對於指派任務所要表達的成品又好像是交差了事一般。當探討到他們的研究計畫時，他們看來好像是把這些當作是所有課程的蒐集與一堆學分的累積，而不是把這些視為他們本身學習經歷相當有意義的過程列表。當安潔和艾瑞克描述他們追求博士學位的理由時，他們的焦點都聚集在外在價值的報酬、享受到相關於頭銜所帶來的威望，或是預期有薪水增加以及工作晉升的機會。安潔和艾瑞克在「這些所有談論中」，顯示出了相當不耐煩的樣子，把與研究所學生共同參與的團隊看成是沒有效率或是浪費時間的學術團體。他們對同儕表現出的態度，經常略帶鄙視意味地認為其乏味，在理論或是學術部分的論述也是如出一轍。

　　有鑑於安潔和艾瑞克對於思慮周延與論述所遺留下來的不負責任態度，普莉西雅（Priscilla）則是為了過度詳盡闡述她的博士學位論文，而做了相當大的犧牲。然而，在這過程當中，她把自己逐漸地從論述群體中抽離開來。她的孤立，反而令人看起來像是為不愉快的感受增加痛苦指數，這多過於為了得到缺乏領悟力的支持或是增加學術性的努力表現。

　　參與一個研究團隊並不是產生、引起論述的萬靈丹。經歷了幾年之後，不少的學生也已照例出席我們團隊所舉辦的一個或兩個會議，之後人就再也沒有出現過（註釋2）。一些學生竭盡所能地延展這段時間來出席會議，但是不僅對於他個人的研究或者他人的部分，卻沒有在這討論過程中產生什麼貢獻。其他的幾個學生都有參與會議，但是所使用的方式都搶先在別人之前就分享他們的研究，而沒有更加引起有意義的仔細考慮。因此，朝向思慮周延論述的態度，就像是擺盪在極端不負責任與深入吸引人這整個範圍中。以下的評論就是從二位研究團隊成員所提供的例證而來，我們把這視為是論述至思慮周延的貢獻，並且逐漸地來完成一篇博士學位論文。

　　學生一：關於其他人在研究團隊會議中所帶來的問題，我正在學習如何聆聽他們的想法以及如何表達自己的意見。我也同時在學習如何將自己本身所面臨的困境更加精確地解釋，並且表達給其他人來理解。我已經學會了如何非常有信心地說出關於自己的研究。當有某個新的成員加入團隊時，每個人都會自我介紹給新成員認識，以及簡短地描述自己的研究。每次我在做這動作的時候，我對於自己的研究本質有了進一步的掌握。因為這個團隊裡有其他人在過程的進度上比我要來得超前，所以我從聆聽他們述說在我之前的經歷中學習到很多。在我同儕的建議和忠告裡，我獲益良多，就像是帶領我進入到他們已經走過的經驗中。看到別人幫助我感到自信的樣子，而當我達到過程的某個步驟時，我自己也認為我將會通過這考驗。我正在不斷地學習所謂如何成為學術社群一員的方向而努力。

　　學生二：學術社群中的每個研究團隊都各有其特色。按照如此通用的說法，在這樣自然的對話過程中，我們所擁有的是從旁協助的團體關係，而非由上而下的嚴格控管。每一位在研究團隊裡面的成員都能自由來提出一些問題，這裡沒有被認為太瑣碎而不值得討論或處理的問題。要求協助的過程就像是經歷一場真誠的資訊分享。在研究團隊中進行的溝通可以被形塑成一個由每個成員組成部分的團體，直率且誠心試圖來幫助彼此通過博士研究論文的過程。

　　雖然這樣的研究團隊已經成為一個在創造學術性論述風氣中，多產量以及令人滿意的論壇，不過我們得承認這樣的主張不一定適用到所有的學習者與教學者。帶有分析和評論的內幕報導（二）建議幾個可供選擇的方式，學習者可透過這些方式來讓自己達到博士學位論文的重要方向。

思慮周延的循環——一篇文字簡潔的陳述

　　每年的春季，美國匹茲堡會舉辦一場26英里的馬拉松賽跑，

比賽要求每位參賽者橫貫相當於一座小山丘地形的路徑，就像要他們迂迴繞過所身處在城市中多樣性種族所構成的鄰近地區一般。即使過去幾年來，我們能在電視報導中觀賞到競賽新聞的消息，不過事實上要是如果能在異常炎熱與潮溼的五月天上午加入加油群眾所組成的擁擠人群，更能體會到相當大的情緒感染。人們沿著擁擠街道對參賽者所宣洩出來的支持情緒，使他們挑戰這令人筋疲力竭的路跑活動時得到明顯的力量。支持的形式能以不同樣貌出現。路旁服務所伸出來的雙手提供了水果、補充精力的飲料，以及許多杯的水和果汁。花園裡的橡膠管噴出清涼的灑水。但是更多引人注意的是全體鼓勵打氣的喊叫。有些很明顯是來自於家人或朋友的鼓勵，他們會以喊叫參賽者的名字來幫忙加油打氣。然而，大部分是由陌生人直接呼喊不同參賽者的編號，而給予直接的鼓勵，而這經常是針對那些看起來精神狀態不佳的參賽者所給予之吶喊。空氣中瀰漫著此起彼落的呼喊聲：「你辦得到的」、「努力爭取下去」、「你已經跑超過一半路程了」、「你看起來很棒」，以及「跟上去喔」。參賽者他們本身沒有打亂步伐，與加油者眼神接觸，或是得到任何指示，但是鼓勵的訊息卻能充滿在他們堅毅的專注力中。可以馬上得到證明的是：他們在奔跑過程中，必定已經經歷了在某種程度中透過暗中疏通支援的能量所影響。

　　即使是我們被當下的興奮情緒所掌握，我們還是能反思性地找出撰寫博士學位論文的類比情形。很明顯地，有些個體被馬拉松挑戰弄得疲憊不堪，然而有些人卻不會。甚至那些從來不可能作夢想要自己參加馬拉松賽跑的人，也會跟著關心那些選擇加入賽跑的人，想知道到底誰會贏。這裡有一種讓人非注意不可的力量，讓人想要觀賞這個奮鬥過程，並充滿希望的期待，那些有意願承受了不起挑戰的人都能獲得巨大的成功。然而沒有一個人可以幫其他任何人跑完全程，但是卻有一群巨大的力量可以鼓勵與支持自己來完成這努力的結果。我們運用馬拉松賽跑的類推法來引導出兩個重要的議題——以自己規律的步伐來通過這個過程步

驟、動員可以支持的資源。

以規律的步伐來通過 ─────────────── ⏸

　　要在教育領域中形塑一篇質性博士學位論文，這就像是學生們把自己沈浸在思慮周延的思考裡面，努力克服各方面在所有調查研究時會發生相互連結的情況或問題──這表示，要把自己本身看成一位研究者、研究之目的、研究的過程步驟，以及相關的論述。在我們的經驗中，一個人剛開始對於研究各方面所考慮到的情況或問題，其實看起來似乎並不是那麼重要。重要的是之後是否有在研究中發生的各種情況或問題上仔細考慮。有時候，這種感覺好像毫無聚焦地在周圍打轉，或者像是盲目地拼湊整個研究的圖像。但是試著拼出研究中各種不同方面的情況或問題，而找到連結關係，能夠讓研究者在最後一刻把所有拼圖碎片巧妙地拼湊在一起。每次發生這種狀況之後，學生就會進入到另一個更深層之思慮周延的循環。

　　雖然要預測一再思慮周延的過程會有多少學生能夠做到，從這一個跳至下一個循環是一件相當困難的事情，但是我們也已經證明一個包含全部過程的模式，似乎能夠再次使之發生。我們為這模式賦予了形式化過程，它主要有七個思慮周延的循環，其大致上可被劃分到四個階段中（參閱表1.1）。這些階段是由時間的組合與在觀念上能強烈產生作用所清楚顯現的輪廓來區隔。「初始的階段」（beginning phase）常常會比之後的階段來得持續更久。「結束的階段」（ending phase），雖然在時間上經常是最短促的，但是卻是在觀念聚集這方面的呈現最為重要。之後「轉變的階段」（transitional phase），雖然是發生在學位完成之後，但是這經常涉及到另一個即將到來的循環，會在個人一生中，與博士學位論文和所拿到的學位價值緊緊相扣。

　　初始的階段環繞在思慮周延的前四個循環中，首先是學生要面對博士學位論文，然後在取得口試委員對其研究表示同意進行研究計畫內容而告一個階段。典型上言之，這階段中最令人感到

困難和挫折感的面向，是要如何對博士學位論文來鍛鍊試驗出一個可施行的研究主題與目的。這個階段所要花費的總計時間可能會變得異常的久。我們有看到學生花了二年這麼長的時間，來讓自己本身於情緒上和心智上能準備妥當以面對博士學位論文。這當然可以視為是一個極端值。但是對大多數範圍的人而言，這階段必須花費時間總長度取決於研究者讓自己對研究計畫所沈浸在文獻與草擬想法之中投入的時間長度，而有所影響與差異。雖然談論想法是有其必要性的，但是如果單單只有這樣，那還是不足以構成一個可施行的研究計畫。

「中間的階段」（middle phase）環繞在最初接受這個研究的行動結果中。這個時候研究者密集地投注心力在本身研究的資料中——蒐集相關的資訊、進行以這些資訊作為開端的分析或解釋、嘗試各種樣式的計畫格式以呈現資料，以及從資料中努力找出意義來。當走到這個循環中的許多行動取向之任務時，研究者就必須要有一些能掌握好時間長度的能力。舉例來說明，如果一個研究者正在將面訪放入計畫進度表中，他（或她）可以設計一套不論是野心勃勃的或是好整以暇的計畫進度表。然而，這裡所指的循環中有一個面向是無法掌握的。這就是所謂到達一種「啊哈」（aha）般的豁然開朗時刻，在到達此處就表示研究的意義和結果得到了聚焦效果。研究者愈密集地把自己沈浸在所找到的資料中並且努力發現它的意義，能夠讓自己突然到達一種「啊哈」般的豁然開朗時刻之可能性就愈大。但是在最後，這個屬於觀念上創造性的行動，是無法被加以控制的。

結束的階段出現在到達一種「啊哈」般的豁然開朗時刻之後，並且讓後半輩子的生活都環繞在這研究之中。在這段時間，研究者正專注處理博士學位論文的最後本文、提交研究文本給口試委員再次審查，以及簽署完成畢業所規定的事項。

轉變的階段顯示到了一個準備重新適應的時期，這看來似乎大多跟隨在完成博士學位論文和畢業之後有關聯性的這一陣激烈活動中。到時候要重新找到自己個人、學術專業，以及理智生活

表1.1　每個博士學位論文的階段：思慮周延的循環

初始的階段
　　　正視博士學位論文
　　　進入到博士學位論文
　　　精心處理論文研究計畫
　　　提出論文研究計畫

中間的階段
　　　接受這個研究的內容——透過描述來產生知識

結束的階段
　　　接受這個研究的內容——開始著手處理描述內容
　　　進入到公開論述中——博士學位論文口試會議

轉變的階段
　　　準備適應博士學位論文之後的新生活

中的平衡點，在某種意義上這可能發生在幾個星期、幾個月，或是幾年之後。

　　我們把思慮周延的循環組織成這些粗略的階段，來強調以規律步伐通過議題的重要性。因為這是太常發生的事情了，我們看到學生們花費相當巨大數量的時間與精力在初始與中間的階段，而在他們最需要的時候，本身早已經消耗盡自己在心智上、情緒上，有時候還包括財務上的資源。舉例來說明，就我們所知，有超過一個以上的學生讓自己明顯少了處理蒐集資料這樣的步驟，一個嚴謹的理性任務經常會被評論為是與個人的工作責任感有關。那些只是稍做偷懶的人可能會面臨到漸行漸遠而難保有這些可貴資源的良好建議，直到他們的研究進行到需努力密集地尋找資料和專注於結果時，才能真正體會到。

　　如何分配個人的時間與精力來通過這過程步驟是很重要的。就像是參加一場馬拉松賽跑一樣，沒有人想要太早就讓自己衝刺到極限。同樣的，在經歷如此一場必須努力跑完且已開始奔跑的

比賽，個人也許需要允許自己有一些時間來恢復、調整本身的狀態。

動員可以支持的資源

　　如同參加馬拉松賽跑，對博士學位論文的支持可以有很多的形式，從一般熱情的鼓舞加油到耗費苦心的輔導訓練都是。有時候，親人以及朋友想要成為支持的來源，但是受限於他們從未有過撰寫博士學位論文過程步驟的經驗，他們也茫然不知該如何成為有用的助力。藉由團體腦力激盪出想要受到幫助的希望清單（例如：心理上或生理上的支持、對學習相關質性研究的支持、財務上的支持，以及每日生活中必須做的工作任務之支持），學生們可以具體地確認這些需求，並且開始來聚集一組支持團隊。

　　有時候，支持（或是缺乏支持）也可能來自於自己沒有預期到的地方。我們回想起一個學生，她沒有在博士學位論文謝誌的部分寫到她的丈夫。因為在整個博士學位論文撰寫過程步驟中，她的丈夫只是不斷地消耗她的精力罷了。然而卻是她的婆婆提供最多確切的支持，像是幫忙更多額外的孩童照顧、購買日常生活所需商品，以及準備可以快速再加熱就可食用的三餐等。如同這個真人真事的軼聞所顯示，可以看出這不單只是學生一個人在博士學位論文上的投入而已。由時間可以證明，我們可以看到朋友、親人，以及同事在我們完成博士學位論文過程，都可能提供不只是一時的短暫協助。

　　雖然大致而言，故意對另一個人的博士學位論文做出暗中破壞的行為是很少見的，但是以好心好意為出發點卻幫了倒忙，可能會變成他人的一種負擔。舉例來說明，有一位我們研究團隊裡面的成員，她是一位相當盡職學校工作的行政人員，最後面臨了困難的抉擇，必須要向單位告假，如此她才能夠專注於最後的概念化和撰寫一篇高度複雜的博士研究論文。她計畫從7月1日開始請假，但是她的上級單位卻很「寬宏大量的」建議她應該讓自己放空，不疾不徐地在這個日期之前持續進行完成這較不嚴謹的結

論。這個在表面上呈現的建議，看來似乎相當有幫助於減輕相關工作的壓力，但是事實上卻可能造成不利狀況。因為總是有未完結的部分需要維繫好，而且耽誤了這個做事小心謹慎的雇員准假的開端，可能會使她與原本計畫好的規律步伐脫勾、打亂她的專注狀況，以及侵蝕她有能力來完成博士學位論文的寶貴且有限之時間。

　　如果學生和支持團隊綁在一塊，但是卻花費大量的時間來講述完成博士學位論文中令人感到恐怖的故事，或是抱怨這是個「沒有意義價值的學術緊箍帽」時，都有可能使自己陷入到一個不知不覺而產生持續衰弱的力量當中。因為這裡有一條在內部難以被察覺的界線，座落在困難的任務和發自於分享挑戰時，所帶來的友誼與相互信任的支持感覺兩者之間。

　　不只是發生一次的狀況，我們遇到學生看起來像是已經準備好、充滿意願並有能力來邁向這一個馬拉松賽跑。然而他們卻被家人、朋友，或甚至是教師告知「避免這場比賽」。這樣的建議很少直接明目張膽，但是經常大多是藉由像這樣的批評形式出現：「千萬要記得，博士學位論文不是你人生當中所有的課題。做一些規模較小且容易處理的事情。等你已經完成博士學位之後再去做那樣比較大範圍的研究。」

　　在這裡我們並不是要激起過度的偏執狂，我們只是鼓勵學生去思考一下那些既得利益的人，他們到底是得利於「待在原本路徑」還是「完全放棄比賽」。讓自己處在前者之中可能會得到相當大的幫助，防止後者發生也可能釋放自己。就像是我們先前在每一個思慮周延的循環中所提到的設定議題，我們只希望讀者能更加具有能力來辨識出，什麼才是構成對自己有幫助之名符其實的支持。

註　釋

1. 在整本書中，我們用來描述博士學位論文研究過程步驟，而舉例說明觀點或議題時所提到的各式不同學生。絕大部分的名字都是虛構出來的；然而，只有幾個是真實的，目的很單純是要減少舉證說明專題論文研究方法的困難，且也能引發讀者在閱讀時感到興趣。那些被以全名介紹的學生，他們都大方的同意我們來分享其博士學位論文研究的經驗。

2. 因為這些學生裡面有幾個是男性，我們有時候也會希望本身擴大邊際的思慮周延，其所特定的種類能關聯到瞭解女性主義的研究方式。雖然我們尚未有系統地研究這樣的推論，聽到我們在研討會中說明的男性給了如此的回饋，其建議論述的傾向是不能只單純站在性別角度的基礎上來解讀。

第二章

正視博士學位論文

　　如同學生逐漸完成博士班的課程作業，接下來的舞台就會被搬到思慮周延的第一個循環中，也就是我們所謂的「正視博士學位論文」。標示出這樣的任務來當作是區別循環過程可能會看起來滿奇怪的，不過博士學位論文所要求的事物對博士班學生而言，並不會讓他們感到訝異。然而，要是假設從課程作業到博士學位論文此動向是不費力的話，則會低估了被稱之為「博士學位論文」這件事情所引發的情緒力量。

　　幾年下來，我們已經看到許多學生自己的博士學位論文，除了具有它本身的象徵性意義之外，在學術上卻完全沒有意涵，如同一篇機械化腦力工作而成的學術性論證示範。瑪麗亞（Maria）擁有一個超過十年的經驗仍徘徊著，這讓人回想到一個富有創造性的潛在影響之情緒，這可能盤旋在博士學位論文這工作任務的下方許久（參閱範例2.1）。

　　思慮周延第一個循環的核心就是處理這任務時，需要完成博士學位論文過程中產生理性和情緒上的承諾。下這樣子的承諾似乎牽涉到一個滋生萌芽的信心感覺來告訴自己：「我可以辦得到。」因此，在先前承諾的渴望這前提下，我們探索了幾個議題，看起來好像是影響學生在處理博士學位論文時的信心關鍵。

　　雖然我們反覆循環觀念是打算要使得介於每一個博士研究的階段（例如：課程作業、全面綜合測驗或資格考試、論文研究計畫、最後論文呈現）之概念界線變得模糊化，但是我們也經常不斷地訝異於相當多的學生居然對於這些相關聯的過程瞭解甚少。在「博士學位論文意義」的標題之下，我們建議撰寫一些帶有分析和評論的內幕報導來當作是開始的一種方式，以正視博士學位論文的過程步驟。

　　在我們的經驗中，像是學生開始來正視博士學位論文，他們傾向於一開始就對潛在的論題進行思考。有專職工作者經常是由個人的職場經驗中來勾勒出，以當作是議題的源頭。雖然產生這樣的觀點可能會使得上下文脈絡更加豐富化，但是也可能潛藏著令人憂慮之意想不到的危險或困難。在「對議題思慮周延」的章

節中，我們運用一個像是道路上的小水坑之暗喻，來提醒學生注意到這兩者之重要性：劃分出從個人的實踐以及如此進行可能帶來意想不到的危險或困難。一個「謹慎的好奇」（deliberative curiosity）態度就如同一個侍衛般，向我們提醒其重要性。

範例2.1

撰寫博士學位論文情緒上的影響力

　　在我完成博士學位論文的幾年過後，我在自己工作的醫院裡面，領導了一個以立基於工作為調查的「研究工作室」（workshop）。在所有參加成員中有一位是護士，她已經完成自己所有的博士班課程，就像她所表明「需要為博士學位論文準備好」的事實一樣。她聲稱這個研究工作室給人很多精力，並且她也重新獲得自己的熱情來完成所有的程序。

　　定期性地，我們可能會在醫院的走廊上相遇，而為了要給予她支持性的幫助，我可能會問及：「博士學位論文進行得如何？」很必然地，她就會回答：「我正準備與我的指導老師見面討論並且開始處理論文。只是我現在的工作使得我相當忙碌，我很難找出時間來處理這件事情。」

　　在幾次這樣的交流之後，我開始注意到當我提到關於她博士學位論文的時候，我同事的眼睛就會有點飄到她的眼皮中；她會把臉轉移開來，而她肩膀以上呈現的樣子幾乎已經向我說明了答案。在發生這樣的事情之後，我停止問她關於論文的事情。但是她擺出不自然面貌的印象卻經常浮現在我腦海裡。最後，我仔細思考過，是因為她的博士學位論文，而不是因為我的關係，使得她無法負起面對的責任。我想這是多麼令人感到難過的事，如此呈現癱瘓狀態──既無法向博士學位論文方向的過程步驟前進，也無法從這裡面逃脫出來。

　　作者現場解說（authors' commentary）：這幾年來，我們已經看到相當多的學生看起來似乎被這種方式給綁住而無法動彈。這經常是等到某一天，他們就從此消失了，我們當下會說：「我为

這曾經如此發生過的事情感到相當訝異。」從我們的觀點來看，如果學生們消極躲避博士學位論文，直到他們用光了自己所有的時間，這會是相當令人感到惋惜的。基本上，他們透過自己本身的無作為來做出決定。我們想問，他們是否腦海裡經常會浮現一個未完成的工作，或者更糟，甚至失敗的感覺呢？我們所知道的就有兩個這樣的案例，學生們看起來似乎做出一個謹慎與理由充分的決定，來表示自己該做的事情──「除了博士學位論文以外的所有事情」（all but dissertation; ABD）。其中一個案例提到：作為一位父親身分所帶來的要求與報酬，似乎會讓人不顧博士學位論文的重要性。而另外一個案例則是提到：有一名學生談及他的撰寫過程以及感受都表現出了相當的厭惡，但是這對他未來從事的專業工作卻有相當大的關係。他認為任何從取得「博士」這頭銜能自然增加什麼樣的利益，都會比因為個人在撰寫過程變成混亂不堪而顯得不值得。由以上這兩個案例可以看到，他們都使自己的心情平靜，不會為沒有完成博士學位論文而感到不安。我們希望其他像他們這樣的人能夠行使本身的權利，在研讀完成博士班課程之後，也能夠選擇停止而不再前進。我們並不是要每一個人都來參加一場馬拉松賽跑，或是讓自己陷入撰寫博士學位論文的困境，這些都有可能成為沒有生產力或是令人不愉快的經驗。如果有人選擇進入到一些其他的個人或專業的方向領域，我們懇切希望他們自己、家人與朋友都不要對於他們的過渡時期感到心急。選擇要停止或是改變方向所需要的不是軟弱、失敗或辭去的信號。事實上，需要憑藉智慧來傾聽個人內心的聲音，以及有勇氣來增廣個人見聞，如此才能得到最終的歡慶。

謹慎的好奇不但無法在孤立狀態中被建立起來，也無法在可施行的博士學位論文調查中被建立。從個人獨有的習慣經驗中勾勒出來的概念，必須要能夠被檢驗是否關聯到更廣博的論述中，且論述是緊緊相扣於議題和研究過程步驟。對許多學生而言，開

始正視博士學位論文至少牽涉到初步探索行動，也就是要做一些所謂的質性調查。在這個循環中，本目標並非要「精通」質性研究，而是要下定決心自己是否想要進入較先前更加密集的、思慮周延的學習過程步驟。在「逐漸形成個人的一個研究大綱」這一節中，我們標示出各式議題的種類來說明學生在形塑一個可以施行的博士學位論文時，所必須努力克服的本身問題之困難。就像是面對一份有用的文獻時，個人研究大綱（personal research profile）則提供了一個聚焦的觀點來聯繫個人的想法和廣博的論述，以及開始擴大介於學生和指導教授之間思慮周延的邊際。

先前承諾的焦慮

在序言和第一章中，我們有提到學術的民間傳聞，這使得博士學位論文充滿了神祕的氛圍。學生們可能不清楚完成一篇博士學位論文所有的細節，但是他們知道這會是一件「相當了不起的事」（big deal）。這種關係讓人覺得博士學位論文擁有了重要性與神祕性，並可能同時會使自己產生相當多的焦慮，換句話說，即使是最有能力的學生，都有可能會暗中對其信心造成破壞。可以當作是博士學位論文的許多議題，看起來都好像會產生令人感到神經緊張的感覺。

像是開啟一個研究工作室給已經逃避博士學位論文許多年的學生們來參與，我們會要求參與者寫一篇反思後的回憶，告訴我們「當你一想到開始撰寫博士學位論文時，你的心裡面浮現出什麼感覺來」。由這些書寫內容所整理出來令人滿意的分析結果，其揭露出了一連串令人感到沈重的議題，這可能會造成個人在完成博士學位論文前的焦慮（參閱表2.1），並且，為許多意想不到的危險或困難，創造了易受到攻擊的不利狀況。

表2.1 關切的議題

生活模式或是生活品質的衝擊

財務的因素

得到的報償或價值

承諾、所有權、犧牲奉獻

責任義務或優先順序的衝突

支持

口試委員的因素或彼此關係

時間或精力因素

訓練或進度

躲避的態度與行為

議題的展演與勝任

情緒的反應

無限向後傾斜延伸的地平線現象

　　至少對某些學生而言，博士學位論文就像是處於博士班需完成事項中的遙遠一方。他們知道這是他們最終都將必須抵達的一步，但卻心不在焉的，像是史卡力特‧歐哈拉（Scarlett O'Hara）一樣，把這問題留到明天再處理。關於延後對博士學位論文思考的趨勢，在我們閱讀範例2.2之後（這是一篇節錄於學生對博士學位論文意義的片段想法），我們變得更加注意到這現象。不論是博士學位論文已經多麼地逼近，它看起來卻像是自原處向後傾斜，如同在一條又漫長且寬直的高速公路上，那發出閃爍微光的地平線末端處。

範例2.2

向後傾斜延伸的地平線現象

　　相當難置信我現在正站在從事學術工作的生涯點上，我必須對我的博士

學位資格考給予一些嚴肅的想法。這似乎（對某些範圍仍然如此）看起來像是一段無止境的漫長道路。我相信這只是在過程中的另一個步驟，當我第一次在一般輕鬆對話中聽到研究所同學說出「免費入場券」（comps）這個詞彙，這引起了我的注意。輕鬆對話像是開玩笑地問到關於「你現今在研究過程的哪個階段呢？」然後就會得到像是「我已經處在將要獲得免費入場券的過程中了」這樣的回答，或是「我剛剛拿到免費入場券了」──在我看來，那只是意味著他們已經相當接近完成的階段了。當我現在再次反思，我沒有辦法確定什麼是他們已經接近完成的階段──他們的課程作業？還是他們實際上的博士學位論文？我只能確定的是，他們已經處在某個接近「即將完成」（finishing）的階段中。

　　現在當我自己逐漸向博士學位資格考這舞台移動時，我產生更多的想法，像是這考試到底表示什麼呢？以及這原因是什麼讓「我必須這樣做」呢？和我的指導教授談論過後，我必須要坦承這原因至今還沒有完全徹底瞭解。

　　換句話來說，對我而言，我仍然還在持續認為，事實上歷經我早期上過的質性研究課程到現在，這是一條無止境的漫長道路。在我看來，這已經植入的一整個實際上博士學位論文之撰寫信念，早已超過我原本所接收到的訊息。提到這件事，在我完成課程作業前，我還剩下兩門課必須去上，不過我變得有點易怒，因為到現在都還沒有想到一個主題。現在只剩下最後的兩個星期，我必須認真想一想研究調查將會帶領我如何去找到自己的主題，而決定研究方向。

　　作者現場解說：以上例證點出學生傾向於堅信博士班的學位要求像是一條無止境的道路，即使她只剩下兩門課要修就完成了。她可能為了要維持住這一因距離而產生的錯誤觀念，且她的關注點藉由從更加有迫切性的規定（在本文中，最初所關注的就是博士學位資格考）要求事項，轉變成更為遙遠的博士學位論文。產生這樣的轉變可能會拖延到即將到來的博士學位資格考這樣一個需好好把握的任務，要不然，她可能會說：「我對這件事

仍然還沒完全徹底瞭解。」

　　我們為了推論這樣的預期能更加清澈明晰，是以功能主義者的描繪方式來闡述，而不傾向於採用慎重的既定看法來瞭解。這樣的預期，它看起來就像是指導教授對博士學位資格考所提供的精確敘述。如果這樣一套指示模式並非在短時間內即將發生，會不會學生就在自己博士班的要求項目中，採取民間傳聞這樣的秘密方式進行，而非將博士班的要求項目視為是需要經由討論與思慮周延的議題呢？

事與願違的二分法

　　當學生將他們的博士班工作計畫二分為課程作業與博士學位論文，這樣可能會使得向後傾斜延伸的地平線現象數量增加。就像是以下評論的例證般，有一些學生在寫作過程，傾向於藉由堅持一個相當狹窄的焦點來駕馭他們的焦慮感：

　　　　我已經快要接近完成整個博士學位所「需要知道」的過程步驟。我藉此來表示當需要決定如何完成時，我已經思考過下一步該怎麼走了。在我剛開始進行學位的追求過程，我從來沒有仔細檢視整個概況，到底有多少學分是我必須要下定決心來修讀完。要是我有瞭解到如果要完成學位，必須修讀完九十個學分，我可能就不會進一步走下去。我知道與已經取得博士學位的人談論我的博士學位論文是過程步驟中的一部分，但是這就已經足以讓我嚇得半死了。

　　藉由模糊化來促使學生進入過程中每個居間的研究步驟（例如：學位資格考試、提出研究計畫），但是如果一直過度狹隘固著在博士學位論文上時，可能會提高在處理關於博士學位論文上的焦慮。雖然意識到了這些要求，然而，這裡並沒有辦法瞭解到他們彼此之間的關係，以及本身調查過程的重要性之保證。這看

起來似乎會因為當如此的要求好像是沒有意義的學術障礙，且其只是打算完成本身任務與阻止個人達到這個學位，而更加浮現出來。

令人痛苦的無謂煩惱

另外一個在這轉變時間內所呈現的議題，這是由我們先前已經加以介紹過的米契林所寄來的電子信件而引發的討論。米契林和瑪麗蓮恩‧勒威爾琳（Marilyn Llewellyn），她們是兩名研究團隊中的成員，如同我們所認知到的任何學生一樣，她們已經快接近博士學位論文的撰寫，並且設定在圖書館花一段持續的時間，來為她們必要的過程步驟提供一些架構和說明解釋。過了一段時間，她們也邀請其他學生來參與她們的研究，以下這段簡短說明是由她們與剛剛加入這個圖書館團隊的泰德（Ted）討論後的對話所提及：

> 瑪麗亞，妳的簡短對話提及到關於妳要將其他正掙扎於博士學位論文的人搭救出來，我昨天晚上和瑪麗蓮恩以及泰德待在圖書館中，已經談到了一個相當不錯的相關互動方式。泰德看起來似乎正處在一個不知如何對他的研究找到關注點的痛苦困境中，而這個痛苦實在是與我過去的經驗太相像了。我想起了一個地方，（正在一開始的時候）寶拉（Paula）、泰德以及凱蒂（Kitty）可能都會在這整個過程裡面的一些部分，感到非常挫折、焦慮易暴怒、悲慘可憐、令人不愉快以及痛苦。這些情況誘導出我的某些移情作用。無論如何，當我坐下傾聽並且試著來回應泰德在這45分鐘的圖書館時間中已獲得支持的計畫策略時，瑪麗蓮恩也加入其中。事實上，她嘗試讓我在她過去所陷入的經驗中，避免重蹈覆轍。
>
> 米契林

我們也是會對這樣衝動來拯救學生逃脫他們痛苦的計畫策略，而感到相當熟悉——被一個初始的移情現象與持續增加的煩

躁不安所激起的衝動行事，而這令我們開始感到訝異，並問到
「為何你不繼續將這件事完成呢？」對某些學生而言，不情願去
處理一個吹毛求疵的議題或焦點，耽擱了他們正視博士學位論文
的過程步驟。

內心的不確定性

一段由寶拉（之前在米契林電子信件中有提到過的學生）回
憶所寫的內容，提供了一些對這個「正視博士學位論文的循環」
其他不同的洞察力，當中提到一個可能會導致痛苦紛擾延長的結
果：

> 某種程度上（在一個質性研究課程的第二個晚上），我從沒有
> 閱讀任何一篇博士學位論文。在我的內心裡，我能想像到這些即將
> 到來的不好預感，厚重參考書籍是這樣無趣、內容充滿統計學上解
> 讀的困難，且與教室內的實際工作沒有什麼關聯性。後來我拾起一
> 本博士學位論文並且閱讀它的標題《在我們內心的圖像：一個關於
> 如同在小學教室內所涵蓋領域的創意戲劇表演之敘述性研究》。它
> 激起我的好奇，所以我就把它借出來閱讀。
>
> 當天晚上，我坐下來閱讀這本博士學位論文，而不是去觀賞電
> 視節目。但是我卻沒有找到任何頭緒。它閱讀起來像是一本故事書
> 並且充滿許多可以令我聯想到當一個老師的內容敘述。我不斷地詢
> 問我自己：「你決定好要接受這樣做了嗎？」我無法置信一個老師
> 可被允許來撰寫她的班級教室——或是創意戲劇表演——或者甚至
> 是這樣的敘事體。那個晚上我得到了一個減輕痛苦的感覺——是
> 的，也許可以說是我可以撰寫一篇博士學位論文了。但是到目前為
> 止，整個過程步驟看起來似乎還是相當令我感到氣餒。

學生已經被社會化成要投射出一種具有信心的形象，不能夠
將關於處理博士學位論文的內心不確定性和恐懼告訴別人。很有
趣的是，那一篇被寶拉找到並消除其恐懼，或疑慮的博士學位論

文就是由林恩・李察斯（Lynn Richards）所撰寫（1996a），以下就是她完成博士學位之後幾個月藉由回憶所寫成：

> 在過去這七年來，我持續不斷地在教育領域中，朝著完成我的博士學位此目標而努力。傳統上大學所要求完成的課程作業、措施以及能力測驗，都為我在追求學術之路的過程中留下了記錄。當我脫離那令人感到安逸而只有受到截止時間所驅使的學生角色，並且要開始扮演一個擔任獨立自主的研究者和學者之時，我經常被巨大的不勝任感覺和令人窘境的缺乏方向感所困擾。雖然在博士學位論文的調查中我已經「選定了我的主題」——創意戲劇表演——並且我也已經蒐集了相關的敘述資訊來當作研究調查方法——但是我對於如何將兩者編排在可被接受的博士學位論文同一架構中所知相當有限。

像是這樣來自於寶拉和林恩焦慮的聲音，其實在學生們裡面會出現的次數，比我們曾經有過的想像要來得更加頻繁。學生們經常在表面上顯現的信心會在不明朗之處同時滋長恐懼。事實上，對我們而言，林恩看起來似乎已經進行通過了擁有不可思議的能力與自信沈著之過程。當她分享在她能熟練地對其研究口試答辯之後幾個月的想法，我們都相當感到驚訝：

> 我的父親在1954年獲得他心理學研究領域的博士學位。我在1996年完成創意戲劇表演領域的教育學博士。我的博士論文題目是：〈我們內心的圖像〉。在我的內心我握持著一張照片的印象，那是我父親穿著他的博士學位畢業長袍和上面滾邊他博士學位的黑色方頂帽。當時我站在他前面，一個穿著白色洋裝以及戴著遮陽淑女帽且剛剛學會走路的孩子。這樣一個無所不在之心理上的圖像讓我在四十年後陷入了兩難的窘境——如何找尋出一個在父親與女兒之間共通的語言——存在於量化與質性研究之間。絕大部分，我父親與我都很仔細小心地「舞動」在我們研究的成見中，並且能夠默

認不同的方法適合不同的研究調查。

在我向研究團隊求助於一篇研究計畫架構之後的不久，我收到了一箱裝滿標示為質性研究設計的珍貴書籍之郵件，然而郵件上面卻是來自一位匿名的寄件者。我很確定那是研究團隊持續幫忙蒐集的資料，並試圖「教育」這個做事不精細且不像學者的國小教師。當時我對於自己本身女性特質在學術是不勝任的自我觀點是如此令我感到煩惱不安，所以我躲到衣櫃之中並且哭泣。幾天之後在一通與我母親談話的電話中，我才發現原來這些質性研究的資料是我父親親自篩選、訂購、付款以及寄送過來的。我不但解除了痛苦並且很訝異於這居然發生在我身上，我父親會有興趣在此並透過如此細微的解釋調查資料來表示關心（Richards, 1996b）。

其中一個正視博士學位論文的主要方向，就是讓潛在使人消耗力量的不確定性和恐懼與自己遠離，或是不再忽視如何找尋方法——而是去管理他們。雖然某些大量來自於朋友或同儕的移情經驗會受到一定的需求和歡迎，而且對延長放縱自己在焦慮中打滾時間的支持是會產生事與願違的效果。從我們的觀點來看，對學生減輕博士學位論文重擔最有效的方法就是透過「撰寫方式」。的確，不屈不撓地勉強去撰寫可能就是最強而有力的準則，這也是我們建議不情願的學生來正視博士學位論文的方法。這一章節剩下的部分，提出幾個撰寫過程的建議，這些可以支持從痛苦的計畫策略過渡到願意致力奉獻這樣的轉變。

博士班研究的意義

傳統典型上，我們在任何時候傳授本身質性研究的入門課程，課堂中學生的組成都是來自於博士班研究的各個階段。有些只是才剛開始他們的課程，然而其他則是已經快接近結束本身的所有課程作業，正在準備博士班學位資格考，或是處於撰寫他們

博士學位論文的研究計畫。有時候，學生們相當順利地進入他們的研究並且尋求在分析質性資料的幫助。學生們也會在課程中廣泛地帶來各式各樣背景研究資料。對某些人而言，這是他們第一堂研究課程，然而其他人可能在某一方或是更多的研究方法中早已經擁有大量的相關背景知識。

　　我們所設定的是在如此一個組成複雜的學生團體中，裡面的成員也意識到在他們的同學之間幾乎沒有什麼相似之處，而這要如何開啟一個思慮周延和論述的過程步驟。本書編排在後方的部分，我們邀請學生們根據以下的問題中，擇一寫出帶有分析和評論的內幕報導———一個與他們博士班研究時期最為相關的發展歷程：

- 什麼是博士班研究的意義
- 什麼是一個研究計畫或安排的意義
- 什麼是博士班資格考試所要證明的意義
- 什麼是研究計畫所要表示的意義
- 什麼是博士學位論文所要證明的意義

　　這樣的分派任務提供了幾個討論結果。至少，它引起讓人對過程步驟的注意———它使得範圍更加濃縮靠近。在此同時，它挑戰了這些原本被假設為沒有意義的學術障礙或是緊箍帽，而提出這些是具有其意義的。當課堂成員彼此分享自己所寫的過程，分派的任務也使得這些論述變得更加生動。學生們對於博士學位論文過程步驟的訊息感到相當渴望，並且急切希望聽取那些已經進行到相當程度者的狀況。這些學生們在其他人分享他們的混亂感與不確定性時，經常會顯現出好像自己痛苦減輕了的狀態。那些已經完成各種要求的學生們，會以分享本身經驗與提供建議來協助他人釐清過程步驟。這堂銜接課程的學習過程經常會很令人訝異地為這些學生提供斷言，讓他們好像突然之間意識到自己已經完成了多少的過程步驟。

　　對我們而言，這樣的討論提供了一個可以相互探討事先已形成的觀點以及被誤解的有利環境。太過於狹窄或是具有規範性的建議都可能從個人獨有的習性經驗，轉而由更加出於構想的以及倡導的調查之一般議題再次被畫出範圍。所要求的事物，像是學習修課、博士學位資格考試以及論文研究計畫這些工作，讓學生們在處理博士學位論文過程中都會變得不是那麼討厭甚至遺忘，並投入更多完成步驟之所需。

　　透過這樣的交流，學生們也開始意識到在自己教育學院中，從一個系所到另一個系所的完成要求之預期是有差異的。當來自於同一大學內其他學院的學生選修這門課程時，發現到博士學位論文所要求的差異甚至會變得更加明顯。從單純任何一件訊息過度推論，或是採取所有表面上的建議所帶來的潛在危機，其變得更加顯而易見。問題開始得到聚焦，以及跟著學術上的或是研究的指導教授做研究的新可能性也就逐漸浮現。

　　除了上述所提到的之外，然而這樣的分派任務可以幫助打破一開始的沈默——幫助學生在思慮周延與論述中將自己的思緒銜接起來。學生就會很快發現到對於出現在他們本身撰寫的大量議題之研究，是不可能只找到簡單的解答。

　　我們必須在研究課程脈絡中清楚表達這樣的訓練，因為教學者有可能在閱讀此書時可能會想要修改自己所教授的知識內容。但是學生也是可以不受干擾地撰寫，像是日誌式的記載或是帶有分析和評論的內幕報導，來與他們的指導教授或是同儕一起催生出博士學位論文來。然而，我們要先行提出一個警告。這樣的訓練應該要像是一種表達思想、情感的工具或手段，來對於博士班研究進行浮現以及檢視其心照不宣的假設。但如果習慣性加入一種「要是我們遵從這些來進行，難道不會令人擔憂嗎？」的態度，則可能會產生事與願違的效果。

在題目上深思熟慮

持續探討題目

在學術殿堂中問到：「你是否已經找到論文題目了？」這對那些已經接近修完他們博士班課程的人而言，是一個常見的直接疑問。「選擇一個可以容易處理的題目」經常是對方常說的建議用語。這樣的評論傾向於對外聚焦，建議的題目可能會造成絆腳出錯，或是如同擷取自一個令人感到興奮之可自由選擇的自助餐廳一般。

然而，其中一個可能性的選擇，是討論到關於如何形塑一篇博士學位論文。如此的信念來自於我們對以下事件的相信：我們認為學術圈的新手在最初階段的概念，能經由設計而成為一篇可靠的以及有價值的研究。這樣的任務並非尋找或是選擇一個題目，而是必須持續不斷地探討這些模糊的、內心未表達出來的概念，而將其帶領至更加明確的跳脫狀態（註釋1）。

那麼，什麼才是這個形塑過程的起始點呢？通常，有毅力且正在追求博士學位的學習者，已經可從以下其中兩者之一的觀點而逐漸完成博士學位論文──停止進行已經知悉的錯誤，或是對一些已意識到的介入方向產生熱情。我們將此描繪成人性進退兩難的小水坑，以及有專職工作研究者涉入的小水坑。（參閱表2.2）

人性進退兩難的小水坑

在博士學位論文題目最開始的呈現，經常是以渴望的方式來表達，而後並由具糾正作用的行動來朝向某一個人、某一情境或是某一結果。雖然不是很顯著的，但是如此的表達會受到情緒憤慨或是一些觀察到的故意冒犯，或是不正義行為等駭人聽聞所影響。一位年輕的女士在此對博士學位論文這樣的方法留下一個相當鮮明的例證：

當詢問到她的題目時，她情緒開始變得相當高昂，「我想要發展一種課程來教導大學裡面的行政人員如何與人溝通。」在更進一步地追根究柢下去，她描述自己本身的工作處境，那裡的一位管理者鼓勵全體的職員對於他們的部門給予建議方式來改善。然而，當意見逐漸形成之後，那位管理者卻開始忽略他們，並且維持原來未改變的狀況，如同預言般地導致員工士氣的低落。那位年輕的女士當面被公然地侮辱，她的建議也被駁回，但也做出結論來，認為大體而言管理者都不知道如何有效地與他們的下屬溝通。她的結論應該是來自於本身博士學位論文裡，一個設計用於溝通技巧的訓練課程，這可以用來糾正這個已觀察到的管理上之不稱職。

表2.2　「小水坑」

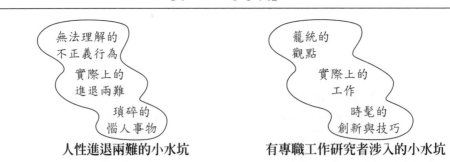

人性進退兩難的小水坑　　　　　　有專職工作研究者涉入的小水坑

另外一個例證來自於教導健康教育的圓形巨蛋體育場，在那裡我們沒有辦法保持追蹤到，所有對他們的研究解讀成「問題」的學生，而那裡就像是一個缺乏組織贊助的健康課程。在相當多的表達當中，他們說到：

我組織工作沒有注重到管理的課程。我們知道工作相關的壓力可能會導致各種不同的問題產生──心臟病發生的風險、無正當理由曠職、低效率的產能等。就我的研究而言，我想要設計以及實施一個壓力管理課程。

　　如此的意圖是沒有辦法構成切實可行的博士學位論文研究調查。然而給予這樣的回饋時，常只是供給更多強烈的情緒來讓人們知道那裡存在一個問題罷了。幾年之後，我們才瞭解到這些缺少經驗的意見，常常會是再現最早企圖嘗試的結果，來清楚地說明一個剛出現的研究題目。這也帶領我們到了讓人性進退兩難的小水坑之概念中。

　　在他們個人與專業的生命過程中，有專職工作者經常會發現他們自己沈浸在讓人困惑與難以理解的情況之中。許多時候，要精確地找出令他們驚恐的來源是相當困難的，但是這個不斷煩擾的感覺卻會持續存在——有些事情是錯誤的、有些事情沒有意義等。人性進退兩難的小水坑所顯示的是傳遞一個十分重要的假設——那就是，鑲嵌在這造成煩惱與痛苦經驗中雜亂無章的聚集過程，也許常常是很重要的進退兩難，但也證明出這是一個相當嚴謹的研究。

　　如同表2.2的圖示說明，這些讓人性進退兩難的小水坑，其範圍是從瑣碎的到深遠的事都有。瑣碎的惱人事物是很令人厭煩的或是使人灰心沮喪的，但實質上不重要。當他們可能變得煩躁不安時，如果和全世界所有的策略相較，如此的進退兩難看起來就變得不是那麼重要了（例如：為什麼我的指導教授不願意聽我說？為什麼我的公司不贊助一個壓力管理課程？）。

　　在光譜另一端的結局中，事實上存在著令人難以理解的人性進退兩難（例如：校園中的暴力行為、教育不公平、種族偏見，以及社會壓迫等）。我們大多數人都會搖著頭並感到驚訝，「為什麼會發生這樣的事情？這怎麼會變這樣？」但有一些學生可能會因為內在渴望而放下博士學位論文，而透過他們的研究來改善人性如此的缺陷。

　　在中間水域中存在著實際上的進退兩難，這通常會鑲嵌在學生的實際行動裡。這些進退兩難時常以熱情作為表徵，甚至可以說是生氣、想要連結某物的慾望、採取正確的行動，或是改善情境。構成這些特定情況本質的基本問題如同是，這裡到底怎麼

了？這全部意味著什麼？如何能處理完成？應該如何做完？傾向與聚焦在主要議題上的行動，會讓如此的進退兩難有可能變成具深遠重要性以及有用意的，這不只是對研究者而已，同樣也會影響到其他有專職工作的研究者。

有專職工作研究者涉入的小水坑

如果駭人聽聞是人性進退兩難小水坑所再現的態度與立場，那麼高度熱忱就會是涉入此小水坑中的態度與立場。在這連續統一體的時髦創新結論中，此態度與立場清楚地表明在令人目瞪口呆的驚奇事物，且超過一些相對上較嚴謹的創見——常常指涉是某個特別的技巧、課程或是模型。學生們顯現出一個「哇塞！這真是棒到沒話說！」的態度，並且希望他們自己的博士學位論文能說服全世界其他的人來採納他們特定的涉入方式。以下所顯示的情境就是一位我們有點天真調皮地把她稱之為「箱型貨車小姐」的學生。

> 箱型貨車小姐過去是一位健康教育工作者，她近來參與了一個健康推廣計畫，這之中有一台能快速移動的箱型貨車巡迴穿梭在社區之間；除此之外，這裡的公民沒有其他的機會來接受健康服務。因為擁有不受束縛的熱情，她想要把自己的博士學位論文撰寫成像是一篇很偉大的研究計畫，以獲得資金來複製這種服務並遍及國內的其他地方。

與此觀點產生連結的學生經常會有傳教士般的熱忱，並透過本身教育的社區來宣揚他們的新思想與技巧。鼓勵將他們的研究聯繫到具有理論性議題的基礎，終因充耳不聞而宣告失敗。當這樣的學生對他們自己本身的題目不感到關心或是產生抗拒，他們可能就會不知不覺地陷入到讓人進退兩難的小水坑之中，並且深刻地認為其本身的天賦不受到這世界的賞識而感到憤怒。

在這連續統一體的另一端點上，是那些希望他們的博士學位

論文能催化出對教育或是社會具有全面性革新影響的學生。以如此龐大的觀點來作為說明解釋的基礎，常常是一種對於教育準則或哲理具有相當根深蒂固的承諾。提到這樣的學生讓我們想到了羅勃・甘乃迪（Robert Kennedy's）具有雄才辯論的表達內容，「有些人以事情本身的存在來觀看並且提出疑問；然而我想像中的事情並非如此，我會問到為何不是如此。」隱藏在學生全面性的觀點中，其實就是暗示著那些可能會發生的事情（註釋2）。

　　涉入的小水坑中間部分，所包含的是學生在自己從事過程中會採用的一系列實際方法或是技巧的資料。就典型而言，這些學生都是相當受到注意的有專職之研究者，他們有一種「知道如何做會有效果」的直覺領悟。他們著手處理博士學位論文時，會以一種直率以及衷心的渴望來解釋本身的工作，並希望能讓他人受惠（註釋3）。

駭人聽聞與高度熱忱的作用

　　妥尼（Tierney）和林肯（Lincoln）在1994年質性研究教學的探討中發表了以下的評論：

> 　　當我們研究自己本身的文化時，我們必須要創造出一個主體化的距離，如此我們才能夠不至於侷限在從一個內團體者（insider）的觀點來擷取資料。事實上，誠如瑪格麗特・米德（Margaret Mead）所觀察到：「如果一條魚可以變成一位人類學家，它最終會發現的事情可能就是水。」（參見Spindler 1982, p. 4）。（p. 111）

　　駭人聽聞或是高度熱忱的識別力，可以擔任像是催化劑的角色來幫助我們「注意到水的存在」（notice the water）。其他人早已視為理所當然或是忽略的事物，可藉由駭人聽聞或是令人感到驚訝的識別力，而重新帶領到意識察覺之中。這樣的察覺能力可成為形塑研究一開始的有力據點。不論是對學生們或是他們

指導教授的挑戰，就是在小水坑中來回晃動夠久而足以理出頭緒來，並得到痛苦的解脫，且發展出一個確切可行的研究。

像是週期性的循環，我們面對到的那些學生，他們很容易進入本身的博士學位論文，但是看起來卻對自己研究的身分沒有感到什麼熱情。經常，他們在我們博士學位論文研究團隊中被提到過，因為他們已經在過程步驟中被困住好幾年了，而且對於提出本身的研究計畫而使自己獲得解脫感到相當大的困擾。每當我們探索他們的情境，要發現過程步驟中早期的狀況是件相當不容易看到的事情，學生已經在極度令人進退兩難中移動作響或是流動在小水坑已改善的部分中，他們也被具有啟示性的教學者告知要選擇一個範圍更小、更容易執行的計畫，或是完全更換一個新的研究題目。（令人感到難過的，我們只看到極為少數被告知的學生會完全放棄瑣碎、不重要的問題或是時髦的新方法，而轉為贊成一個更為實際的議題。）

我們已經開始思索如此在過程步驟中陷入困境而無法前進的學生，因為他們正在行使不利於自己在此居留的行為。他們無法把握機會而有效抓住原本的想法，並且對此已經進行的研究心懷遺憾，或是感到忿忿不平於從事「其他某人的研究」（someone else's study）。很反諷的，經常可看到不論是學生或是指導教授——也許是兩者——都對研究的進展感到如此憂慮，認為沒有足夠的時間讓自己專心致力在小水坑中移動作響而出。要下功夫選擇一個題目，此權宜之計的代價看起來是必須要付出的，也就像是要花時間完成一篇博士學位論文一樣。

在晃動過程中牽涉了趨向，從一個過度簡化的反應到思慮周延的研究態度。沒有這樣的趨向，學生可能會掉入像表2.3所呈現之連續統一體這樣的陷阱裡面。

未加拘束的駭人聽聞可能會導致一個長期積怨的心態，運用博士學位論文來為個人所受到的責難做出證實（例如：「我只是想要證明你是多麼的錯誤與不公正！」）。不加控制的高度熱忱可能會導致成帶領群眾歡呼的精神狀態（例如：「我的博士學位

論文將會證明我的涉入是多麼地了不起！」）。適當的與令人賞識的移動作響可以扭轉駭人聽聞，或是激起高度熱忱成為思慮周延的好奇心，而能依次地提供理智的和情感的增強因素來持續一個調查所需。

表2.3　關於博士學位論文的態度

| 長期積怨的心態 | 思慮周延的好奇心 | 引領群眾歡呼的精神狀態 |

想像屬於個人的小水坑

有一個我們使用來支持「理性的晃動作響」（intellectual sloshing）的應用，是一種隱喻性的思考活動。與學生們分享小水坑概念之後，我們提供大張白報紙和彩色的圖畫筆，然後要求學生畫出屬於自己的個人博士學位論文小水坑。當我們第一次嘗試這種活動的時候，我們有點感到不安——博士班學生，他們裡面大多是已有良好訓練且有專職工作者，會把這當作是無聊的或是幼稚的活動？很有趣的，所有學生都有意願來跳入參與並且嘗試運用他們的手來創造出一個隱喻。我們加入這個活動，通常是勾勒出一個小水坑，要關聯到撰寫者或是目前我們正在努力奮鬥的調查計畫。我們的參與看起來似乎可以消除學生兩方面的恐懼或疑慮。第一，我們本身不擅長於繪畫的技巧，好像可以減少學生對於自己圖畫不具有藝術技巧的憂慮；第二，這也闡釋了一個觀點，沒有簡單的神奇慣用技巧可以運用在調查上。

這種隱喻性的再現提升了論述的另一層次，讓學生把自己的圖畫掛在牆上並且解釋思想描繪出的視覺想像。此隱喻經常涵蓋了不同議題的混合，需要處理到潛在性的題目、關心到研究方法，以及一般的博士學位論文焦慮。討論本身就會幫助學生與其

他人相互產生聯繫關係，即使是談論未充分發展的想法，也能更加感受到無痛苦的分享。除此之外，這樣的練習可以運用來當作是以課程為基礎的活動、個人的期刊記載，或者是研究團隊討論的基礎。

從模糊不清的許多想法進展到形成一個研究

從早期在一個人的小水坑中移動作響到具有清晰概念化的研究計畫，這樣的轉變牽涉到相當多的工程。博士學位論文調查的反覆性質涉及到產生一連串涵蓋個人想法的文件草案，不只指涉到處是博士學位論文的分離片段，也相關於不同情況或問題各方面的相互連結。開始著手思慮周延和擴大邊際的過程步驟時，我們的建議是：「寫下一些東西。不論這內容是如何粗略。儘管動筆寫下一些東西。」有留心這建議者，能夠幫助自己變得更加容易進入到介於個人和公開之間的思慮周延與論述循環之中。

但是即使是那些已經大步邁向於思慮周延與論述的學生，也常常對於自己應該如何思考或是撰寫相關博士學位論文沒有清楚的理解。我們建議將個人研究大綱（personal research profile）的發展當作是一個起始點。

逐漸形成個人的研究大綱

個人研究大綱之目的與聚焦

個人研究大綱是讓初學者能夠思維和撰寫關於本身的一個架構，這比喻就像是涉及到博士學位論文的一個研究者般。表2.4標示出大綱不可或缺的每一個部分，以下內容就是此詳細的解說。

在此思慮周延的第一個循環之中，就像是個人必須掙扎來面對博士學位論文一樣，而個人研究大綱如同是一個空間，提供記錄初步開端想法以及記載可用資源，個人直覺的感受可能會有助於克服調查的過程步驟與目的。在之後的循環當中，個人的大綱

表2.4　個人研究大綱不可或缺的每一個部分

研究之目的
　　題目
　　進行實際操作的場域範圍
　　研究領域

調查過程步驟
　　研究傳統
　　方法準則
　　　　學術的準則
　　　　浮現新領域來當作準則
　　　　以教育當作是準則
　　研究類型
　　研究方法
　　研究的整體概觀

可以持續逐漸形成一篇更為正式的研究計畫之核心。

　　在解釋大綱裡面特定的每一部分之前，我們簡短地喚起注意到它本身個人的性質。如同在本書序言部分已經提到過，研究者有很大程度就像是調查的一部分亦或研究之目的，還是調查的過程步驟。事實上，研究者的思想立足在調查的核心部分。這樣的說法令學生們感到訝異，特別是那些博士學位論文可能已經同化於不良構思的民間傳聞中者。舉例來說，有些學生認為必須直到他們已經取得博士學位之後，他們才有資格擁有或主張專業性的意見。因此，在這之前，他們把自己本身當成導線管，來暢通其他人滔滔不絕且未受到檢視之思考。另外一個有點像是民間傳聞，其似乎如同不動情感的科學家所顯示的刻板印象，與「真實生活」（real life）的經驗做出切割分離，為的只是要以獨立客觀的方式使現象能夠具體化。與此有關聯的另一錯誤成見是某種信念，認為調查的本質深植於資料的蒐集技巧，而非座落於研究者的內在感知裡面。我們推測這些不良的觀念會促使其變成「博士學位論文的障礙」（dissertation block），因為注意力早就已經從這些灌溉博士學位論文成長並非常具有知識性的泉源中轉移開

了——這些就是學生們本身表現專門技能的經驗、個人理性的關注，以及關乎知識的假設。發展個人研究大綱是一種方法，讓初學研究者開始連結到他們自己的角色，就像是調查者連結到他們的博士學位論文調查一樣。

詳細說明研究大綱——研究之目的

在很多情況下，最容易一開始著手概念化博士學位論文的地方，就是談論以及撰寫關於個人對於研究之目的。基本上，在一篇研究計畫中，學生必須有能力精心製作出目的之陳述內容，包括提出這樣的問題：「在研究中有任何隱含的問題？」與「這個調查的意圖是什麼？」然而，在一開始的時候，這些問題在幫助上較為不大，反而是思索與個人相關聯之進行實際操作的場域範圍和研究領域中潛在的題目，會有較大的幫助。

題目（topic）的選定涉及到議題、概念，或是學科領域，這些可能潛在性地成為博士學位論文的關注焦點（例如：以結果論斷的教育、學校禱告會、建教合作的學習、財政上的平衡法、學生記憶力、禮拜儀式的學習、教育的整體）。對學生而言，在他們思考的這個階段中，要他們對幾個不同的題目產生興趣，是不太容易的事。與其很倉促地決定一個選擇而排除另一個可能，在研究大綱的這個階段當中，則是應該用來記錄與衡量各種不同的可能性。

任何一個題目都有潛在性的可能，以各種不同的方式來加以擬定，這取決於什麼是個人想要知道或瞭解的感興趣部分。當學生一開始要試著清楚地說明研究的想法時，要他們在幾個不同的議題中明確加以區隔是不太容易的，這些像是鑲嵌在一個大致上相似的題目範圍，或有可能把焦點放在描述一個過度龐大還是太過狹隘的題目上，或者每次他們描述自己研究的興趣時都轉變本身的焦點。作為關於博士學位論文題目最初想法的例證，正是凱蒂一開始的撰寫方式，她是一位小學美術教師，而從事有關於本身的研究（參考範例2.3）。

　　考慮關於本身所進行實際操作的場域範圍之各種不同題目，當其他一些較不有趣的想法開始凋落時，可以使得一些新的想法更為清晰地浮現開來。

　　進行實際操作的場域範圍（arena of practice）涉及到個人專業實際操作的上下脈絡或是環境背景，如同個人扮演的專業角色（例如：公立學校教師、高中二年級英文老師、私立學校行政人員、私立學校校長、國中行政人員、高等教育教學者、課程評估人員）。應考慮的背景和角色兩者都可以被視為以過去的、現在的，和未來的進行實際操作場域範圍這樣的說法來表達。

　　當討論到關於博士學位論文的小水坑時（參閱表2.2），過去與當下進行實際操作的場域範圍，可能會導致難以處理的或是讓人苦惱的議題，這也許會使之完全改變成一個可施行的博士學位論文題目。這股往後回顧的渴望，可能不只是關聯到未解決的難以處理之從事經驗，也可能是讓學生願意再次訪視的特別令人愉快之體驗（也許是可以對抗時下讓人難以承擔的情境）。當學生來檢視博士學位論文，並為自己下一個階段的任務打下重要基礎時，參與環境背景或角色的改變，經常可以幫助澄清在諸多潛在性題目中的優先順序。

　　撰寫也有可能產生讓人難以意料到的洞察結果。舉例來說，克麗斯汀（Kristen）是一位高中副校長，處在以下這兩者之間必須做痛苦的抉擇：自己本身渴望給予學生提出勸告，使得他們可以變成更加積極的學習者；但是組織卻期望她能夠負起責任來擔任學校嚴格執行紀律者。在她的撰寫當中，這個角色所帶來的衝突變得更加明顯；也正因為如此，使得這事件可以拿來當作是她博士學位論文的題目。即使是角色衝突沒有很大關聯，個人也可能要在多種的角色或是一個所賦予角色的不同情況當中做出痛苦的抉擇。對博士學位論文題目而言，這些可能都是重要的線索。

┌範例2.3┐

早期撰寫可清楚表達讓博士學位論文能選擇某些題目的可能性

近來，我有兩個令我相當感到研究興趣的題目……，第一個題目是處理一個我認為對孩童在美術教室中相當具有價值的過程步驟。我把這過程步驟稱之為意見調查表（reflection sheets）。這些意見調查表有各種不同的格式，但是通常是在計畫或是課程結束之後才使用，而調查表的目的是要讓學生評估與反應出自己的成果，希望下次當他們開始一個新的計畫時，他們將能因此回憶起自己的優點和缺點。雖然有許多美術老師有向他們的學生提供意見調查表，但是我相信我的意見調查表是獨一無二的格式。同時，那些提供意見調查表的美術老師經常只會在學校（為9至13歲兒童而設置的）裡面的中年級和高年級當中施行。我使用意見調查表所擁有的另一個優點是我年復一年都會保留它們，而且我也會保存學生整個學年所創作的圖畫。這使得我不但能夠看到學生在他們的繪畫中成長，也看到學生能在意見調查表中成長。可以想見，自從我發現自己個人反映在我已經完成計畫上的無力感樣子時，我開始覺得有需要研究這題目。

我第二個題目是令我感到最為堅信的一個。這就像是以下所提到的樣子。在過去十年以來，美術老師的角色已經有相當激烈的改變，但是外界對於美術老師的理解並非如此。我看到唯一會對美術給予和其他重要科目相等評價的人，就只有我的學生。我教學上的同事、行政人員和我的父母親，都在口頭上表示這是一個不重要的想法，或者是以沈默的方式來暗示我的領域沒有什麼重要性。我發現到自己經常在這種缺乏被敬重的情況下表現出挫折感。然而，我擔心的是如果我選擇這個題目，這可能會讓人聽起來像是我在抱怨。

作者現場解說：注意到凱蒂這雙重的焦點。一方面，在這特定的教學技巧中有一個相當狹隘的焦點——對小學生施以意見調查表。根據這個焦點，凱蒂冒著自身危險來從事引領群眾歡呼的精神狀態之事。另一方面，她或多或少有過於龐大的渴望來挑戰

教育制度裡對於美術價值貶低的觀念。這具有長期積怨的心態。如此高度偏離的可能性往往會出現在學生早期撰寫的過程。議題需轉移到遠超過這些含糊不明確就發展的觀念，而到可施行的博士學位論文。鑲嵌在凱蒂撰寫中有兩個重要的關鍵，可以提供長遠研究的博士學位論文之途徑。在第一段的末尾，凱蒂運用了一個試探性的連結，在她對自己學生預期的反映與她對於這種思考模式的無力感之間。在教師反映裡面，這加深了連結她的想法到教育論述的可能性中。在第二段的末尾，凱蒂在擔心讓人聽起來像是抱怨者部分，表現出顧慮來。這提供了一個進入點來討論兩個質性研究中重要的議題——立場（stance）和表達方式（voice）。這也間接地提及潛在的論述客群，可能會提供洞察力來發現研究的重大意義——這就是，美學認知的論述與評判美術教育的理論基礎。

如同之前所提到過，許多跟我們一同做研究的學生都經歷過有專職工作研究者的階段；大部分會在追求博士學位過程中仍然從事其他全職的工作。對這團體而言，撰寫關於本身進行實際操作的場域範圍，可能會有助於他們去回顧過去情境中的細節，以及聚焦於概念化的議題而使之鑲嵌在他們的實際操作裡。其他學生則是隸屬在全職的博士學位研究中。他們可能更加埋頭致力於理論性的論述，如同描寫莊重的文學作品般，但是較看不清楚如何形成一個研究來講述給某一特定的論述社群。有些全職的學生會跟著教授所指導的研究計畫來進行，而且會被期待要完成這廣大計畫中的某一部分當作是他們的博士學位論文。國際學生，是全職學生中相當特殊的一群，他們可能會在政府特定委託或學術機構之下展現相當的功效，而這可以用來資助本身的博士班研究。

不論個人特殊的情況是如何，撰寫關於本身進行實際操作的場域範圍，經常是一個較沒有壓力來開始接觸博士學位論文的方

式。當成為一個初學的研究者可能會突然發生自我懷疑和焦慮的反應時，其實這也是每次對於個人專業上能力的肯定。把專業背景以及經驗結合在一起來考慮個人研究的領域，這是相當適當的。

研究領域（field of study）涉及到教育方面的各種研究範疇，例如：教學、知識的傳授與學習、課程的學習、學習方針、公共行政的管理、監督指導、特殊教育、專家建議、意見調查、高等教育、校規或是國際教學等。在同一個教育學院下的科系、組別以及課程，一般大多是依據特定的研究領域來組成、設計，並且在大學裡大多註冊時也都隱含著承諾要學習某些與本身選擇領域相關聯的知識內容。主修的研究領域，會逐漸地涵蓋到更為細緻地聚焦到特殊興趣的隸屬小團體中（例如：語言藝術教育、科學教育）。

把自己安置到某一個特殊的研究領域中，可以引導本身到初步計畫的階段，連結個人或未公開的興趣到更廣大之專業或學術上社群所關懷的事項。換而言之，潛在性的題目可以由以下兩個重要的問題來加以評估──「為何如此？」（so what?）、「有誰在意呢？」（who cares?）也就是說，除了這學生之外，其他人也可能會發現到重要的題目，而且這學生對此題目的興趣如何可能對某些知識或論述所建構的內容產生貢獻呢？

一個有點兒不太好的博士學位論文之傳聞，那就是假設個人的口試委員是本身研究唯一的閱聽者。這可能會被學術的結構所強化，在那裡學生被訓練來撰寫期末報告，這些報告只由授課教師批讀，之後就送交出去。那些很巧妙符合授課教師預期的學生們，可能會對這樣的說法感到訝異，因為他們的博士學位論文很可能以後會面對一群更廣大的專業閱聽者。同樣的，他們可能會對實際上發生的現象感到迷惘，他們的博士學位論文適合某些更加廣大、更為公開學術性的議程項目，而非單純只是符合授課老師的教學大綱。

在研究大綱中，許多策略可以被用來充實個人研究領域的細

節。列出這領域中主要的研究者是個開始的步驟。這些可能是令個人在他們實踐、研究、教學以及（或是）任職方面所高度敬重的人。列出這些與自己所隸屬相關的專業協會，是另一個好的開始之著手點。可以藉由瀏覽「美國教育研究協會」（American Education Research Association; AERA）網站，初學研究者可以同時找到較為廣泛基礎的部門以及許多特定興趣的團體，裡面的成員有可能會分享一般專業性與學術性的好處。可以把確認構成本身研究領域的論述社群當作是一個起始點，來結合調查過程步驟並連結到調查的對象與題目。

詳細說明研究大綱——調查過程步驟

　　形塑一個嚴謹的質性博士學位論文研究，有賴於注意到三個調查過程步驟的面向——研究傳統、研究形式的劃分以及研究方法。這些所有調查的情況或問題都受到個人整體概觀的影響，最為顯著的是，關於何為組成正統合理知識的基本假設。

　　研究傳統（research tradition）包括了認可產生知識的形式風格，不但可以更加擴大範圍到一般準則，也可加以縮小範圍到各種研究領域。在考慮到個人研究大綱這方面，要認知到準則可以由以下三個方式來解釋是很重要的：

1. 「學術的準則」（academic disciplines）：學術的準則所指稱的是架構或學習的知識分科，由正式的、理論性的知識內容來作為其特徵的評判。這些架構的分科傾向於所反映出的方法，就是人們努力全面理解這個世界的不同面向（例如：物理的、社會的、情感的、心智的、精神的）。學術的準則（例如：自然科學、社會科學、藝術與人文、哲學與宗教信仰）則是反映出這些主要的探索追尋來滿足人性的理解。這些各種不同的準則都是存在於已久的傳統方式裡面，可以用來認識這個世界以及在之中找到人性的體驗（註釋4）。

2. 「浮現新領域來當作準則」（emerging fields as disciplines）：浮現的新領域像是女性研究（women

studies）與黑種人研究（black studies），都挑戰了傳統根植於西方歐洲式以特權知識為基礎的方式，來假設關於知識與科學的調查研究。人權運動和女性運動都促使了新研究傳統的崛起，以反映出女性（Elam & Wiegman, 1995）和有色人種認識論的價值（註釋5）。

3.「以教育當作是準則」（education as a discipline）：當教育這領域已經發展成熟了，許多教育學的理論家和研究者也開始產生論證，認為這也可以是它成為準則後，其本身該有權利來加以檢視（Belth, 1965）。伴隨這觀點而來的是一種信念，認為教育有它本身調查的形式風格，但是並沒有為產生知識來宣稱一個學科的基礎。

教育是一個人性體驗中相當特殊的形式，那些努力要瞭解它本質上的天性者，已經從各種不同準則基礎的方式來勾勒引導出他們的研究。舉例來說，那些對社會和文化教育面向感到興趣者，就會從社會學（sociology）與人類學（anthropology）角度切入來描繪。那些對人類行為與學習感到興趣者，就會從心理學（psychology）與生物學（biology）角度切入來描繪。那些對認為學校像是公共福利機構感到興趣者，就會從經濟學（economics）與政治科學（political sciences）角度切入來描繪。

像是在帶有分析和評論的內幕報導（三）所顯示，啟蒙運動以來，關注於實證的觀察和理性的分析，很深刻地形塑了西方關於知識的信念以及認知的方式。到了20世紀之後，科學的調查方法不只是在自然科學，同時在社會科學也是如此，都已經支配了研究傳統（註釋6）。教育的研究，逐漸也深層地受到這些深植於科學的調查傳統所影響到。在過去二十到三十年以來，挑戰科學的主要認知方法也有對教育的研究開創出更多的空間，從傳統上深植於哲學、歷史、修辭學（Covino, 1994; Roberts & Good, 1993）；文學理論（Petrey, 1990）；文學批判（Abrams, 1989; Fahnestock & Secor, 1991; Juhl, 1980）；語言學；以及藝術

（Barone, 1995; Eisner, 1991, 1993）為準則的角度來切入描繪。

這並非不常見到有教育學的博士班學生，過去已經完成一個以此為準則方式的學士及（或是）碩士的學位。事實上，有些博士班課程會要求一篇相關領域的正式研究。因此，可以發展個人研究大綱，有助於考慮任何可能已具有調查準則方式為正式基礎的論文，而不是在某些含糊不清或是抽象的方法上來考慮到其「研究傳統」。

除此之外，在研究領域當中，相當程度上可能會有論述社群來大量解釋，藉由他們相信值得花時間的調查類型，如同他們找到使人非注意不可的問題類型來詢問一樣。然而，不常見的是，這裡有龐大而堅固的答案可以來回答「那又怎麼樣？」以及「誰在乎呢？」這類的問題嗎？相當大的可能性，一些同處於研究準則或領域中的成員可能會對一篇學生的研究更感興趣，其他的人可能就比較不感到興趣——不只是因為題目的關係，而且還包括了調查的種類。

研究類型（research genre）所指的是特定調查的風格形式，可以排列成討論範圍規則中的相關事物，讓研究者可以當作榜樣的研究指導。因為教育學研究者會從各種不同的研究傳統與準則之角度來切入，許多劃分的形式都可能成為潛在可採用的（例如：個案研究、民族誌、紮根理論、個體敘述、傳記、文學批判、論述分析、行動研究）。因為這可能花費一個專業人的一生時間，在某一特殊的研究類型上來發展其專門知識，想像一個人要是能夠精通這些所有方式，其實可能會造成適得其反的效果。在這循環當中，對學生會很有幫助的是獲得研究劃分的形式種類中之理解，而這也落在質性研究的勢力範圍之中。有幾個簡潔而全面性的敘述對這個探索提供了有幫助的起始點（例如：Denzin & Lincoln, 1994; Jaeger, 1997; Short, 1991）。

雖然意識到各種不同的質性研究類型是具有先見之明的，但是全神貫注於一個或兩個取向，更有希望會使之成為可實行的以

及有成效的。形塑個人的研究牽涉到確定哪一個研究類型可能會最具關聯性。但是經常的，這更加可能是決定於個人本能性的癖好來取得瞭解，而不是取決於研究的題目或問題。

這是我們存在的爭論點，在於精通某一種研究類型是經由透過學徒身分模式所養成的，會優於經由一個學術課程模式所產製的。學生們如果能夠處理自己研究中的細節，自然就能夠瞭解研究類型的細微差異了。在這第一個思慮周延的循環中，研究大綱可以為更長遠的研究，來記錄最初對各種劃分形式的印象及標示出可能性來。我們會把這議題擺在第三章討論。

研究方法（research method）指出用以管理控制調查的程序或過程步驟。它提到眾所周知的「何事、何時、何以，以及何人」（what, when, how, and who）等問題，但它也會指涉到「何因」（why）。關於質性研究當中一個最不正確的觀念就是「過度簡化假設」（simplistic assumption），把某一個技巧或是工具拿來構成個人的研究方法。舉例來說，一個我們最常聽到學生的評論就是：「我做的是質性研究。我想要進行面訪。」這就是錯誤的把某個特定的資料蒐集工具，當成等同於研究方法中更廣泛的觀念。史密斯（Smith）和賀斯訓（Heshusius）於1986年提出在實證的全面性觀點中，「方法」的確傾向於聚焦在技巧方面，尤其是對資料的蒐集與處理（例如：內容分析）。然而，在詮釋者與批判的觀點中，方法能更加有效的建構出像是具有「正當性的邏輯思維」（logic of justification）。

在我們看來，這表示學生們已經超過對「何事、何時、何以，以及何人」等問題來描述答案。鑲嵌在他們答案中的是對於「何因」的解釋。簡言之，他們在研究劃分的形式「規則」中以及調查的傳統假設裡面，提供一個明確的理論基礎來給予各種的程序、方法或是技巧。

這些調查過程步驟的面向在理解上，以及組成一個質性博士學位論文在概念化的主要部分有相當差異的困難度。我們透過這本書以各種不同循環有關的方式來重新檢視。在研究大綱這

方面，當個人想到關於方法之時，快速記下一般的想法是相當有幫助的。在這個人思考的階段當中，摘錄可能會更像是屬於技巧（例如：進行面訪、觀察記錄、資料的分析）而非方法。這些早期的想法最後都可能會被涵蓋到個人研究當中，同時也會納入到一個研究劃分的形式以及調查的傳統上更為廣泛的架構中。

　　研究的整體概觀（research worldview）點出了哲學的傾向，表示我們每一個人都帶有自己的方式來加以判斷、行動以及認知。「傾向」（orientation）這個詞彙指涉到某特定的方式，個體處在這之中來看世界的方式。在詞彙表面上，它包含了觀點上和概念上的想法，以及關聯到個人經驗與信念的態度。在一個更向下延伸的層次裡，它環繞在個人對於什麼是建構正當合法性的知識上。這幾個基本的問題所探討的議題有：什麼是個人可以在自己研究的結論中可以宣稱的「真理」？什麼「真實性」是構成這些真相所宣稱的基礎？什麼是這些真相所要宣稱的「價值」？由此得知，個人本身的傾向會影響到自己研究的整體概觀或研究的典範（Kuhn, 1970）。在教育學中，典型上對研究的整體概觀或典範都貼上了標籤，像是實證、詮釋、批判以及解構主義者。其他常出現在文學的詞彙包括有實證主義（positivism）、後實證主義（postpositivism）、詮釋主義（hermeneutics）、結構主義（constructivism）、現代主義（modernism）以及後現代主義（postmodernism）（可以「參考帶有分析和評論的內幕報導（三）與（四）」來得到更多對這些概念的延伸解釋）。

　　許多作者為了要與質性研究產生關聯性，都試著來解釋各種的研究傳統（Maykut & Morehouse, 1994; Sipe & Constable, 1996; Soltis, 1984）。大部分可以「清楚顯示特徵」的謹慎方法，充其量都只不過是一個試驗性的近似方法罷了。然而學生在最早期探索性的質性研究之階段都會傾向於去閱讀某一組特徵，來表示較其他組更喜歡這一個，並在之後就宣稱：「我已經決定我要這個了！」——意指他們就是一個經驗主義者、詮釋主義者或是批判理論者。要瞭解一個人研究的整體概觀是比這個來得深

入許多。在尚未讓自己沈浸在傳統的論述中、還沒瞭解組成社群
的學者以及未將傳統上遵守準則的研究處理過之前，就宣稱與某
個特定的傳統有一脈相承之血緣關係，這是一種相當自作主張的
行為。範例2.4是一篇從某位學生那裡節錄下來的研究大綱。裡面
說明了可以讓人反覆沈思的類型，可以引導學生進入到一個更深
層的各種研究傳統之解釋。

範例2.4

在研究的整體概觀中反覆沈思

當我選到這門課（質性研究概論）時，我感到非常興奮。我非常期
待這門課，然而我卻異乎尋常地犯了一個錯誤——我告訴一個工作上的同
事，我這學期正在修的課程以及所遭到的嚴厲斥責。這感覺真是像在戰爭
中被捕獲的戰俘！

你看，實證論者教授（Dr. Positivist）（名字顯然已經做了變更；之
後簡稱為P教授）在我學的領域裡面，是這個國家中最受到敬重的研究者
之一。他已經在一些醫療方面具有威信的期刊上，發表過上百篇有被審
查通過的文章。他曾經是一位被質性研究「退件」過的有審查機制之期刊
編輯。但他卻咆哮的說：「沒有發生過像質性研究這樣的事情。這是一種
矛盾修飾法。我無法相信這期刊會刊載一篇引述來自於地震倖存者訪談的
文章，當中全部的倖存者只說『這真是可怕』，而這居然可以稱為一篇研
究！」我真的很喜歡並且敬重P教授（Dr. P），可是這事卻讓我感到相當洩
氣。

作者現場解說：一次又一次不斷地，我們從學生那裡聽到相
似的有趣軼事。我們試著來解釋如此對於質性研究的批評，經常
是來自於不同論述社群的成員（或者他們可能會對粗製濫造的某
些質性研究展示充分根據的批判主義）。然而，當發言者是本身
研究領域的成員、一位令人敬重的同事、有經驗可信賴的顧問或

甚至是個人口試委員會裡的成員時，要研究初學者忽略這樣的聲音是很困難的。

　　學生面對這樣評論時，他們的反應常會不太一樣。有極端的個案是那些陷入到一個反覆抱怨「這難道不是真的遭透了」狀態的人，成了戲謔式的民間傳聞來認為質性博士學位論文不值得可取或不適合。然而，其他的人則是運用這樣的評論來當作鞭策個人思維與撰寫的動力。

　　一再不斷地，學生告訴我們像是P教授般那樣發出令人不舒服的批評言論，當他們坐下來撰寫一些自己研究的問題時，每次都會反覆地繚繞在他們的耳邊。有人會對此感到疲憊，並更加對自己所寫的每一個字之「可接受度」再三確認。但也有人會運用可想像得到的批評來澄清論題，顯示他們從頭到尾都需要仔細地思考。而研究大綱則是對這樣的探索提供了一個實用的場所。

　　在個人研究大綱的某些方面來說，其中的幾個建議可能會有幫助。第一，在摘要部分要處理研究的整體概觀是很困難的。在個人的學科背景、研究領域、感興趣的題目、潛在的劃分形式與研究方法等文本脈絡中來考慮，才可以幫助議題來找出聚焦點。舉例來說，丹（Dan）教授高中科學。他之所以會選我們這門質性研究概論的課程，是因為他認為自己可能會蒐集到一些有關於他學生們，對學習科學的互動狀況的質性資料。從第一堂到最後一堂課，丹不斷地在問：「但是我如何確定這些質性資料會有信度與效度呢？」他對於什麼是建構「真實的研究」（real research）之信念，是可理解性地鑲嵌於自然科學的調查傳統當中。他盡最大可能的努力，但是他還是無法從自己學生對科學有更廣泛的真實要求裡面，根據根植於上下文脈絡的資料產生一致的看法。丹可以藉由研究大綱來認知與宣稱他自己的實證認識論的取向，並且也有可能愈加具體地聚焦在更為實證絮根的質性研究劃分形式或方法中。

第二，以「選擇」一種研究整體概觀的說法來表達思考是沒有什麼效益的。傑西（Jesse）是一個剛踏入質性研究的人，不斷地提到關於如何選擇一個可能適合拿來做研究「問題」的調查模型。這規避了更多可令其反思的看法，這些也許可以幫助他來理解組成他本身研究整體概觀的假設，何以影響到他對於「此問題」與研究它的方法。

持續探討個人研究的整體概觀是需要花時間的，而這也傳遞出了我們第三個建議。有時候，我們遇到高度目標取向的學生，卻很少花心思在他們本身的認識論（epistemological）、價值論（axiological）以及本體論（ontological）的假設。一旦這些概念出現在他們必須注意到的範圍時，他們才會開始著手於分析這些概念，結果都已經到了學期末，這時他們才會「知道」本身研究的整體概觀。在我們的經驗中，當研究初學者開始進行本身的博士學位論文時，他們會把自己研究的整體概觀變成更加深層的計畫。研究大綱提供了一個空間，在那裡可以用來開始與持續個人探索的過程步驟。

開始進行一個研究大綱

一般而言，撰寫某些與大綱相關的組成部分是較撰寫其他相關的要來得容易。特殊的起始點與撰寫的總量，遠不及於比只要開始的這個步驟來得重要。大綱中的文獻可為記錄新的想法或訊息提供一個結構；撰寫大綱的過程步驟也可以有助於強化與澄清想法。與自己的指導教授分享大綱可為討論提供一個聚焦點。舉例來說，每次當我們看到學生在寫大綱時，我們常常會建議參考的資料必須有關聯到學生們的興趣。漸漸地，這維持了規律的過程步驟來進入到許多存在於領域中的論述，以及瞭解到他們本身涉及到論述的立場。

從第一個思慮周延循環中產生的結果

　　大致上，個人研究大綱可以逐漸為博士學位論文，形成出一個處理過程的計畫草案。那些在他們早期研究計畫當中的學生，會開始檢視課程作業如何幫助他們，藉由擷取相關潛在性題目的論述來準備博士學位論文。那些更接近資格考的學生可以開始進行文獻與論述更徹底的回顧，來加以為他們的博士學位論文鞏固基礎。準備好要撰寫他們的研究計畫之學生，會對自己所要進行的調查種類有更好的辨識力。這章節最後提到的一個團隊是以下這幾組的學生。

　　有些學生，典型上尤其是那些對擴大邊際的思慮周延沒有什麼意願傾向的人，會持續性地聚焦在技巧性的獲得，來當作「開始以及完成」博士學位論文的方式。試圖要來避免在做研究最初階段之印象中會有的相關混亂與焦慮感，於是就直接將此帶入到更明確的放鬆階段，這些學生會相當冒險地直接跳到自己的研究目的，並傾向於認為調查過程步驟與資料蒐集技巧這兩件事是一樣的。

　　其他學生則是持續在小水坑中晃動作響，常常不斷變動以及重新調整他們研究大綱的內容部分。雖然他們產生了多種的文獻或是埋頭致力於關於博士學位論文無止境的對話當中，但是他們的思緒還是相當分散的。這就好像他們正在從事於拼湊一幅五千片拼圖，卻不斷以移動個別的每一片到任意位置的四周，而不是試著把每一片拼湊在一起。在一些例子裡，這些所做的事情都會改變情緒上理性枷鎖的氛圍；其他的例子則說到，這裡會有一個令人無助痛苦掙扎的氛圍。而那個可以幫助這些學生以一個更加思慮周延的方式，來朝向博士學位論文移動的關鍵，卻是不斷地離我們遠去。

　　第三組的學生，他們特別令我們感到頭疼，他們的表現可以由一個古老的諺語來形容：「一知半解是最危險的事。」（A

little knowledge is a dangerous thing.）在經過一學期對質性研究的介紹之後，這些學生的結論就是他們已經知道什麼是質性研究了。下方所顯現的意見是一個確切的典型例子，看起來與我們對思慮周延心智狀態之觀念所強調的地方有相當大的差異：

> 在這堂課裡面，我學習到什麼是質性研究、它的重要性在哪裡、關於它的特色是什麼、它的優點在什麼地方、在方法上這地方它可以使用的形式以及如何分析質性資料。質性研究有六個關鍵性的特色……。

而更加適合於質性調查的觀念是一種思慮周延的心態，就像是以下所表現出來的想法一樣：

> 那麼，什麼是我（在這堂課中）已經學到的呢？我已經學習到其他人早就為我鋪好路來做準備；我面臨到的困境其實是在我自己本身。我已經學習到其他人願意分享——建議、承擔的責任、批判的觀點；我需要學習的是如何向別人求助。我已經學習到質性研究所要告訴我的；我需要持續找尋與強化我自己本身表達意見的方法。我已經學習到同儕團體對我來說是一個相當有助益的學習工具——專業上、個人上……，我已經學習到教授對我成長以及發展上感到相當在乎；對我是否能更加具有全面性與深度性的成長而言，這樣關心的接受與內化是必須的。我已經學習到一直處在不確定或沒有把握的狀態可能是滿令人不舒服的，不過這只是一個「還可以」的處境而已——就其他方面來看；我需要學習的是我也可以感到沒有把握或是不確定，但是面對這種感覺時不會覺得有負擔。我已經學習到其他人可以分享我面臨的一些恐懼；面對恐懼是一件很重要的事。我已經學習到我相信自己已經在質性研究領域中佔有一席之地了；在這實際中發展自我的信心是必須要持續下去的。

這位學生（如同那位在範例2.5寫出意見的學生一樣）是具有

代表性的，象徵那些足以自我轉換思慮周延的心理架構，到認知出後續的調查研究以及在大綱中所有的情況與問題。他們瞭解到自己需要更多的資訊來撰寫博士學位論文的研究計畫，而且他們會開始更積極地搜尋這些資訊。當我們看到有人在概念上的努力逐漸聚焦以及具有深度時，我們就知道這個學生已經開始正視博士學位論文，並且進入到下一個思慮周延的循環之中——進入到博士學位論文。

範例2.5

朝向學習質性研究的思慮周延態度

我在這堂課中所學習到最主要的事情之一就是我必須要一次又一次不斷地重新學習。雖然我無法找到支持這論點的創始者，但是這卻是在某個時間點上深刻影響到我的一個重要因素，因為它本身的簡潔與影響力。「這裡只有一件事情可以確定，那就是沒有任何事情是確定的。」（There is only one thing that is certain, and that is that nothing is certain.）

我學習到質性研究可以用一種簡單的形式來描述。它可以是一件事情也可以是許多事情的總和。我們可以確定的是它並非質性研究，但是我們不願意用這樣的方式來界定它，而且這樣的定義可能會變成被賦予的樣子（自從一些質性和量化研究部分有重疊之後，它也不會是絕對的正確）。是否能為質性研究變遷做出最佳詮釋的定義，這樣的辯論是一直在持續的，而這些研究的「力行者」（doer）同樣也在持續他們的工作。基本上，我們沒有辦法把各種面向的、甚至是多變的事情侷限在一個被整齊安排的定義中。我們也不能以對影響的反應來將他們界定成早已存在的觀念，而在方法、態度上相比較或形成對比。

我學習到不要去預期但是要探索；雖然我厭惡這樣的僵化，但是可以接受它來控制我的生活以及想法；計畫與態度並非富有成效的；以及更重要的是，其並非不可或缺的。我學習到讓我訝異的是這裡有更多樣化種類的博士學位論文早已經被完成了……。

　　另外，我同樣也學習到比先前課程中來得更多的是，雖然我在這過程中所經歷到的焦慮感被我個人的緊張誇大到某種程度，但事實上與其他每一位學生在博士學位課程中所經歷到的，相較之下，並不會有多大的差異。

　　在此要附註一點差異，我必須要承認的是我學習到一個全新來檢視過程步驟的方法，可以允許一個不同的調查種類，一種不是如此受到大家採用並受到限制的方法。不是所謂的「兩者擇一」方法。然而，除此之外，我還學習到應用一個在分析事物上可變通的方法，可能會變得複雜而且只是完全變得困難，因為它本身有賴於新的思維方式，讓其能安頓在座標上的某一角落。我認為這樣的思維方式需要更多的關注與聚焦。這是一種可以輕易地帶領研究者（以及學生）突然改變這樣的想法，從此他們在受到忽視的手邊議題前，因而能牽引回來並且聚焦在最重要的部分……。

　　課程上的講義，「思索相關質性博士學位論文研究」，在我描述的新思維方法中舉出了很棒的例證。舉例來說，提出一個生硬的問題，像是：「我應該使用哪一種研究方法？」並且將其轉換為像是一種告知的方式：「什麼樣的方法可以使我能夠完成我研究之目的，與標示出我引導的問題？」這完全就是實際上相當有創意的思維。而這些就像是隸屬於兩個不同思維世界的問題，一個呈現出令人興奮的樣子，另一個則是貼近生活的樣子。

　　作者現場解說：和其他在上完一學期課程之後，就宣稱知道什麼是質性研究的學生做對照，這位學生展現出了一個更佳投入的意願來欣然接受不確定性。她已經很明確開始改變，或是考慮到一個更為多方面的理解方式。她同時也展現了意願來揭露或是承認某些本身的懷疑與恐懼。這也為不著邊際的博士學位論文開啓了可行的途徑。

註　釋

1. 對學生而言，那些正幫忙從事於有經驗的資深研究者之下的主要研究計畫中，「選擇題目」可能會是一個在過程步驟中更加適當的描述。在這些情況下，學生們可能會有機會在全面性計畫裡面的幾個潛在副標題或衍生內容來挑選適當的題目。

2. 從這觀點開始來從事本身博士學位論文的學生，可能會傾向於將其研究置入於批判式理論家的傳統模式。舉例來說，有一個學生正在處理一個缺乏注意力症狀的批判研究，並且意圖要迅速地造成社會或是教育變遷。那些想要進一步研讀關於批判理論的學生，可以開始跟隨著Fay（1987）、Kincheloe（1991）和Wexler（1991）來探索。

3. 這幾年來我們很榮幸有這機會來參與許多學生的研究，這些學生將行動深植於他們的工作中，並且很傑出地完成了品質相當高的博士學位論文（Blackford, 1997; Ceroni, 1995; Goodwin, 1983; Harris, 1995; Hazi, 1980; Holland, 1983; Knapp-Minick, 1984; Konzal, 1995; Leukhardt, 1983; Llewellyn, 1998; McMahon, 1993; Richards, 1996a; Sanida, 1987; Willis, 1998）。我們絕不是暗指只有這些以工作為基礎且已經被完成的博士學位論文是好論文。事實上，學生們都被鼓勵要與自己的指導教授討論關於在自己的大學中，已經被完成且可作為楷模的質性博士學位論文。在撰寫這個時刻我們提到這些博士學位論文，是因為它們裡面幾篇在本書中被廣泛用來舉出各種面向的質性調查。

4. 那些想要探索學術行為準則的信念者，大致上可以從Phenix（1964）、Roberts和Good（1993），以及Vidich和Lyman（1994）著手。

5. 想要進一步深入瞭解到認識論之偏見的議題評論，詳見Scheurich和Young（1997）。

6. 想要知道如何解釋實證與量化的知識觀點會變成支配西方研究

的傳統，詳見Crosby（1997）、Heshusius和Ballard（1996）以及Shapin（1996）。

第三章

進入到博士學位論文

- ◆沈浸在正式的論述當中：研究目的
- ◆沈浸在正式的論述當中：調查步驟
- ◆沈浸在當下相關的論述當中
- ◆撰寫論文研究計畫的初期形式
- ◆曝現於不著邊際的思考之中

　　當學生從不明確地談論關於如何完成博士學位論文，到準備撰寫研究計畫時，思慮周延的第二個循環就開始了。到目前為止，學生們可能已經理解到本身比較趨向於質性而非量化取向來做調查，而且也有一些關於他們可能從事的研究種類之基本觀念。然而要想像得到包括在概念化與處理一個質性研究會有的所有問題，對他們而言是不可能的。因此，這個循環的理性工作涉及到沈浸在論述（主要的，但非唯一的，正式文獻的內容）之中，這可以貫穿他們研究目的與調查過程步驟的想法。

　　然而有各種不同的因素，學生們可能會害怕於採取這樣一個大膽而果斷的嘗試。對一些學生而言，開始處理文獻回顧可以帶來進行博士學位論文的真實性。這個項目就將不再只是列在某些模糊構想出來要做的清單上。如果在博士學位論文過程當中，只是純粹地努力在文獻中的符號而已，學生們對於撰寫博士學位論文的矛盾感可能就會因此顯現，像是在文獻回顧上的耽擱、拖延。

　　同樣也會妨礙進入到這個循環，可能會是反映在相關曾經文獻回顧過的陳述內容中之線性思考的殘餘物。由此雙重含意顯示的就是這裡只有一個文獻內容需要回顧，而且只要回顧一次。要消除鑲嵌於第一個含意中的不正確觀念，我們強調把自己沈浸在多元文獻內容中的重要性，這些文獻包括關聯到潛在性博士學位論文題目、研究傳統與學生所感興趣的種類，以及可以支持一個研究進入到某個種類之中的技巧等。要消除第二個含意，我們強調持續進行沈浸在這些多元論述之中，這是構成質性調查研究整體所必需的。

　　因此，這個循環所瞄準的目標就是建立一個複雜且精細的相關論述之理解，並且開始以這些論述為描述基礎，來為個人的調查創造出一個概念化的邏輯。是否能實現這些瞄準目標，常常牽涉到有沒有抓出這些相關沈浸之中與撰寫相關文獻時的不正確觀念。這章節所要提出的是組織成這四個部分。第一部分探究到相關於沈浸在關聯研究目的之論述中的議題，特別是談到學生感到

興趣的題目。第二部分處理到沈浸在相關調查步驟過程的論述之中。第三部分聚焦在當下相關的論述之沈浸中。最後一部分標示出思慮周延的議題，這是經由撰寫初期形成到研究計畫的過程。

沈浸在正式的論述當中：研究目的

　　像是在第二章討論過的，要確切表達出一個有意義之研究目的，牽涉到對於題目以及閱聽者的理解。因此，沈浸在感興趣的相關題目之論述當中，是形塑一篇概念化的嚴謹研究之基本要件。閱讀相關文獻使個人的喜好與更廣大論述社群所感興趣之事物有了連結，而在最後面對像是「為何如此？」以及「有誰在意呢？」等問題時，產生出令人信服的回應。透過閱讀與撰寫，學生可以開始澄清相關於題目與論述中自己本身所持的觀點。然而，卻有許多關於回顧與應用文獻的不正確觀念，可能會創造出意想不到的潛在性危險或困難。

　　意想不到的危險或困難──「原始研究」的誤解（misinterpretation of "original research"）。決定使自己不沈浸在論述裡可能會是民間傳聞中常見的態度──如此表示個人博士學位論文的題目必須在以前從來沒有被研究過。一再反覆地，我們所閱讀到的研究計畫初步開端之草稿，都包含了像是以下的陳述內容：「文獻回顧之後證明了過去沒有任何研究是做與此相關的題目」；「這個題目從來沒有被研究過」；「在這題目中沒有任何相關的文獻」；以及「極少數撰寫是相關於此題目的」。

　　相當長的一段時間以來，我們非常困惑於這些一般強而有力的斷言，其表示這題目過去從來沒有被研究過。最後，我們推測這是一種對預期的誤解，認為博士學位論文是原始研究的一部分。我們也思索到學生可能避免讓自己將本身沈浸在文獻當中，害怕他們的題目「已經被研究過了」，而如此他們就必須被迫放棄原本所珍視的想法。

　　為了要來挑戰這個誤解現象，我們清楚而有力地宣稱：「如果這個題目從來沒有被撰寫過，它也許就沒有研究的價值。」回顧文獻可以幫助個人澄清在何處，以及何以能相適應於題目中逐漸形成的論述。原始研究的觀念可為論述社群的思慮周延來重新架構成「創造一個有意義的或有用的貢獻」。

　　在準備研究計畫時，個人必須不只有解釋自己的研究目的，也要說明打算要做的研究為何有探討的價值。為了要使研究能有令人信服的事例，顯示如何能夠與論述內容相符合且有貢獻是很重要的。理想上，在個人博士班研究課程過程中所有的讀本將能夠提供這樣的重要脈絡。在現實中，我們看到有太多的學生在他們的研究領域中，對論述的狀況幾乎沒有什麼洞察力。對開始要理解所處領域中的論述，有一個策略可以參考，就是和別人商討與自己主題相關的研究概要。舉例來說，米爾曼（Millman）在1981年有編輯出版一本教師評估的研究手冊。麥克米蘭出版公司（Macmillan Publishing Company）有一系列的研究手冊，裡面涵蓋了所有教育題目的範圍，包括有學校的管理（Firth & Pajak, 1998）；教學（Wittrock, 1986）；學校全部的課程（Jackson, 1992）；教師修養（Sikula, Houston, & Haberman, 1990）；英國語言藝術（Flood, Jensen, Lapp, & Squire, 1991）；社會科（Shaver, 1991）；音樂（Colwell, 1992）；數學（Grouws, 1992）；運動心理學（Singer, Murphey, & Tennant, 1993）；年幼孩童的教育（Spodek, 1982）；科學（Gabel, 1994）；多元文化教育（Banks & McGee Banks, 1995）；教育心理學（Berliner & Calfee, 1996）；以及教育的溝通與技巧（Jonassen, 1995）。回顧這些或是類似的資料可以提供有幫助的洞察力，來進入到論述社群中所關心的批判議題。

　　意想不到的危險或困難——乾淨無痕的版面（the blank slate）。有一個相關的不正確假設，那個信念就是認為質性研究者會很謹慎地避免閱讀任何關聯到本身研究題目的文獻，來當作是一種消除個人偏見或是主觀意識的策略。由以下兩方面可以發現這樣奇

怪的觀念是不正確的。第一，這假設了客體化是所有研究中的必要條件。第二，天真的舉動一般而言是擔保了粗製濫造的學術成就，而非保障客體化。紮根於正式的論述對一篇研究是否能令人滿意的標示出「為何如此？」與「有誰在意？」來說，是基本必要的。

　　我們想起了一位想要研究女性如何成為女性指導顧問的學生。她建議進行她稱之為現象學的研究，並且堅持回顧指導顧問的文獻是與現象學取向不一致的。在同時，她並沒有正式根植於現象學之中，沒有閱讀任何現象學的文獻，而且好像對已存在的指導顧問文獻內容感到非常地不瞭解。儘管已警告提醒天真的行為會削弱研究者的信譽，但是她確信自己的研究會召喚出令人耳目一新且未被看到的現象，而造就無比的貢獻。

　　想一想在特定領域研究的同儕、專業的協會以及學者們，可能會認為那些從事於相關研究主題的人，把論述社群的想法個人化並強調其顯現天真的危險。

　　意想不到的危險或困難——冗長的文獻回顧細目清單（the laundry list literature review）。另外一個在文獻回顧上不正確的觀念是由一位學生所學習到的，他把過程步驟描述成像是「下跪拜神」（genuflecting to the gods）。初學研究者不願把接受文獻的沈浸看作是一種思慮周延的形式，而是可能會拿文獻回顧來顯示（以及炫耀）本身知道這領域裡面的「有名大頭」（big names）。雖然這種認知是必要的，但是這不足以形成一篇用心處理的論述回顧。當時間已經到了要為研究計畫撰寫出一篇正式的文獻回顧，這樣既定的心態可能會導致出冗長細目清單的取向，閱讀起來就會像是一本敘事性形式且有註釋的書目索引。沿著相同線絡地把回顧採以歷時性取向（chronological approach）來處理。一方面，年代表可以為關於某個特定主題的論述演變發展提供實際的洞察結果，這也許具有相當罕見的實用性，但是可能的危險在於過度簡化聚集摘錄某文獻區塊，這些片段是在不同時期之間被撰寫而成，但卻沒有傳達出前後一致的圖像來。

意想不到的危險或困難——同意或不同意的心態（the agree / disagree mentality）。另一個文獻回顧的方式是由米契林所表達出來，她抗拒形塑成環繞在包括教育議題中的博士學位論文之想法已經幾個月了。她一再被告知說她在特殊和正規教育中的學歷證書，很合適將她定位來研究這個議題，但她最後卻脫口說出：「但是我不希望一定要同意別人怎麼說。我對他們所包括的想法也不贊同。」我們回答她：「但是妳為何一定要這樣呢？」直到她完成資格考試之後，米契林終於能夠跳脫出原本不正確的觀念，原本她在文獻回顧上的意圖是要決定誰是正確的以及誰是錯誤的；以及她到底同意與不同意誰。或多或少，她運用文獻來傳遞本身的想法並藉此來為自己的研究建立概念上的脈絡。（參閱範例3.1可以看到她本身對於這樣在想法上改變的描述。）然而這樣的轉變並沒有輕易的發生在米契林身上，如同下方評論所顯示的證據：

成為一位學校專職從業者經驗豐富的人，就某種程度而言我總是對研究者抱著懷疑態度，他們進入到我的教室後，顯得好像對學校生活中錯綜複雜的事物感到盲目，似乎只能認出那些看得到的東西，並且只試圖理解那些可以用「科學測量」（scientifically measured）的事物。過了幾年之後，在我「指導教授」的召集下，我站在許多教師身邊，分享了他們的挫折以及洋洋灑灑的一些老生常談之內容：「這研究顯示……。」

範例3.1

能意識到正式的論述：除了資格考試以外的例證

　　我開始這樣的訓練是由於一個觀念，想要立即地離開積壓我本身有專職工作的研究者這角色，試著在非常動盪不安的影響力量中理出頭緒來，因為這使得我教育領域中的最後幾年相當不得安寧。我所預期的是因為身為一位學生角色的研究者，我可用某些方法來避免掉快速的步調與一所學校對有專職工作的研究者所要求的環境，雖然這常常限制了我的視野而成為短暫的一瞥，但為了要捕捉以及保有這樣「教育涵蓋」的觀念能明朗化，我會徹底仔細檢視。我的目的是要用我自己的方式，透過許多的文件與浩瀚的文獻內容來找尋理解，這些可以啟發我和我的同事，如同我們試圖在這動向中找出複雜難理解的、常常相互矛盾的需求。

　　回顧過去，我覺得自己有過度簡化的印象，我會逐漸以一種非常二元思維的方式來瞭解一個辯論中不同的兩造，「贊成和反對論據」的本質方式，並且以為藉由這樣做，我會讓我自己採納某個一致的立場。相反地，我卻逐漸發現到自己受到兩造隱喻所帶來的限制。

　　當我嘗試要在這錯綜複雜的教育觀念中「加以釐清」（shed light），我停下來思考到它更像是一塊被多方面切割的石頭，那表示在抓住眼睛的注視之前，在每一個不同的細微轉動早已經捕獲並反射出光亮來。在同樣彼此相互依存所安排的綜合事物中，仔細擦拭過每個個別面向的平坦表面，然而也可能是另一個的某部分。所以這是一個讓我能夠在此專注的資格考試，我停下來理解了教育涵蓋的許多情況和問題。

　　當我一開始都不太瞭解時，就是透過與我同樣是研究參與者的許多聲音，我才變得能夠看到以及經歷到不易看清楚教育涵蓋的複雜事物，並超越它的表象。他們的論述為我鋪好了路，允許我走進去並且行駛到問題本身的核心。

消除意想不到的危險或困難之策略 ————————————

　　不只是對我們而言，對我們有談過話的其他教學指導者而言也是一樣，要幫助學生瞭解到要成為支持他們研究之正式討論中的角色是具有挑戰性的。之中的一名同儕，威廉‧艾爾斯（William Ayers），他在伊利諾大學的芝加哥分校（University of Illinois at Chicago）教授質性研究概論課程，他建議學生閱讀紐約時報（The New York Times）內書評回顧的部分，來幫助自己得到如何沿著概念的脈絡來組織文獻這樣的思維能力。這樣的資料像是《國際教育百科全書：探討與研究》（*The International Encyclopedia of Education: Research and Studies*）（Husen & Postlethwaite, 1985）以及由美國教育研究協會（American Educational Research Association）所出版的期刊——《教育領域的研究回顧》（*Review of Research in Education*）與《教育研究的回顧》（*Review of Educational Research*）——同樣也都提供了有幫助的概念化或議題取向回顧的例證。

　　在進入到博士學位論文這循環之間，許多學生還在對他們的研究斟酌於其他可選擇的題目。因此，一個具有立即性與個人的文獻回顧之目的就是察看題目，並加以分類整理出哪一些可以對已經存在的論述有實際上之貢獻。下面所提出的問題可以幫助個人興趣連結到公共關心的部分：

- 這題目在哪裡有被討論過（例如：正式的文獻、大眾媒體、擁有廣大閱讀民眾的出版社、政府公文）
- 誰在討論這相關題目（例如：從業者、研究者、政策制訂者、一般大眾、特殊利益團體）
- 這題目何時變成論述的焦點（例如：這場談論已經持續多久了）

　　舉辦一個論壇（像是一個研究團隊）來討論文獻中所出現的

相關概念，並將此放在為撰寫正式文獻來打基礎的準備工作上。清楚說明各種不同鑲嵌在論述中的立場，可以強化繪製出他們的重要性。如同米契林所得到的啟發，回顧之目的不是要把複雜事物縮減為單一事物、過度簡化的觀點，而是為了製造出進入他人領域論述才描述出的複雜事物。

　　關於觸及到文獻的議題，可能會是另一種遏止的作用來沈浸在論述當中。舉例來說，繁忙的在職人員因為全職的工作而不斷地改變博士班進度的安排，而家庭的責任也可能無法使其花一整個晚上，或是整個週末在圖書館裡。有些學生會組成團隊與計畫安排整晚待在圖書館裡，來消除孤單寂寞以及這個研究任務的乏味。為這樣的取向增加一些有利因素，也可以包括相關參考書目的分享以及同儕之間相互傳授文獻蒐集的策略。尤其是對那些不熟悉並恐懼於以電腦為基礎的圖書館系統和文獻索引的人來說，後面的這個有利因素看起來會特別有價值。

　　同樣地，我們遇過一些令人訝異的學生，他們只冀望於圖書館裡面的卡片目錄或是艾瑞克（ERIC）搜尋系統來尋找文獻。舉例來說，當我們第一次遇到馬蘭妮（Melanie）的時候，她已經完成了涵蓋有一些教育參考書目之相關女性和福利的資格考試。除此之外她現在正努力取得教育學的博士學位，而我們問及她遺漏的事項卻得到這樣的答覆：「這裡真的沒有任何有關於福利這方面的研究。」鼓勵她繼續檢視博士學位論文的摘要，馬蘭妮後來發現到許多相關的研究和參考書目，可以帶入到她在女性與福利所感興趣的教育之重要部分焦點中。

　　教授文獻學是另一門進入文獻的策略，這看起來似乎令多數學生訝異。要學生檢視對他們而言特別有意義的文章與書籍中之參考文獻來找尋相關參考書目時，「你意思是表示，我可以那樣做嗎？」則是學生對此建議所產生的一般反應。我們推測有幾個因素，也許這對學生忽略掉的明確之策略有所貢獻。一個可能是存有「學術緊箍帽」的心態，在此要順從於外在的要求，其為是否完成工作的一項衡量標準。甚至到了博士學位這階段，有些學

生還會持續問到：「你希望這篇文章有多長呢？」「我們被期待要參照多少參考書目呢？」在這態度背後的動力是透過可以觀察到的緊箍帽來驅使，而非對關於此議題所考慮周詳的好奇心。

另外一個因素可能是必須要進行「徹底的回顧文獻」之迷思，在此學生們認為他們有義務來搜尋出所有關於他們研究題目中曾經被寫過的文章。但憑直覺來判斷，他們也知道這是不可能的，不過他們可能被不正確的觀念所綁住，以為選擇性的回顧是不能接受的主觀方式（註釋1）。將自己沈浸於論述之中的目的是要發展出對事物判斷的智慧，與敏感度來選擇可以融會個人想法的文獻，換句話說，就是貫穿個人的研究。

到目前為止，我們已經關注到個人沈浸於相關的議題，這是涉及到研究目的之論述。我們現在要轉換到談論相關的調查步驟，要預先提出的是實際之論述很少像這些討論所描述的那樣分割開來。

沈浸在正式的論述當中：調查步驟

對聆聽論述的既定心態

在第二章結束部分所描述的，學生們可以在他們最初徜徉於質性研究之後，呈現出非常不同的態度。一個是過度有信心，以及在我們的觀點裡，他們現在所擁有的不正確態度，使其認為完全準備好要來計畫與「貫徹」一篇質性研究。另外一個態度讓學生停留在思考問題之中：「完成一篇質性研究是什麼意思，而我要如何為這任務做準備呢？」這個更加思慮周延的態度傳遞了一個可以變成沈浸到質性研究論述裡面的意願——簡言之，開始一個密集的學習循環。我們分享以下真人真事的軼聞，來說明這個學習所涉入之整體的時間感受以及充滿活力的允諾。

在1997年的春天，瑪麗亞和我們博士學位論文研究團隊中的其

他二位成員，參與了由我們學校教育學院所舉辦的一日學術活動。在一段由觀眾發表關於研究團隊各種類型的時間中，有一位教學成員就問到：「我已經嘗試了很長一段時間來瞭解質性和量化之間的典範差異。我想要知道，尤其是從學生的觀點來看，學習質性典範花了你多久的時間？」那個已經在1993年完成博士學位論文的學生成員回應：「我不認為學習一個新典範會比清楚瞭解於自己已經一直在進行的典範要來得重要。」對於這樣具有洞察力的回應，瑪麗亞補充說明：「在我看來似乎研究團隊成員相當一致地需要年復一年，以及多個幾年來瞭解本身調查過程步驟，使其得以足夠好到能在研究計畫中解說。就在那一年期間或是從這一點開始，他們很認真地開始學習質性研究。」

　　這件真人軼事也強化了我們的信念，個人沒有辦法「選擇」一種典範來學習。也不是說個人在學習了「兩種典範」之後，就可以選擇一種來「運用」。在一定的程度上，我們看到學生在調查過程步驟裡會沈浸在某個論述中，而被牽引到某個特定的認知方式，來幫助他們可以更加清晰且深入瞭解自己本身對於認知偏好的本性（註釋2）。

　　然而，要沈浸在質性研究論述之中可能會是一股無法抗拒的趨勢，不只是因為擁有數量龐大的文獻，也是由於它本身的複雜性與錯綜程度。綜合上述這些困難就會持續地逐漸形成論述的本質。就像是唐莫爾（Donmoyer）所建議（1996），我們正處在一個「典範增生」（paradigm proliferation）的年代，這是一個對於質性研究的衝突觀點不斷在教育參考書目與主要期刊中被辯論的時候。那些從一個清晰明確而非長篇大論的知識模式來著手操作的學生，可能會找出像連珠炮似的論述而特別感到困惑。下方所顯示之進退兩難的例證是由瑪麗亞對這樣一位學生所撰寫的回應：

　　　　我被你文章中的一個面向弄得有點困惑——換言之，不停地找

尋清晰明確的規則或答案。讓我先離題舉個真人軼事來澄清我關注的重點。當我還是一個小孩的時候，我從來沒有學過如何騎腳踏車。在我成年之後的幾次機會場合中我確實有騎過一輛腳踏車，但是我卻沒有信心可以在長距離中騎好它。為了要有效掌控住我的焦慮，我要坐在一輛還不會啟動的腳踏車上，確定它很完美的平衡著，然後以緩慢的、控制恰當的步調開始出發，直到我已經有足夠的信心能騎得更快。我多麼渴望能用這樣安全的方式，我曉得騎乘一輛室內健身腳踏車，是我唯一可以成功地在一輛不會行駛的腳踏車上達到平衡的方法。

我要表達的重點是我相信你對於博士學位論文過程步驟所尋求的確信想法，希望找到某個權威可以告訴你應該怎麼做以及如何進行，這就像是我試圖要在沒有移動的狀態下達到平衡的樣子。不管試了多少次，我貢獻在騎一輛室內健身腳踏車的精力與自我保證，它都不會使得我對於騎乘一輛真正的腳踏車感到更為舒適且有信心。你投資愈多的精力在找尋完成博士學位論文的正確方法，會愈使得你遠離一篇博士學位論文所要具備的某種思維方式。

那麼，什麼是可以幫助新進者突然往前，進入到質性研究的論述中並且能將它變得有意義？記住個人在文獻中可能會發現到不同類型的參考書目，那可能會變成研究的一個起始點。

辨識論述的不同層次

關於質性研究的論述型態是存在於不同層次上的，從高層次的哲學性以及理論性延伸到相當實務性。除此之外，在質性研究這大傘涵蓋下之許多較小的論述社群，也都帶有相當大差異的談論方式。通常，有一些事情項目的初步探索，只是為了需要確定出某個作者談論的聚焦點。為了幫助新進者可以釐清經常於談論中交織在一起的線索，以下的討論將強調幾個出現在論述中的不同焦點。

其中一個差異就是「研究傳統」，作者會在這之中撰寫以此

為傳統基礎的整體概觀。有些作者會更加強烈地與以實驗為根據的傳統站在一起，堅持把實證主義或是後實證主義之認識論的假設當作是整體概觀。其他的作者，則是會分享詮釋學（Smith, 1991）或是現象學（Van Manen, 1977, 1984; Willis & Neville, 1996）的假設，在這範疇內來撰寫詮釋的傳統。那些更關注於與權力關係以及特權階級所產生關聯的不正義行為者，會傾向於撰寫更為屬於是批判的傳統範疇，而且可能會描述後現代主義（註釋3）與解構主義的假設基礎。

其他作者可能會更加對哲學性的議題感到興趣，可以試著為特定的研究調查傳統來連結基本的理論基礎，或是試著來澄清幾個認識論傳統下的基礎。在這些更為哲學性取向的論述中，有些作者會爭論到研究調查裡面交織而成的所有準則、研究傳統和形式風格會有普遍性的律則（Salomon, 1991）。其他作者則是摒棄這些均質化不同傳統的效用，爭論點是它們呈現出基本上在整體概觀中所不能調和的差異。

檢視從不同作者描述所連結到的準則或是研究領域，以及他們所貢獻的研究傳統，經常是很有幫助的。過去十五年來，質性研究令人感興趣之處已經不只在教育領域中迅速擴張，在社會科學、藝術與人文、各種專業訓練，甚至是「一板一眼的自然科學」（hard sciences）也是如此。一再反覆地，我們看到學生對質性研究相關資訊感到絕望而不惜冒險，以及有學生天真地假設只有少數題目被撰寫，然後不加區別就使用一堆雜亂無章的參考書目來合理化他們的研究。舉例來說，個案研究的參考書目可以在社會學、人類學、法學、醫學、商學、教育學以及其他許多領域中的論述來找到。在這些領域當中，個案研究可能會符合實證的、詮釋的或是批判的傳統慣例。那些假設這裡會有單一的個案研究方法之學生會冒著自身危險，在自己本身撰寫中蹦出邏輯上前後矛盾不一致的現象。

有時候，暫時將參考書目擱置在教育的準則與研究領域之外可能會有幫助。舉例來說，1982年布萊克曼（Brickman）和

1979年傅拉德（Flood）都撰寫過歷史相關的質性研究；1995年
阿拉蘇打里（Alasuutari）寫了關於研究的文化；1996年庫洛帝
（Croaty）有寫關於護理研究的現象學。偶爾，這樣的參考書目
會提供質性研究中重要的洞察力，所以它們真的不應該被忽略
掉。然而如此的關注應該被帶入到結合這些教育研究的洞察力
中，而且與教育直接相關的質性研究文獻內容之成長，應該扮演
一個讓學生思慮周延的核心角色。

　　經常，書籍或是文章的標題可能會導致無自覺的初學者迷
惘在好像暗示著有一種質性研究的形式當中。舉例來說，仔
細想想以下的標題：《關於教育的質性研究：理論與方法的
介紹》（Bogdan & Biklen, 1992）；《質性方法論》（Van
Maanen, 1983）；《質性研究的系列》（Van Maanen, Dabbs,
& Faulkner, 1982）；《教育中的質性研究：主要傳統的介紹》
（Lancy, 1993）；《教育中的質性研究：關注焦點與方法》
（Sherman & Webb, 1988）；《從事質性研究：在研究圈圈內盤
旋》（Ely, Anzul, Friedman, Garner, & McCormack Steinmetz,
1991）；《研究與教師：一本針對以學校為基礎的質性研究導
論》（Hitchcock & Hughes, 1989）；以及《從事質性研究》
（Crabtree & Miller, 1992）。所有這些參考書目潛在性可能會
對博士學位質性研究論文中的特定形式具有價值。但是學生會錯
誤地假設這些參考書目所描述的博士學位質性取向論文可能會很
困難。如果學生第一次碰巧遇到一個不一樣的標題項目，可能
就會有完全不同的觀點，像是《調查與反思：教育學中的結構
敘述工作》（Brunner, 1994）；《教育研究的質性表達方式》
（Schratz, 1993）；《研究教育的方針：合乎道德與方法論的議
題》（Halpin & Troyna, 1994）；《處在撰寫質性研究之中：憑
藉語言的生活方式》（Ely, Vinz, Downing, & Anzul, 1997）；
《撰寫博士學位質性論文：在做中來學習瞭解》（Meloy,
1994）；以及《處理一篇質性或批判性教育學研究的碩士論文》
（Smyth, Hattam, & Shacklock, 1997）。

　　可以在質性研究中發現的另外一個不同的論述，就是議題的本質是否可以被集中描述。有些作者（例如：Creswell, 1994; Glesne & Peshkin, 1992; Jackson, 1987; Marshall & Rossman, 1995）傾向於採用一個更像是在找尋目標的取向來作為研究設計。其他的作者（例如：Heshusius, 1994; Oldfeather & West, 1994）則是聚焦在既定看法上，讓這有助於處理質性研究。

　　另外一個可觀察到的細微差異，就是瞭解許多作者撰寫的不同研究風格形式。如同在第二章提到過，有幾本書（Denzin & Lincoln, 1994; Jaeger, 1997; Short, 1991）提供了對質性研究者的風格形式做出區別的有效分類。一旦有一個或兩個潛在性幫助的風格形式能夠被確認出來，就能從書中找出更多深入的閱讀內容，為某一特定的調查風格形式貢獻其受肯定的獨特性。但要對現在已經出版的各種眾多此類聚焦於風格形式的書籍來做出判斷是不可能的。以下的參考書目只是由幾個研究風格類型所舉的例證而稍微提到，不過從事教育研究者常常可在之中找出其實用之處。舉例來說，那些總是對個案研究感到興趣的研究者，都可以在書籍正文中查詢得到，像是1993年的哈莫（Hamel）、1997年的馬力安（Merriam）、1995年的史岱克（Stake）以及1993年與1994年的應（Yin）。為了要探索具研究功能與使用潛在性書籍正文的風格形式，可能包括有1998年的格林塢（Greenwood）和萊文（Levin）、1998年的凱密司（Kemmis）和麥克泰格爾特（McTaggart）、1997年的麥克泰格爾特（McTaggart）、1996年的史坦瑞格（Stringer）或是1991年的懷特（Whyte）。那些對民族誌感興趣者，有大量豐富的資料可供他們參考（例如：Atkinson, 1990; Denzin, 1996; Erickson & Stull, 1997; Fetterman, 1998; Stewart, 1998; Van Maanen, 1995; Woods, 1996）。對那些在實證和詮釋傳統兩者中間灰色地帶研究者，特別有幫助的是紮根研究（Corbin & Strauss, 1990; Glaser, 1978; Glaser & Strauss, 1967; Piantanida, 1982; Stern, 1980; Strauss & Corbin, 1990）。其他可供選擇的包括有啟發式教學法的研究

（Douglas & Moustakas, 1985; Moustakas, 1981, 1990）；傳記（Kridel, 1998）；神話詩學（Holland & Garman, 1992）以及以藝術為基礎的教育研究（Barone, 1995; Barone & Eisner, 1997; Finley & Knowles, 1995）。

　　許多作者會聚焦在特定的研究程序、方法或是技巧中。事實上，這裡有許多可以引用的一些細節。但是為了要能夠使參考書目增添風趣，我們注意到一些相關程序議題的例證，那些看起來似乎讓初學研究者感到莫大的焦慮。許多介紹質性研究的入門書籍都可找到（例如：Douglas, 1985; McCracken, 1988; Mishler, 1986; Rubin & Rubin, 1995; Seidman, 1991）。波藍（Poland）在1995年關注於質性資料的精確轉檔。資料分析以及文本詮釋是由1996年卡菲（Coffey）和阿金森（Atkinson）、1990年馬蘭豪（Maranhao）、1984年密爾斯（Miles）和哈柏曼（Huberman）以及1995年尼爾森（Nielsen）所關注的。隨著研究調查的敘述形式（Barone, 1992; Bruner, 1985; Casey, 1995-1996; Connelly & Clandinin, 1990, 1991; Josselson & Lieblich, 1993; Lawrence-Lightfoot & Hoffmann Davis, 1997; Mitchell, 1981; Reason & Hawkins, 1988; Robinson & Hawpe, 1986; Sandelowski, 1991）之出現，這裡已經發展出了許多論述內容的撰寫方式，就像是一種認知方式（Adams, 1984; Richardson, 1994）以及表達方式（Hargreaves, 1996; Knoeller, 1998; Tierney & Lincoln, 1997）。

　　先前的探討只是要強調一些細微的差異，這些可能會複雜化以及豐富化質性研究的論述。發展理解的能力來仔細考慮這些論述當中錯綜複雜的地方，是在這思慮周延第二個循環中所需運用到思考的任務之一部分。這幾年下來，像是我們觀察到學生努力於如何發展這樣的理解能力時，其實有幾個具改變效果的研究取向已經逐漸進入焦點中了。

與論述不符合的取向

　　我們已經一再觸及到一個非常不正確的研究取向，那就是一直拿質性研究與量化研究來比較和對照。有幾個危險會潛伏在這個研究取向中。這樣的比較經常都是立基在對質性研究憑空捏造的刻板印象中。除此之外，不恰當給予「質性」與「量化」對決的稱謂，錯誤地將學生引導到認為這僅僅只是數字或是語言資料上的區別而已。當這樣的分別沒有辦法持續時，學生可能就會支持一個「混合型方法」（mixed-method）的研究，把質性與量化兩者的資料合併在一起。很不幸，在為混合型方法遊說支持時，學生太常忽略掉更為基礎的認識論之議題，像是如何產生詮釋以及怎樣從兩種資料的形式來描述結果的「規則」（rules）（註釋4）。

　　如果學生假設性地將質性研究當作是對於「真正」（real）做研究的邊緣選擇，另外一個將質性研究視為與量化研究相關的危險就會出現。這可能會產生一種防禦性的嘗試來合理化一篇質性研究的正當性，而不是一篇什麼是學生想要試著表達的明白闡述。（參閱範例3.2以及帶有分析和評論的內幕報導（三））

　　採用一個過度廣泛的取向來瞭解論述是另一個潛在性的不正確取向。舉例來說，如果學生早就進行本身博士學位論文計畫，而且能夠為這努力去修許多重要的學分，要在質性研究這大傘下（實證、詮釋、批判以及解構主義）擔負起一個完全於各式各樣傳統下的廣泛研究是有可能的。事實上，這可能會對那些學生是有幫助的，尤其是計畫未來職業想要從事質性研究者，或是在大學想要指導博士學位質性論文的教授。然而，對那些仍然想繼續從事專職工作的研究者，要廣泛觸及這些取向來瞭解質性研究調查可能就會不太可行，尤其是當他們已經接近博士學位階段末尾的時候，或是已經確定進入到博士學位論文過程步驟中。或者是，典型上我們會看到學生在他們初次探索之後，會轉向到一個傳統或是再到另一個。跟隨自己本能來走的學生，會帶領他們到一屬於自己傾向且更深層對於知識的認知中，以及一個他們發現

範例3.2

用來調整質性研究的隱含性方法

由於在教育體系中，技巧層面和推理模式占有支配性的位置，為什麼有人會同意進行自傳體式與敘事體式的研究調查，並且和未來準教師共同處理如此充滿夢想與目標的議題？這樣一個歷時性的研究類型所提供的會有怎樣的價值呢？

雖然以統計學來描繪一幅已經給予議題的簡明圖像是相當有用的，不過統計學無法顯示出參與者的價值觀和信念來。在此研究中，所謂「局內人的觀點」（Glesne & Peshkin, 1992, p.52）在他們職前的經驗之中，透過運用自傳體式的調查、敘事體式的調查、行動研究以及個案研究，都提供了相當具有基礎性值得考慮的因素。

結合量化的研究，這樣模式的研究提供了教師們一個環境來述說，與以不同方式來重複敘述他們教學的故事。

作者現場解說：這篇博士學位論文所提到的這位專家，顯示了幾個一般而言令人意想不到的困難都可能會出現，尤其是當學生們試著要來證明本身學習上的合法性，而當時卻尚未充分瞭解自己的整個調查過程。在這開始第一段之中的問題創造出了一個防禦性的訊息，且充滿在整個段落之中。假使這位學生已經處理過全面徹底描述未來準教師職前教育之論述工作，這篇研究的價值應該就已經達到了，也就是說已經對此論述產生了貢獻，且沒有與理性的、技巧的取向產生對立狀況。除此之外，幾乎在任何一個教育學領域之中，現在有更多強力的論述沒有被理性、技巧的模式所控制；當然，這在教師的教學之中也是成立的。運用理性的、技巧的論述來當作是偏離的論點，顯示了作者並不熟悉這些屬於自己研究領域中的其他論述社群。

在第二段裡面，這位學生掉入證明質性研究取向的陷阱之中，換言之，就是掉入統計學的限制當中。這情況與以下狀況

有異曲同工之妙：喬伊・蒙大拿（Joe Montana）和丹・馬力諾
（Dan Marino）認為只要解釋本身對美式橄欖球感興趣，也就是
說明了棒球如何無法切合他們的興趣與技能。

　　在第三段出現的短語：「結合量化的研究」，顯示了在這位
學生心目中，質性研究是次級的。質性研究論述的深度已經建立
起這研究調查傳統的合法性地位，也許與量化傳統相分離，但是
卻是同等值的。雖然有些教育學者可能不會對質性傳統賦予價
值，但還是會有人對學術社群產生貢獻而賦予質性研究價值。再
者，這暗示著學生們並未瞭解這些論述社群會給予她的作品支持
肯定與感到興趣。然而，這更像是她已經意識到有社群存在，但
是不瞭解他們對於形塑她自己作品的關聯重要性。

　　另一幅表示為危險訊號的旗幟可由此短語來引領說明：「運
用自傳體式的調查、敘事體式的調查、行動研究以及個案研
究」，這在第二段結尾部分。這之中的每一個都是獨立的類型，
而且在這聚集過程中的運用，可能會產生說詞上的意義同等性：
「我想要被徵召進入『匹茲堡鋼人隊』（Pittsburgh Steelers），這
樣我就可以從事美式橄欖球、棒球、籃球以及足球」。我們已經
將這情況取了一個外號：「廚房洗滌槽綜合症狀」（kitchen sink
syndrome），在這裡此學生試著要涵蓋所有範圍，藉此包含每一
種項目（但不包括廚房洗滌槽）到研究方法之中。

　　最後，此學生標示出她未來將要創造出一個環境來讓教師們
述說他們的故事。把這些故事形塑成像是自傳體式的意涵來讓作
者述說他自己本身的故事。描述建立在教師們的故事之上，而成
為她自己撰寫博士學位論文的題材，這表示她可能進行敘事體式
的研究，但是這和創造一個環境讓教師們可以述說本身故事（例
如：編輯教師們本身撰述自己故事的書籍）是兩碼子的事。

　　在全面感受完之後可以傳達出這個相當簡潔的訊息，那就是
這個天真的學生並沒有抓住研究傳統，也沒有隱含在她正在撰寫
的類型之中。

非這樣做不可的廣泛瞭解之問題形式。

可以說是狹窄依附在某個特定程序上的問題，沒有辦法像過度廣泛的取向那樣富有成效，如果持這樣的說法，往往是源於對質性研究存有不正確的刻板印象。只要我們能夠記得，最常出現的固著狀態是在於質性訪談時，典型上是表現在文字描述中：「我的研究是屬於質性的。我正要去做訪談。」因為這樣大膽行事的觀點，可由以下內容看出學生們一再迫切地要求找到問題的解答：我應該要訪談多少受訪者？我要怎樣擬定訪談的題目？訪談內容不會變得很主觀嗎？如果受訪者不想被訪談，我應該要怎麼辦？詢問精確還是廣泛的問題會比較恰當？以及我要如何分析處理訪談資料？這些問題錯誤地假設了「進行訪談」是要對質性研究的特色下一個定義，以及預設這裡只有唯一的一個正確方式來蒐集與分析處理訪談資料。很明顯可見的疏失是出現在對更多基本問題的覺察上：什麼使得訪談在這研究中變得更加適當或必要？全盤研究目的之訪談的貢獻在哪裡？

過去幾年來，另一個過度窄化以及簡化地膠著出現在訪談相互比較的固著中。也就是愈來愈多的學生解釋他們在質性研究上的興趣，是憑藉著想要幫助邊緣團體發聲的渴望。一般而言，這類型的質性研究是很不明確的構思，要在一個目標團體中找出幾個受訪者來接受訪談（例如：學生、老師、家長、校長）且撰寫出他們的故事來。典型上，這些原本具有良好美意的學生，並沒有對這樣之調查，在認識論上的複雜性下過很深入的思考功夫。

讓我們很明確地澄清我們既沒有表現出對訪談的重要性不屑一顧，也沒有貶低輕視對受到剝奪之群體的關懷。反而是，我們建議窄化以及簡化構想來縮小容納範圍，以有效益地理解質性研究的論述。範例3.2有舉出幾個方式來幫助個人對於調查方法理解上的不足，可以重新喚起個人的撰寫情況。

當學生從質性研究的序言探索轉變到沈浸在論述之中，找尋一本書籍的觀點，來為進行這種調查類型找出可行之解釋方法，其已經有消退的現象。然而當學生們不斷尋找一本可以用來當作

他們博士學位論文的研究模型時，這種取向的變化卻出現了。這樣的研究可能會產生令人挫折的感覺，不只是因為質性研究方法的變異性，也有可能因為缺乏明確的線索，為如此變異性的原因發出曙光來指引。一方面，這樣的挫折感可能會發出徘徊在質性研究方法信念之中的訊號。而另外一方面，如此可能變成現實主義對模糊不清的概念化質性博士學位論文產生反應。表3.1強調學生們可能會觀察到的訊息，像是他們閱讀到博士學位論文（或是其他質性研究文獻）一般。

　　在轉移到當下相關的論述觀念之前，我們想要再次強調幾個沈浸在正式論述中的重點。論述社群的概念是一個關鍵點，使我們在錯綜複雜的質性研究相關學科文獻中能夠找出意義來。標記出由不同論述社群之中所支持的位置之能力，其所不可或缺的就是要瞭解到什麼「就存在那裡」；使個人的研究目的和調查類型能夠從一無所知的狀態轉移到充滿正確判斷的智慧。然而，如此外顯性的焦點所理解到的也只是一開始而已。最後在根本上，焦點還是要向內延伸，要與論述產生呼應，就像是把自己整裝準備好扮演一位學術調查者的樣子。這處在外延與內伸的相互影響焦點，很恰巧地可以由瑪姬所撰寫的一篇具反思性的文章來作為例證，我們在第一章有介紹過瑪姬，她在博士班課程整個期間所追求的個人興趣是在女性主義方面（範例3.3）。

表3.1　當探索質性博士學位論文時所要記錄下來的訊息

研究或文章的題目：
作者：
學科或博士學位論文的領域：
博士學位論文採用的是什麼格式，以及這樣的格式如何支持研究中概念化的
　　結構？
研究之目的是什麼？
引導性問題是什麼？
文獻回顧中所描述的內容是來自於哪個論述，以及文獻的回顧是如何被組織
　　而成？
閱聽人是誰？
這篇博士學位論文貢獻了怎樣的論述？
哪種研究類型引導整個調查？
這篇研究中運用了怎樣的資料類型與來源？
研究使用了哪一種資料蒐集的步驟程序？
這篇研究或文章的其他面向是否吸引了你的目光或是幫你形塑出問題來？

範例3.3

能夠掌握住正式論述的內在意義

當我那時候處於這本小母雞·潘妮（Henny Penny）圖書畫本，此內容階段要來安排組織這資格考試問題的時候——你知道嗎，因恐懼而尖叫之突然激進的情緒極度狂亂狀態：「天空要傾斜掉落了，天空要傾斜掉落了」——我以非常激動的拍子跳躍在文章的字裡行間，快速記錄下觀念想法的摘要和片段文意，在文本封面上撰寫了指令並且說著「找到了」。我處在一種看似抓住事物且已支配它們的疏離模式。我陷在雜亂的局面裡。我使得小母雞·潘妮看起來像是緊張的精神分裂症患者。然後，我告訴我自己「緩和下來」，我說著：「驚慌恐懼不會引導你到任何地方」。對吧！好的，我要聚精會神，從頭再開始。閱讀關於女性主義理論的研究計畫或是院系的指定教學內容，對我而言會有助於回顧文獻；這將會令人更加專注以及可能出現一條會有助益的可行通道。令人欣喜的是我最後並

沒有被突如其來的大災難給擊倒，我已經找到一個令我有安全感的地方。好吧，我訴說了誠如我所讀到的內容。是的，我瞭解那些內容。然後，我要瞭解那些對往後理論有發展影響之學者的姓名，裡面可能有我尚未閱讀過，或是我可能已經讀過其參考書目，接下來那種恐慌的感覺可能會全盤重新來過。像是去年夏天我是如何形塑我的題目，以及有哪些是我還沒閱讀過的？為何會有一篇如此重要的研究，而我居然連聽都沒有聽過這個人？「我真是笨蛋加三級」（what a thrice triple ass am I），我必須要像莎士比亞《暴風雨》劇中那位凶殘醜陋的奴僕：卡利班（Caliban）之所為來告誡我自己；你真的不瞭解這個，或是你真的沒有閱讀過。「不斷地自我虐待」（abusing myself to myself），我又開始再次衝動，事實上幾乎要把行走於街道上的人們攔下來抱怨給他們聽，告訴他們我可能甚至要自己來畫一張證書，而把博士學位論文丟在一旁，但在這之前我可能就要先進入療養院去了。

　　然後它重擊了我；不過並非天空，而有可能是研究的一小部分。我有試著要來整理女性主義中不同區隔的領域——自由女性主義（the liberals）、基進女性主義（the radicals）、馬克思女性主義（the Marxist）、後現代女性主義（the postmoderns）、社會女性主義（the socialists）以及心理學女性主義（the psychological）——且試著去理解並弄懂這些內涵。我找到順著女性主義教育學發展的共性，發現了到底是誰想到這些相關思維——或者至少我已經開始要來理解了。我認為知識、性別、主體性、權威、個體以及解放之目的都相當重要。但是每一件事情看起來似乎都有所重疊，有些學者已經從馬克思女性主義轉移到後現代女性主義。有些作者表明宣布自己占有某些研究領域——像是批判理論學者以及教育理論學者——或者沒有特殊研究領域，也可能多種研究領域。每件事情看起來似乎都在改變與移動（除了我之外）——就連女性主義裡面主要準則的焦點也一樣。我實在是無法試著去瞭解它們裡面的逐一內容。事實上，我也不可能理解裡面的每個細節。

　　而後，當我駕駛經過每個高速公路收費站時，我開始不停地思考著有關教學和女性主義，我也開始察看並加以分類整理學者所說過的內容，經

由我已經知道的以及我覺得我應該知道的內容——談論到太廣的範圍以及擁有太少的時間了。一下之間我看起來好像沒有辦法縮小我的聚焦來讓這一切涵蓋在自己能掌握之中。但是最後我詢問自己什麼事情亦或什麼是真正煩擾我關於我本身教學上改變的原因。我想到自己撰寫過的一篇關於華盛頓與傑佛遜（W & J）大學校園的籃球故事。這讓我回想起過去二年在我英語課堂上的奮鬥過程。權威。權威與其所指涉到的問題意思、它是如何被建構、開始施行、結束或是無法聲稱擁有它——這些議題看起來像是我真正問題之所在。為何不透過我自己來思索這件事情以及學術的文憑？這可能會是一個得以進入的方法，一種能夠抓得住我已經不記得的事物之方式。而且這在取向上看起來不只是可以操作的，而且也有女性主義的影子。我想，這看起來似乎真的可行，所以我重新再來過。

沈浸在當下相關的論述之中

我們運用當下相關的論述之概念，來清楚標示出幾個其他重要的資訊來源，這可以貫穿學生們對於自己博士學位論文創作的思維。有一個這樣對教育從事者具有決定性的來源提供，就是讓出現在專業知識以及研究之研討會與論述產生連結性（如果不是沈浸在之中的話）（註釋5）。雖然時間與資金的短缺常常限制了機會，而無法快速移動到專業的會議，但是正式的討論會與非正式的電腦網路都可以串聯起這些聚集的人群，而能夠用以保護防範發生狹隘且過時的想法。很幸運地，網際網路創造出了一個可能性來讓學術與從業者之間的對話，得以漫遊於全世界之中繼續進行。舉例來說，在「質人族」（QUALERS）之中，這是一個質性研究者座落於網路空間裡面的論述社群，其中有一位學生變成了固定性的匿名者（lurker）。其他人也藉由將問題鋪陳在網頁上而有了更多的主動性串聯。像是在第二章之中有提到過，美國教育研究協會網站提供了聯繫，來達到分化與特定利益團體之所

需，因為它涵蓋了教育學領域與次領域的所有範圍。

　　學生們有時候會很不情願進入到這些論述之中，原因是擔心有人會「偷走」（steal）他們獨特的見解。然而事實上，成為一名主動之（如果本身是初學者）論述社群中的成員，不但有助於澄清對自己研究感到興趣的閱聽者，這也可以幫助自己建立身分（以及，也就是所期望的名聲），尤其是當自己是這特定領域中的年輕學者時。

　　即時反應的論述所呈現的另一個形式，可以幫助學生們遷移進入本身研究的文本脈絡中，以及使技巧或程序步驟更加純熟。舉例來說，當學生們正計畫要來引導訪談、創造話題、蒐集資料，或是觀察某一個特定網站，愈早埋頭致力於這些行動之中則愈有可能產生助益。學生們有時候會很訝異於這些觀點，擔心在自己研究計畫通過驗證之前，就蒐集資料可能會產生某種未知的方式來攪亂他們的研究。在實際狀況之中，這些及早來面對事項可以提供學生們在過程中具有多樣價值的洞察力。舉例來說，述說故事所產生的誇大或扭曲事實之觀念，可能會隨著真實狀況逐漸消失，因為人們常常會把自己的生活以較平淡無奇，或無趣的方式來述說故事。即使更多令人深省的故事可能是真實的，但是學生自己本身卻沒有足夠的天分來成為故事演說者。其他的洞察力可能會與下列所提到的項目有所關聯：

- 他們本身訪談以及（或是）觀察時的風格
- 用以訪談以及（或是）觀察的各種不同取向之贊成或反對的論據
- 以問題或是提示的類型來誘探出有用的資訊
- 超越訪談或觀察的程序上議題，例如：安排以及與訪談或觀察的事件紀錄保持聯繫
- 詮釋議題，例如：什麼是資料所要提供之目的
- 描述議題，例如：如何表達鑲嵌在資料之中的意義

從事於實證傳統的研究者可能會有助於形成這些早期的努力結果，就像是一篇試測（pilot study）。在一些例子中，雖然這也許會有助益也可能對我們而言是有必要的，但是如此的前測概念隱含著更多的形式與僵化更甚於適當性，尤其是運用在詮釋與批判調查之中。

當下相關的論述重點，在於其可以幫助學生連結本身博士學位論文的觀點到正式的論述當中。在此過程裡，與文本脈絡和程序步驟相關聯的議題可以變得更加清楚地加以聚焦。也是因為這樣，技巧就可以運用連結到調查的特定模型之中。

撰寫論文研究計畫的初期形式

雖然要完整呈現有條理之博士學位論文的研究計畫，或一般研究計畫是超越學生們在這循環的開端所能觸及到，撰寫還未充分發展的草案可以使之思慮周延，並且讓內容更加趨近於博士學位論文。「要草擬什麼？」看起來似乎是首先必須關心的。有幾個選擇可供參考，這都取決於學生正處在哪個博士學位階段。舉例來說，如果學生還正處於要完成課堂作業階段，在第二章「個人研究大綱」所描述的地方，可以拿來當作是相當有用的格式參考。許多不同論述所探討到的資訊，都可以拿來整合進入大綱當中，逐步帶領學生走到可以對其調查（例如：研究傳統、研究類型、方式準則的背景、研究領域、工作的場域或文本脈絡）產生理解並「站穩自己立場的位置」（plant their feet）。

如果學生已經修完了本身所有的課程，把自己沈浸在論述之中會是一個相當棒的準備工作，以便來應付學科資格考試。因為資格考試的要求會隨著不同學校，甚至是在同所大學之中相同的課程都會有所差異，學生們想要運用學術入場券來聚焦於自己的文獻回顧時，應該要調查這些所要求的條件。然而，暫且不論這些制度性的細節，其可以幫助學生來視察自己本身不成為考試中

的客體，而是如同一個動因般來仔細、綜合廣泛地測試出所篩選與自己博士學位論文興趣相關的文獻內容。

　　在某些領域，學生們可以藉由提交一篇或兩篇學期報告來當作是完成課程資格考試的要求。在我們的經驗中，這些學生可能會痛苦地陷入到深淵中，尤其當時間已經到達該撰寫博士學位論文研究計畫時。如果不是那麼熟悉某個正式的論述，他們常常會有困難來說明清楚自己研究所具有的潛在重要性。甚至更大的問題是，有些學生們會對正式的文獻採取表面上的忽視，以及傾向於依賴相關的幾篇參考書目來支撐自己的想法。其結果就是，我們鼓勵學生們去找尋機會來讓自己本身專心於複雜且難理解的文獻內容之中，以及練習勾勒出論述的技巧來。

　　那些已經完成所有資格考的要求，並且正準備構思論文研究計畫的學生，可能要開始撰寫一些小短篇文章來描述他們對於自己博士學位論文的觀念。針對一篇三至五頁的文章經常比處理論文研究計畫較不會令人感到害怕，且可以減輕作者一開始的許多障礙。有一個可以催生撰寫一篇小短文的方式，就是開始處理大學人文主題的介紹。一般而言，學生們會藉由提交本身研究計畫給制度中的委員會審查，而被要求在處理研究對象時，要能夠確保合乎道德上的處理方法。介紹大綱中特定的訊息要能夠供以裁決判斷（例如：研究目的、研究問題、研究過程步驟等），這些都要能夠為往後的撰寫提出可聚焦的起始點。

　　學生們選擇哪種類型文獻來當作是撰寫的開始並不是那麼重要，而重點是在於要「全力以赴來完成」（just do it）。探索出字彙來表達觀念，進而培養出具有更廣大的敏感度來成為研究語言的掌握與運用。在這過程中，那些對於研究以及將博士學位論文視為理所當然的假設常常都會浮現出來，使它們能夠進入到更加思慮周延的測試當中。藉由串起自己本身從表面的論述到特定方向的訊息關聯，學生持續在形塑自己研究調查的大綱，更加靠近到博士學位論文並且準備來撰寫論文研究計畫。

曝現於不著邊際的思考之中

　　替這討論做個結尾，我們為博士學位論文引出最後一個重點。我們一再反覆地提醒學生處在這樣循環的危險之中，以及介在學生與指導教授之間這種不著邊際思考之不易維持性。在一方面來講，這些謹慎思慮必須禁得起理性的考驗、能夠挑戰錯誤形式的觀念或是缺乏構思的研究。另一方面，過度的或是難以傳遞的回饋可能會暗中削弱學生們的信心，使得學生們放棄具有未來潛力的好研究，或者更糟的是，冒著全盤博士學位論文失敗的風險。維持具有生產力的思慮周延需要承擔某些風險，以及在學生和指導教授雙方彼此都要有很大的信任感。我們腦海還是常常會浮現某些可能性，像是我們錯過某一些從學生那裡而來的重要暗示，如下所提到的情況：

　　　　有一位學生來找我們，她在特殊教育中對被收養兒童的過度再現而激起其興趣。她的文獻回顧所提到的內容不像是其他專業領域（例如：法律學、醫學、社會工作、心理學、公共衛生等），特殊教育不但沒有健全的，也沒有長期以來所採用的論述。她已經開始建立一個案件來產生這樣的論述，但是卻搖擺在被收養者到底要尋找小嬰兒還是較大歲數的兒童之間。舉某一點來說，當她那時正傾向於將收養者選擇為小嬰兒時，她確切地表達出對於本身研究的意圖，但是卻將目光注意在錯誤的假設之上。如把這稱之為是她的實際考量，看起來似乎迅速地變成概念的癱瘓，但是她還是堅持不懈地進行，直到後來由於她個人的某些因素而導致自己遷移到其他鄉間的地區。就我們所知，她從來都沒有完成過任何一篇博士學位論文。

　　　　克麗斯汀（她在自己身為一名副校長角色所可能產生在教育和學校紀律衝突的狀況，已經在第二章有提到過了）經歷過相似的一種癱瘓情形，尤其是當我們建議她可在這非常令人兩難的情況下來

精心處理這樣的研究。在經歷過許多次研究團隊會議中，她很沈寂地坐下來討論，她最後退出了團隊並且避免自己和指導教授有所接觸。

　　這裡提到的二位學生都是非常聰明且有能力的從業者。兩者也都擁有具潛在意義且可施行的研究。我們還是希望如果有些事情我們說了或是還沒說出來——某些遺漏的暗示——儘量縮減環繞在不著邊際的博士學位論文之過程。

　　我們根據寶拉的經驗，她是第一章裡面有提到過的小學美術老師，她覺得處理質性博士學位論文比起看電視更占據時間，並且要把這整個循環中概念化的錯綜複雜事件又再一次帶回家中思考。大約是在這半年，寶拉似乎開始來談論有關她博士學位論文的循環過程。在第一時間，從一篇施測於義大利北部的瑞吉歐·艾密莉亞（Raggio Emilia）[1]地區學齡前兒童研究中，她正為找到藝術和教育的研究方法而狂歡呼喚。接下來，她要藉著對往事的懷舊而談論到有關自己第一次教導失明兒童（blind children）的經驗，顯然可看到她想要以這個經驗來再次回到博士學位論文的研究中。因為這兩個研究看起來好像都無法施行，但是她也考慮過，想要從我們這裡、在她目前從事的教育學研究或是學校實驗室來得到一些鼓勵。每段對話聽起來好像都只是相同概念的形式變化而沒有實質上的改變，唯一不同的就是對我們在她自己研究觀念中所指出的概念錯誤加以坦誠面對，但是她也直接拒絕我們的建議。儘管在我們三人之中逐漸增加挫折感，更多是在於對寶拉信任的感慨，她並沒有從這思慮周密的奮鬥中掙脫開來。她持續閱讀與草擬一些簡短文章。範例3.4包含了來自三個關鍵時期的

---

[1] 瑞吉歐·艾密莉亞（Reggio Emilia），位於義大利北部，是一個富裕、低罪案率、低失業率的小城，人口只有十三萬，但它的學前教育引起了全世界的注意。於1991年，瑞吉歐幼兒學校被美國著名「新聞周刊」（Newsweek）譽為世界最佳學校之一，其方案課程更成為現今世界各地幼兒教育的典範。事實上瑞吉歐·艾密莉亞的教育工作者及家長經過多年來的努力，發展出一套獨特與革新的哲學、課程設置、學校組織方法。

節錄草案，可以顯示出她在想法上的發展過程。如同我們「作者現場解說」所指示，最後的草案掌握住了線索而成為可施行的研究，這個線索很可能會在我們一不小心時就忽略掉了。

不著邊際的思考——這是與其他人共同思考的階段——應該受到最大的尊重以及在意。這並不是表示對觀念在未加思索前就接受。誠如其中一位研究團隊的成員所言：「我和幾個同儕分享了自己的三篇草案。它們全部都認為我的研究聽起來很棒。這感覺相當不錯。但這對我沒有什麼幫助。」當目標已經前進到要對研究大綱提出更精確的焦點時，不著邊際的思考可能會同時產生給予個人挑戰以及支持的感覺。

範例3.4

嘗試研究中潛在的概念

文章名稱	3月份草案	4月份草案	8月份草案
	進入到孩童的世界：年幼孩童在綜合美術表現中的藝術創作之敘事體研究。 進入到孩童的世界：一位美術教師的瑞吉歐・艾密莉亞取向所發展之敘事體研究。 進入到新的典範：找出介於以孩童為中心和以教學主體為中心的取向之平衡點來教導美術。	進入到孩童的世界：一個美術工作室的敘事體研究如同在早期孩童時期的教育學。	

研究 目的	研究我的班級教室以貫穿我的教育學理念。（找出最富有洞察力與意義的取向來教導年幼孩童美術。）	如同早期孩童時期的教育學般來描繪（描寫）出美術工作室。	處理我的教育學敘事體研究。我會探究敘事體（像是個人經驗）於實驗教室中來運用在教導K-8學生（相當於臺灣國內的小學六年級）美術。
上下 文脈 絡	我希望用一整年時間來研究我其中一個早期兒童時期，且有各種年齡（K-1-2）（初小班：相當於臺灣國內5至6歲孩童）分布的美術班級。這將涵蓋每個禮拜一次，每次1小時的美術課程；短期與長期研究計畫相互與他們的級任老師進行整合；在上學與放學後施以小團體的方式。 這是一堂我已經與級任老師合作來發展瑞吉歐取向的課程。	我的K-3（相當於臺灣國內小學一年級孩童）學生待在實驗教室中。如果有需要的話，我也可以涵蓋到博物館中3到5歲的兒童。	

研究的重要性

在50和60年代的時候，美術教育是以孩童為中心的方法所引導來教導美術課程，其焦點放在孩童、創造以及自我表達上。在60年代之中，由於蘇俄第一顆「史普尼克」人造衛星對美國的影響與回到實質的基本上，這鐘擺開始擺盪到更加以主體為中心的取向來教導美術。這種以主體為中心的取向，一般都認知其以準則為基礎的美術教育，重點放在教導藝術的內容或準則上──工作室推出的作品、美學、藝術批評以及藝術史。在這些領域中領導的研究者大多是主要與成年人共事的理論家。他們影響到課程的發展、刪去理解孩童發展以及年幼兒童想法與學習的重要性。在當下，開始有一股聲

小孩在早期孩童時期的幾年內會呈現出具有發展與認知的任務，和那些年長的孩子相比有極大的不同。我們要如何設計藝術教育課程給年幼的孩童，來讓他們形塑個人獨特的個性與特質？

在50和60年代的時候，藝術發展是以孩童為中心的取向，強調創意和自我表達，而這觀念占據了藝術教育這領域。直到近來二十年，改變為強調聚焦在藝術教育的準則或是內容上──工作室推出的作品、美學、藝術史以及藝術批評。這裡的每一個準則都具有其教育學的實踐。這些理論學家撰寫這些準則時常都是給成年

理論基礎：這個研究為何會呈現如此的一部分是因為美術老師接受了以內容為基礎的課程訓練模式，因此常常不會準備來理解對孩童創造藝術的過程而言，其真正的意義在哪裡。老師們被教導要準備課程內容，即便是在他們都還沒有見過孩童以及瞭解孩童的興趣之前。課程通常強加在孩童之上，而不是從孩童的發展與個人興趣和經驗中所顯露出來。聆聽孩童的想法、觀看他們遊玩、傾聽他們的故事、觀察他們的美術創作以及從他們個體敘事在他們的美術與遊戲主題中做記錄，可以幫助美術老師規劃課程與設計對孩童有意

音提高到介於以孩童為中心與以教學主體為中心的取向之平衡點。

附註：我還不是很確定到底「以孩童為中心」的取向是否為我在尋找的描述詞彙。我必須要再加以界定它——同時它也是一個富有意涵的詞彙，帶有許多在藝術教育中負面的隱含意義，所以也許採用其他詞彙或是片語會更好。但這樣也可能使得我要涵蓋的範圍變得過於狹隘。

人或是較年長的孩童，並且當他們在設計課程時，忽略了要理解年幼孩童的重要性——像是他（她）是如何思考、學習等。在我的研究領域中，有必要找出一個更屬於是以孩童為中心的取向來教導年幼孩童。

義的體驗。

我的背景興趣

十七年前，我教導失明孩童美術。許多我美術課堂上的孩子都是介於3至8歲。在那幾年期間，我的教育學也開始確定方向了。仔細聆聽孩子的聲音並且理解用他們的觀點來看這世界是很重要的。

我一直都對孩童藝術作品的敘事內容特色感到興趣。我也老是對他們訴說的故事以及表演的內容感到興趣。這看起來似乎不論是我教導學生哪一種美術課程，我總是在最後都會把他們個人納入其內容講

在這學校教導十一年之後，我離開到一所私立學校去教書，教K-8（相當於臺灣國內的小學六年級學生）學生美術。我發覺到自己相當感到挫折，因為我沒有辦法把許多教導失明兒童的事情拿到這裡來教。我班級大小有二十四位學生，要帶四個班級。我沒有任何助理……，小孩子會製造混亂，使我在一開始的時候大部分時間都花在班級教室管理上面。我已經在那裡教書五年之後，我開始接觸到關於義大利瑞吉歐·艾密莉亞的學齡前教育。當我學習到他們的哲學與教育學時，我發現到自己許多信念都和他們相當一述到的部分。

這些大部分課程主題常常立基於我從他們創作的美術、說故事以及遊戲之中。對我而言，這是進入到他們的世界以及找尋到什麼是對他們而言最有意義的關鍵點。

　　　　　　　　　　致。我的創作靈感
　　　　　　　　　　來自於理解與整合
　　　　　　　　　　他們的諸多準則到
　　　　　　　　　　我本身的教育學當
　　　　　　　　　　中。

　　作者現場解說：請注意這三部分觀念重疊到的地方。如就表面上的閱讀可能使人產生印象，認為寶拉只是不斷地在重複相同的訊息，而就其內容範圍，這是一個個案。然而，除此之外，每個草案不但隱含有一些新的訊息，而且也在循環概念中呈現出不同的關聯性——個體敘事、教育學、進入孩童的世界與對比以孩童為中心和以主體為中心的藝術教育學。就個體敘事來舉例說明，就像是在這三個草案的調查形式所顯示，但是這敘事體草案的主體卻像是被安排過而呈現不同的可能性——年幼孩童的美術創作、美術老師被某種特定藝術取向的教法所同化、以孩童為中心與以教學主體為中心的取向、像是教育學的美術工作室。開始後不久，寶拉很擔心如何或應該怎樣進行她的研究，以及要採用哪一個年齡群體，好像這些細節都在她研究中占有決定性的效果。這樣對上下文脈絡的考量都反映在前兩個草案當中，但是卻在第三個草案中除去了。留意於文本脈絡的情況也顯現在背景部分，但是重要的轉變出現在介於第二和第三個草案之間。在四月份，寶拉提供了一個按照時間順序排列的描述，著重在她本身從業史的情境面向。八月份的草案聚焦於教育學的概念：「孩童藝術作品的敘事體特色」。這幾個字可能涵蓋了寶拉研究中的概念化關鍵，在研究內容中第二句的關鍵預示了其重點，當寶拉提到：「我會在教學中探究敘事體的運用方式」。在此之前，寶拉就已經提過以及撰寫過敘事體的運用來當作是調查的形式。然而，在八月份的草案中，有出現了一道敘事體的微光來當作是教學法形式上的核心。突然間，提到過的語句：「進入到孩童的世

界」看起來此嘗試不再只是悅耳易記的題目，反而像是在教學法上具有重大意義。寶拉不斷地詳細述說她本身教導失明孩童的經驗，也不再像是誇大對往事懷舊的感覺，倒是好像這呈現出了她在教學的哲理上具有經驗的基礎。她對於瑞吉歐·艾密莉亞的熱衷看起來似乎比較不像是要引人注意而已，反而像是速記下這短語來描述她努力奮鬥所展現的教育學或課程形式。如此，她對於上下文脈絡減少關注就會變得令人容易理解，因為「張開沒有偏見的耳朵」來聆聽了她學生們關於本身美術創作的故事之後，覺得不應該受限於某個班級教室或是某個年齡群體之中。

八月份的草案對寶拉進入到思慮周延的第二個循環而言，其顯示出了一個關鍵點。現在敘事內容在她教育學中所扮演的角色變得更容易聚焦，寶拉可以更強烈地感到她沈浸在與論述相關的教育、藝術教育以及教育研究領域之敘事體中。她可以為本身的研究開始建構理論基礎，從這些論述當中汲取更多適合的內容。她也可以開始思索更多關於自己研究過程中更加確切的步驟，思考她將如何從本身的教學中獲得敘述的面向。

註 釋

1. 持續關注在「主觀」部分可能會顯示出一個學生潛在傾向於實證研究的意願。指示很明確的告知：在質性調查傳統中，更多關於認識論的詮釋或批判之假設需要有更多的思慮周延。

2. 很有趣的，有許多學生都會問到不知是否可以改變個人的典範。這本由Heshusius和Ballard（1996）所編輯的書提供了這樣的敘述，裡面觀察到研究者與評估者他們的整體觀點，由實證主義者到更像是詮釋主義者的轉變。

3. 那些對探索後現代主義觀點感到興趣的人，可以由Anderson（1990）和Scheurich（1997）所分別撰寫的書來當作起始點。

4. 雖然可以在質性研究文獻中找到談論混合型方法的參考書目，但是研究初學者常被告知要謹慎使用這種概念，不要成為太過於簡化的方法。那些想要嘗試混合某些質性資料到根本上完全是實證的研究中，要能有判斷力地考慮到只把這些資料視為是「人性填充物」（human filler）的危險性（Richardson, 1994）。

5. 學生們強烈地認知到他們身為實習者的角色，是被鼓勵來參與不只是相關聯的專業性協會，也包括各種研究協會。如果主要依賴在簡訊或是同業間的期刊來獲得各種專業相關的資訊，其經常是沒有辦法為專業所關注的研究興趣提供所需的洞察力。每一年，美國教育研究協會都會以出版方式來描述本身的分化現象與特定興趣團體。回顧這些清單可以幫助學生來澄清他們的研究領域以及連結到相關的論述社群。

第四章

精心處理論文研究計畫：第一部分

◆正當性的邏輯、研究類型與研究傳統

◆使博士學位論文能夠聚焦

◆重述反覆性論文研究計畫的性質之要點

我們之中的一位朋友詳細地描述了他自己首次進行跨洲際旅行的軼聞趣事。不同於一般平穩不搖晃的飛行，緊接在機長宣布：「各位女士、先生們，我們剛剛才跨過了國際換日線」之後，發生了讓乘客們經歷到輕微的晃動情況。這樣介於第二與第三思慮周延的循環界線上，常常會令人難以發現到其已經悄悄地從一個時區滑到另一個之中。當學生們埋頭致力於為本身的研究不斷撰寫與改寫觀念的描述時，這些論文研究計畫的初期形式會逐漸地形成，而變成一篇正式文件檔案的研究草案。就像是寶拉撰寫關於藝術教育（範例3.4）的例證，一開始看起來好像是個錯誤，但是卻引導她更加進入可能達到的敘事體教育法之核心觀念，也就是說，為其思慮周延提供了相當好的清晰脈絡且具有深度的內容。也就是這聚焦很明確，所以可以明確地令人理解到個人的研究該朝哪個方向前進，因而開始了第三個循環之理性的任務：仔細地精心製作一篇在概念上嚴謹的論文研究計畫。

精心製作的過程牽涉到要引導出個人所做的文本脈絡，與相關的論述來建立起介於研究的內容和調查的過程之架構上的關聯性。思慮周延的聚焦要確保能夠適合於下列各種研究的情況（註釋1）：

- 研究的題目
- 根據上下文脈絡的背景或理論基礎
- 研究之目的
- 研究傳統與研究類型
- 引導性的研究問題
- 研究的程序步驟
- 研究者表達意見的方式與立場
- 所預期的描述內容
- 所預期的博士學位論文之文獻編排架構

所謂的「正當性的邏輯」（logic of justification）像是「觀

念上的黏著劑」（conceptual glue）一般，能把所有研究的問題都結合在一起，而使得前後推理能夠有一致性。初學研究者，特別是那些認為研究方法與資料蒐集技巧相似的人，常會被正當性的邏輯概念給弄糊塗了。因此，我們就從此處開始來考慮這個重要觀念，與研究類型和研究傳統所產生的相關概念。這個章節關注在這些概念所扮演的角色是如何形塑整體概述與最後的博士學位論文。之後在第五章會更加具體地探討到議題與研究中的每一個小問題的相關性。

正當性的邏輯、研究類型與研究傳統

　　為了要在正當性的邏輯、研究類型與研究傳統之中找出一個令人有感覺的相關意義，我們由一個在全世界都可以類推的團體運動之介紹來作為開始，特別是那些落入到球類這大傘所涵蓋之下的運動。這些球類運動，像是橄欖球、棒球以及籃球等，其目的就是要贏得比賽。每種球類運動都是藉由自己本身特定的傳統來進行，按照它本身內部的邏輯以及要遵守的規則，來決定何者是構成「合法性的勝利」（legitimate win）。而在研究當中，其目的就是要產生知識或是理解力。每一篇研究都受到其領域內特有傳統的影響，根據一個內在的邏輯與所遵循的規則來決定什麼是構成「合法性的知識」（legitimate knowledge）（參閱「帶有分析和評論的內幕報導（三）」）。這些各種不同研究傳統的內在邏輯是根植在假設有關何為真理（認識論）、何為真實（本體論）以及何為價值（價值論）之中。

　　在特定研究的形式或種類中的正當性邏輯接近像是一種策略，像是擺放教練這個位置是為了要贏得比賽一樣。教練有相當大的施展空間來決定自己的策略，只要本身能夠不偏離比賽的邏輯和規則就可。舉例來說，一位橄欖球教練可以有自由運用不同選手的權利以達到先馳得點，但是在比賽場中實際帶球得點則不

在此範圍中。在教育學中為質性的博士學位論文研究發展出正當性的邏輯，牽涉到個人打算要如何參與的球類比賽之理解狀況。

研究類型的範圍

讀者最好要能夠思考到：「我可以在哪裡找到在各式各樣質性調查傳統研究類型的所有清單？以及，更重要的一點是，對於這些各式各樣的研究『比賽』，我在哪裡可以取得這些所有必須遵守的規則清單？」

在這裡我們的運動似乎變得有點令人感到壓力。不同於世界上的運動項目，各種不同形式的球類比賽都被完整地定義、清楚地與其他比賽做出區隔來，以及藉由建構完整的規則來指導，但可被接受的質性研究形式類型，卻沒有被收錄在謹慎講究且整齊有序的範疇當中（註釋2）。

在1980年代之前，教育學博士學位論文遵循著科學研究調查的慣用方法，並企圖於研究傳統的合法性中來產生知識。客觀性、信度、效度、可驗證性以及可複製性，都是拿來判斷是否符合科學真理陳述時具有合法性的檢驗標準。這時就是從事相關教育學研究穩定性的時間了，借自湯瑪斯・孔恩（Thomas Kuhn, 1970）所提到的雋語：這就是「正規科學」的時期了。這就像是猶如棒球成為整個城鎮中唯一的運動項目，而且每一個人都認為這個運動有參與的價值。每一位初學研究者都會被假設已經具備有比賽規則的概念與已被社會化而能夠進入到這經常專注於技巧性已熟練的運動中。總而言之，於教育學研究者當中或多或少都有共同一致的看法，像是何為構成合法性調查與如何引領初學之學者開始藉由博士學位論文的過程步驟進入到這裡的傳統。

然而，大約在1980年的時候，有一群數量成長迅速的教育學研究者開始探討不同的「球類比賽（ball games）[1]」。要說服人

---

[1] 這個習慣用語起源於體育運動，但是如今卻被應用到生活的各方面。其意思就是指涉形勢發生變化，而必須轉變策略以適應新的局面。

相信科學研究調查不完全能夠闡明教育學的面向，這些學者開始探索他們的方式來朝向不同的認知模式。在教育研究這圓形競技場領域中介紹新的球類比賽，這些探索者身上背負著責任來清楚且明確地說明，他們研究而產生的真理所聲稱的性質，其邏輯透過這些真理的聲稱可以如何被證明，以及對這些真理的聲稱所能夠合法性檢視的標準。

　　在幾近二十年來的探索之後，這個過程仍然會持續下去，這個教育學研究社群處在一個唐莫耶（1996）所宣稱的「典範增生的年代」（an era of paradigm proliferation）（p. 19）。在一場1997年受邀於美國教育研究協會（AERA）的年會演說中，伊里亞德・艾斯勒（Elliot Eisner）是一位多種選擇形式的知識表現之領導擁護者，他對於質性研究的改革提出了以下之見解：

　　　　我要表示新開發的區域之出現，是源自於對舊有的典範之不滿意所引伸，隨著在認知多元主義中所發展的興趣，以及一種對於研究本身性質之新的思維方式。在這些新的取向中之一，就是近來更加關注在以藝術為基礎的取向。如同大家所知，當質性研究的出現如同成為教育學研究者一種可確切實行與可下定義的選擇時，一開始的趨勢就是去尋找民族誌來當作內容形式以瞭解如何從事此研究。當然，這種從民族誌中來尋找的行為，是完全可以讓人理解的。民族誌是人類學的產物，而人類學是社會科學裡面的一門學科。從一門社會科學的學科移植到另一門社會科學的學科之中，遠比移植一門社會科學到以藝術或人文為基礎的取向要來得容易許多。不過藝術的概念可以為從事研究提供一個基礎，因為其本身留意於相當多的矛盾修飾之觀念。然而，有愈來愈多的趨勢顯示，研究者認知到科學調查只是研究的一種類型而已。研究也不僅僅只是社會科學中的一種類型。事實上任何審慎的、具有反思的以及系統性的現象研究，都擔負起促進人類更加瞭解世界的責任，並可將此認為是一種研究的形式。這都取決於一個研究是如何被進行的（Eisner, 1997, p. 262, 額外強調）。

很有趣地，艾斯勒的演講點出了美國教育研究協會十週年慶裡質性研究的專業興趣組別來。在同一場年度會議中，一個新的美國教育研究協會專業興趣組別，也在以藝術為基礎的教育學研究領域中形成了。我們的重點只是要表達這個。在過去二十年來，教育學研究的形式——這也就是，研究種類——這也足夠讓博士班學生得以有巨大的發揮空間。學生們在裡面所謂的球類比賽中可以有多種的參與方式，從傳統的、以科學為基礎的研究到高度革新的、以藝術為基礎的研究都有。如同艾斯勒所指出，透過這些多元的調查模式而產生真理所聲稱的合法性，這都取決於研究是如何被進行。正當性的邏輯就是看學生闡述本身的研究是如何被進行。這樣的闡述遠超過只對將要使用的技巧作一形容，而且它也透過對其未來可能會被產生，或可證明的知識來置入本身的準則與策略。

然而，由最廣泛的範圍來說，要精心處理一個概念上前後一致的研究，會使得深入思考個人所進行與真理所聲稱的性質，而產生於其中的研究傳統之理解成為必要因素。舉例來說，這樣一篇實證研究所聲稱的真理，會與一篇詮釋或是批判研究其聲稱的真理有所不同。更嚴格來說，個人必須瞭解本身所正在依循廣博傳統中之研究的形式或是類型。具體來講就是，正當性的邏輯是在研究傳統與研究類型裡面所精心呈現出來的。

就這觀點來看，研究者可能會好奇：「我如何為這些所有的過程下決定呢？我什麼時候要開始呢？」當學生到了要進入第三個思慮周延的循環時，把這想法放在心中思考是很重要的，他們可能已經完成實際上的過程步驟，來確認與其一致的質性研究傳統和探討潛在的研究類型。（在第二章所提到的個人研究大綱，就是打算要幫助學生與這些固有的傾向保持接觸。）因此，一個全然未出現過的新決定不會突如其來地出現在第三個循環之中。反而是，如同在這章節介紹時所提出的建議，初學研究者會變得更加清楚而明確地理解他們正一腳踏入在那個範圍之中。

置入個人的步調

這裡我們提出範圍選擇的觀點——與特定的傳統和類型具有相似點——其發生的階段早於任何特定決策、方法或是技巧上的確定。在所有的可能性當中，這個基本的選擇是立基在一個令人難以理解的綜合層面，包括個人的取向、整體概觀、興趣與其特有能力。我們很難得能夠看到某位運動選手能同時從事兩種專業的運動。麥可・喬登（Michael Jordan）短暫而積極轉入到棒球領域就是一例，也許這是近來最值得注意到的事件，且讓人上了莞爾一笑的有趣一課。姑且不論喬登本身相當傑出的體能狀態、心智鍛鍊，以及他有意願精通新的技能，他最後在棒球界也只有達到讓人可接受的普通成績，而最終還是再度回到他擁有獨特天分的運動領域中。

我們進一步主張博士班學生，應該要更加切合在某些調查模式中而不是到處張望其他的模式。在學習與理解上，這些會為博士學位論文帶來其構成基礎的取向。他們的整體概觀會帶領本身進入到現象中的特定型態之中，引發他們來思考某種類型的問題，並且使他們更加傾向於調查的特定模式中。專業的經驗與專門的知識，會使得他們承載著重要且具有潛力的實用技能。

舉例來說，仔細思考一篇由瑪麗蓮恩・勒威爾琳環繞在像是教育學這樣屬於精神層面之概念，而精心完成的博士學位（範例4.1）。在某些程度上而言，她長時間仔細地考慮哪一種研究類型最能夠貼近來表達她的研究，以及哪一種正當性的邏輯能夠引導她的想法。進行某個科學傳統以及運用某個科學研究類型（例如：準實驗研究），來達到對於教育學精神層面本質的洞察力，像是邏輯性的前後不一致般困擾著瑪麗蓮恩。類型植基於藝術與人文（例如：個人敘事體、自傳體）或是社會科學（例如：個案研究、民族誌）——儘管好像可以進行——但卻令人感覺並非那麼妥切。如同瑪麗蓮恩掙扎於這樣的議題，並且試著想像自己如何能夠完成研究，精神上所需要的觀念自然會逐漸地愈來愈聚焦。

範例4.1

精心完成一篇與自己的整體概觀、個人取向以及特有天分所前後一致的研究

標題：引導進入到一個境界：像是教育學般的精神

研究目的：為了要清楚明白地說明個人對於如同教育學精神的理解，以及以這種方式來描繪出於本質上與學習上相輔相成之具有變化的可能性，使其可以轉變成像是那些對於教育學精神層面感興趣的教育工作者。

引導性的研究問題：

> 什麼是帶領我進入到像是教育學般精神這樣的研究中？
>
> 怎樣的生命事件可以幫助我來形塑自己的精神層面與教育學？
>
> 我自己的精神層面與教育學如何能夠清楚的表達出「引導進入到一個境界」？
>
> 透過一連串經過反思的撰寫之後，我如何產生與清楚說明像是教育學般精神的深層理解？
>
> 我如何描繪出像是教育學般精神的本質經驗與榜樣？

研究類型——精神層次的調查：在我進入這個調查之後，有一種語言表達方式顯現出來使我得以最適切地表達出此方法，我已經埋頭致力於這過程很久了。這個調查過程本身會讓精神層面得以體現。「時機背景」（kairos）[2]、凝視、經反思後的撰寫以及詮釋，都是所謂的精神層面之調查。用這種方法來建構此調查研究，我為此調查揣摩了一種語言文字表達方式並且創造一種上下文脈絡，使其可以很忠實地涵蓋在研究之下。

非常有可能，在範例4.1所提到的那個語言文字，可能會讓許多讀者感到一頭霧水，不只是產生不熟悉感，且對研究的努力引起全面性的不恰當。我們摘錄這個例子是希望能夠表現出其挑戰先入為主觀點的勇氣與力量。要瞭解到精神層面調查研究何以能

---

[2] 亞里斯多德修辭學用語，指於適當時機以適當手法提出論點，以說服讀者。

夠如同調查的合法性類型般而產生箝制，放置這研究類型到個人的文本脈絡以及研究傳統中去思考是很重要的。這裡要關注於瞭解到瑪麗蓮恩在理論性研究中擁有相當廣泛的背景，她隸屬於宗教性團體的成員之一，以及她每天都會引領本身的精神層面來作為生活的依據。此外，她的撰寫方式是依照神學以及哲學中享譽盛名的學者來處理，以使得本身的研究能夠聯繫到精神層面之研究調查的歷時久遠並受到敬重的傳統中。瑪麗蓮恩在她研究調查中用來創造正當性邏輯所使用的語言文字，並不是來自於科學的傳統，而是來自於哲學與神學的傳統。所處理的內容比較像是詮釋的，而非實證的傳統，也使得瑪麗蓮恩能夠結合她本身在詮釋學與人文的所有課程知識來加以撰述。

　　大部分的觀點都在範例4.1概念綱要之中描繪出來，這也顯示了瑪麗蓮恩對於本身博士學位論文的思慮周延之開端。然而，在思慮周延的第一個與第二個循環當中，瑪麗蓮恩還無法看到在各個不同概念之中的相互連結關係。她也還無法思考到要如何描繪關於這些凝視、反思、時機背景以及其他根植於她知識體系中已存在的故事。藉由進入到正在進行的思慮周延與論述當中——在她本身以及其他人身上——瑪麗蓮恩慢慢地開始將其放入本身的知識中，運用其來顯示什麼是她所要研究的、為何此研究有其重要性，以及她所追隨的研究調查類型。就此觀點，她已經從思慮周延的第二個循環轉移到第三個了，瞭解到她的研究該朝那個方向進行，以及學習到該如何掌控整個過程步驟的感覺了。

　　卡蘿（Carol）提供了一個與瑪麗蓮恩相反的有趣情形。讓卡蘿產生動力以進入學校整合的調查中，是來自於她本身參與了一所當地學校行政區的改革力量所面臨之阻力。像是課程發展專家的正式性訓練，具有已經訓練有術的技巧可以廣泛蒐集質性調查資料，以及擁有將複雜性事物得以豐富其內容的方法，卡蘿很適合把自己的研究發展定位在質性，或實證傳統以及全部課程所評估的類型之中。很不幸地，卡蘿著手處理自己博士學位論文時，固著於研究的技巧並且很不情願來面對擴大邊際的思慮周延

問題。因此，她沒有意識到要在傳統與類型中置入個人步調的想法，以此來讓自己更加切合研究。由結果顯示，她的研究產生了幾個重要觀念上的缺陷與錯誤。

潛在性之意想不到的危險或困難

當學生們沒有很精確地瞭解到指引本身研究的類型時，他們可能會令本身陷入意想不到的危險或困難之中，像是從事於等著看自己出錯的危機。事實上如此，其中幾個這些意想不到的危險或困難很值得加以標示出來討論，因為它們會使得散落在相關於類型與正當性邏輯的議題之中，而使其光芒顯得黯然失色。

意想不到的危險或困難——科學文章發表的綜合症狀（the science report syndrome）。不同類型所固有的概念有其形式上慣例的作法，讓其研究計畫得以被發表出來。在傳統上，博士學位論文要符合或遵守「科學文章發表」慣例上的一致性。這就假設了，論文研究計畫可能最後都要變成博士學位論文的前三個章節。簡言之，第一章就是研究的介紹，第二章要顯示文獻回顧，以及第三章要描述研究的方法。為了要完成一本博士學位論文，第四章（研究發現）與第五章（研究討論與結論）要再加進來處理。要撰寫論文研究計畫，學生們通常都會遵循一般所指定的綱要模式（相關模式可參照：Castetter & Heisler, 1984; Davis & Parker, 1979; Fitzpatrick, Secrist & Wright, 1998; Glatthorn, 1998; Manheimer, 1973; Mauch & Birch, 1983; Rudestam & Newton, 1992; Sternberg, 1981）。

這種論文研究計畫的科學概念，已經變成鑲嵌於博士學位論文的傳統習俗。然而這樣的科學文章發表形式已經變得愈來愈不適用於質性博士學位論文之撰寫，尤其是使用在調查方法上的詮釋模式出現後。舉例來說，在以藝術為基礎的大傘下之研究，艾斯勒（1993）、巴隆（1995）、唐莫耶和葉尼·唐莫耶（1995）以及其他人也都已經很具說服性地加以論證，並說明知識的呈現應有更廣大的形式範圍。同時也挑戰以科學為基礎的架構之適當

性，來證明已經逐漸擴增範圍的論文研究計畫與博士學位論文，其立基於調查的敘事體形式之論述，這些都不是根植於科學概念形式中，而是修辭學中的文學理論與文學批判之上。

　　像是卡蘿這樣的學生，故意縮減思慮周延的步驟過程，可能會自動地假設所有論文研究計畫與博士學位論文必須要遵循科學文章發表的傳統慣例。當學生們正在進行詮釋的或是批判的傳統時，卻創造出不協調的概念來，而這可能會暗中破壞本身研究的完整性，或者更糟糕的是，為他們自己研究調查的管理能力豎起了紅旗來表示失敗。

　　意想不到的危險或困難——廚房洗滌槽的綜合症狀（the kitchen sink syndrome）。廚房洗滌槽的綜合症狀感覺好像很容易發生，尤其是當學生們丟入大量的專業或技術用語到研究中，看來像是不顧一切嘗試要證明其研究方法的嚴謹與精確。很反諷地，這種想法的程度是如此的膚淺，而結果所給人的印象卻只不過是初學者讓本身的研究，完全不在自己能掌控的範圍中。那些錯誤地用以理解研究傳統與研究種類，就像是把研究方法當作是技巧而已的學生們，都是特別容易受到這種意想不到的危險或困難所影響。他們也很容易受到接下來討論之意想不到的危險或困難所影響。

　　意想不到的危險或困難——枝尾末節的考察（the fishing expedition）。在此意想不到的危險或困難之中，學生們在論文研究計畫中會太過於考慮資料蒐集的細節，含糊地撰寫分析資料來揭露重要的題目或是議題，但事實上卻對於自己如何從分析中獲得意義，並沒有談到什麼東西。簡言之，從他們論文研究計畫中，正當性的邏輯在重要各方面幾乎都是缺乏的。學生們會連結到不正確的觀念，可能是他們為了避免產生偏差而藉由運用全新不同之取向（blank-slate approach）到本身的題目上，但就很有可能特別容易掉入此意想不到的危險或困難之中。

意想不到的危險或困難──紡稻草小矮人[3]的綜合症狀（rump-elstiltskin syndrome）。這個意想不到的危險或困難通常是由以下像是這些的評論所顯示一般：

> 我的指導教授過去幾年來有獲得一筆相當可觀的款項來從事「X」的研究。她已經用質性資料完成了絕大部分內容，因為這是她主要的興趣所在。但這裡還有許多其他的質性資料是她沒有時間來著手處理。這看起來似乎相當有意思，而且她說我可以用這些來當作是完成我的博士學位論文。她自己本身不但已經是一位質性研究者，而且她也感興趣於學習更多方法上的研究。

可藉由利用先前已蒐集到的資料來跳過個人博士學位論文的起始階段，其所帶來的成功機會是相當高度吸引人。也因為如此，有個重要的觀念就是從廣大範圍的研究對象中來取捨大小適當的質性資料內容，當然這必須要涵蓋有用的見解並且不應將其浪費掉。在我們的經驗中，那些屈從於這樣吸引力的學生們很有可能會發現到自己達成了一個錯誤的協議，且在最後會像是一個童話故事中的公主試著要把稻草紡織成金線。從眾多的資料中要建構出意義來──不論資料是由學生本身或由其他人所蒐集而來──都是非常困難的，因為其研究處在一種缺乏具有良好形式之表達目的中（註釋3）。

為了要保護本身使之能抗衡這些潛在性之意想不到的危險或困難，我們主張每一篇的論文研究計畫都必須要具有個人精心完成的風格，如此介於博士學位論文之文獻中的研究目的、研究類型，與預期的形式之間的結構關聯性也才能夠清楚地加以解讀。

---

[3] Rumpelstiltskin乃一小矮人，身材十分矮小，為了解救王子的新娘，答應展現法力，將亞麻紡織成金線（起因是女主角的父親為了應付貪心的稅吏，竟撒謊說女兒懂得用紡紗車造金）。

論文研究計畫：博士學位論文最適切的估算法

　　要能夠精心完成如此一篇論文研究計畫，學生們會面臨到一個雙重挑戰。其中之一就是要解釋預期效果，也就是之前必須要瞭解到什麼答案會從歸納調查中出現；另外一個就是在得知哪種形式會是最能夠在表達結果之前，就描述出博士學位論文的格式。面對這些挑戰的關鍵在於要有一個足夠清晰的研究調查傳統、研究類型以及正當性邏輯之概念，以能夠解釋調查何以處理，以及緊接而來的，如何發表。舉例來說，學生們進行實證傳統時，可能會產生一篇看起來、閱讀起來像是科學文章發表型態的研究。要是學生們進行的是詮釋傳統的話，可能就會產生一篇看起來、閱讀起來像是一本學術性書籍的研究。一個研究隸屬於以藝術為基礎的詮釋調查類型時，可能就會看起來與閱讀起來像是一部文學作品。要是研究是隸屬於批判傳統，可能就會採用辯論法的形式來呈現。

　　因此，一篇論文研究計畫預示了博士學位論文的形式與風格。當我們提到博士學位論文的過程是一再反覆時，我們指涉的是每一個精心完成的步驟，都會帶給博士學位論文最後形式與內容更為清楚的聚焦。論文研究計畫的關鍵在於一再反覆檢視，透過如此，學生會在第二章提到小水坑陰暗部分所浮現而透露出的形式之前更能夠看得清楚。研究的本質在於以幾個論文研究計畫的關鍵面向來加以獲得與傳達——標題、研究目的、引導性研究問題以及研究過程步驟。所有的這些都會被形塑來與研究傳統和研究類型產生關聯性。

　　在這章節後半部分，我們舉出例證來說明這些研究的面向如何互相協調，此是藉由探討已經在美國匹茲堡大學完成本身博士學位之教育領域的專職從業者，所撰寫的四篇質性或是詮釋的博士學位論文來描述。

使博士學位論文能夠聚焦

　　這四篇質性博士學位論文的概念架構呈現在範例4.2之中。在回顧這些研究時，對讀者而言要理解研究的題目或是特定術語並非如此至關重要，就像是如何得到題目中的概念進而結合陳述內容，之後進入到引導性研究問題之中一樣。而要言簡意賅地表達類型如何轉換成研究過程步驟則是更加困難，因為正當性的邏輯是必須要整個貫穿這些博士學位論文。透過幾個延伸的範例，我們藉由作者使用的文字來解釋每個人如何著手處理本身的研究，以及給予概念來說明語言文字的變化如何從一個研究到另一個研究，卻能保有一研究類型來貫穿。

個人敘事體博士學位論文之例證

　　佩特・麥克馬隆（Pat McMahon）和林恩・李察斯二位都是經驗豐富的教師（seasoned teachers）──其中一位在社區大學，另一位在公立小學任教。當她們面臨到博士學位論文之時，二位都奮鬥掙扎於本身的教育學，希望能夠結合新的面向到發生在她們教室中的教學與學習之中。在佩特的案例，她感興趣於是否具可能性可以運用撰寫文件檔案，來與她共同創作的學生一起建立經反思而產生的想法與論述。林恩則是透過她預期要教授的二年級課程，來勾勒出構成整體創作戲劇表演的可能性。二位都不約而同地轉向到個人敘事體來當作她們的研究類型。就像是佩特所言：「我總是在故事中思索」。林恩感興趣在對自己學生「提供發表意見」的機會。範例4.3包含了兩者的概述，這是從佩特的博士學位論文與她研究過程的簡短摘要而來。範例4.4包含林恩的摘要，也包括了摘錄自她博士學位論文而來的目錄。

　　我們要收錄這兩篇研究的原因是如同第三章所指出，在過去十年，敘事體研究類型已經吸引了相當多在教育學領域中研究者的興趣。在許多方面，敘事體──尤其是個人敘事體──已經理想

地整合進這些想要仔細調查本身研究的專業人士當中。然而，新進入質性研究的人可能會過度簡化地假設自己埋頭致力於敘事體調查，僅僅只是因為他們正在撰寫敘事體的風格。這樣會忽略具有深度的敘事體認識論之基礎，而只認為可藉由經驗意義的再建構來產生知識的形式（Bruner, 1986, 1996; Coles, 1989; Dewey, 1938; Hopkins, 1994; Mitchell, 1981）。我們希望藉由一瞥佩特與林恩的研究，可以提供例證來瞭解到個人敘事體調查的潛在過程——由個人仔細工作來求證的證據作為起始（不單單只是事件本身，也包括事件背後的思考）；從證據來創作出可以勾勒個人工作的文本；解釋文本來找出鑲嵌在其中的意義；以及創作出鑲嵌於其中的意義之描述（註釋4）。佩特與林恩對於本身博士學位論文的描述也給予各種不同的資料來源一些不同風味，以及可以用來支持敘事體研究調查的形式。特別是偶然找到林恩博士學位論文中的目錄，這清楚地闡明了我們先前所形塑的觀點——質性博士學位論文不會像機器般地跟隨著科學文章發表的形式。

範例4.2

質性或是詮釋的博士學位論文所闡明的不同研究類型

佩特・麥克馬隆（1993）。〈反映大學創作課程的三種層次之敘事體研究：教師日誌、學生文件檔案、教師與學生的論述〉

類型：個人敘事體

研究目的：我研究之目的是要藉由教師日誌來詳細說明並分析教師所反應的工作。我也將會說明且分析撰寫文件檔案時所反映的概念，這是透過進入到學生們創作文件檔案，以及經由教

林恩・李察斯（1996）。〈在我們內心的圖像：一個創意戲劇表演之敘事體研究如同在小學教室內所涵蓋領域的教學方法〉

類型：個人敘事體

研究目的：本研究之目的是要描繪出如同教學方法的創意戲劇表演。這個敘事體研究同時也調查了小學孩童，如何藉由教室的戲劇表演過程來形塑對於學習領域的滿意。

師與學生的文件檔案論述之敘事體研究。

引導性研究問題：

什麼是發生在社區大學創作課程的教育學故事？

當撰述的教師反應在自己的工作時會發生什麼狀況？

撰述的教師如何處理大量需要撰寫的文件檔案？

學生們所展示的文件檔案所反映的撰述特性為何？

關於學生們所反映的撰述，什麼是介於學生與教師之間論述的性質？

引導性研究問題：

創意的戲劇如何能被建構成教學方法？

如果教師將戲劇拿來當作是小學教室中的教學方法時，會發生什麼情況？

如何解釋説明教室中的敘事體研究？

在小學教室中運用創意戲劇有什麼教學方法上的意涵？

琴·康佐（1995）。〈我們改變中的城鎮、我們正在轉變的學校：可能會產生共同的利益目標嗎？〉

類型：以藝術為基礎的讀者劇場（readers theater）

研究目的：這篇研究之目的是要揭開現今於中等學校中改革結果所產生的錯綜複雜之事物——尤其是當牽涉到家長和介於家長與教育者埋頭致力的改革結果之關係；要描述深藏於家長與教育者關係中的內在劇情，以及像是他們試著去找出共同討論範圍時所面臨到人性上進退的兩難；與鼓勵教學者與家長來思索這些人性上進退的兩難並採取行動來解決這些問題。

凱西·契隆尼（1995）。〈承諾的約定、承諾的破裂：賓州一位主任教師經歷的文學批評〉

類型：文學批評

研究目的：這研究目的是要瞭解賓州主任教師創制權所孕育產生出的文本，為了要在這些文本中能夠解釋表面與鑲嵌其中的意義。

引導性研究問題：

本研究在什麼情況下使用像是藝術研究而非科學研究的隱喻，會影響到方法論以及研究發現的描述？

根據目前文獻關注於父母親角色改革的力量，以及關注於研究者本身個人與專業的經驗以作為家長與教育者之角色，什麼是社會與教育的條件而在中等學校改革脈絡中影響到家長或學校的關係？

以某種說法來定義優良的中等學校：「在家長之中的一般討論範圍就足夠了嗎？」以及「在家長與教育者之間的一般討論範圍就足夠了嗎？」

什麼是家長與教育者會面臨到人性上進退的兩難，尤其是當他們試著要建立一般認知到何謂「優良」的中等學校時，內容會如同研究者所詮釋的嗎？

引導性研究問題：

什麼是由賓州主任教師的創制權裡面所產生的文本？

什麼是從這些文本中浮現的表面與鑲嵌其中的主題？

這些主題如何在原本的文本中被詮釋成與表面或真實有關聯的二元論？

這些詮釋如何能夠拓展我們的理解方式，來知道教師們怎樣回應專業上發展的計畫？

範例4.3

反映大學創作課程的三種層次之敘事體研究：教師日誌、學生文件檔案、教師與學生的論述

摘要：這是一篇敘事體研究，其聚焦於作文教師的掙扎，其希望能為學生以及同樣為其他的教師來創造出更加具有個人意義的學習經驗。在第一章中，我介紹過本身的希冀，期望能精確地涉入到學生們本身的寫作過程以及課堂中的生活方式。在第二章中，我開始去想如何於作文課程中來反思並且設計出一套具有教育意涵的活動，來鼓勵我的學生們從事反思的過

程。

　　這套課程的核心就是撰寫文件檔案的要求，但我對此並沒有提供任何特殊的指導方針或模型。目的是要由探討學習經驗而找出問題來，我會要求自己的學生們能夠捕捉本身的想法，包括反思其文件檔案的內容以及為他們自己商榷出一個反思的過程，來使得本身能夠創造出文件檔案內在的架構來。

　　在第三章中，是我個人反思的日誌，這是發生在班級教室中的故事，就像是必須完成的工作結果。在這裡，我公開解釋了這個學期時間中的課程內容，包括當時學生被要求為自己建構知識架構，以及我描述我們的工作像是一個論述社群般，這就像是我們試圖要來理解知識是如何被製造出來，以及所要表達的意涵是什麼一樣。

　　在第四章中，我面臨了要分析六十五位學生文件檔案的工作任務，目的希望或多或少能夠使他們本身內在的反思性質能呈現之結果。他們掙扎於要在我面前想像出一個概念架構來捕捉資料的範圍，我發覺到自己正在進行創造意義、相信一種如同放置在我學生相同位置的歸納過程。最後，我看見了自己學生們的文章，像是他們為其文件檔案本身的經驗賦予了創造性的意義。

　　這四種具有答覆性的章節在文件檔案中顯示出了：「尋找研究的界線」、「找出表達的方式」、「進行關聯性串聯」、「找出發現的結果」。我在第五章中描述了每一個詮釋模型，在那裡我呈現出了每位學生本身反思後的描述，就像是他們在撰寫以及本身論述過程中所呈現的內容。

　　在第六章中，我在此章節中反映出本身已經從此經驗中學習到的內容。

引導性研究問題與研究過程步驟：這篇博士學位論文專注於當具有反思性的撰寫文件檔案變成了社區大學中初級程度英文作文課程的基石時，到底會發生什麼狀況。為了完成這篇研究之目的，我必須要形塑出五個具有引導性的問題來。

　　1.什麼是會發生在社區大學英文作文課堂中的教育題材？以及

2.當作文老師反映在她本身工作時，會發生什麼事情？

這些問題都已經在我個人本身的日誌中以某種形式來標記了，在這整個期間當中我都在記錄，希望能夠抓住我反思過程中的證據。我在其中描述了本身對於初級程度英文作文課程的理論基礎與架構，我並且解釋了自己如何形塑有助於十五週課程開始的教育內容。我接著反映出本身的教育學研究法，這樣子的開展像是一種能清楚說明我如何理解到學習經驗本身的方式。因為我希望能夠在真正的日誌形式中呈現出我的想法，這是在於本研究中的第三部分：「我自己與教育邂逅的故事：一位反映在本身工作上的教師」所單一呈現出來的。

3.一個作文老師如何處理數量龐大的寫作文件檔案？

在這個部分，我描述了我的想法與感受，如同我意圖達成的結論般，描述六十五位學生文件檔案本身內在的反思性質所呈現之結果。我解釋了本身質性研究的發展過程來創造出一個概念架構，以捕捉學生們反思內容後的各種不同形式。我也在理論部分涵蓋了我的反思，以使得我的經驗能更加具有意義。本研究這部分，第六章節命名為：「面對六十五篇文件檔案：從理論到實踐的關聯性反思」。

4.什麼是學生們文件檔案中所呈現的內在反思性質之撰述？以及

5.什麼是介於學生與教師之間關於學生們的反思性撰述之論述本質？

這些問題都已經在第五章中所標記出來：「一個藉由思索文件檔案反思以及教師與學生論述的概念架構」。這個章節的內容節錄了從學生文件檔案那裡來的反思性作品，以及當學生們被鼓勵要把自己的撰述表現成具反思性意義時，其所發生在學生們與教師之間持續進行的論述。這個概念架構是由四個範疇所組成，而在這些範疇之中的每一個，我都呈現出學生個人的描述來。這些描述使得我能夠抓住學生們文件檔案中的內涵，並且理解這內容如何舉例說明本身範疇的反思性之特性。同時，這些描述也能捕捉到介於學生與教師之間的論述本質。這種反思的根據，我舉出我學生與我個人之間的摘記在形式上的一致性來說明，同時也有當下我本身錄製的教師與學生研討會之反應情況。

範例4.4

在我們內心的圖像：一個創意戲劇表演之敘事體研究如同在小學教室內所涵蓋領域的教學方法

摘要：這篇敘事體研究呈現出一位從事小學教育者，在教學方法上具有洞察力的研究。我一開始是藉由自己最初的專業取向來出發，而到達創意戲劇的領域中，我的研究興趣是想瞭解到一個小學的班級教室如何能夠透過課程安排而加入戲劇的活動。透過這整個研究，我串聯了本身的個人經驗以及其他研究者、戲劇理論家、教師們的想法，更特別的是串聯了我自己學生們發出的聲音與表達。

透過這六個月以來的期間，我用文件檔案證明了自己二年級的班級教室之參與過程，經由教師日誌、課程計畫，以及錄音帶或錄影帶這多樣性的鏡頭來捕捉。我也涵蓋了那些學生們反應的類型，這提供了我相關的思考：學習記錄、短文撰寫、日誌、錄音帶或錄影帶的預製以及戲劇任務報告的田野記錄。透過敘事體的簡介，我發現在各式各樣角色以及一般小學課堂教師的反應中，存在有模糊不明的矛盾處，尤其是教師和學生之間的界線何以變得更加模糊，就像是如何將戲劇活動涵蓋進入到每個內容方面裡。我持續進行調查的戲劇活動與任務報告，也進一步地受到了以下兩個問題來引導：「我擔任教師一職之目的是什麼？」以及「孩童們所理解到的是什麼？」

在這樣教學的脈絡之中，我描述了什麼是本身的教育哲學、介於家庭與學校生活之間的連結，以及加入語言藝術、社會科、數學、自然科學課程之後，每日教室中如何發生不一致、融合與改變的現象。然後我加入這些描述到更廣泛的教育方法脈絡中，以藉此把戲劇解釋成四種不同的分析方式：「戲劇作為認知」、「戲劇作為論述」、「戲劇作為敘事」，以及「戲劇作為創造性」。這些分類範疇的描述是透過教室內之例證來呈現，例如：孩子們產生各種不同意義的方式、學生與學生之間延伸性的討論、可經由分享敘事的論述、教師與學生之間分享角色與生命發展所產生增強效果的戲劇經驗之上下文脈絡意義，以及創意戲劇如何鑲嵌在教學與學習

的過程中。我以一些廣泛的發現來總結一下這個研究，讓其他想要處理本身自己的教室經驗涵蓋入教學法之戲劇的小學教育從業者有所依循。

第一章：導論
　　　　研究目的
　　　　引導性問題
　　　　研究的重要性
第二章：戲劇的界定以及精選的文獻回顧
　　　　教育學中對於戲劇的界定
　　　　戲劇作為主題與作為過程
　　　　教育學的戲劇種類
　　　　處在教育脈絡情境中的課堂戲劇
第三章：戲劇資料、研究過程步驟
　　　　敘事體調查
　　　　學校環境的描述
　　　　學童
　　　　本研究進行的時間
　　　　資料蒐集過程步驟
　　　　資料分析程序
　　　　研究的敘事體例類型
第四章：戲劇描述、我們課堂上的敘述
　　　　戲劇與教育方法的實踐
　　　　戲劇性的圖像
　　　　教師戲劇化的演出
　　　　教室課堂中每日例行性的戲劇
　　　　戲劇與計畫——戲劇發生過程的開端
　　　　戲劇與非預期性的事件結果
　　　　戲劇與家庭、學校之關聯性
　　　　戲劇在小學的內容領域中
　　　　戲劇性的思維

第五章：戲劇的揭露、戲劇作為一類推法

　　　戲劇作為認知

　　　戲劇作為論述

　　　戲劇作為敘事

　　　戲劇作為創造性

第六章：戲劇作為小學教育從事者的教育方法與發現

　　　關鍵性的發現

以文學藝術為基礎的博士學位論文之例證（註釋5）

　　如同佩特與林恩、琴・康佐與凱西・契隆尼為博士學位論文帶來了這些年來專業上的經驗與專門技能。然而卻沒有清楚地理解到本身研究類型而進入到博士學位論文的過程步驟中。反而所出現的類型，就像是使得他們變得更加深入沈浸在本身的研究當中，並且猶豫煩惱哪一種風格與格式可能會比較適合所產生的知識本質。他們兩者的研究都達到了強調反覆性的質性博士學位論文之種類。一般而言，一旦在研究計畫已經完成之後，從事於科學類型的研究者都不會再校訂他們研究的題目、目的之陳述，或是引導性問題。在質性研究中——尤其是發生在詮釋傳統之中——這樣的校訂是很有可能會出現的，可以讓描述更加清晰化而可使博士學位論文中的每個連續草案得以聚焦。

　　身為一名教育界行政人員、教師與家長，琴能夠檢視學校改革的議題，因為其在教育中擁有兩者兼具的供應者與消費者之身分。有鑑於所對抗的問題與許多學校因為改革而採取的行動之失敗，琴開始了一篇研究本身城鎮中改革具有成效的深度調查。琴付出相當多的時間在學校職員和城鎮中市民身上，除此之外，她也累積了一千多頁的訪談謄本，她可能會將自己的研究形塑發展成一篇民族誌或是個案研究。然而卻在類型上看起來似乎沒有保持公正性，而這也是她所聽到的內容中受到強烈情緒影響之聲

音。在她本身博士學位論文最後的部分，琴描述了這個過程，也就是引導她到讀者劇場中以藝術為基礎的類型。範例4.5包含了幾個節錄自她本身博士學位論文的部分。首先，由她的摘要來看，可以發現研究的背景與場所。接下來是目錄一欄表，說明了一篇博士學位論文的架構是如何形塑。最後所節錄的部分，是她的後記，強調了一些發生在琴決定要運用讀者劇場的困難處。

範例4.5

我們改變中的城鎮、我們正在轉變的學校：可能會產生共同的利益目標嗎？

摘要：這整個世紀以來，嘗試要來改革中等學校班級課堂的慣例，一直以來都是教育者所關注的焦點。但是每當正要努力進行改變時，他們就會面臨到阻礙的力量而最後只好以無疾而終來作為收場。事實上，在這些未被探討的失敗原因之中，幾乎都是學校缺乏能力來給家長們改革努力的承諾，以及無法創建出一般大眾所能理解到的「優良」中等學校。本研究之目的是要揭露當今在中等學校改革力量所面臨的複雜性──特別是當他們涉及到要由家長與教育者共同面對的困難性，如同他們試著要達成在一般所謂優良中等學校中，可看見且具有共同利益的共識來為班級課堂慣例的界定時；描述原本就涵蓋於家長與教育者關係中的戲劇認知，以及他們試著要找出共同利益時所可能會面臨到的進退兩難之困境，運用讀者劇場來當作是描述時所要表達想法的工具；並且試著來讓教育者與家長轉移去思考這些進退兩難之困境，並能夠採取行動來解決它們。

　　　作者現場解說：注意到琴的研究之目的不只是涵蓋有知識上的世代差異，也包括了行動上的號召力。在這之後的目的上，驅使琴去找出促進紛歧意見之間能有共同的表達方式，而能夠在家長與教育者之間創造出共同的認知來。最後，作為表達方式的讀者劇場出現在這之中，因而逐漸引導出了博士學位論文後來的整

體安排格式。除了下者所列出的部分與章節之外，琴的博士學位論文也包含了四篇附錄來解釋說明調查的過程步驟、研究背景，以及在較為傳統的習慣下的兩個調查結果。

序言

第一章　前言介紹

第二章　調查取向的解釋

　　　　研究目的

　　　　引導性問題

　　　　教育學的評論（評價、表現、作為教育評論家的研究者）

第三章　劇作家（playwright）的見解與觀點

第四章　社會的發展脈絡

　　　　公眾對於教育的觀感

　　　　當今的社會情境

第五章　學校戲劇在家長與教育者之間關係所形塑出來的問題

　　　　建立一般「優良」中等學校觀念的達成

讀者劇場之劇本

第六章　戲劇海報

第七章　兩套讀者劇場之劇本

結尾部分

第八章　我們改變中的城鎮、我們正在轉變的學校：可能會產生共同的利益目標嗎？

第九章　可能會產生共同的利益目標嗎？家長與教育從業者現身說法

後記

　　　　轉變成為一位研究者或是轉變成為一位藝術家

　　　作者現場解說：我們致力於總結琴的研究，可能會引發不正確的印象，認為琴決定運用讀者劇場只是單純為了滿足她本身的研究而已。事實上，決定運用此類型的方法也是受到對劇場的喜

愛之影響，而這是發生在撰寫博士學位論文之前的事了。

後記節錄（一）：當我下定決心要重返校園來進行博士學位時，我同時也做了另一個決定──把我對於劇場之熱情所新發現的方法，置放於箱子中並暫且將其堆放在擱架上。在返回校園中的三年時間裡面，我透過劇場將這樣的聲音用在我本身的創意部分當中。我認為重返校園這樣的決定會驅使我將其放於一旁。

　　　　作者現場解說：當她仔細處理一個由美國教育研究協會所贊
　　助的以藝術為基礎之教育研究機構時，琴就很明確地進入到她自
　　己博士學位論文的資料蒐集階段當中了。在那裡，她遇見了羅
　　伯・唐莫耶以及珍・葉尼-唐莫耶，他們引導她進入到讀者劇場的
　　概念當中。如同她在隨後的節錄中所表示，其傳達出她本身研究
　　結果，呈現出如此有藝術才能的形式是相當具有吸引力的。

後記節錄（二）：當我從這機構返回時，我在內心做了一個掙扎，不知是否要處理這樣一個計畫。讀者劇場看起來就好像對我研究來說是完美的。家長的聲音可以直接地表達出來。持續一段時間之後，家長就可能未被修剪地完整呈現出來。但是，我很擔心。我曉得自己可以運用傳統的質性文章發表方式來為自己的發現撰寫一篇文章──我以前曾經這樣做過。但是我到底是否能夠寫出一套劇本來呢？然而，我在這裡想得愈多，我就會愈受到這種想法的誘惑，而使得這變得愈容易來完成。我開始和其他的人討論。「我正要撰寫一套劇本。我將要以舞台形式把我的研究呈現出來。」我對此描述愈多，我愈能夠說服自己具有能力來完成這結果，而這研究就不會成為一個艱難的任務了。

　　然後我就開始著手這樣的過程步驟了。就像是諸多質性研究者一樣，我發現自己陷入在資料當中。我應該從哪裡開始呢？我如何開始進行呢？正當我開始組織與整頓本身的資料時，我才開始發現到本身正在挖一個大坑讓自己往下掉。我不只是要讓自己在這研究社群中具有公信力的方法來

為這些資料理出頭緒，我還必須要驅策自己以更具有美學且令人賞心悅目的方法來完成這工作。那時候我還是一位研究初學者，不過直到面臨要撰述讀者劇場之劇本時，我很快地就發現到自己不只是一位初學者而已。

我在劇本撰寫這領域中找不到對本身而言可以運用的方式。我必須要承認自己對這行業還存有相當天真的想法。所有我能夠做的就是把來自於家長謄本的對話與意見給拼湊在一塊，再仔細一瞧，一套劇本就這樣完成囉！真是錯得離譜！因為反應在我第一次努力完成的內容是必須要審慎的。

對我而言，要學習如何精心完成一篇讀者劇場的撰述是相當具有挑戰性的。我對於要如何精心完成一套劇本的過程步驟的所知實在有限。我過去不但對於任何一種撰寫劇本是毫無經驗之外，我還要學習如何精心製作一套讀者劇場的劇本，這還必須要明顯地有別於傳統劇本……，當我回想起自己能言善道地聲明本身將撰寫一套劇本時，我真是對於自己缺乏世故經驗的狀態感到相當窘狀。任何藝術的形式，除了要求必須有美學的識別力之外，也有賴於對形式技巧上的精通熟練。

作者現場解說：這個摘錄自琴本身後記的過程突顯出了一個在精心完成研究中的重要議題。當琴從讀者劇場中偶然得到一個觀念想法之後，這看起來似乎滿足了相似的三種需求——增加了她本身對於劇場的強烈喜愛、渴望能夠發展出自己的美學特質、達到個人研究之目的。然而，就如同琴自己所點出的問題，她完全沒有撰寫劇本的經驗，也沒有對本身能力做一實際的評估，來瞭解自己是否能夠創造出如此的藝術作品。最後，琴不但在創作藝術的表現中掙扎，而且也在何為構成研究以及何為構成藝術兩者之間的緊張關係中矛盾著。當她所默許有關藝術與研究的認識論假設不只浮現開且產生分歧時，琴卻早已經把一篇自己博士學位論文主要的草案處理完了。接著就是要抓住這些議題，使之在整本博士學位論文各重要部分成為重新撰寫中所不可或缺的。為了要保存藝術的完整性，她努力地在博士學位論文中加以創造出

來，並且能夠深切地滿足到鑲嵌於精確調查中的假設，琴涵蓋了四個相當確實的附錄來描述本身調查的過程、本身研究的上下文脈絡，以及兩個屬於較為傳統且像是科學形式的調查結果。

我們提出這般的現場解說，不只是要阻止學生們埋頭致力於質性研究調查中以藝術為基礎的類型，也是一個警示來告知要謹慎地前進處理。以藝術為基礎的類型，尤其是述說故事的觀念在過去十年來已經變得相當受到青睞，這可能對人會有很大的吸引力，特別是對那些不喜歡統計的人來說。可是只對如此的類型產生更多的吸引力是不夠的。透過個人研究大綱，學生們被鼓勵要仔細權衡出自己本身在面對這樣的研究調查時，可能會具備的天分與技巧。由琴的例證中可以顯示，如果學生們本身有意願要進行密集的學習過程，且延長時間來竭盡全力以完成博士學位論文，其實所謂的缺乏準備都是能加以克服的。如果沒有這樣努力的覺悟──面對這完整性──學生們會處在完成一篇在觀念上有錯誤的博士學位論文之風險中，而且會暗中損害自己本身的信用度，同時也影響了本身學校與研究領域的信譽。

凱西，如同琴一般，沒有很明確地想要完成一篇文學研究。事實上，她對於本身研究的題目存有擔憂感──一篇賓州主任教師自發會的研究。然而，在這主題上她以研究助理的身分來參與這早期的研究（Ceroni & German, 1994），在某些層面上的觀點激起了凱西的興趣，例如：教師的賦權[4]（empowerment）、同儕或是院系所專業發展上的支持，以及有經驗的教師可能會於學校改革上，在本身所處的行政區域中所給予的貢獻。範例4.6涵蓋了凱西博士學位論文的摘要，也包括每個章節的名稱以及她所採用的不同觀點，來當作是她貫穿整篇研究的內容。

---

[4]　另有相關著作將其翻譯成「充權」或「培力」。

範例4.6

承諾的約定、承諾的破裂：賓州一位主任教師經歷的文學批評

摘要：這個研究是我本身掙扎於到了不停循環的事件與衝突之期間結束前，我身為一名教師所經歷到長途冒險旅程（odyssey）。運用賓州一位主任教師的創制權來作為我的文本脈絡，我檢視了它的根源來瞭解到教師發展的改革論述，以及形塑出一個在賓州如何被構思出來的公職故事題材。

在面訪了主任教師以及非主任教師之後，我創造出了一連串意外的相遇，我把這些稱之為「內心所未表達出來之想法的故事」。運用文學理論（敘事體）來當作是理論基礎，我用這種方法創造出文本來描述自己和參與者的不期而遇，使讀者可以聆聽到我們的對話內容。由於內心所未表達出來之想法的故事裡面所有角色都是女性，因此能夠讓女性的觀點得以呈現出來。這會很有趣地讓人感覺到，賓州不成比例的主任教師人數都是女性。

運用文學上的原則以及教育學的批判，我以此詮釋了內心所未表達出來之想法的故事作為文本，聚焦在它們表面與深層鑲嵌的意義。我解釋了從批判理論觀點中所顯現的核心題目，以及傳達出在文本當中顯現在表面上或是實際上的二元論觀點，藉由展現如此觀點，主任教師為了解決問題而採取的行動，呈現出一個「職業專門化」（professionalize）教學的象徵性努力，當教師處在這具有生命力的經驗之中，其所涉及到的是主任教師任務（大多是女性）所展示出普羅大眾化（proletarianization）的結果。

經由此詮釋性研究，我本身發展出一種理解力，不只是瞭解在方法上具有支配性的意識型態基礎是如何壓迫我的課程與性別，也瞭解到一種我在鬥爭中掙扎且必須盡責去與各種不同力量所合謀的方式。這一趟旅程是很令人痛苦的，而我所獲得的明智之正確判斷是來自於令人難以接受的智慧；然而，如同此似是而非的雋語，它已經讓我從理性、技巧性的既定看法中得到了解放，原來這些都是充斥在我們的文化裡面，而使得我有機會能夠獲得一種新的開端。

章節概要

I. 承諾與警示：主任教師所具有的資源

　　（立場觀點——身為一名研究者的教師）

II. 見解與觀點上的承諾：對於主任教師獎勵計畫的看法

　　（立場觀點——身為一名調查員的研究者）

III. 創造出承諾：賓州主任教師的創制權之官方故事

　　（立場觀點——身為一名文獻蒐集家的研究者）

IV. 在賓州主任教師經歷中所謂的教師「內心所未表達出來之想法」

　　（立場觀點——身為一名文學理論家的研究者）

V. 重新檢視承諾：鑲嵌在賓州主任教師經歷中內心所未表達出來之想法的

　　　　　　　　故事裡的矛盾點之詮釋

　　（立場觀點——身為一名文學批判家的研究者）

VI. 離開承諾：主任教師改革的虛幻性質

　　（立場觀點——身為一名教師的研究者）

　　在某種意義上，後面這兩篇的研究與本章節所討論的主要立意有所矛盾：透過研究類型來思考研究內容的關聯性，是要精心處理一篇概念上具有一致性的研究之關鍵點。不但是琴而已，凱西也沒有在這建議的位置中來行動。而只有在藉由進入她們的研究調查以及掙扎於所面臨的意義之中，她們才得以抓住這類型的議題。這並非完美境界的標準，而只是個結局，二位女性都能夠完成可靠的研究，因此這可歸功於她們在過程中，所帶來之學術上具完整性堅持不懈的精神。在實際的學期中，琴和凱西可能都會付出多一年的時間，目的就是將其博士學位論文做一完成。

重述反覆性論文研究計畫的性質之要點

　　這可能會令人看起來感到有點奇怪，在論文研究計畫這一章節中，我們已經呈現出了完整的博士學位論文之範例來。然而，

由我們的觀點視之，這樣的取向其實提供了幾個實際上的需求。
首先，博士學位論文的研究計畫就像是非常令人難以捉摸的文
獻。既使我們的檔案中早已經備妥許多質性博士學位論文所需的
工具，一篇完整的論文研究計畫草案卻呈現出有所缺失。這幾年
下來，在他們的口試委員已經形式上檢閱過論文之後，我們將這
些所接受的建議與修正的文獻歸還給學生們。第二，如同佩特‧
麥克馬隆所言：

> 這篇論文研究計畫是很奇怪的。當口試委員看到了我的論文研
> 究計畫時，我感覺自己像是個學生一樣。我對於自己想要怎麼做已
> 存有想法了。我認為本身已經對於質性研究有足夠的瞭解而能夠進
> 行這研究。但是我當時並不是那麼確定。我面對論文研究計畫時有
> 相當多的焦慮。我認為自己有正確地處理論文研究計畫了，但是我
> 確實有做到嗎？論文研究計畫在那個時間點上都還只是個觀念而
> 已。但是到了博士學位論文口試攻防時，我才覺得自己像是一名學
> 者。我擁有這整個研究。我瞭解如何把論文的內部細節說明出來。

　　學生們與自己研究內容的關係具有不確定性時，會使得研究
不容易闡明本身目的與過程步驟的相互關係。雖然一篇所謂好的
論文研究計畫是必須與博士學位論文具有相當明確的關聯性，而
這是學生在過程步驟中要能夠抓住的重點，此也是唯一讓學生對
於最終的描述能有一定依據的最佳猜測。當他們透過此而進行，
會使學生們持續對於研究注入更多的學習。在這過程步驟中，
研究的大綱會因而改變，但這並不表示研究會根本地改變方向到
新的途徑中，而是會使得內容細節與概念上的細微差異不斷地變
得更加清晰。因為概念是以語言的形式來描述，語言或書寫文字
可能會藉由改變來將觀念表達得更清楚。其會使得標題、目的陳
述、引導性問題做一改變的原因。這就是反覆性過程步驟中的一
部分。
　　這也是我們希望能夠藉由探討這章節中的四篇博士學位論文

加以說明概念上之整合，而能夠接合研究計畫中較為零碎的樣子。除此之外，那些想要參考如何產生邏輯上具正當性例證的人，都可以透過此研究來間接地取得這些完整的博士學位論文之複製影本。然而，讀者應該要省思到自己必須要如何進行，以完成一篇可以提交的論文研究計畫草案。在下個章節當中，我們放入特別的議題讓學生們可以思考，來作為一篇自己本身可以精心處理的論文研究計畫。

註　釋

1. 缺乏能夠將「文獻回顧」截然分開，反映出了我們相關論述的見解，是迂迴的透過論文研究計畫來解釋與支持這裡面的每一個面向。

2. 對那些在文體上已有取向者而言，這可以用另外某種不同的文體形式（例如：詩、戲劇、小説、短篇故事等）來幫助其思考。裡面的這些種類都是在形式與風格上的慣常用法，可以給予每個文獻形成一種讓本身具有區隔的特質，但卻又能夠擁有變異（例如：詩能轉變形式成為長篇的頌詩（odes）、十四行詩（sonnets）、三行俳句詩（Haiku）以及敘事體史詩（epics））的程度。在20世紀當中，當這些所謂的經典慣常用法都已經改變了，種類中各式各樣的形式迅速增生，以及模糊不清的種類之間也有了區隔。這種情況相較於明確區隔運動中各式各樣的形式，其更加直接反映在教育的研究情形中。

3. 這裡應該要注意到的是，如果學生們能夠在既有的資料中創造出一個有意義且具概念架構的調查研究，以及要是資料足夠豐富而能夠完成研究之目的，其實一個結構紮實的研究是可以被精心完成的。許多書籍處理質性資料的次級分析可能會有助於實際上的評估，環繞在一連串廣泛研究中，而有可能建構出一篇博士學位論文來（相關模式可參照：Hammersley, 1997; Hinds, Vogel, et al., 1997; Jensen & Allen, 1996; Morse, 1994; Reinharz, 1993; Szabo & Strang, 1997; Thorne, 1998）。

4. 「描述」這個概念是用來理解透過質性調查而產生知識本質的關鍵點。我們會在之後的第五章、第七章以及第八章做一回顧。就現在而言，這是一種相當實用的方法，將描述當作是一種形式來呈現訊息以及（或是）展現出觀點來。一覽表、圖表、表格以及圖解都是常見的描述方式，可以運用在科學研究發表中來呈現訊息或是資料。在整體性流行趨勢的質性或詮釋

的調查模式裡，故事、詩文、讀者劇場、藝術作品、音樂以及舞蹈也變得更常出現在傳達複雜觀念的描述中。

5. 我們並不是要創造出介於敘事體與文學藝術之間錯誤的二分法。我們正在處理介於兩種研究模式的區別，這是依照每一個研究者所需要的不同類型來劃分。

第五章

精心處理論文研究計畫：第二部分

　　第三個思慮周延循環的結果，應該是要成為一個推論需前後一致的論文研究計畫，來為口試委員們連結兩個「弦外之音的訊息」。第一，處理一篇可施行且值得花時間的研究會是相當受到推薦的。第二，學生應該要準備好且有能力勝任完成這個研究。尤其是那些少有或缺乏研究計畫撰寫經驗的學生們，時常會對如何完成這項任務表現出不確定性來，詢問像是這類的問題：「如何進入論文研究計畫當中？一篇論文研究計畫應該是長什麼樣子？我如何著手來撰寫論文研究計畫呢？一篇論文研究計畫預定會花多少時間來完成呢？」

　　我們已經在之前的章節中提過的二位，米契林以及瑪麗蓮恩，她們提供了有趣的對照，來說明學生們可能會對焦慮產生怎樣的反應，而陷入這些隱藏的問題之中。在參與了我們的博士學位論文研究團隊的不久之後，她們詳細講述各自如何學習滑雪的故事。米契林修習了一門引導入門的課程，在聽眾席中開始接受一連串的演講內容，接著之後是在體育館中的技巧訓練，而最後就是轉移到初學者斜坡上來展開初步的練習活動，由滑雪電纜車接送，搭乘到山岳之頂，之後她突然發現到自己要在還沒完全會意過來之中，就要滑過更困難的非初學者之斜坡，也許當下她尚未完全精通熟悉各種滑雪的細微差異技巧——其中最重要的一項就是：如何停止滑行的技巧。

　　她們嘗試要精心處理論文研究計畫可以類比為她們嘗試要滑雪一樣。米契林很謹慎小心地進行，希望能夠盡可能完全且明確地瞭解到，自己可能會如何來做以及為何這樣做的原因。瑪麗蓮恩突然間一下子就很投入，並且開始回顧與研究最直接相關的太平時期之教育論述，然後進入到教育與公平正義的研究之中，最後處理了精神與教育學方法。

　　也許米契林以及瑪麗蓮恩可能會在各自的學習方式中表現出有點極端現象，但是她們闡釋了方法上的範圍來，讓學生們可以有選擇性地提出論文研究計畫。因為在開始撰寫論文研究計畫之前，要具備一個人需要的所有資訊是很重要的，選擇一般具有普

通水準的方法可能會很實用。先前思慮周延的循環應該已經給予學生們相當不錯的思維來瞭解到自己所遵循的路徑。藉由之後持續之思慮周延以及擴大邊際的模型，他們可以不斷地進行整合——不停地增加——完成一篇論文研究計畫所需要的訊息與資源。

　　我們「不停地增加」強調性，因為在我們的經驗中，那些深陷此循環之中而難以移動的學生們，會以為他們只要藉由修習一門「研究方法」的課程、閱讀一本如何進入到博士學位論文的入門書，或者是在能理解到的專門領域中，抓住程序上問題來找到特定答案，自己就能夠精通熟悉質性研究調查。我們經常會接到像吉妮（Ginnie）這樣學生的電話，且她已經有聽過我們對於質性研究所表現出的興趣。因為處於非常緊急的狀況之中，所以吉妮再三地懇求希望能夠碰面來討論她的研究。雖然她還有許多被要求的任務需要完成，而這是在撰寫博士學位論文之前就要處理的，但是她會情緒上極度焦慮地把每一個瑣碎的訊息都糾纏在一起，經由如此來當成運用其作為是知識開端的保留地。她的描述如以我們僅視為「話題開端」來看，卻顯得像是過度簡化且有問題的結論，這相當令我們感到意外。在這談論話題的某些觀點中，我們感覺到自己像是由一幅游泳者被水流所牽制住這樣的印象所訝異，其不顧一切拼命亂擺動來拒絕強力的水流方向，使得她幾乎沒有辦法展開控制的能力。要撰寫一篇論文研究計畫所需要的學習，包括具備有適度的安穩心態，這樣才會出現擴大邊際的思慮周延。

　　要使內心能保有這觀點，我們重新拾起在第四章末尾所遺留的內容。更加寬廣地檢視研究中的各種情況或問題，要如何能夠產生相互關聯以及彼此支持，我們在這裡放入更多具體的議題，可以作為讓學生精心完成自己論文研究計畫中值得注意到的參考。首先，「什麼可以放入論文研究計畫呢？」我們將建議把文獻處以基本的架構方式來作為對這問題的回應。這章節之後的每一部分都更加緊密聚焦於論文研究計畫這部分。本章節結論會以重點式的歸納來加以考慮，並作為個人精心處理論文研究計畫的

參考。

質性論文研究計畫的基本架構

有鑑於其他博士學位論文入門書的作者（例如：Castetter &
Heisler, 1984；Davis & Parker, 1979；Fitzpatrick et al., 1998；
Glatthorn, 1998；Manheimer, 1973；Mauch & Birch, 1983；
Rudestam & Newton, 1992；Sternberg, 1981）建議論文研究
計畫需有符合標準的綱要，對此我們並不是那麼有信心的認為如
此的方法可以適合成為一篇質性調查，尤其是那些處理詮釋與批
判的傳統。如同在第四章所表明，精心處理一篇論文研究計畫不
是只有填塞訊息進入到固定的格式大綱當中，而是要透過研究目
的、調查過程步驟，以及預期調查結果裡面的概念化之關聯性來
思考。然而一篇所謂具有深度構思過的論文研究計畫，應該具有
標示幾個關鍵的議題：

- 什麼是這研究所要表達的
- 為何認為這研究有其需求性及重要性
- 這篇調查將會如何被處理
- 預期的結果會是什麼
- 預期的結果將會對知識社群造成怎樣的貢獻

論文研究計畫會引導口試委員進入這研究當中，由所希望達
成之目的所展現之廣泛的圖像來作為開端，並以細微描述調查何
以被處理來作為結束。每一個論文研究計畫的組成部分，都會喚
起對某些圖像之面向的注意。簡而言之，這些所包括的如下所
示：

題目：用很少的文字語言來點出說明研究主體，且經常指的
是調查的方法。

前言：引發讀者對於論文研究計畫、內容以及文獻組織的興
　　　趣，並且提供某些背景來將研究置入上下文的脈絡中。

研究本身：提出整個調查中言簡意賅的概觀或是綱要。

目的之陳述：把研究目的清楚地傳達出來，且適切地對某一
　　　特定閱聽者或是論述社群提及研究的重要性。

引導性研究問題：將整個調查的概念性架構給揭示開來。

相關論述內容的回顧：將研究調查的特定面向連結到更廣博
　　　的知識社群當中。

研究程序步驟：解釋說明為何每一個引導性問題會被安排在
　　　此地方。

預期性的描述：描述哪一種形式的呈現會是研究者想像要來
　　　精心處理，像是在研究當中所要捕捉的現象，以及表達
　　　出從調查中所學習到的經驗。

博士學位論文各章節中預試的大綱：摘要出研究者想像如何
　　　來放置編排博士學位論文的文獻。

　　在這個章節之後剩下的部分，我們探究這些位於論文研究計
畫中每一個組成部分的相關議題。我們再一次提醒要精心處理調
查中所有情況與問題的相互關係時，必須要不斷地努力在各個不
同環節中前前後後地著手因應。因為試著以線性的方式來著手處
理文章，可能會令人心煩，且會使人產生事與願違的反效果。

研究的題目

　　博士學位論文的題目傳達出了研究中概念性的本質，適切地
掌握到什麼是研究所要表達的，以及調查所使用到的方法這兩部
分。可以經由我們博士學位論文研究團隊中成員已經完成的研究
來考慮幾個可行的題目（參見範例5.1）。

　　令人感到訝異的是，許多學生看起來似乎並沒有花很多時間

來思考本身研究的題目。論文研究計畫初期的形式經常是沒有明確題目，或是即使研究的焦點已經逐漸形成了，但仍保有早期的題目。在一個精心處理過的題目裡面，每一個詞彙都必須與研究中的重要概念緊緊相扣。依序地，每一個題目中出現過的概念都應該在論文研究計畫文本中加以解釋，而這概念之間的關聯性也應該要更清楚地表達出來。為了要來說明這個看法以及幾個與論文研究計畫相關的觀點，我們選擇以米契林的論文研究計畫來討論。因為此例證在某種程度上相當具有延伸性，所以把它放在本章節最後來當成是「個案樣本」（case example）。可參見其裡面的第一部分來瞭解我們為這作為例證之博士學位論文題目的作者現場解說內容。

範例5.1

博士學位論文的題目

1. 醫院教育中的實務狀況：紮根理論的研究
2. 人力資源管理的解釋：在可選擇性的公立高中裡面之紮根理論研究
3. 這些天賦優異青少女之學生們所處的特殊課程：規劃課程的概念性個案研究
4. 關於教育迷思的詮釋學研究：具有臨床實務管理的意涵
5. 在大學作文課堂中反映在三個層次上的敘事體研究：教師日誌、學生的文件檔案、教師與學生的論述
6. 承諾建立與承諾破滅：賓州主任教師經歷的文學批評
7. 回到大校園中的期間：最高領導人與學校改革的研究
8. 從憂慮世界走到藝術天地：開始身為中等學校裡面的年輕教職員

作者現場解說：這上述前五篇的研究都選擇了相當保守並讓人一目了然的題目——詳盡且明確地說明這研究所要表達的內容以及其研究類型（例如：紮根理論、個案研究、詮釋學研究、敘

事體等）。在裡面除了第四個題目之外，研究的類型也都標示出所要闡明的描述事件特質。

另外有三個題目具備更像是文學上的特點，藉此反映出作者們更強烈、更為明確的取向來處理以敘事體以及藝術為基礎的調查方法。那些同意參與這樣研究的學生們，本身都具有充分的藝術天分或是敘述的敏感度，通常至少都對美學有一定的直覺感官理解力。在題目中使用較屬於文學上的雋語，他們目的是打算要透過這調查來產生隱喻性以及詩情意象，並能夠傳達出具有洞察力的精華來。

很有趣的是，最後一個題目隱含性地傳遞出此研究是以藝術為基礎的訊號來，然而卻沒有直接指示出研究的類型或是所描述其產生的特質。就像是學生正掙扎於希望得到本身研究的指示，我們開始思索是否有更加易懂的題目，可以提供他們在方向上有更清晰的思維。

第七個題目也是相當有意思的，因為在學生業已完成博士學位論文第一份草案、組織了文獻中缺乏概念上的連貫性，以及對作為一篇個人敘事體的研究架構做了浩大的修改之後，出現了最後這樣的措辭。「回到大校園中的期間」這句短語抓住了學生在研究傳達上的核心訊息：當學校負責人常常不待在校園中而去處理外在受到區域影響以及資金開發的事物，其仍然是會傾向於拖延每日有計畫的行動。此外能將第二個、第三個，以及第五個題目都涵蓋到的是研究的脈絡。過了一段時間，我們可能會為了包含這個訊息到題目當中而把所有感覺混雜在一起。在一開始的時候，當時許多我們的同儕仍然對質性博士學位論文抱持質疑的態度，這看起來似乎可以藉由清楚的標示以顯示出調查是以實際狀況為基礎，並且沒有對科學預測或推論產生斷言，來減緩一些疑慮。如果學生可以在某種特定脈絡中找出值得稱讚的內容來加以令人信服的說明時，口試委員應該就會感到滿意了。在另一方面，包含在上下文脈絡之中，有時候都會模糊了學生在調查目的

上的理解。上下文脈絡，並非是要提供使問題座落於研究之下，而是要成為研究中最令人感興趣的內容。在這樣的案例中，研究中所謂的「為何如此？」看起來就不會存在了，博士學位論文所盛行的個人主觀特質就能夠為論述貢獻出一些實質內容來。我們很不願意來明確地陳述出研究的上下文脈絡，的確不應該出現在博士學位論文的題目中。我們將此作為判斷的標示，稱這樣的要求為學生們明確而詳盡的思慮周延。

引導進入到博士學位論文研究計畫

這個論文研究計畫中的引導性部分，需完成兩個主要之目的。首先，它需引導讀者進入文獻內容本身之目的與組織架構；其次，它要開始建構這個研究。其中一個令我們不心甘情願依照論文研究計畫準大綱所建議去面對的，就是我們看到學生們運用各種不同的格式來完成這些目的。關於決定要如何安排各種「從某內容拆解下來的一大塊」（chunks）訊息，常常取決於學生本身概念上以及撰寫上的風格來形塑，然後再找到一個感覺對了的敘事體方式來持續下去。

引發讀者有興趣進入其論文研究計畫

在引導性部分所要完成的第一個目的，就是提供讀者對於本身論文研究計畫的內容與組織架構有一全面性的認識。有些人可能會議論這是屬於目錄當中該做的，但是這引導性的部分所要提供的是一些在組織架構背後可以思索的洞察力。舉例來說，米契林以某個稱之為「摘要」的部分來開始她自己的文獻以描述理性思維之目的，且藉由論文研究計畫與組織架構來達成。這是依循在目錄，然後在第一章之後（參閱個案樣本5.1中的第二部分）。其他的論文研究計畫的撰寫比較遵循傳統的由「第一章──導論」出發。依序之後，可能會接著開始有分段小標題：「研究背

景」。要記住的重點是使讀者瞭解什麼是在論文研究計畫文獻中所預期到的重要性。當學生們沒有遵循傳統上科學用法的格式時，這會顯得特別地重要。

　　舉例來說，瑞秋（Rachel）要為紮根理論研究來精心處理一篇論文研究計畫，這是首篇她要在本身高度科學取向的計畫中，所要承擔處理的質性博士學位論文。她很努力地精心處理論文研究計畫，這篇可能會傳遞出更多她原本計畫用來撰寫博士學位論文的詮釋性取向之訊息。而正當瑞秋已經準備好將自己的文獻寄送給她的口試委員時，其中一個口試委員不經意地提到：「我猜想妳已經遵循了所運用的格式來準備為美國衛生、教育與福利部之國家衛生研究所（National Institutes of Health; NIH）所提出的論文研究計畫」。這使得她在當下突然陷入惶恐當中，因為這篇論文研究計畫與美國衛生、教育與福利部之國家衛生研究所典型上所認同的提交內容之相似性很小。瑞秋在那個狀況下用了幾種方式來處理如此的震撼。首先，她與口試委員的主席進行討論，她已經與對方埋頭致力於如何擴大思慮周延的邊際，而且確認她的主席理解到並支持她論文研究計畫的格式。其次，她很仔細地回顧本身導論中的所有段落，確定自己不只是解釋說明論文研究計畫如何被組織架構起，也闡釋了為何這組織架構可以適切地符合本身論文研究計畫的調查傳統以及研究類型。最後，她察看並加以分類整理以及清楚地說明這樣的假設，可能會對本身口試委員所提出的意見評論之論據打下更鞏固的基礎。一旦瑞秋理解到這位口試委員所來自的環境，肯定她自己一定會清楚明白地說出本身的假設來。二個禮拜之後，她很流暢地把所撰寫的文獻傳達出去，並且成功地攻防了自己的論文研究計畫。在會議的結束之時，其中有一位口試委員評論到瑞秋的文獻，是他有史以來在所有博士學位論文研究計畫中，所閱讀到最為清楚的撰寫且具有概念化程度。這樣正面肯定之效果是很適切的，因為大體上而言，瑞秋已經很清楚明白地架構了自己的研究。

如何架構一篇研究 ⎯⎯⎯⎯⎯⎯⎯⎯⎯⎯⎯⎯⎯⎯⎯⎯⎯⎯⎯ 🏳

　　架構一篇研究涉及到必須給予讀者一種全面性的認知，內容包括什麼是研究所談論到的、為何這研究會如此重要，以及這研究將如何被處理。雖然這些議題中的每一個部分會藉由論文研究計畫中之後的章節而發展的更具完整性，但是此導論部分卻提供了研究一個初始且廣博觸及到的視野。想像某個人走進一家畫廊而後瞥見一幅掛在對面牆壁上的畫作。當下此人就會從這幅畫作中的形式與主題得到大致上初步的印象。藉由一步又一步地靠近這畫作，觀賞者會察覺到更多的細節而且可以在相對上較為全面性的觀點中來觀看。當撰寫博士學位論文的作者太急促地進入到研究的細節之中，就好像自始至終他們都急速移動而大作聲響地想要進入到廣大且複雜之畫作中的狹小片斷部分，卻沒有給予讀者一開始在全盤性的印象中留下好的觀感。這裡提供幾個議題討論來幫助架構個人研究的過程步驟。

將自己放入研究當中

　　開始架構研究的一個方法是根據個人的觀點，來提供具有上下文脈絡的背景，基本上就是把注意力集中在這些問題上：「什麼是引導我到這研究之中？」以及「為何我發現到它具有使人非注意不可的原因？」如同之前在第二章曾提到過，學生本身的背景（包括學科、研究領域、專業的背景或角色）會勾勒出研究目的之背景布幕。較早期的思慮周延，像是撰寫一篇個人研究大綱，現在都可以拿來當作是撰寫一篇研究的上下文脈絡之題材來源。

　　有些學生會錯誤地假設認為本身不應該提及任何的背景訊息，因為這樣做可能會顯示自己受到某種成見的影響。藉由聲稱沒有涉入任何先前研究所聚焦的情況下，他們希望能夠在此證明其客觀性。有時候如此不正確的觀念會被那些不是很瞭解質性——尤其是詮釋學，研究的指導教授所提供之錯誤訊息來強化。舉例來說，一名國際學生開始要來概念化其博士學位論文，可能會

仔細探討從中國來的學生之議題，關於其要面對且適應美國的高等教育。在聽到這觀點之後，一位客座學者認為：「但是妳不能處理這一研究！因為妳本身就是一位在美國求學的中國女性。」同樣地，當寶拉與其他美術教育者分享自己本身在教育學上的研究觀點時，有幾個人如此回應：「這個想法不是很好。因為妳無法站在自己本身教學中的客觀位置。」

如此建議所陳述的是實證研究傳統與以科學為基礎的類型。在這樣傳統與類型之中，研究者需假設一個超然的、具有客觀的立場，以及在不偏不倚的中立且不具有人性立場的聲音中來撰寫。以下所形成的評論，是在一場博士學位論文會議中所標示出來，像是以科學為取向的研究之典型遺留物：一位大學口試委員所發表的意見。

> 我發現到這是我長期以來所閱讀過的其中一篇絕佳之博士學位論文。雖然我對這篇存在有許多疑問，但是我的確很喜歡這篇研究。這篇論文閱讀起來恰巧幾乎就像是一本小說。我實在是很喜歡它……，但是我被裡面以第一人稱來說明的用法給搞混了。我告訴過自己的學生，絕對不能使用到「我」這個第一人稱。

然後第二位委員接著說他發現到這篇研究確實令人耳目一新，但是這位博士候選人也確實很幸運能有這樣的口試委員來對她本身的研究表示好感或贊同。「並非所有的教授」，他補充說明，「會如此瞭解這種狀況」。

這樣的觀念顯示此位博士候選人很「幸運」以及博士學位論文可以通過，都只是因為具有同情心的口試委員沒有抓住重點而已。不過那些進行質性研究、詮釋學的傳統以及個人敘事體類型的學生，要是以第三人稱來撰寫研究的話，可能會導致邏輯上的前後矛盾。

找尋不同表達聲音的方式

學術性文章要是可以帶有個人情感的觀念，這可能會成為學生們主要的訝異原因。同樣的，當學生們一開始就從此立場與表達方式來撰寫，這樣的結果可能會變得很不自在且感覺好像設計不當。教授可能會因為文章中過度充滿個人化細節，或是告解性語調的內容而頗感生氣。在我們的經驗中，過度專注在這早期的撰寫中——強化力量來使學生接受一個比較屬於是學術性的表達方式——會產生適得其反的效果。相反地，對學生們而言會比較有幫助的是，在某個背景的面向中詳盡地去闡釋，就像是在這樣的一個環境裡使觀念成為此研究中的一道曙光。如同將此描述擴大來看，它們通常包含有研究中所謂的「那又如何？」之線索，而且可能會有助於為博士學位論文本身澄清背景環境與脈絡。由於開始形塑整個研究，學生們就會在此研究中得到較完整的掌握，他們常常會對導論做一小小的重新改寫並且不會增加過多的外在提詞。甚至可以說是對於需求採以溫和的回饋，使得導論能更加言簡意賅地引導出一篇適當的改寫內容來。範例5.2含有過去八個月來馬蘭妮（Melanie）所描述的一系列段落內容。在每一例個案當中，她試著以本身的方法來進入到研究中，從某一細微差異的角度觀點來發現事實。

範例5.2

逐漸形成導論的例證

1996年，8月：當時我是一位在社區大學擔任就業準備（job-readiness）課程的指導員，我有機會與那些接受社會福利的單親媽媽會面與互動。這個計畫之目的是要來協助參與者（鎖定的人口對象、接受社會福利的單親家長）為將來的就業做準備。對一些學員而言，課程提供所需的非技巧性之準備措施來列舉到就業訓練項目中。而對其他學員來說，意旨著這能夠為將來成功找到工作來做一準備。兩群組之目標都是要獲得就業機

會，變成在經濟上能自給自足並且脫離依賴社會福利的角色。我在這課程中所扮演的角色和在學校中最高領導者的角色有相當多的相似處。

1997年，1月：為了要能夠瞭解到目前社會福利所採取的行動是如何逐漸產生，考慮到貧窮與公共援助（public assistance）的歷史性觀點是相當有其必要性。這裡有幾個美國公共援助計畫中的歷史性發展之重要階段。早期像是1911年，公共援助，如同大家耳熟能詳的「母親（寡婦）年金法案」（Mother's Pension Laws），其目的是被制訂要來提供寡婦以及身心障礙丈夫之妻子在財務上的支持。此加強了家庭生活與母親角色的意識觀點，這個財政上的協助給予婦女能夠獲得待在家庭中，並能夠照顧自己的小孩的權利。

1997年，4月：八年多以前，我開始從事與接受「失依兒童家庭援助」（Aid to Families with Dependent Children; AFDC）的婦女之相關工作，這也被稱之為公共援助或是社會福利。直到那個時候，在社區大學中我擔任社區服務管理員這一職務位置，我有責任要來創造與貫徹履行技職教育的課程，以使得特定的人口群體（例如：智力發展遲緩的成年人、人性化服務機構中全體雇員的發展）能夠找到學習上的需求。因為就我發展技職課程來反應出學習上的需求之經驗來說，我被要求希望能夠提供示範計畫，來為那些正在接受公共援助的單親家長定下目標之服務……。

作者現場解說：在這前後段落的短篇內容中，這位學生試著要來介紹本身的研究。在第一篇草案當中，她聚焦在那些參與自己所引導的課程內容之婦女身上。這顯示了這些婦女將會成為研究的重點，並假定需解決的問題已處理完，來用以迴避「那又如何？」這一正題。第二篇的草案猛然地帶領讀者進入社會福利改革的歷史性敘述中，而沒有解釋為何這「有必要考慮到貧窮與公共援助的歷史性觀點」。在這篇導論中並沒有處理到如何與教育產生一連結效果。在第三篇的草案中，這名學生開始藉由陳述出眾所皆知的何人、何事、何時、何地，以及何以這樣的問題來為本身研究建構起上下文的脈絡。在這程序過程中，她開始來連結教育、貧窮，以及社會福利，同時也將自己本身當成是一位計畫

的指導員，來與這一群將成為她研究中一部分的婦女做一連結。在這些草案當中值得注意的一點是我們找不到適當的時機來給予這位學生特定的回饋，必須要做一些修訂來幫助讀者能夠進入她的研究當中。她本能性地在接下來的過程當中循序下去緊緊扣住自己本身的研究。

這位學生很精細巧妙的思維在自己研究的題目中反映出了其發展的方向。其中一個早期的題目是〈跨越貧窮的旅程：社會福利中的婦女教育之個案研究〉。之後的第二個題目是〈女性跨越貧窮的旅程：社會福利改革政策中的教育啟示〉。第三個——也許是最後一個了——題目是〈女性跨越貧窮的旅程：教育在社會福利政策中的個案研究〉。

架起連結個人到公共空間的橋樑

由個人本身興趣的敘述來作為一篇博士學位論文的開始，這只是架構一篇研究的第一步而已。如此之架構同時也必須要能建構出一座像是概念化的橋樑，擺放在介於學生個人的興趣以及更廣博的公開論述裡面。如果少掉這樣一座橋樑的話，學生可能會面臨到使自己缺乏世故經驗、自我陶醉以及唯我論的危險當中。經常地，可以整合一些重要的參考書目到個人敘事體中，由此來提出做為論文開端的理解，論述社群自然就可以在這之中找到其所感到興趣的研究以及原因。

在很多情況下，導論部分的結尾都會帶有對這篇研究之目的陳述以及一串列表性的引導研究問題。然而，這些可能會合併進入到稱之為研究內容的部分當中。

研究內容

當我們正在討論怎樣架構一篇研究的重要性，以及提供調查所確定的方位之同時，我們要來提出這部分，其包括了被稱之為

研究內容在內的觀點。這對研究調查而言，是相當簡單易懂的描述。其包含有研究之目的；標示出研究調查的類型；以及言簡意賅地摘錄出關鍵性程序上的議題，涵蓋有研究中的「何事、何以、何人、何地、何時，以及如何」。當作者精心處理本身論文研究計畫這部分時，會有出現兩個使得他們頭疼的主要議題：第一個是要何時來撰寫這一部分，另一個則是要將此擺放在文獻中的哪個位置。

當學生們第一次開始談論到有關本身的研究時，他們通常會用一種非常沒有聚焦的方式來漫談。尤其是當學生們略過與本身主題相關的經驗而直接到研究方法的問題，以思索推論相關的潛在性研究之參與者或地點位置來反思可能的結果時，其對話經常就會變得含有諸多意識流（stream of consciousness）的特性。早期論文研究計畫中的草案，常常會出現這樣類似與題目不切合的特徵。

逐漸地，當研究愈來愈聚焦，口頭上的描述會變得不只是更加具體，而且能提供更多的大量訊息。過去要花15至20分鐘來溝通的內容，現在只需要5分鐘而已。過去很混亂且令他人傷透腦筋，如今很容易就會讓人點頭表示瞭解了。基於同一理由，文獻本身需要一個清晰的焦點與結構。最理想的是，能夠出現前後一致貫穿的敘事內容，引導讀者進入到研究的範圍當中。很可惜的，一次又一次，學生們可能會變得對本身研究相當熟悉，但卻忽略了其他人可能會比較希望聽到簡潔而講出重點的闡述。

不久之前，有一位學生希望我們能夠對其本身所精心處理的博士學位論文加以檢視並給予意見。一開始的時候，我們就陷入這樣的論述當中，這是散布在個人軼聞趣事當中關於學習上喪失能力的內容，由具有某種失能狀態的學生所展現出相關於社會以及行為上的問題。與這研究題目相關訊息並列來比較差異的是有關學生調查時所預期的類型訊息。當我們費力地閱讀過這些資料，我們不禁想問：「我們為何要在此閱讀這些所有的題材？這篇研究的重點到底是什麼？這篇研究所要引導的結果在哪裡？」

當我們遇見一整套的引導性研究問題時，在這篇研究全盤性的描述中，所產生的第一個隱約跡象是在七十五頁之後才出現。但是即使出現這些內容，卻還是沒有給予我們一幅明確的廣大圖像之感受。

　　的確，一篇完善精心處理過的論文研究計畫，將會包含許多大量的細節。但是如果學生們猛然地就直接進入細節當中，那麼會使得讀者，具體確切來說就是指口試委員，抓不到重點。這些被稱之為研究內容所組成的部分，可以避免使讀者感到挫折與不耐煩。基本上，這部分所具有的功能就像是摘要般，以二到三段來描述研究中的主要內容為何；此研究所具有的重要性為何；誰會是在這研究中所涉及到的人物與哪些人會對研究結果感到興趣；以及何時、何地和為何這篇研究將會被如此處理。如換以概念化的方式來說明，這一部分經常是在論文研究計畫已經起草完成之後才會被撰寫出來。然而，如以擺放的位置來說，這部分需要被整合進到文獻一開始的地方，經常是放在導論部分之中。

目的之陳述

　　一篇完善精心處理過的研究會很有邏輯性地隨著文本上下脈絡的背景呈現，並且清晰地交代出研究調查之目的。一篇簡潔犀利的目的之描述也可以表現出這篇研究所要針對的研究調查之類型與所要傳遞之閱聽者來。

目的之陳述vs.問題之陳述

　　使用謹慎仔細的內容陳述之措辭用語，會決定是否能成為一篇具有完整概念化的研究。然而，那些沒有耐心繼續處理博士學位論文的學生們，可能會被如何為目的之相關陳述來選取適當的用字遣詞之密集性的思慮周延給弄得很有挫折感。舉例來說，那些還尚未決定採用哪一種質性研究的學生們，經常會談論以及撰寫出相關問題之陳述，這會像是一篇以科學為基礎的研究慣例。

我們要放棄這樣的概念來成為研究中目的之陳述的方式。

　　這會超過對於語意學上偏好的選擇，如果個人相信，如同我們也如此的話，語言就會清楚地表明認識論的假設，來為此研究打下基礎。問題這個概念所顯示的是某事物偏離了常軌且必須被處置或是修正。所暗示的是我們已經知曉如何讓某事物處以適宜的，或是正確的方法來使其具有功能性，已經認知到在標準範圍上的偏差事實，而這解決的答案當下就應該被創造或發現。在準實驗研究當中，具有選擇性的答案應該要被確認，而研究者打算要證明其中一個選擇會比另外一個要來得更具有效果。

　　以這樣具有理性技巧或是功能的陳述觀點來解決問題，如運用在批判或是詮釋學研究調查中卻顯得不是特別地管用。批判研究可能會把焦點放在文獻中，或是所顯現出而影響全體的不公平現象，這些都是比技巧性或可運算的問題要更加充斥於各處（且具有破壞性的）。同樣地，作為某種介入所證明效果之替換，詮釋的或批判的研究可能會試著將一個現象問題化，並揭露其本身的複雜狀態。

　　典型上，教育學領域的質性研究不會針對在問題的解答上；反而是，它們會針對一些在人性參與活動中令人困惑的複雜面向——依循著某一特定的上下文脈絡——更深層的理解當中。大體上來說，之後的質性博士學位論文檢視教育學的現象，來當作是它們展現在頗為小範圍且受到限定的上下文脈絡之中（註譯1）。

實際聚焦的博士學位論文

　　過去幾年來，我們已經與許多正在努力於博士學位的有專職工作者共事過，他們不是因為想要成為全職的研究者或是學術人員，而比較像是他們更想要清楚理解到支撐本身研究的理論性或是哲學性基礎。在很多狀況下，這些學生都是生活井然有序的教師或是行政管理人員，並對其工作具有高度的直覺觀察力。但是他們卻給自己很大壓力，對於本身所處理的概念與原則要能夠清楚明白地表示出來，特別是用這樣的方法可以對他人產生幫助。

因此，另一種質性或是詮釋學之研究目的就可以拿來詳細解釋，並分析個人所從事的工作之性質。舉例來說，寶拉就本能性地在藝術教育當中展現出敘事體的教育學方法來，這幾乎是在她職場上一開始就這樣做了。她瞭解到本身正在從事的內容是有別於其他藝術教育的傳統，但是她卻面臨要同時來解釋這些差異的性質以及理論基礎之麻煩。在當下，她為本身的研究考慮著以下的題目以及目的：

> **題目**：進入孩童的世界：一篇關於藝術教育當中的敘事體教育學方法之詮釋學研究。
>
> **目的之陳述**：詳細解說並分析在藝術教育中敘事體教育學方法的觀念。

很耐人尋味地，寶拉在某種程度上頗為勉強地在本身博士學位論文中來處理這焦點，並表達出這樣的焦慮來，顯示她不是完全理解敘事體教育學方法的概念。寶拉不情願的特質應該要得到仔細的考量。一方面，這可能只是令人對其承諾感到神經緊張的個案，只是這在初次研究者身上不易看到而已。另一方面，她也許很直觀性地感覺到敘事體教育學方法的聚焦點，並不是如此充分反映出她真實之目的。她可能需要先理解敘事體的教育學方法來當作是接近之目的，而能更加與本身專業與學術興趣相符合。或者是，這可能顯示她並沒有全面性地理解由目的之陳述所提供令人滿意內容——來為調查研究設定一個階段，透過如此她可以達到並能清楚說明、分析本身對於「在藝術教育中敘事體教育學方法」的理解。直到寶拉察看並加以分類整理自己所勉強的性質時，她將會覺得有困難來跨越介於第二與第三個思慮周延循環的門檻。

瑪姬，那位把自己視為小母雞・潘妮（參閱範例3.3）的學生，正在精心處理一篇與本身所進行範圍中有些微差異的質性研究之類型。同時身為一名天主教女子高中的畢業生以及長時間在

此工作的教師，瑪姬正掙扎於如何在此家父長制系統中展現出女性主義的教學法來。這樣的掙扎充滿了人性進退兩難的焦慮感，而且瑪姬之目的也不是要來「解決」這樣的人性進退兩難，因為此人性進退兩難在某程度上，是被界定為：無法解決的。反之，她努力於清楚闡明人性進退兩難的性質，如此她就可以為本身教學上的實際工作做出更為有自覺性或是謹慎思慮過的選擇。因此，瑪姬的題目就訂為：「透過女性主義的鏡頭：一篇教育學人性進退兩難的自傳體式研究」，而以下就是她開端所描述的目的之陳述：

> 在這篇自傳體式研究中，我解釋了本身如何把自己視為是一位女性主義者，以及我何以描述自己在一所全都是女生的天主教高中裡面的掙扎，並展現出一個女性主義的教學法。而後將此學校命名為像是家父長制以及發現到人性進退兩難不斷地出現，這都是因為我本身逐漸形成的信念以及我如何轉變自己教學上的實際狀況，而建構出了一幅漸清晰的描述，對我而言，這意味著像是身為一名婦女與女性主義者，其教導著美國某城市高中女孩的景象。

如此之陳述將可能會像瑪姬進入到本身更為深層的研究當中，需經歷過幾次不同的修正。如同使用當下的詞語來表示，這傳遞出了更多瑪姬想要在研究中獲得的思考過程之感覺，而不是她如何在人性進退兩難中的感覺，而連結到更廣博的「為何如此？」之範圍中。但是如同在早期試著要來清楚明白地說出她本身想要怎麼進行，此陳述幫助了瑪姬組織本身的想法，並且察覺到自己研究調查是具有更寬廣的形貌。

訂定一個可以與個人研究調查模式相符合之目的

在第一與第二思慮周延的循環期間，研究發展最初階段的形象是有潛力被形塑成各式各樣的方式。而在第三個循環其間之思慮周延的核心問題就是要決定使用哪一種途徑。舉例來說，當我

們遇見朗妲（Rhonda）時，她當時處於早期的第一個思慮周延的循環中。基督教大學的服務學習之概念不斷地浮現到對於博士學位論文的反思裡面，但是每一段對話感覺好像出現在些許不同的景象中。最後，有三個可能成為博士學位論文之目的，雖然每一個都根植於不同的質性研究傳統之中，但也都開始浮現出來了（參閱範例5.3）。

當學生們掙扎於使本身研究之目的能澄清，他們一開始就可以把這視為是問題來解決，但是這樣會帶有隱藏性的危機——反覆不斷地出現缺乏對於研究中「那又如何？」以及「有誰會在乎呢？」這樣的澄清效果。舉例來說，在馬蘭妮研究中的目的之陳述，其有關於女性與社會福利（範例5.4）透過三次反覆說明本身研究之目的也逐漸形成，並變得能夠更加清晰地聚焦。

在範例5.1的案例中，第三個部分說明了在米契林的題目中之概念如何貫穿進入她研究目的之陳述。

範例5.3

研究之目的：可選擇性的架構

作者現場解說：朗妲是一位相當具有高度動機的學生，且本身有豐富的質性研究之背景。不論是在她參與質性研究的導論課程之前、期間或是之後，朗妲以及瑪麗亞都埋頭致力於本身相關博士學位論文的電子信件之往來通信。從這樣的論述當中也找出了三種形塑自己研究目的之不同的方式來。

質性或是實證目的。決定要在基督教大學中為「社區服務」找出教學的地位來。

質性或是詮釋學目的。詳細解說並分析在基督教大學中「社區服務」以及「服務領導員」的意義。

質性或是批判目的。批判基督教大學中教導「社區服務」以及預備成為

「服務領導員」的特別使命。

　　作者現場解說：這些研究當中的任何一個都具有潛在性值得花時間與精力的地方，但是這些措辭卻為研究與調查的模式標示出差異相當大之目的來。朗妲一再反覆地顯示出想要從事質性研究的渴望，即使她原本是來自於具有相當深厚的量化取向之背景。這也使得她，當其考慮到這些目的所可能出現的陳述時，也就逐漸地受到這裡面其中之一的吸引，她開始進入到思慮周延的第三個循環當中，並津津樂道地處理論述內容，這些將因為她擁有某特定的傳統背景而得以充實質性研究的詳細情節。相反的，這些看起來似乎沒有引發她熱烈的企盼，且她繼續精心處理這些觀念，如同之後的內容所示，其在裡面也充滿了質性的文字語言。

　　瑪麗亞，她這裡有我博士學位論文未曾出現過的新知識。比較五所基督教學院和大學聯合會（Council for Christian Colleges and Universities; CCCU）的學校與可同等對照（不論是規模、位置等）的五所私立學院聯合會（Council of Independent Colleges; CIC）的學校。找出哪些人在提供學習內容以及這些內容是否產生作用。如果結果顯示的是私立學院聯合會的學校有產生效果，而基督教學院和大學聯合會的學校沒有產生效果的話，我就可以據此來採以建議。發現到的結果將可成為策略上的準則在本身的校園中貫徹施行服務的項目。我對此感到相當滿意，因為這聚集了很多的資料並且可以拿來作為對照比較。同時我也不需要公開指責基督教學院和大學聯合會的學校沒有做到服務的項目——反而是我可以分享關於如何使這項事物得以開啟的觀點。

┌範例5.4┐

研究目的之陳述的發展

第一個互動：什麼是目前社會福利改革政策中的教育之意涵？

第二個互動：目的是要探究目前社會福利改革政策中的教育之意涵對貧窮女性所造成的衝擊或影響。

第三個互動：為社會福利改革政策中的教育之意涵來提出個別案例。

　　作者現場解說：留心注意在第一個互動的目的之陳述當中，為何沒有提出任何關於研究中「那又如何？」以及「有誰會在乎呢？」的洞察力。它也沒有標示出研究中的調查傳統或是研究類型來。在第二個互動說法中所提到衝擊或是影響之概念，會使人容易聯想到一個較有因果關係存在的實證研究。第三個互動說法中提出了關於研究中的「那又如何？」（例如：政策的構成）、「有誰會在乎呢？」（例如：政策制訂者），以及研究類型（例如：個案研究）。目的之陳述本身不會指示出任何有可能引導個案研究的傳統慣例，但是卻能表示出博士學位論文題目〈女性跨越貧窮的旅程：教育在社會福利政策中的個案研究〉裡面最首要在文學上的特色來傳遞出其屬於詮釋的，而不是實證的傳統。

　　接下來是一再重複提到的，馬蘭妮未來可能需要考慮到，如同在題目中所描述，為社會福利政策中的教育來找尋個案之意涵，或者像是在研究之目的中所描述，來提出社會福利改革的政策。由於此細微差異而驅使學生們在第三個思慮周延的循環期間感到心煩意亂。「這到底有什麼差別嗎？」他們可能會在挫折情緒當中抱怨著。或許沒有什麼任何抱怨；也可能有很大量的抱怨。哪些事件能夠給予議題充分的思維過程，以發展出關於什麼是研究當中的信念與清楚表達，以及研究者所希望達到的貢獻性質。

引導性研究問題

引導性研究問題之目的

　　引導性問題的擺入可使整個研究調查中的概念化架構呈現出來。換句話說，引導性問題闡釋了研究者如何預期來完成此研究之目的。一旦將引導性問題聚焦之後，他們也就能藉由努力來開創出理性的創作空間——幫助研究者來認知到進一步需要思慮周延的相關領域以及組織與這些領域相關的訊息。

開創出理性的創作空間

　　我們已經在這本書一開頭的幾頁內容中，主張過博士學位論文就是一個反覆的過程，而沒有確切的界線來為思慮周延的循環作出分野。我們也曾爭論過進入到研究調查的過程步驟中，會提供所需要的洞察力來精心處理一篇看法前後一致的論文研究計畫。很遺憾地，介於打算要與實際在處理一篇研究的灰色地帶可能會使得人失去判斷力，特別是針對那些缺乏論文研究計畫撰寫經驗的研究初學者。引導性研究問題可以幫助學生們強化本身已經知曉的事物，以及澄清依然還要再學習的內容。在這樣的理解脈絡中，他們標示出理性的創作空間使得學生能夠加以依循：

- 在第二個思慮周延的循環期間組織本身已經累積了大量的豐富訊息
- 認知到在領域中哪裡有所需要的額外之訊息或是思維
- 分辨清楚介於各式各樣論述的內容與特定方面的研究問題之關聯性

　　在與學生們共事的過去這二十多年來，我們變得會愈來愈堅信引導性研究問題所具有的重大意義。然而，學生們常常在本身

論文研究計畫進行的早期當中很難找到這些問題的重要性來。的確，在引導性研究問題可以某一套明確形式來確切表達出來之前，有許多大量為基礎而準備的工作是需要被不時地引發出來。雖然如此，從一開始就思考過引導性問題，是一種可以將概念化的結構帶入愈來愈更加清晰聚焦的方法。為了要來說明我們所表示的內容，讓我們回到林恩‧李察斯的博士學位論文當中，這是在範例4.2中所引述四篇當中之其中一篇的研究。為了要減少此研究中會涉及到的內容，林恩的目的之陳述以及引導性研究問題在範例5.5 當中會再重述，與一開始自己所產生的一連串問題放在一塊，這是當她首次思考相關本身博士學位論文時就已經出現了。

一般而言，需要用來建構整個研究的引導性研究問題不會超過三個到六個。通常，有很大一串的問題顯示出在研究目的中進一步的思慮周延是有其需要的。其中一個我們最常看到的混亂狀態之特點，就是缺乏鑑別出介於引導性研究問題與資料蒐集問題之間的差異。這裡有兩個基本的經驗法則可以用來幫助分辨介於二者的區隔。首先，資料蒐集問題典型上是運用詞語從研究中的參與者那裡誘發出訊息來，或者是揭示其他研究者想要蒐集訊息的類型。作為技巧改良的精進，如此的問題可以用來建構出面訪或是問卷調查的內容。其次，資料蒐集問題很少會談論到概念化的觀點。換句話說，所回應的問題能提供研究者具有洞察力來進入個別參與者的經驗世界或是觀點當中，但是不論是其本身或是內容，它們都不會來構成結論或是研究中「那又如何？」的成分。在範例5.6裡面的問題典型上是早期努力來說明清楚引導性問題以及闡釋一些線索，以將引導性研究問題與資料蒐集問題做一區隔。

透過引導性問題來建構出研究調查 ────────── ㄇ

能掌握住引導性研究問題的特性與目的，會很戲劇性地增強學生們對於本身研究調查的控制能力。相當容易理解，引導性的問題指引了調查的過程步驟，而不是資料蒐集的過程步驟。經過

良好概念化的引導性問題有助於以幾種方式來架構研究調查。簡而言之，它們能夠：

- 置入一個思考的進展來組成研究調查的整體架構
- 提供一個關注焦點來幫助從頭到尾的思考以及組織研究的程序
- 幫助研究者來想像最後博士學位論文的文本所呈現的章節安排順序
- 透過質性研究來預示一連串描述的事物，以架構產生知識的過程步驟以及結果

範例5.5

在創意性戲劇研究當中最初的問題連結

題目：在我們內心的圖像：一個創意戲劇表演之敘事體研究如同在小學教室內所涵蓋領域的教學方法

目的之陳述與引導性研究問題：這篇研究之目的就是要描繪出創意性的戲劇表演來當作是教學方法。這篇敘事體研究同時也詳細調查了國小學童們在這學習範圍中感到滿意的狀況，這是交由教室內的戲劇過程步驟來形塑。

創意性戲劇如何能被建構成教學方法呢？

當教師在小學教室中運用了戲劇來當作是教學方法時，發生了什麼樣的情形呢？

教室中的敘事內容如何詮釋呢？

在小學教室中運用創意性戲劇的教學方法之意涵會是怎樣呢？

最初的一整套問題：

1a. 創意性戲劇如何得以促成班級教室合作的風氣？ 1b. 觀點一致、熱心以及沒有偏見的學校經驗會對自尊產生衝擊影響？

2. 創意性戲劇是否會幫助學生們連結含有具體內容的知識到真實世界的經驗當中？

3a. 創意性戲劇是否會促進年幼孩童感覺到與他人之間的移情關係？ 3b. 戲劇的活動是否有助於去中心化的效果？

4. 創意性戲劇的活動或是知識是否會轉換變成可看得到的讀寫能力，以及在學生撰寫過程中來顯現？

5. 是否可能透過參與創意性戲劇的活動，而將讀者先備知識上的不足拿來當作例子討論說明？積極的課堂活動是否會帶動起積極的讀者？

6. 如何藉由創意性戲劇的步驟過程來減少全面性學習所會面臨到的困難？創意性戲劇如何對所有的學生們灌輸進艾斯勒對於「拓展教育公平性」的概念？

7. 參與創意性戲劇的活動時，會在口語上的語言發展產生怎樣的效果？

8. 創意性戲劇是否會意味深長地促進學生與學生之間的互動，如同相對於過去傳統上「教師詢問問題，由個別學生來回答」的課堂對話模式？

9. 教師如何調整自己成為適應班級教室中戲劇結構裡面所扮演的角色，這是否意味要適應降低教師直接主導性，而更加使得其為結構鬆散、以孩童發展為主的活動？

10. 領導者具備詢問有研究意義的、技巧性的，以及具有反思性的問題之能力，如何將其增添至孩童在戲劇或學習經驗上的品質判斷？

11. 接觸到戲劇經驗的參與者所理解到的內容為何？教師希望在課程中所計畫或客觀化給學生們的理解能力，如何藉由這任務所呈現的過程來使其變得可以感受得到？什麼使得相互學習過程（學生對教師，就像教師對學生一樣）變得更加容易？

12. 當孩童參與創意戲劇的體會時，有哪些班級教室的背景（身體的、社會的、時間的、空間的）特色會產生改變？參與者的互動或是行為舉止是如何產生、持續，以及發展開來呢？

13a. 初級中學年齡的孩子與國小階段年齡的孩童，是否會在他們創意戲劇的參與中展現出不同的學習模式？ 13b. 戲劇是否可以跨年齡地適用於所有教學應用上的不同層級？ 13c. 對於不同的戲劇階段以及認知年齡，

是否有些領域更屬於是「可教導的」內容？

14. 對於國小班級教室的有專職工作者以及（或是）教師訓練者來說，會有怎樣的啓發呢？

　　　作者現場解說：先前所列出的不同問題之結合，意味著對此而言有各種不同的潛在性途徑可以研究。舉例來說，問題1b、3a以及13a傾向於擁有更多屬於是心理學上所討論的主題，尋找相互的因果關係，其介於像是在教學上干預的創意性戲劇、自尊、移情作用以及學生學習狀況之間。有些問題（例如：4與7）更加特定關注在學生對於讀寫能力上的獲得以及語言在口語表達上的技巧。還有其他的（例如：1a、6、8、9、10以及12）就更加屬於是教學法上的取向，但是傾向於以因果關係這樣的說法來表達。當林恩複查這列表的幾個星期之後，除了有一些令人感到疑惑的微小改變之外，這裡面大多數的問題依然保持不變。然而，下方列出的問題是林恩在前文列表中所提到的內容之外再加入的重要問題——「當教師在班級教室中降低創意性戲劇活動的困難時，會發生什麼事情？」這個附加的問題，當連接到問題14上面，最後會導致出林恩本身研究的主要焦點，並且幫助她可以再次精心處理目的之陳述以及最終確定下來的引導性問題。

範例5.6

將蒐集資料的問題喬裝成引導性研究問題

研究目的：在解決課程改革問題而採取的行為當中，學生、教師以及行政人員如何能夠體會到學生們所牽涉到的內容？

引導性問題：

1.學生們在本身自己的學校當中會涉及到哪些課程改革的面向？

2.學生們在本身自己的學校相關課程改革當中所扮演的角色為何？

3.學生們涉及到課程改革行動中所引發的特色為何？

4.學生、教師以及行政人員如何看待學生們參與學校的課程改革行動？

5.實際上能夠改變課程內容，學生所涉及的範圍有多廣？

6.有多少制度化中的證據可以顯示學生們涉及到課程改革行動當中？

7.當學生們開始涉及到課程改革當中時，有沒有給教師與行政人員在角色上的一些意涵？如果有的話，那些意涵又會是什麼呢？

作者現場解說：首先要註明問題的功能以來陳述研究之目的，包含所遺留下來未得到解答的「那又如何？」與「有誰在乎呢？」這樣的議題。論文研究計畫的讀者可能會很想要詢問學生：「關於這些經歷當中，什麼是你最後想要瞭解的呢？」

其次，留意到問題當中具體層面所呈現的不同。舉例來說，問題3與5就有很大的差異——前者探索到人口統計學上的變異數，後者則是具有前後因果的關係。如此在研究範圍與問題聚焦當中的變異狀況常常都是具有指標性，並且需要附加其他研究調查中的概念。

同時也要思考每一個「引導性」問題是否有其助益性並能夠滿足研究之目的。想像訊息的種類，哪些會有邏輯性地為每個問題提出回答。這些訊息的背景是否能夠相互協調地放在一起，或者更為重要的是，彼此之間能互相使其變得強化？這裡是否有一思考上清晰的進展過程，或是這些問題是否會產生訊息上叢聚的區隔？

一般而言，我們已經發現到換以幾個關鍵性的引導性問題來看是有助於思考的發揮。因為不論是在論文研究計畫或是博士學位論文當中，這些問題都是這兩者的結構部分，所以我們要試著來為這些放入文獻當中的問題找尋其意義來。

什麼是引導研究者進入到研究當中的因素呢？此問題允許研究者來介紹研究當中的現象，在現象當中提供他或是她所感興趣

的背景訊息，以及做出初步的連結，來串起個人興趣以及更廣泛的論述社群。這也許聽起來更像是一般訊息，其包含在論文研究計畫的導論部分當中，且的確是如此。然而，我們也將此標示為引導性的問題，因為一旦研究調查已經完成了，這位研究者將會對如何介紹這篇研究有更加清楚的理解力來表達。那些我們共事過的學生們常常會發現到，有其必要不斷地將前言部分加以精鍊，而使得博士學位論文當中概念性的細微差異能得到相對較佳的清晰說明。如此，這個問題根本上會像是引導者般來提供給研究者，在博士學位論文上的概念化與導論部分的撰寫。因為博士學位論文有各式各樣的形式，導論部分可能會被稱為第一章，或是它可能也會以其他的標題（例如：前言、序言）來表示。

　　論述如何與研究當中的現象產生關聯性而貫穿研究者的思想呢？為了要提出這樣的問題，研究者會將研究涉及的現象放入一個更廣泛的社會以及理論性的脈絡當中。藉由描繪出像是一個主要訊息的來源之正式的論述，研究者要闡明研究調查的重要性以及顯示出它未來可能會造成的實質貢獻。

　　在論文研究計畫中，這個問題必須要被提出來，並有足夠的內容深度來說明此研究是有被進行的價值。但是在整個研究調查期間，所附帶的論述內容非常有可能會被詳細地研究。有時候，研究者可能會預先將這些標示出來。然而，這就好像是未被預測到但確有關聯性的論述，將會在研究調查過程期間重新浮現出來。這也就是我們會提醒學生在完成博士學位論文之前，要避免思考單一的文獻回顧之原因。這個引導性問題幫助整合研究者的思維並且撰寫出在傳統上看起來像是博士學位論文第二章節的相關內容。

　　研究當中的現象將如何被捕捉到，以及此現象如何在博士學位論文當中被描繪出來？這個引導性問題已經為標示出許多的程序上議題做好準備了。現象會在哪一種脈絡當中被加以研究，以及為何這會是個適當且有生產效益之脈絡？哪種訊息將會被蒐集來成為現象、脈絡當中的本質，以及哪些訊息會是介於兩者之間

的相互影響中？訊息將會如何被蒐集、編碼以及處理？訊息會被使用在哪個方面；舉例來說，訊息是否會被拿來在全然的實證方法或是詮釋當中而加以分析？訊息通常如何呈現出現象來，就像是訊息在研究的脈絡當中是否已經清楚地顯現出來？

對初學研究者而言具有至關重要的是要將此放在心中，在論文研究計畫當中對於這些問題的回應，其充其量只是近乎準確的估量值。如同他們接受這個研究的行動結果（參閱第七、第八章），這就好像程序上會被修改得更完善，而使得研究調查會逐漸形成。即時當時沒有出現徹底的改變，研究者也會因為埋頭致力於研究當中，而對研究調查步驟有一個更加廣泛的理解。因而，對於此現象如何被捕捉到的描述，也會更加地在博士學位論文當中變得清楚而準確。在很多情況下，但不總是如此，如何捕捉到現象的過程會在博士學位論文的第三章中來加以闡述。

現象如何被描繪的議題可能只是在論文研究計畫當中有一定依據性的猜測罷了。研究者瞭解到必須要在博士學位論文當中分配出空間來容納這極其重要的描述內容，然而描述的形式與內容會在研究調查當中顯現出來。在很多情況下，博士學位論文的第四章包含這樣的描述內容。但是當此現象是極度的複雜且具有多個面向時，也許會需要幾個章節才得以完成。我們過去也看過有學生涵蓋廣泛到附錄部分來補充或是增加此描述內容。

意義是如何從現象的描述中獲得，以及這些意義未來如何被呈現在博士學位論文當中？這個問題會藉由描述程序步驟而被標示出來，這將會被用來分析或是詮釋研究裡面現象的描述內容。為了要發展這些步驟，研究者會在一種被指定的研究類型當中描繪出「規則」來產生合法性的知識。舉例來說，紮根理論是一種具有清楚且可被接受的研究過程步驟之研究類型，可用以蒐集資料並且產生理論。以敘事體、民族誌、個案研究或是啟發式類型為基礎的研究，可能就會採取不一樣的研究過程步驟。

在論文研究計畫當中，研究者會描繪出與研究的類型產生關聯的論述內容，來闡述他們是如何從本身的資料當中來想像其創

造出的意義。有時候，初步的推論猜測包含像是造成結果的類型例證，都有可能會被產生出來。同樣地，這在論文研究計畫發展過程中也全都只是試探性的而已。之後來到要掌握住從質性資料當中如何找到意義，這是在思慮周延的循環當中相當重要的議題，我們將此特點描述成接受這個研究的行動結果。我們會留在第七、第八章再來討論這個議題。

　　當研究者分析或解釋本身的資料時，他們同時也必須要在博士學位論文的內容中，為所要呈現的結果來概念化一個形式。這可能會是在論文研究計畫當中最難以解釋且含糊不清之研究面向。

　　什麼是研究調查當中的意涵，以及這些意涵如何關聯到研究當中目的原始之陳述？這裡會有完整的循環論文研究計畫，解釋出所能產生貢獻的本質，而這是研究者打算要做的研究之總結。很明顯地，研究當中具體的結果在事實真相出現之前是無法被描述出來的。但是這有助於研究者透過提出貢獻這樣的特性來加以思考（例如：政策推薦、工作上的指導方針、啟發式的模型等）。這樣的議題也會在第七、第八章當中聚焦來討論。

　　為了要獲得引導性問題何以能夠架構出研究調查的理解意義，我們直接引導讀者注意到米契林的論文研究計畫（參閱第四部分，個案樣本5.1）。

相關論述的回顧

　　如同在第三章討論過，博士學位論文的第二個循環涉及到必須沈浸在相關研究調查的主題與類型這兩者皆具的論述當中。在第三個循環期間的任務就是要從此背景豐富的題材當中去汲取出所需求的訊息來精心完成這個研究。

論述的回顧vs.文獻的回顧 ─────────────────── 凸

　　首先，讓我們把注意力集中到問題上面來：「為什麼我們要使用到『論述的回顧』（review of discourse）這樣的詞語，而非是『文獻的回顧』（review of literature）呢？」如同我們在第三章已經討論過，學術的或是具有學者風格的文獻只是論述的一種形式，其有可能只存在相關的重要教育議題而已。論述也可能存在於各式各樣的利益分享團體（例如：從業者、消費者、決策者等）以及媒體當中。要精心處理一篇論文研究計畫，在很多情況下，呈現出這些論述的多樣化趨勢會遠比只關注於某個正式或理論性的文獻要來得重要。這是其中一個理由，讓我們認為論述的回顧比起文獻的回顧這樣的概念要更加實用得多。

　　我們也更加喜歡使用回顧論述內容來對比於文獻回顧此不正確的觀念。太常發生這樣的情況，學生們似乎會以文獻中一大片的內容來表達本身思考方式，這些內容原本呈現在論文研究計畫中的一個章節之中，隨後就全部完整地轉變到博士學位論文之中。強化如此之觀點，使之看起來像是研究當中的假設，成為文獻的回顧之初期形式，而非只是構成整體所需的一部分而已。我們希望引導性研究問題的討論能夠在質性的研究當中闡明出，如何在論述的各式各樣之內容裡面，形塑出可以貫穿的論文研究計畫與博士學位論文。在此思慮周延的第三個循環期間，所要謹記在心的關鍵就是：「可以運用哪種方式來將正式與非正式的論述都變成是我研究調查的題材？」為了要更進一步組織個人的想法，詢問「我應該要運用哪些論述內容來使得每個引導性問題產生關聯性呢？」是相當有助益的。

　　然而，最重要的是在學術認知當中，論述已經轉變為呈現一個理論上的概念，包含在題目或是研究領域當中的語言之改變（參閱帶有分析和評論的內幕報導（一））。

把研究建構在具有關聯性的論述當中

　　藉由回顧論述可以提供一個不可或缺之目的，那就是安排研究的上下文脈絡。這個目的是與文獻的回顧最為接近之典型觀念，因為此會聚焦於研究調查主題相關的論述內容。如此之回顧的起始點是博士學位論文題目裡面重要的概念。

表5.1　博士學位論文架構上的大綱

形塑教育之問題內容：以工作為基礎的啓發式研究調查
目的：為了要形塑教育之問題內容的概念來達成貫穿教育政策與行政運作之目的。

博士學位論文中啓發式研究調查的章節或是各個階段	引導性問題	啓發式各個階段的描述	過程步驟或程序	博士學位論文的章節內容
第一章 最初始的書面形式：還沒確定的工作內容	什麼是我最初始書面形式中所涵蓋之教育觀念的特色？	在這一開始的書面形式期間當中，我目睹了研究者或是從業者的改變，如同想要在工作當中來證明其有強烈的興趣、召喚出所關懷的內容，並祈求能受到關注——其內容像是專業的含意般，握持有重要的社會意義以及個人必須要注意的部分。	反思、意見交換、存在於內心的仔細考慮、計畫以及所下的判斷。題目的驗明；詞語的定義；意圖、目的、理論基礎以及方法的連結。	在我博士學位論文第一章的內容當中，我將會根據此研究來描述本身最初始的書面形式。
第二章 最初始的書面形式：研究計畫	我可以運用怎樣的步驟程序來完成本身之研究目的？	「在這個時間點上調查者已經到達了對於覺察與知識內容心照不宣的境界，容許直覺判斷力任意地奔馳，以及清楚從問題所構成的形式與重要性之中來解釋上下文的脈絡」（Douglass & Moustakas, 1985, p.27）。	計畫、做最後決定。詳細描述出啓發式研究調查過程，以及其運用上的連接來發展本身對於研究所期望的程序步驟。	在我博士學位論文第二章的內容當中，我將會描述啓發式研究調查以及完成此研究的過程步驟與程序。

章	標題	研究問題	說明	沈浸而後加以整合	博士論文內容	學位論文內容
第三章	沈浸而後加以整合：與其他實際內容的接觸	我如何透過由所選擇的文獻而與教育所涵蓋到的論述產生關聯性，且從最初始的書面形式轉變到沈浸而後加以整合？	在這沈浸的階段期間，我會把研究者或是從業者視為其正面臨一種確切立場觀點的選擇與接受。他（她）全然地與他者進入到其生活世界當中，不論是在哪，其都是研究所要清楚表達以及談論到的核心主題，換言之，像是在公開的環境中、社會的脈絡中，以及專業人士的聚會中等。啟發式的調查者會對所有在意義上具有可能性保持高度注意狀態，並且會被所暗含的理解來牽引到無遠弗屆的文獻、其他人、機構、自然特性，以及沒有預期到的地方之中。我會把本身調查在沈浸而後加以整合的結果中，當成是一段時間從一般的工作與著述文獻中來蒐集相關於教育內容的訊息，之後從不同的但是卻有相關的各式各樣參與者之論述觀點中，以此來創造出文本內容。	沈浸而後加以整合。文獻與工作的記載要能夠有所呼應。 ·特性一致 ·思慮周延 ·有策劃性 觀察記錄、聚會、與自己以及他人的對話、錄製影像、訓練工具、課程題材、全體職員發展的會議。	在我博士論文第三章的內容中，我將會討論本身的沈浸，這是經由相關所涵蓋到的內容的文獻與工作選擇。	學位論文第三章的內容當中，我將會討論本身的沈浸，這是經由相關之教育所涵蓋內容的文獻與工作選擇。
第四章	沈浸而後加以整合：從其他現實內容學習	我如何從沈浸在文獻中轉換到沈浸在我整個管理上的工作之論述中？	「實際上任何與問題產生連結的事物都會變成原料，可以加以沈浸、留駐，以及維持住一個持久的焦點與關注」（Douglass & Moustakas, 1985, p.45）。	沈浸而後加以整合。透過「由對話編撰的情結」，而從沈浸當中創造出獲得來。	在我博士論文第四章的內容當中，我將會提出「一連串對話編撰的情結」，而從沈浸當中創造出獲得來。	學位論文第四章的內容當中，我將會提出「一連串對話故事」的形式，並探討本身的獲得。

在我博士學位論文第五章的內容當中，我將會提出一種關於我本身敘事體的描述。

計畫的醞釀期、思慮周延、明示而出、詮釋、問題化、解釋說明，以及審慎考慮。教育涵蓋內容，其具有探討問題空間的面向之描述。

在某些沒有具體說明的觀點中，啟發式的研究者將會驅策本身強烈慾望來依賴於方法與意志，尤其考慮到研究之目的與所欲傳達訊息的閱聽者，不再引起部分的迴響並且描繪出整個想像程序來。如此行之，他（她）將會獲得一個在議題上清晰的理解力，這如同德國人所稱之為像是導致「洞察力的跳躍」之結果，也就是一般被描述成猶如大呼一聲「啊哈」，或是使用一個相關於啟發式的詞彙用語：「我找到了」！

艾斯勒（1991）堅持在質性研究「本身就是工具」可以銜接不同情境並且為其賦予意義。他暗示著就是這樣的能力可以看透並詮釋出重要的面向來，而提供獨特、個人的洞察力到研究的經驗當中。

「在某些沒有具體說明的觀點中，啟發式的研究者將會獲得一個在方向上清楚的感覺，不論是題目或是問題都會轉移到這裡來，並且將會瞭解到（隱含性地）什麼才是需要被闡明的內容」（Douglass & Moustakas, 1985, p.48）。

我如何描述教育所涵蓋內容之問題化的特徵，而哪些是我必須透過沈浸之後加以整合的過程才可以「理解」得到？

第五章　計畫的實現：闡製意義

第六章 創意的結合：產生新的真實狀況	哪種啟發性可以被「創意的結合」貫穿相關於教育所涵蓋內容的教育政策與行政工作當中呢？	透過想像力、直覺、自我反射，以及隱含面向的過程，教育的調查者將呈現出一種理解性的結合。這種具有啟發性的描述可以處理任何形式的數量，而這表示其可以掌握研究當中概念性的理解本質，這本質是從研究調查過程當中所獲得的。這種啟發性的呈現帶有創意成分，教育的研究者或是從業者可藉由執行艾斯勒所稱為像是教育研究者的義務轉為在公開場合中具有教育意涵時，其最終將會獲得這種研究過程的結果。「研究者在這綜合內容之中會面臨到產生一種新的真實情況的挑戰，要以一整片全新的重大意義來體現這種具有啟發性的真實情況之本質」（Douglass & Moustakas, 1985, p.52）。	一種具有啟發性呈現的創意，可以將教育所涵蓋內容的概念加以問題化，而這可以讓教育的行政人員或是從業者以及領導者拿來應用： ·喚起沈思後的反映 ·徵求到實際的對話內容 ·對所牽涉到的錯綜複雜事物產生評價，就好像試圖要對這樣的價值轉變為一種實踐	在我博士學位論文第六章的內容當中，我將提出自己的陳述來問題化教育所涵蓋內容之概念。	學位當會啟述教育所涵蓋的概念。
第七章 於工作當中「終止問題的探討」	在我的研究當中具有怎樣的隱含意義呢？	勞恩（Rowan）於1981年，在他對於研究循環的探討當中，將此特徵表現在其所稱之為「其他可選擇的研究典範」當中，描述此令人滿意的週期，不論是在開始或結尾都是各個新的研究循環。勞恩將這樣一段時間指稱為「在自己本身的經驗當中，終止了問題的探討」（p.98）。	沈思反映。隱含意義的探討。	在我博士學位論文最後一章的內容中，我將討論到本身研究的意義。	學後容會本身含的意義。

　　舉例來說，林恩・李察斯所研究的題目（參閱範例4.4與5.5）包括有作為教學方法的創意戲劇學與小學教室內所涵蓋的領域這些概念。她博士學位論文的第二章被標題為：「戲劇的界定以及精選的文獻回顧」，並將此架構成四個主要的部分——教育學中對於戲劇的界定、戲劇作為主題與作為過程步驟、教育學的戲劇種類，以及處在教育脈絡情境中的課堂戲劇。在這些部分當中，林恩首先是駐足在正式的文獻裡面來為戲劇解釋各式各樣的概念以及專業術語，之後將創意戲劇學連結到教學方法、小學課程以及班級教室的活動當中。到了林恩在第二章節快結束的部分，任何一個沒有具有創意戲劇學先備知識的讀者，都已經對如此情況之論述感到熟悉，同時也對研究當中的重要性有了相當的瞭解。

　　馬蘭妮，她正在研究教育與社會福利改革（參閱範例5.2與5.4），在媒體部分（例如：電視、報紙，以及雜誌）有相當份量來描述其論述，以顯現在我們的社會當中領取社會福利的母親是如何被加以刻畫出其形象來。她同時也運用著聯邦法規、最高立法機關的判例、慣例規則以及條例，來描述政府單位對於教育與社會福利這兩者之間的公共政策。

　　凱西・契隆尼的博士學位論文（參閱範例4.6），提供了另一種例證來說明如何拿各式各樣的論述內容來完成一篇研究。在第一章之中，凱西是從教師相關的正式文獻裡面著手，並把其當作是學校改革的資源。在第二章之中，她運用到正式的文獻來探索各式各樣具有激勵效果的計畫之演變發展，企圖針對在鼓勵教師們承擔起領導者這角色。第三章掌握並傳遞出一個相當不一樣的論述類型。運用了若干官方的以及「轉瞬即逝的」（fugitive）文件檔案混合，凱西描述了賓州主任教師創制權的法規。

　　我們希望以上這三個簡短例證可以說明以下幾個重要的觀點。第一，關於個人研究主題的論述可以在每個不同的地方發現到，包括學術或是具有學者風格的文獻（例如：書籍、期刊、研究報告等）；大眾媒體；法律許可與受到調控的文件檔案內容；以及大量具有考證脈絡的人為作品。一份晚近範疇有詳盡討論到

的事物可能會是相當適用的。當學生們意欲研究一個「當紅」
（hot）的主題或是議題時，最迎合當下且有高度發揮性的論述，
可能就會在具有考證脈絡的人為作品中顯現其相當突出的重要
性，這些都不會很有秩序地被編輯進入或是很正規地儲存在一般
大學的圖書館當中。轉瞬即逝的文件檔案這詞語已經被運用來描
述某些原始資料的來源，像是政策的公文、行動計畫、公共事物
或是企劃報告、信件、會議記錄、意見書，以及正式的決議，在
很多情況下這些都是儲存在組織或是個人的文件檔案中。

　　第二，並非要在某一章節中將所有的論述全都呈現出來。反
而是，要選擇性的運用在整個論文研究計畫以及博士學位論文當
中，來支持一篇研究裡面各種不同的面向。這就是我們所謂可以
藉由整合所有論述回顧內容來成為一篇研究調查。學生們如何加
以選擇來呈現或運用的論述，可以創造成如同是一篇具有學術性
貢獻的研究調查結果。第三則是與第二點有相關聯的。在研究的
題目當中先回顧與關鍵概念有相關的論述，應該可以為即使是最
沒有概念的讀者提供出一個概念化的背景，來理解形塑研究調查
中的「原因」以及「為何如此？」。有時候，學生們沒有意識到
自己沈浸在論述當中已經使得他們相較於大多數的讀者（包括口
試委員），更加漸行漸遠於本身研究的題目。這裡的挑戰就是要
找出一種方法來以簡易的語言把訊息的豐富性轉換成有一致性的
圖像，使得最缺乏相關知識的讀者也能跟上腳步。要做到這樣的
努力需要相當多的思慮周延，甚至需要一些創意性才行。其中最
關鍵的重點也將概念化出一個有組織的構造原理，可以把論述放
置到一些有意義的觀點當中。

組織論述的回顧

　　也許要精心處理一篇有意義且提供大量訊息的論述回顧之最
大阻礙就是擁有不正確的觀念，這使得個人誤以為就是要摘錄其
他人的想法，之後並對其提出評論來──標示出認為誰的想法是
正確與否，或是顯示出個人是否贊同對方。在程度上更為實用的

是，在組織論述回顧時具有潛在策略的多樣性，這包括以下所提及的內容：

- 追溯相關論述的歷史性發展過程；顯現具有歷史性關鍵想法的脈絡或是發展（這不只是單純地按時間順序排列把當時何人撰寫了什麼的摘要而已）
- 追溯涵蓋在論述當中的概念上之線索脈絡（例如：標題以及次標題、議題，以及問題等）
- 對正在回顧的相關主題，繪製出各種不同觀點的學派或是意識體系的立場（註釋2）
- 繪製出此主題的相關學科之觀點
- 繪製出各式各樣利益團體的立場，像是職場從業者、學術界人士、學者、政策制定者，以及顧客

這些具有組織性的準則並不是指涉彼此相互之間地位有所高低或排他性。舉例來說，布蘭特（Brent）是一位研究「注意力不足症」（attention deficit disorder; ADD）的學生，他藉由比較與對照醫學、心理學、社會學、教育學、政治學，以及經濟學在這綜合病徵的不同觀點來追溯此論述所具有之歷史性的發展演進。米契林在教育學所涵蓋領域中來回顧論述，她不但編排了有差異性的意識體系觀點之立場，並且將它們連結到各種不同的利益團體當中。

回顧論述內容所牽涉到的決定

如同訂製般來精心處理一篇論文研究計畫，牽涉到必須要能夠抓住與個人研究調查中的題目與目的具有相關性的論述內容。如此複雜的認知任務，其所涉及到需要仔細做相關決定的內容如下：

- 哪些是需要包含進來或是排除掉的

- 哪些具有組織性的準則可以運用來幫助那些缺乏認知訊息的讀者對論述得到充分的理解
- 論述內容如何能夠被用來形塑研究當中的「原因」、「為何如此？」以及「有誰在意呢？」

如同訂製般來精心處理一篇論文研究計畫也牽涉到要能夠運用研究調查相關模式的論述內容。我們會把這議題放置在緊接而來的研究程序這部分之中。

研究程序

論文研究計畫中的這一部分完成了此雙重之目的。第一，它為研究的類型提供了詮釋與理論基礎，而能夠引導整個研究。第二，它也提供了對於程序的謹慎解釋，這將來可用在追尋每一個標示的引導性研究問題之中。如果能夠詳加概念化，這兩個論文研究計畫當中的問題就能夠為研究調查編排出具有正當性邏輯的內容。

研究程序猶如正當性邏輯

長期以來博士學位論文在典型上會包含有一個標題為「研究方法論」（research methodology）或是「研究方法」（research method）的部分。但我們傾向於擇以「研究程序」（research procedures）此標題的名稱是基於以下兩個理由。第一，方法論照字面意義是指方法上的研究，然而，也就是對於研究程序類型上的一種用詞錯誤之失當描述。第二，方法在很多狀況下是被認為與「技巧」（technique）相等，這樣的等式，如以我們採用質性研究調查的經驗來看，其是不適用的。以下的評論是由史密斯（Smith）與賀緒爾斯（Heshusius）在1986年所提出，此提供一個重要的區別性，其區隔了像是技巧性的方法以及猶如正當性邏

輯的方法：

> 方法至少可以被描述刻畫成兩種方式來出現。一般最常看到的
> 意義是把方法當作是程序或是技巧（附加強調說明）。在此案例當
> 中之術語原用這種「如何處理研究」（how-to-do-it）的討論，其長
> 期以來被發現到出現在質性研究調查中的入門教科書上，以及近年
> 來更是如此，出現在許多質性研究調查中的基礎教科書上……，第
> 二種方法所刻畫的方式猶如是正當性邏輯（附加強調說明）……，
> 這裡並不是聚焦在技巧上面，而是在邏輯性議題上面的附加細節，
> 基本上，包括在正當性上面來貫穿整個實際過程……，這樣的概念
> 化牽涉到像是如此的基本問題，社會以及教育現實世界中的本質是
> 什麼呢？什麼使得調查者與調查本身產生關聯性呢？以及要如何來
> 界定真理呢？（p. 8）

在第四章類似的運動活動中我們有打算要給予一種區別的直
覺（felt sense），而這也是史密斯與賀緒爾斯所創見的。精心處
理研究的程序不可能在一種認識論的真空狀態中來完成的。學生
們必須瞭解到本身所正在參與的研究之球類活動比賽以及比賽中
的規則。為研究來發展具有正當性的邏輯就好像是一位教練，不
只是要描述可能會形成的比賽方法，更是要解釋方法背後隱含的
思考因素。正當性邏輯是學生的理論基礎，用來說明研究調查會
有的結果與真理之陳述（帶有分析和評論的內幕報導（三））將
可能如何被產生出來以及獲得論證支持。

有太多這樣的情況顯示，當學生們認為方法與技巧是相等的
時候，他們會毫無節制地花費過度的注意力在蒐集資料的基本要
素當中，但是事實上卻缺乏深思熟慮來瞭解本身將如何從這些資
料裡面抽取出意義來。這樣會創造出一種效能上的幻覺，好像會
有助於他們進入到研究當中，但不一定具有正當性。然而，如
果「跳脫」研究的話，可能會變得難以預料，這如同宣告學生們
計畫失敗而無法從資料中理出頭緒來。當引導性研究問題被用來

建構研究的架構時，整個程序就會由每一個引導性問題來編排而成，學生們就能夠獲得一個清晰的認知，而理解到本身將如何從起始點繼續前進下去，直到結束為止。

找出研究類型的理論基礎

在第二個思慮周延的循環期間裡面，沈浸在相關的研究傳統與研究類型之論述裡，可以重現出相關的知識與認知方式所隱含的假設。這就像是學生們被牽引到某一特定的研究調查之形式當中，他們會因而開始在探討之中獲得一種語言的表達方式，這不僅表現在他們本身研究的題目上，也會呈現在研究調查的形式之中。這是往前進展很重要的一步。然而，這種透過閱讀與討論而獲得的理解層次，只是藉由撰寫本身相關研究而獲得深層理解的初步行動而已。在我們的經驗當中，學習會在第三個循環期間變得更加強烈，是因為學生們實際上已經為本身研究程序撰寫了相關的理論基礎。經由撰寫，他們會在研究當中得到更加適當的語言掌握能力，換句話說，也就是得到一種更能夠掌握研究調查的理解力。

如果能夠仔細地精心處理，研究的題目是可以對撰寫研究的理論基礎提供一個具有實用性的起始點。就我們的觀點來看，在研究題目之中標示出研究的類型是有幫助的。要是從相關的論述當中來描述，學生們就得以在自己對於研究類型上，以及何以此會適合於自己的研究調查之理解來加以闡述說明。舉例來說，一件個案研究的呈現方式可能是實證的、詮釋的或是批判的。再者，這也可能會是某事件裡面的個案或是為某事件而呈現的個案。同樣地，一個敘事體研究也有可能更進一步被發展成像是一篇個人的、自傳體式的，或是文學的敘事體。因此，這都還不足以讓學生直接聲稱：「這是一篇個案研究」或是「我正在從事敘事體研究」。這些術語所詳盡討論與對前述文字所限定的條件，對於理解隱藏在特殊程序背後的邏輯，提供了認識論上的一貫脈絡。於此，也就是說，將研究擺放在研究調查的傳統之中，並且

為支持研究的結果置入了一個基礎。

為每個引導性研究問題所鋪設的程序─────────────🏳

　　回想起我們所謂的運動類推方法，研究的理論基礎說明了在怎樣的範圍中可以讓學生放置他的（她的）身影，以及有哪些球類運動可以被從事。論文研究計畫中程序部分所剩下來的地方就可以為「進行比賽的內容」來編排策略。受到相當精心處理過之引導性問題是可以為研究調查提供概念性的架構或是綱要。而研究程序可以充實調查過程步驟的細節。

　　每個引導性問題所提出的程序應該要標示出以下的幾個關鍵點來：

- 哪些訊息將被運用標示出問題來
- 這些訊息將如何被蒐集以及出於哪些資料來源
- 這些訊息將如何被分析以及詮釋
- 這些訊息如何被呈現與再現，來提出本身的貢獻以使得研究調查更加清晰

　　經過仔細構思的程序典型上會具備有錯綜複雜以及大量廣泛的討論，而這不容易從一篇論文研究計畫或是博士學位論文當中就能夠摘錄出來。然而，為這些議題如何置入來尋求意義，我們回到範例4.2當中所介紹過的四篇研究（高度建議讀者從範例4.3直到4.6來回顧，以獲得每一篇研究相關的附加訊息）。

　　在佩特‧麥克馬隆的博士學位論文〈反映大學創作課程的三種層次之敘事體研究：教師日誌、學生文件檔案、教師與學生的論述〉之中，三種教育的現象都涵蓋在研究裡面──教師的反思、學生的反應，以及教師與學生的論述。佩特所面臨到的挑戰就是如何為這三個複雜的、動態的以及難以捕捉到的現象來創造出具有一致性的記載。為了要詳細解說並分析教師反思的概念，佩特打算要來檢驗她本身教學法上的實踐成果。因此，她的第一

個引導性問題就是：「什麼是發生在社區大學創作課程的教育學故事？」為了要保有個人敘事體的風格，在她班級教室實際施以且具有一致性的記載，或是敘述形塑出了這個故事的格式來。從這被創造的故事而來之主要訊息的來源就是專業日誌中的細節，這也是佩特在一整個教學的學期中所整理出來的。從具有反思性的文獻、教師的反思、撰寫日誌、故事，以及由鋪陳故事中來描述，佩特所解釋的不只是她如何維持撰寫日誌而創造出故事來而已，並且說明了為何這個程序可以建構出具有合法性的知識。為了要保有詮釋學的研究調查傳統，佩特的班級教室事件當中之敘述呈現出了客觀而不受個人情感影響之精確的證據，而並非是重要的議題。她的任務是要在其反思當中創造出一個有系統且真實的敘述，之後再來精心處理一個豐富且前後一致的故事，裡面描述了整整一個學期與她創作班學生們相處的內容。

佩特本身研究的第二個目的就是：「詳細說明並分析撰寫文件檔案內容時的反思性概念」。因此，另外一個引導性問題即是：「學生們所展示的文件檔案所反映的撰述特性為何？」佩特為了要來標示這個引導性問題所採用的程序，就是讓每一位創作班的學生來創造並提交出撰述的文件檔案報告來。她藉由連結反思性的論述到創作理論之論述、一般文件檔案、以及特地撰述的文件檔案當中，為這個程序來精心處理出一個合法性的邏輯。這個研究調查中每個不同問題與情況的訊息來源，就是來自於這裡面的六十五位學生之文件檔案中。很有趣的是，這個引導性問題並沒有指涉出佩特在博士學位論文當中可能會運用哪種形式或是格式來呈現出這些文件檔案內容。顯而易見，六十五份撰述的文件檔案內容可能不會在博士學位論文當中被重製出來，但是在第三個思慮周延的循環期間，當佩特正在概念化論文研究計畫時，很難想像這個議題將如何被標示出來。然而，藉由為敘事體研究來仔細地精心處理其理論基礎，佩特為她最後所創造出的綜合描述找到了基礎，來為學生的反映描繪出四種不同的形式。

為了要獲得介於她本身與學生之間的論述，佩特繼續保留著

自己對學生們相關撰述所記錄的原稿。最後，這些訊息被編排到
她教育所發生的故事當中，並且也進入到學生反映的描述裡面。
我們希望這簡短的討論可以強化出為每個引導性研究問題所鋪設
的程序之重要性。

　　對我們而言，佩特的研究為我們這個研究團隊當中的質性博
士學位論文之演進發展表現出了一種有趣且具有關鍵性的觀點。
在她作品呈現之前，博士學位論文裡面的團隊成員已經變得愈來
愈像是詮釋性的研究，而且許多都是如此，大體上屬於個人敘事
體，但是我們卻不認為可以明確地將這樣博士學位論文的類型稱
之為如此。由於她本身具有英國文學的背景以及她自己是一位作
文教師，佩特成為第一位研究團隊的成員來運用相關敘事體的論
述，這也使得此在教育學研究之中得到了進展。從她本身的研究
來回顧，我們現在必須承認早期的博士學位論文，相較之下已經
變得過度保守，但其仍然關注於鑲嵌在實證傳統裡面有關認識論
上的議題。佩特帶領我們轉移到一個全新的領域之中，這個改變
是我們直到二年之後才能完全理解的境界，當時是凱西・契隆尼
為她研究論文〈承諾的約定、承諾的破裂：賓州一位主任教師經
歷的文學批評〉做解釋的時候。

　　回顧過去，我們終於理解到佩特是以直覺性處在高度具有詮
釋學傳統之中來運作，並且毫無疑問地藉由隱含性運用她的文學
背景來建立起本身的正當性邏輯。她的研究帶領我們更靠近解釋
這類研究類型的語言方式，但是這完全是由凱西所創造出來的語
言──以及理論基礎──之明確用法。誠實來看，凱西並沒有很謹
慎地以此作為她目的之開端。反而是，她之後達成這效果是逐步
地──並且相當煎熬──如同她很成功地精心處理了本身研究的反
覆循環。（事實上，就是看到了不明顯的概念浮現出來，透過凱
西所帶回給我們在研究上的這些成功草案，裡面所呈現博士學位
論文過程步驟所需的反覆循環之特性。）凱西的博士學位論文帶
來了一種重現般的敘述，創造出了一種印象，其較屬於被刻意計
畫出來，而非像是實際上的案例。為了要消除這樣一個精心處理

過的概念化研究，我們詳細敘述了這已多次不斷警示過的觀點。

作為她努力獲得主任教師經歷的一部分，凱西面訪了超過二十位教師，裡面某些人就是擔任主任教師此位階，而其他的人則是在工作上與主任教師共事。就如同佩特過去面對了要在自己的博士學位論文當中呈現出六十五份文件檔案的議題一樣，凱西也掙扎於該如何將二十多篇的面訪內容呈現出來。有一個相當重要的決定關鍵點是可行的，那就是可能不用一字不差地逐字包含進所有面訪之後的謄本。當凱西進一步思考之後，她只採用其中八位教師的故事。雖然她運用了所有的訪談內容來貫穿她的整個思緒，但是就只有這八個故事獲得凱西的採用而呈現在其博士學位論文當中。當草擬第一次的訪談稿之後，凱西也與我們分享了她的內容。瑪麗亞得知後立即的反應是：「唉呀！她不能使用這些面訪內容。這些完全都沒有客觀性或是中立性的相似點。她只是把教師們嘴中的話放上去而已。她只不過是幫他們完成所述句子罷了。她倒是分享了自己本身所發生的偏誤與經驗而已。但這並不是具有正統性的訪談內容。」

其次就是伴隨著這樣情緒上的迸發，更加屬於是試探性的反應：「等一下。在這章節一開始之處，她解釋了自己本身將要如何來呈現這些訪談內容，以及為何她要使用這種方式來表達，當我讀了之後，我覺得這滿有意義的。她的方式就是運用個案來處理訪談內容。也許這是我對訪談抱持了很狹隘的觀點所導致，可能她正嘗試從一套不同的假設來進行。」事實上，當我們與凱西分享了這樣的反應之後，她也為這些訪談內容以本身的理論基礎來詳細說明，最後她得到了「內部觀點述說」（inner views storied）的概念。運用來自邏輯辯證法的、辯證知識的、敘事體的以及故事的論述，凱西為此概念建立了一種正當性邏輯。最後，這些訪談內容呈現出了凱西的模式，並且引領出以及解釋了她自己所隱含的持續性觀點，這是主任教師的創制權、專業技能、權力以及發生在教師與學校行政人員之間的真實情況。

這變成了在博士學位論文攻防答辯上一個主要爭論的焦點，

當其中一位口試委員用許多言詞來詢問：「如果這是妳在目的上要來調查主任教師的話，那麼妳如何聲稱這些『內部觀點述說』能精確無誤地掌握住創制權呢？」要在這一章節有限的空間當中來評論此問題是不可能的。然而，這個問題也對隱含在這研究裡面的議題之核心重擊了一下。在凱西的研究當中，此答案是具有多層面向的。表面上，此研究是有關於主任教師的創制權。然而，往下一層來看，主任教師的創制權，所提供的就像是改革所採取的行動那樣有如永不停息之遊行般的一種符號象徵，來為教師們產生賦權與專業技能之效果。關於這一點，主任教師的創制權，就像是凱西認為在她身為一位有奉獻精神的老師角色當中的專業技能與權力（或者，更精確可說是：無能為力）之意義所呈現的一種符號象徵。因此，凱西本身變成了其他同樣被要求要相信，且支持各式各樣為改革而採取行動之教師們的精神象徵。凱西已經將本身的研究根植在一種實證的傳統當中，她所產生的結果可能由於自己的研究調查過程步驟而被認為缺乏正當性。藉由將研究調查形塑成文學批評類型之中的一種模式，凱西很仔細地創造出了一種正當性邏輯可以用來合理化自己所產生的研究與意義。

　　回顧之前內容，我們發現到凱西的研究好像是宣稱文學敘事體時代的到來一般。裡面提到的引導性研究問題論及了文本、表面與深層的題目、外觀，以及真實世界所存在的二元論。那些懷疑、挑戰內部觀點述說能否很精確無誤地掌握住主任教師創制權的口試委員，也同樣地懷疑、挑戰了這些問題的本質。「他們談及有關研究調查的過程步驟」，其中一位口試委員主張地說，「更勝於他們指出在研究調查中裡面『為何如此？』這樣概念的每一部分之貢獻」。他的評論引起了一個不錯的觀點，這也是我們一直在本身作品中長時間考慮到學生們的因素之一。然而為了要保有這樣的真實性，凱西在她整個所有的研究期間都忠於文學上的準則，也對研究調查的每一個問題面向都一致性保持清晰於自己的理論基礎，而能夠創造出經由理性方面的精確與可答辯的

博士學位論文。凱西研究調查的完整性以及那些被她口試委員所提出的問題，更是以某種方式增添進入到我們博士學位論文研究團隊的論述當中，這也使得林恩‧李察斯與琴‧康佐更加直接地來面對潛在於從事那些可能會被稱之為以藝術為基礎的研究之影響力與意想不到的困難之中。

為了要創造出理性的工作環境以掌握到她班級教室運作的狀況，林恩‧李察斯提出這樣的引導性問題：「如果教師將戲劇拿來當作是小學教室中的教學方法時，會發生什麼情況？」如此之「題材」過去總是能掌握到班級教室裡面的事件，之中也包括了林恩反思的日誌內容，裡面涵蓋了自己的教學計畫與對計畫的評論；在班級教室裡面創意戲劇活動的錄影帶；以及學生對創意戲劇所反應的錄音帶。

如同林恩的題目〈在我們內心的圖像：一個創意戲劇表演之敘事體研究如同在小學教室內所涵蓋領域的教學方法〉所指出，她正進行一種敘事體研究的類型。因此，在過程中以及概念上最主要的挑戰，就是幾乎要完全改變多媒體器材在學校一整個學年之中的用處，而成為一篇前後一致的敘事體內容。因為有如此多創意戲劇活動都是屬於視覺上的，因此所增添的挑戰就是要運用文字來創造出栩栩如生的視覺印象。林恩前半部分的題目：〈在我們內心的圖像〉，其暗示了不只贊同博士學位論文之中具有視覺上的屬性，同時也會藉由創意性戲劇來產生在學習上的本質。這樣的表現風格是來自於林恩教導學生當中的一位，當時他想要嘗試解說為何自己會喜歡創意性戲劇活動。這在她論文研究計畫的題目當中並沒有呈現出來，不過之後有在博士學位論文之中被增添進去，透過這樣的研究調查來傳遞知識產生所不可或缺的範疇。

如同在前幾章有提到過，琴‧康佐並沒有一開始就構思出本身的研究像是一篇以藝術為基礎的研究調查（範例4.5〈我們改變中的城鎮、我們正在轉變的學校：可能會產生共同的利益目標嗎？〉）。反而，她是在自己掙扎於兩個構成基礎的議題——本身

研究當中的「原因？」以及「為何如此？」——而逐步地找出這樣的想法來。當標示出本身研究當中之目的時，琴就開始「揭露當今在中等學校改革力量所面臨的複雜性——特別是當他們涉及到與家長之間的關係以及介於家長與教育者之間所埋頭致力於改革的努力」。蒐集了大約有一千頁左右的訪談謄本，再加上社區學校改革努力的一些成果，琴面臨到了挑戰，要為這個複雜且具有動力的教育學現象來創造出一個畫面情節。換句話說，在她研究當中的「為何如此？」，琴開始相信在家長彼此之間以及介於家長與教育者之間的對話，是至關重要的但是也極具有困難度。她想要用一種方式來呈現出本身研究中的意涵，以幫助其他人可以產生這樣的對話效果。因為如此之掛念，引導她進入到讀者劇場的觀念中，構成了本身認識論的假設之再次檢閱的基礎，以及對她的引導性問題再次確切表達出其真實性來。

　　我們會提及到有關精心處理一篇論文研究計畫的這些議題，是因為它們說明了此過程當中反覆循環的特性。琴的論文研究計畫傳遞了本身對於家長參與學校改革活動的想法，如同是她在研究一開始就已經理解到這樣的情形。一旦她將自己沈浸在學校改革這樣的現象之中，她就會得到一種全新且更深入的理解。在此時刻，她在本身的研究當中面臨了一個相當重要的決定關鍵。她是否應該要繼續堅持自己原先的概念化，或者是她現在應該要稍微調整自己的概念化，使得在博士學位論文小水坑之中潛在的印象最後得以獲得聚焦呢？

　　在這樣的關鍵決定之核心當中有幾個人性進退兩難的困境：(a)她研究中的精確性與合法性是否持續有堅持與原先的論文研究計畫相關，或是已隨著從資料而產生的想法前進呢？(b)對於調查的真實性是否依照使所有相關的資料具有系統性的敘述，或是取決文本當中有藝術技巧的表演呢？(c)研究的可靠性是座落在來自個人研究之中參與者的逐字陳述，或是來自於受到集體的聲音以串聯起具有強烈情感影響的態度而貫穿琴的想法呢？這些問題都不可以被輕率地處理，以及琴身為一名研究者的整體性則可透過

她本身參與我們、與自己口試主委,以及與那些對於讀者劇場更在行的人來進行思慮周延的論述而得以實現。

扼要重述程序上的議題

我們希望之前的討論可以有助於消除一些有關博士學位論文研究裡面最常見之不正確且被認為理所當然的假設——亦即是,只需要一種類型的資料即可,而且這些資料是取自於同一個來源,所有的資料還要具有一致性,並且只運用單一的一種研究方法來蒐集資料。此外值得再次重述的重點就是精心處理每一個引導性研究問題並為其量身訂做,意思就是要研究者透過這樣來建立其正當性的邏輯。

博士學位論文之章節中的預測性描述與未確定性大綱

博士學位論文整體的架構就像是要來顯示出學生們透過研究目的、每一個引導性問題,以及研究程序這三者之相互的關聯性來加以思考。論文研究計畫的這一部分是用來描述如何把學生的想像放入博士學位論文的文獻當中。在很多情況下,這長度會相當簡短,只列出每一個章節裡面的標題與目的。雖然這些重點提示可能已經在論文研究計畫中較前面的部分已經提過,但是在同一個地方把它們做一摘要,可以為研究報告的形式與格式帶來更清晰的聚焦點。

如同在第四章有提過,博士學位論文就像是一篇「科學發表」,只有一種格式來描述研究調查的內容。質性研究調查的敘述,特別是那些根植於詮釋的以及批判的傳統研究,才可能會像是一本學術性的書籍般更加真實地被描述出來。

學生們常常會擔心背離傳統科學發表的格式,可能會導致不被自己學校接納的結果。這是一個很重要的考量點,而且需要與個人的指導教授再做確認。然而,這也是我們有所爭議的地方,

博士學位論文之文獻的形式或格式必須要與正在描述的研究調查之特性，具有一如同認識論般的適合性結合在一起。當所謂的研究調查中之正當性邏輯已經有所發展，以及當學生們與自己的指導教授和其他口試委員共同埋頭從事於思慮周延的論述之中時，對其他可以選擇之博士學位論文格式的支持就可能會被蒐集且儲備下來。

本章節概要

要再一次提醒這裡沒有任何一種很嚴格的規則，或者是在任何情況下也不能改變的行動方針來精心完成一篇論文研究計畫，我們在以下提供了這整篇章節中討論的主要考量過之摘要。

一篇相當精心完成的題目會傳遞出研究之中的本質與研究調查的形式來。

形塑一篇研究的過程步驟會以導論作為起始，並且常常包含了引導學生進入到此研究的個人背景脈絡。

一篇相當精心完成之目的陳述會詳細地說明什麼是一個研究中應有的內容，以及連結一種研究調查當中所謂的「為何如此？」與「有誰在意呢？」這樣的意義。

三至六個相當精心處理過的引導性研究問題不但編排出了研究當中的概念架構，也顯示出了思維模式的次序來組成整篇研究調查。

論述的回顧延續了形塑整篇研究的過程步驟，並藉由呈現研究調查何以能夠適當地置入到更廣泛的公開論述脈絡之中（例如：學術的、專業的、學科的、大眾的，以及政策的論述）。

一篇相當精心處理過的論述回顧提供了研究當中，以及研究調查形式一個非常具有說服力的理論基礎。

相當精心處理的程序會為研究來創造出正當性的邏輯，並且

解釋每一個引導性研究問題為何會被安排在所屬的這個位置上。

特定技巧的細微解釋只有在其範圍之中具有意義而已,但是如能把它們連結到全面性的策略當中,就有可能會滿足整個研究調查之目的。

訊息的多樣性來源以及種類有可能會被用來證明研究當中不同的面向。

程序上的訊息會被摘錄到稱為本研究的部分當中,這可能會在第三個思慮周延的循環相當晚期之中被撰寫出來,但卻被放置在早期的論文研究計畫裡面。

當已經充分關注在研究傳統與類型之中時,和引導性研究問題一樣,這有可能會提供一個合理的格式描述以及博士學位論文的組織,裡面包含了所描寫的本質是如何加以產生的。

論文研究計畫在反覆循環過程中扮演了一篇相當至關重要的草稿角色。它不但強化了學生的思慮周延,並且為公開論述提供了令人感興趣的焦點,到如此的程度之後就要進入到下一個思慮周延的循環當中了。

註　釋

1. 要瞭解教育學中一篇具有上下文脈絡研究的絕佳議題之討論作品，請詳見Labaree（1998）。

2. 要為繪製論述有更加細微深入在程序上的解釋時，建議讀者參考Paulston與Liebman的作品（1994）。

個案樣本5.1

一篇論文研究計畫中的各個部分

第一部分——博士學位論文的題目：問題化教育學所涵蓋的內容：以工作為基礎的啟發式研究調查

作者現場解說：注意到這個題目在描述米契林的研究當中所包含的關鍵概念。「教育學所涵蓋的內容」標示出了研究會涵蓋的內容有哪些。「以工作為基礎的啟發式研究調查」指示出了研究的類型。「問題化」則是傳達了研究當中計畫要來呈現的結果（例如：編排在教育現象當中固有的複雜性，因為其常常被過度簡化與以功能性的方式來描述）。當「問題化」與「啟發式」共同被拿來討論時，其預示了米契林企圖產生的描述性質：教育學所涵蓋內容的各種問題面向之啟發性再現。

當米契林精心處理這個題目的時候，她再三地考慮到關於所使用的術語「以工作為基礎」是否能夠賦予「啟發性研究調查」合法性。如同當時她回顧啟發性研究調查的論述一樣，她對於許多博士學位論文都可歸類為在短期內密集反思與精神上的特性之類型感到相當不舒服。因為這不是埋藏在她博士學位論文「小水坑」陰影當中的初期印象。然而她猶豫是否要來修改啟發式研究調查的觀念，道出了：「我是否有資格來為這種類型重新架構其特性呢？」到最後，有兩個觀點說服了她來採取這樣的步驟。其中之一就是我們提示其就像是一位研究者般，她有權利在啟發式研究調查當中增添本身的觀點到論述裡面。另外一個就是她自己所發展出來的堅定看法，認為她的題目應該要明確而詳細地指涉出本身研究當中以工作為取向的特性。在她論文研究計畫的內容之中，米契林也解釋了本身對介於「以工作為基礎」以及「啟發性研究調查」兩者之間關係上的見解。

第二部分——導論：〔以下的內容是節錄自米契林論文研究計畫當中標題為「研究背景」的第一章〕

其中一件在我專職生涯中最令我感到難過的事件，就是發生於我第一年教書時的一位年幼之二年級學生在求學上的「失敗」。直到超過二十五年之後，當我撰寫一篇名為〈獻給提米〉（For Timmy）的敘事體故事之後，我才意識到這個事件對我所產生的重要性。

於是我發現到本身專業上的歷程以及在教育學領域的學習，都已經大程度地受到我自己身為一名小學教師此專業之中的經驗來引導。當我反映在那些帶領我進入到教育學所涵蓋的內容之研究當中的時候，我發現自己必須繞回到這個起始點來。為了要讓我回憶起本身第一年的教學情形，我意識到從那時候開始自己感受到被一群學生挑戰的情況，這是一種不同於典型上的傳統教學運作以及我們教育體系的結構。

經過這幾年來，我開始想到這些在體系中失敗的學生們，如同那些被體系淘汰者，以及去檢視各式各樣不同被創造來歸類「這些人的」官能障礙之標籤，就像是在教育上相關聯且備受質疑的社會建構一般。我所感興趣的是希望能夠獲得一些理解，想知道如何讓我們的教育體系能夠為這一群被稱為「非成功的」學生們來提供他們的需求，這已經引導我在自己有生之年這整個期間，能夠去追尋以及提倡有其他選擇性的教學法取向與政策。除此之外，對我而言全然更加困惑的是當教育的改革運動延伸到我的專職範圍裡面時，我好像完全失去警惕一樣，但這不是表現在馬上增加另一個因為改革困難而採取行動，而是表現在我本身對這件事的反應上。身為一位必須親自站立在如同社會價值所涵蓋的受益範圍，以及像是一名認為本身應該成為學生們擁護者的專業之女性，我感到困惑了，這是由於自己最直接參與到改革運動的矛盾、本身關注在其可能會對學生產生的意義，以及我面對到引爆其開端的強勢性政治性語言時所產生的恐懼。

　　作者現場解說：在這簡潔且令人感興趣的事件當中，我們並沒有再現出米契林所寫〈獻給提米〉的故事，這是立即出現在論文研究計畫當中第一篇再版的前文報導之後。然而，這個故事事

實上被涵蓋到米契林所創作的每一份文獻之中的草稿裡面，就像是她運用自己的方法來邁向論文研究計畫的方式。最後，她變得如同我們一樣，對她本身所撰寫的故事感到相當地無趣乏味。然而在論文研究計畫當中，這個故事卻被放置得恰到好處並且滿足了裡面的幾個目的──它在博士學位論文中確定了米契林身為一名專業者的發展方向，傳遞她本身對於教育哲學的理念，標明了她研究調查當中所要詮釋的特性，並且預示了一個反思過的謹慎之基礎形式，米契林透過這些而得以從經驗中找出意義來。

米契林在形塑這篇研究時也注意到了字數上與概念上的節約效果。在相當簡潔的兩則短篇報導當中，她將現今的研究調查置入個人的文本脈絡之中，以此來橫跨貫穿二十五年來專職的成長以及思維的發展。她所傳遞出的不只是個人一開始的主軸偏離，而是如何將這些事先形成的觀點予以動搖──帶領她到一個更為思慮周延的觀點而逐漸形成一篇博士學位論文。同時被收編進入這研究背景的訊息內容還有關於她本身的專業角色，以及她對於一般與特殊教育的見解。

由此個人開展的角度出發，米契林之後藉由連結本身對這三個論述的關注，而為研究提出了一個更加正式的架構來。在第一章裡面的研究背景部分，她收納了以下三個小節，其標題為：

特殊教育：導論性的觀點

教育學所涵蓋的內容：導論性的觀點

一個被分離的世界：一位教育界行政人員的觀點

第三部分──目的之陳述：我研究當中之目的就是來「問題化」教育學所涵蓋內容的概念，以貫穿教育政策與行政成效的決心。

作者現場解說：要注意到問題化的概念以及教育學所涵蓋的內容是從題目中向前延伸到目的之中。使用語言和措辭的一致性也開始創造出了概念上具有連貫性的意義。當學生們改變題目與

目的之中的措辭之情況發生，有時候這看起來像是無意的，就好像即使些許想法已經被放置到研究裡面的這兩個情況的關聯之中一樣。在其他個案當中，這樣的變異看起來似乎比較有思慮周延過——試圖要來藉由改變詞彙或是句型結構以產生撰寫過程的樂趣來。我們鼓勵學生們採取更為簡易、直接的方式，重複運用從題目而來的關鍵概念在目的之陳述內容上。

　　同時也注意到研究當中之目的或是「為何如此？」這樣的方式必須很明確地加以處理。鑲嵌在目的之中，也就是預期此研究未來的閱聽者——教育政策的決策者與行政管理者。回顧過去，這可能會對米契林產生助益來涵蓋本身的研究類型到目的之陳述當中，可藉由聲稱：「這個以工作為基礎的啟發式研究調查之目的就是……。」如果這對她而言是有意義的話，她可能就會在最後的博士學位論文呈現之中來修正目的之陳述內容。

　　題目與目的這兩者傳遞出了米契林連結到本身研究內容的立場；也就是，教育學所涵蓋的內容被視為太過簡化並且「需要被加以」問題化。與其試著來假裝或是遮掩這樣的立場，她選擇了一個毫不隱瞞的方式並且隨後提出了一個理論基礎，來支持自己在論文研究計畫文本裡面的立場。當描述到觀點時，她必須面臨本身工作的環境，而其中一個米契林可以採取這樣取向的原因就是徹底地深入，她在這之中將自己沈浸於教育學所涵蓋內容中的正式論述裡面，也就是呈現在她的資格考試以及她當眾展示的坦誠公開立場中。

　　最後一個值得提到的重點就是使用少數詞語來傳遞大量的訊息，在這之中可以讓許多的訊息得以相互溝通——研究調查當中的「原因」、「情況」以及「為何如此？」，就像是米契林在研究之中所朝向的現象之立場一樣，把論述組合起來，研究自然就會建構起來，之後就會引起想要從她所運用或是感興趣的研究之中，來找尋同樣結果的閱聽者前來。雖然這些觀點中每一個都需要在論文研究計畫文本中謹慎思慮，但是題目的概念以及目的之

陳述內容愈是豐富，就愈能夠傳遞出某些與她的研究具有相同掌握方式者的想法來。

第四部分——引導性研究問題以及研究程序：

1. 什麼是我在教育學所涵蓋內容的概念中「一開始所承諾」的本質呢？

2. 有哪些過程步驟可以讓我運用來完成本身研究之目的呢？

3. 我如何透過由所選取的文獻來找到與教育學所涵蓋內容有關的論述，而能夠從「一開始的承諾」轉移到「沈浸」與「加以整合」呢？

4. 我如何在文獻之中從「沈浸」與「加以整合」轉移到透過本身行政上工作的一部分之論述而得以能夠「沈浸」之中呢？

5. 我如何來描述教育學所涵蓋內容是具有問題之本質，而我必須要透過沈浸而後加以整合的過程步驟來「意識」到此現象？

6. 哪些啟發式的內容可以被「創意性地整合在一起」來貫穿有關教育學所涵蓋內容的教育政策與行政成效呢？

　　作者現場解說：從啟發式論述之中有所獲得可回溯到過去阿基米德（Archimedes）的時代中，米契林編排本身研究調查當中的關鍵階段。沒有事先就聲稱哪些啟發式的內容最能夠描述教育學所涵蓋內容的問題化本質，米契林運用本身引導性研究問題清楚明白地連結了整個研究調查的過程步驟。每一個階段都是從引述的標記（承諾、沈浸、加以整合等等）來開始，而後連結到啟發式研究調查的特定問題方面之中。要認知到這些概念對讀者而言可能不見得是那麼熟悉，米契林為啟發式研究調查的過程步驟提供了簡潔文字的描述，並成為她導論中的一部分。之後，在論文研究計畫程序的一部分當中，她回到這些概念之中並且解釋更多的細節來說明她是如何進行這些過程步驟的。在本篇個案樣本最後的地方是一些選錄內容，米契林涵蓋在她的論文研究計畫之中，來提供本身研究調查步驟的一個摘要。

第六章

提出論文研究計畫

◆ 找尋到一篇博士學位論文所需的口試委員會

◆ 從內部審議會那裡取得許可

◆ 審查這篇論文研究計畫的口試會議

◆ 處理口試會議後的結果

◆ 朝著研究方向繼續努力往前邁進

　　第四個思慮周延的反覆循環，牽涉到將研究引導進入到得到正式認可的一個更為公開之舞台上。傳統典型上，此涉及到一個雙重的回顧。其中之一，由內部審議會（internal review board）、人文學科委員會（human subjects committee）以及研究參與者權利安全保護措施來引導。另一個，則是由學生的博士學位口試委員來引導，這是要來確定此切實可行的研究是否已經概念化，以及這名學生是否有辦法來完成此研究。因為每一所大學都有其特定的程序來開始施行以及完成這些流程，所以我們鼓勵學生要能夠取得後並仔細閱讀任何由本身機構單位所提供的手冊或是指導方針。在這一章節裡面與其只有提供程序上的建議，我們更進一步探究論文研究計畫所能夠延伸與到達的思慮周延以及論述的方法。

　　在這章節所提出討論的議題表示要對一種思維維持平衡作用，這是因為我們太常在所有學生們之中發現到，他們會將博士學位候選人與論文評論者的關係當成是一種對立狀態。從這角度出發，口試委員的職責功能就會變成是很嚴酷且對人無情的批評，找出一些相當細微的缺失來當作是「理由」而否定這篇論文研究計畫。這種感到毫無權力的印象會被加以渲染，這看起來似乎可以藉由民間傳聞之中的博士學位論文那樣，充斥著嚇人的故事來述說那些學生們的作品，很無情地遭到同儕之間激烈競爭的陰謀或是委員會的政策而被否定。雖然如此不幸的事件是可能發生的，但是我們卻沒有親眼目睹到任何一件。而我們注意到的卻是伴隨這些故事而產生的高度戲劇性之感官刺激，被學生們不斷地口耳相傳（在很多狀況下是以一種義憤填膺的口吻來表達）。然而不只在一種場合之中，當學生們已經決定採取這樣一個「這不是很糟糕嗎」的軼事時，這些評論自然就會產生出惡意的意圖來，通常這會使得我們變得相當有理由以及有責任地認為有必要關心這樣的研究調查。

　　我們推論從較為私人到較為公眾性擴大邊際的思慮周延之轉變，可能會產生一種更會受到攻擊的強烈感受。不只是一位學生

一字不差地意識到此狀況：「我很害怕自己會被發現所撒的謊
——認為我是一位有謀略的欺騙者。」「我很擔心他們可能會決
定我不應該被錄取到博士班的課程當中。」「他們等著看我在這
裡處於失敗矯飾之中，好像我不完全如同每一個人認為的那樣聰
明般。」為了要處理大量因為這些自我疑惑所產生的焦慮，學生
們可能會誤認為最棒的進攻方式其實就是最好的答辯方法。漸漸
地，這就可能會激起一種對立的態度與立場。

　　在這一章節之中，我們試著要來把議題重新架構到與論文研
究計畫有所關聯，間接表明它們是成為思慮周延以及論述持續進
行過程中，構成整體所必需的因素。為了要來組織這些談論內
容，這裡有五個提出質性研究計畫所需要考量到的面向：

- 找尋到一篇博士學位論文所需的口試委員
- 如果有其必要的話，從內部審議會那裡取得認可
- 召開一場口試會議來審查這篇論文研究計畫
- 處理口試會議後的結果
- 帶著研究繼續往前努力下去

找尋到一篇博士學位論文所需的口試委員會

　　在所有可能性當中，學生們應該為自己的研究或是論文研究
計畫安排與指導教授的碰面進度表，且在本身完成論文研究計畫
之前，就已經找尋到一篇博士學位論文所需的適當口試委員。然
而，我們將博士學位論文內容的各面向放置到連結於思慮周延的
第四個循環當中，這是由於此為口試委員之目的常常會浮現的地
方。

　　以下的這些歷程，是由一位博士班學生所呈現出像是帶有分
析和評論的內幕報導的一部分般，提出相關口試委員的角色或是
意圖之問題，同時也關注到有關口試委員如何組成：

　　就大部分的狀況而言，因為博士學位論文的口試委員被視為是教育界的守門人（educational gatekeepers）以及學術傳統的維護者（guardians of academic traditions），所以對於口試委員的選擇看起來就像是否能夠獲得論文研究計畫檢驗通過的關鍵。我的學校大多數是來自於實證或是量化研究的傳統之教授，不是很「瞭解」、「欣賞」或是「認同」一些質性取向的研究案例（這可能牽涉到個人的認知能力）。是否我應該要去尋找一個口試委員會是由具有量化或是質性背景的教授所組成的呢？如果我選擇了那些具有質性經驗的教授，我是不是需要去關注一下質性典範之中相關的重要差異呢？既然我之前的研究經驗以及方法課程都是以實證為基礎，所以我修這門課的其中一個理由就是要學習更多質性取向來從事研究。甚至有一個更加基礎的問題可能會由一位像是我本身這樣的博士班學生來進行，這是否就如同唐莫耶所稱的「典範配對遊戲」呢？我是不是應該要選擇一個同時能瞭解質性與量化兩者盲點的教授來到我的口試委員會，然後我就會在本身的能力上具有足夠的信心來進行發展一篇可以被兩者都接受的論文研究計畫，或者就另外一種選擇來看，我是否應該要發展一篇論文研究計畫，採用與論文沒有相關的口試委員會來護航之方法呢？

　　所謂的「教育界的守門人」以及「學術傳統的維護者」的隱含意義，可能會依據學生對於博士學位論文的觀點而有所改變。對那些將博士學位論文視為是最後且最巨大的「學術緊箍帽或是障礙」的學生們而言，如此之隱含意義可能會是負面的。口試委員會也許會被放置到像是障礙物的角色當中，他們之目的就是要使得研究的完成變得更加地艱困。相反地，那些將博士學位論文視為是一篇對他們本身研究領域具有潛在意義的貢獻之學生們來說，就可能會有比較多的正面看法。口試委員會就能夠有功能性地扮演出像是一個小型論述社群的角色來。在這裡，處於一個相對上較為受到保護以及支持的環境當中，新進的學者就能夠使擴大邊際的思慮周延之技巧更加精進。各式各樣不同意涵的推理線

索就能夠被進一步探究以及做細微調整。介於個人思慮周延以及正式或是公眾的論述之間的連結，就能夠被加以定義以及強化。從這觀點出發，口試委員會就能夠成為對學生提供一個重要資源的滿足來源。

　　把博士學位論文口試委員構思成一個可以提供洞察力至本身作品當中的資源。但要注意前文段落中的學生是如何趨向於在「兩者之中擇一」以及「全有或全無」之間來選出口試委員。需注意到這些選擇在理論上是如何被加以公布——好像這裡存有某些組成口試委員的正確或錯誤之方式。以如此不置入上下文脈絡來思考的取向而選擇口試委員的話，可能會導致許多反覆的想法。進一步惡化如此之窘況就是其聚焦到成員與個人的衝突之中。

　　透過思索每一位論文口試委員能夠為研究帶來的特定貢獻會對研究比較有實際的助益。這有助於清楚瞭解每一位教授可能會在研究當中各式各樣的面向內成為某一重要資源，如此就像是博士學位論文會對哪一方面的研究領域產生貢獻，哪些準則可以為研究鞏固其基礎，哪些研究傳統或是類型可以引導研究調查，以及哪些描述的呈現形式可以被採用。運用教授們感興趣以及所經歷過的知識內容，並且建立起所發現的相互關係來，學生們就可以扮演一個核心角色來創造出一個論述社群，以支持本身的思慮周延（註釋1）。

　　我們回想起有一位學生接觸我們來找尋相關的詮釋學研究並且持續詢問著，她帶著相當迫切的心態，想要瞭解到誰是她口試委員名單上不可或缺的人名。當我們問及為什麼她會如此焦急地想要確定這一個結果時，她回應說：「我想要盡快安排與教授的論文研究計畫之會面」。但是更進一步追根究柢發現到，這逐漸變得相當明顯可看到她並沒有在自己的研究目的、本身的重要性，或是她所聲稱運用的研究類型當中找到有力的論證。用如此抽象、空洞的狀態來選擇口試委員的名單會產生幾種風險。口試委員可能無法提供所需要的指導，來使得研究得以繼續往前進。要不然，他們也許會無意識察覺般地開始把研究推往一個他們擅

長的知識領域而可以獲得協助之方向。在一些觀點已經塵埃落定
之後，學生或是口試委員可能就會開始後悔自己對每一個人過於
倉促的承諾保證，並且令人不安地自問到是否有機會可以「退
出」。

很容易理解到，這樣的情境可能會使得那些不想要冒犯或是
疏遠教授的學生更加感到尷尬。當變得逐漸清楚到學生的指導教
授以及口試主委，沒有適當對博士學位論文重新改寫的模式給予
建議時，更是特別需要謹慎處理這一種情境。為了要為如此令人
遺憾的事件轉折減低其潛在性，我們誠懇地建議學生們為自己研
究撰寫出一篇三至五頁的描述內容。就像在第三章有提到過如同
是介於更像是個人研究大綱與較為正式的論文研究計畫之間的橋
樑，這篇簡短的描述內容可以為相互之間的探究提供一個脈絡，
找出合適於教授、學生與研究三者之間的切入點。

從內部審議會那裡取得許可

論文研究計畫常常會如此長篇幅地令人心生畏懼，因為其形
成了另一個重要的博士學位論文研究計畫之審查———種習以為
常之審查來保障研究參與者的權利以及福利。雖然學生們可能會
將此視為像是一種更加需要克服的障礙，但是這種審查卻是深植
於道德上的準則，此為所有教育學的專業從業者所應該嚴格遵守
的。大體上，如此之審查關注於這些程序上為(a)從預期的研究參
與者那裡取得具有知識性的許可，(b)確保個人隱私和獲得信任參
與之機密性，以及(c)保衛其對抗不需要的風險或是具有潛在性有
害的從事內容。當中對審查者而言最需要注意到的是研究是否有
涉及到兒童以及其他易受到傷害的群體。

鑑於所有的博士班學生都應該要明白本身學校對於內部審查
上的要求，那些在其他機構單位（例如：學校或是醫院）進行研
究的學生們也更應該要再次核對看看，是否那個組織有另外的審

查以及認可是必須要取得的。較大型的學院（school districts）以及醫療機構（health care facilities; HCF）都可能會有一間專門的研究辦公室，可以用來接收與處理學生的論文研究計畫。較小的組織，如同像是「非營利的人力服務機構」（not-for-profit human services agencies），可能就沒有為是否允許當事人取得訊息來建立政策或是程序。當這成為研究的案例時，學生們或許就必須與機構的行政管理者交涉來得到協助以及同意。在任何情況之下，這些人文學科的審查都有它們的時間限制與截止時間，所以學生們應該要如何使論文研究計畫的會面時間往前推進，必須要考量到自己本身全面性的進度表。

　　傳統典型上，內部的審議會在形式上都有一套特定的方法必須要完成。許多的訊息都已經在論文研究計畫當中詳細清楚解釋過了，而只是需要在格式上稍作更動而已。這裡的挑戰是要傳達出研究的本質來，在很多情況之下只有在有限的空間當中，來讓一群對此研究脈絡可能只有一點或是完全沒有概念的人理解這一篇的目的、重要性、類型以及步驟程序。從機構審議會當中出現的反應，可以像是一個有價值的真實檢驗來提供一篇清晰的文章如何得以詮釋個人的研究。舉例來說，有一位學生提交出一篇不是很明確構思的論文研究計畫，之後在範例6.1之中呈現出她收到的一封回函。這些問題是由學院的研究辦公室所提出來的，以幫助個人理解到由於倉促前進而沒有經過再次的審慎考慮時，會面臨到怎樣的風險。

　　我們認為不論是哪些將要被提出的研究類型，這些研究者都應該有責任來使得研究目的與研究程序能夠清楚地展現給他人。任何在傳統或是類型上具有不良構思的研究都不應該受到支持與鼓勵。質性研究者，特別是在那些不熟悉這種研究調查類型的機構當中從業時，更是帶有某種特別的義務把自己的研究能夠呈現出具有良好理由、可信的以及在道德上新穎的一面來。

　　要求要有額外的澄清或是訊息提供不應該被視為是另一個專橫的障礙，而是一個對另外的思慮周延產生的訊號。第三個思慮

周延的循環（精心處理一篇博士學位論文研究計畫）以及第四個循環（提出論文研究計畫）常常包含幾個反覆的次循環，為了研究調查而形塑的計畫在這裡面得以被校定以及去蕪存菁。然而，就某些觀點來看，這會變得更加清楚看到一篇論文研究計畫已經準備好要接受博士學位論文口試委員的正式檢視了。

範例6.1

從學院研究辦公室回應到學生身上以要求學生提供更多博士學位論文的資料

親愛的蕾利（Reilly）小姐：

內部審議會考慮到妳要求能得到許可，希望能夠在本學院來進行妳的研究內容。內部審議會可能必須要對妳的要求延後做出決定來，並且請妳提供更多額外的訊息。具體的項目，煩請妳回應以下的內容：

1. 什麼是妳研究之中的理論基礎呢？
2. 什麼是妳研究之中的焦點呢？
3. 妳期待能夠得到怎樣的學習呢？
4. 這一類作者的社群為何呢？
5. 哪一種關鍵訊息的類型是妳期待在自己的研究當中能夠提供的呢？
6. 妳本身的學生們在日誌裡面的架構、程序步驟以及目的為何？
7. 什麼是妳更進一步的研究假設呢？
8. 妳的研究設計類型為何？
9. 妳所謂的敘事體研究設計為何？
10. 妳將如何有系統地研究學生的撰寫內容、錄影帶、妳本身的撰寫內容以及教師日誌呢？
11. 什麼是關於這篇系統性研究所提到的每一個訊息來源之目的呢？
12. 什麼是妳預期所要採取的測量程序、步驟方法以及分析對象呢？
13. 妳的研究將如何增強對學生日誌的見聞與理解，以及這一類作者的社群之發展呢？

請妳收到此封信後能夠手寫回覆信件給我。待我接收到妳的回應時，我將會籌備一個內部審議會來為妳做出其他額外的考量。

真誠地……。

　　作者現場解說：上述的問題1、2、3、5、7以及13都是有關於研究當中的「為何如此？」。這名學生還沒有提出讓人信服的案例來說明這個研究在教育學領域之中將可能會有哪些具有意義方面之貢獻。問題8和9點出了其要為整個研究設計做一澄清的說明。單單只是陳述她將進行一篇敘事體研究設計是無法清楚充足地傳遞出學生之目的。對於這樣希望澄清的要求，審議會之後提出了問題7與12，因為這與所要在詮釋學典範下進行的敘事體研究沒有什麼關聯性。這名學生可能會反駁內部審議會只是連結到過於狹隘的研究構思當中而已。然而問題4、5、6、10以及11則是建議學生不要只是滿意於本身研究程序上所編排的正當性邏輯。在研究設計裡面有兩個關鍵的概念——這一類作者的社群以及學生日誌——不但沒有闡釋清楚，也沒有任何的理論基礎來提供說明其在研究之中所扮演的角色。問題10以及11點出了其在分析內容或是解釋資料過程上的模糊性。

　　我們在此提出了這個例證來說明以下兩點。第一，這名學生沒有很充分地為本身論文研究計畫考慮到其閱聽者。在此提出內部審議會所應扮演的角色——為了要保障在自己學院內的學生們以及保護職員不被打擾與時間浪費的行為——此名學生形成錯誤的概念而誤判了需要多少的訊息，才足以證明這篇研究是有意義的。

　　第二，這名學生對於此封信的反應，顯示對於負責要點出不明確構思的研究之答覆信件，居然可以逐漸演變成一篇令人感到可怕的博士學位論文之故事。這位已經讀過信件內容的學生，將此信件與一封手寫稿：「我要如何答覆這位人士以及（或是）使他不要再來找我麻煩？！」一同寄給了自己博士學位論文的口試

主委。不但沒有採取院方的回覆意見來當作是實際上的審查，也沒有意識到其需要更多的謹慎考慮，這位學生反倒是看起來好像同時感到憤怒與用漫不經心之態度來面對自己的研究。我們可以料想得到在不久之後就會聽到這個事件，裡面會提到學院所扮演的反派角色，其沒有理解或是不支持質性研究的博士學位論文。

審查這篇論文研究計畫的口試會議

召開論文研究計畫的口試會議在很多情況下都會被學生視為是一個主要的重大里程碑。即使是那些已經接受博士學位論文過程步驟反覆特性的學生，都會把此視為是取得「可以進行」本身研究的許可證。然而，在理想狀態下，會議應該在學生的小型論述社群裡面，有不只一次的思慮周延之反覆情形。即使是學生們已經在研究上持續地報告給論文口試委員瞭解，但是這對所有口試委員來說，可能是與學生一起會面以及相互來討論研究調查的首次機會。

口試會議之目的

如同之前所提到過的內容，學生們可能會假設口試會議之目的就是要在論文研究計畫中找出錯誤來，或者是要「將文獻內容撕成碎片」。然而，口試委員之目的卻是要來確定他們本身瞭解這個研究，並且用以下三種看法來確認他們自己的觀點。第一要與題目有相關——看看是否這裡的確有一篇研究存在呢？第二要與研究調查的過程步驟有相關——看看學生是否有準備或是有能力來完成這個研究調查呢？第三是要確定出學生是否有進入到擴大邊際的思慮周延中之理解力。當這些議題都已經被探究過了之後，口試委員也許會提出建議來強化研究當中的概念化。這個觀點並不是一定就是指稱此研究是有錯誤的。這是因為有時候，學

生們會太過於沈浸在研究的細節裡面，而使得自己難以將本身拉回來以及運用較為一般使用之詞語來描述研究。口試委員站在一個有距離感的位置上，常常可以建議使用一些詞彙與片語來清晰化這些概念，使其更加清楚。

口試會議的整體結構與流程步驟

　　口試會議的整體結構與流程步驟是由每個研究所、學校或者甚至是課程裡面的風俗習慣、文化以及具體的儀式來加以形塑出來。那些從來沒有參與過論文研究計畫的口試會議之學生們，有時候會將其視為是覆蓋有神祕面紗之事件。不瞭解應該要預期哪些內容，就直接假設自己被認定不可以來詢問關於此故弄玄虛的隆重儀式之過程，學生們就會因此而開始悶在焦慮的感覺之中。事實上，論文研究計畫的審查就是將其發表在一個半公開的口試會議上，而對議題感到興趣的人也都可以前來旁聽。以我們對這議題的本身經驗來看，可能無法代表其他學校的看法，但是這可以說明一些環繞於論文研究計畫當中有活力的風俗習慣之特性（參閱範例6.2）。

　　姑且不論不同學校文化的變異性，一般而言，指導教授都會要求學生提出一些本身研究當中具有導論性的標記以及一篇簡短的摘要。在很多狀況下，其目的是要看學生是否有能力(a)言簡意賅地描述這篇研究，以及(b)解釋他（她）當下對於此研究的想法。這並不是表示如同一些學生們假設的那樣，要馬上形塑成一篇正式的文章。也不是像學生所預期像是要被口試委員逼著以論文研究計畫，或是另一種方式來重述文獻的內容。反而是，學生的評論應該要為一開始有關於研究調查實際的談論內容來建立成可以被參與的文本脈絡。一個必須要注意到的重點是，口試委員們常常會欣然地期待有這個機會可以來與彼此交換見解，這就像是與學生共同來探究此研究一樣。學生們也許會錯誤地假設本身在這整個口試會議當中，好像是受到恩惠而應感激其位處於這場合的中心點。舉例來說，有一位學生攜帶來了一大堆高過於頭頂

高度的幻燈片到口試現場,然後就開始概括地重述出論文研究計畫的內容。30分鐘過了之後,這位學生仍然興致勃勃地想要繼續下去,不過其指導教授卻打斷了他長篇大論的自言自語,來找到一些可以安插討論的時間空隙。

因為擔心他們可能無法符合所指定的時間長度,或是關心在研究當中可能會被遺忘的重要細節內容,所以學生們可能也會準備本身所要談論的講義以及大綱。一再反覆地,我們不斷發現到學生們錯誤估算所花在分配與回顧這些講義的時間長度。雖然指導教授在心裡面盤算其導讀不應該超過10分鐘,但是學生卻獨占了整個口試會議的主要大部分時間。在多數的案例之中,我們看到一些不幸的下場,都是因為學生的焦慮所連帶產生的結果。然而,不時有學生好像會認為這樣是一件比較聰明的策略,可以用來控制口試會議,由此可搶在使人頗為煩惱或是侵擾的問題提出之前就先行動。如此試圖來破壞口試會議中思慮周延與擴大邊際之目的,很容易就會引發令人不耐煩、受挫折以及憤怒的感覺。

為了要保護本身避免發生如此意想不到的危險或困難,學生們可能要謹記在心,其將討論的本質就會有多方面內容。到了論文研究計畫口試會議召開的時候,學生們可能會到達一種高度只顧及自我的情況,而使其難以在討論的層層關係中整理出頭緒來。

範例6.2

環繞於論文研究計畫當中有活力的風俗習慣與具體儀式之特性

在我們學校的教育學院當中,讓學生在論文研究計畫的口試會議中靜靜坐著是不合乎習俗的。雖然口試會議的日期、時段以及地點都會公告在學院之中,我們的研究團隊成員們卻不曾意識到這就表示此口試會議是開放給所有對議題感興趣的所有人員來旁聽。

帶有相當程度的膽怯口吻,有一位學生最後還是詢問了,如果讓其他

研究團隊的成員來旁聽她自己的口試會議，是否是一件妥當的事。當這樣的舉動並沒有在教授之間引起任何的錯愕時，團隊的成員之後就開始互相邀約到本身論文研究計畫的口試會議當中。在其中一個口試會議裡面，甚至「觀摩者」在人數上超過了口試委員，幾乎在比例上達到二比一了。學生們尤其感到訝異的是當口試主委第一次邀請他們坐到桌前來，之後還詢問他們是否想要對談論提出任何想法。「你敢相信嗎？」他們後來以一種充滿驚嘆的興奮感受來分享自己的體驗。「他們實際上看起來好像確實很高興我們在現場。喬伊甚至還形容我們把這個討論會變得更加有意義了」。

　　喬伊融入這些學生之中以及他很真誠地評論到他們對於論述的貢獻，如同一個銅板中截然不同的另一面般，帶來了完全不一樣的結果。過去這幾年來，教授們似乎都被這樣的假設給消音了，認為學生們不但沒有時間，也沒有意願來互相出席彼此的口試會議。不過喬伊倒是毫不含糊地做了這樣一個改變，這也逐漸地發生了像是研究團隊的成員與本身教授的論述社群，一同參與到不同於他們的「其他論述社群」之中。

　　我們也相當樂於見到像是學生們介紹本身研究團隊文化所提出的問題，而演變成群體的論文研究計畫討論會。舉例來說，某次有位成員的口試會議恰巧落在情人節當天，所以她索性帶來了裝滿巧克力與小小愛心形狀之水晶製的糖果拖盤來。

　　唯恐我們傳遞出的印象可能會讓人覺得口試會議好像流行這種輕浮舉止的氛圍，我們在這裡必須要強調兩個相當重要的觀點：第一，學生們必須已經與自己的口試委員為真實的思慮周延以及論述建立起良好的名聲來。第二，他必須在這之前就已經提交出相當完整且良好構思過的文獻給口試委員過目。這樣才會使得如此之場合在口試會議展開期間，能夠充滿各種豐富與不同面向的討論內容。

　　除此之外，也為了避免我們好像暗示著所有學校的文化是一致的樣子，我們下面要舉一個有趣的真人真事的軼聞來說明其是有差異的。那時候禮貌地面對一位在專業上試著要來概念化一篇紮根理論研究的泛泛之交者時，瑪麗亞同意如同非正式般提供對方意見。而當面臨到論文研究計畫

的口試會議時，那位學生還詢問她的指導教授是否瑪麗亞可以出席在這會議中。所提出的要求被接受了，但是這位學生的口試主委卻要求瑪麗亞的座位要遠離討論席，而且只能像是一名「沈默的板書筆記學生」（silent note-taker）[1] 來幫助這位學生。

仔細聆聽這些思慮周延過的內容

討論的文本內容以及弦外之音都有可能會同時完成幾個目的來。大多都很明顯地，藉由討論而讓學生有機會來告訴教授相關的研究內容。學生們在很多狀況下會忘了意識到本身現在可能會比教授擁有更多自己研究調查相關主題的知識。毫無疑問地，他們擁有與研究調查相關之最詳盡的知識。雖然學生們也許會覺得好像整個過程他們都一直不斷地被提問（或者是被盤問）到自己相關的論文研究計畫內容，但是這很顯然地表示這些問題只是要來改變所有口試委員對於這個研究的一般理解罷了。在這流程當中，各種不同的見解可以用許多方法來匯聚在一起而更加支持這個研究，然後逐漸地減少出現相互矛盾、對立以及片段不完整的建議之可能性。

超過此博士學位論文所關注的目的範圍之外，論文研究計畫口試會議也能夠提供教授們有機會來認識其他新同事的面孔，並進而建立關係以及人際網絡。同樣地，教授們也常常會很高興有機會可以相互彼此學習以及埋頭致力於理性的討論當中。學生們也許對這個現象沒有花很多時間來注意，那就是在大型學校裡面服務的教授們可能會有彼此不認識的情形發生，因而可能會很樂於與那些能夠分享相關學術興趣的學者產生連結關係。再者，那些被教學科目以及行政委員會等服務所綁住的教授們，也許會為在一個策劃過的主題上交換觀點，而享受到這一切都令人感到

---

[1] 美國學生有時會翹課，而以每小時多少美元的計價方式派人來幫忙到課堂上做筆記，也就是俗稱的「板書筆記學生」（note-taker）。

新鮮的時刻。在幾個實例當中，有些教授已經同意要擔任我們一些研究團隊成員的口試委員，因為這樣會逐漸增加質性研究的樂趣，而且他們也將此視為是一種使自己變得更加熟悉博士學位論文裡面之錯綜複雜事物的方式。簡而言之，委員會論述的內容是具有各種層次的，而學生們則是被提醒要小心不可未加思索地認為教授給予的評論等同於對於論文研究計畫的批判，或是存在有教授給予修正的期待。能夠以錄音方式來錄下口試會議是相當寶貴的，此能夠抓住討論的內容，並且再一次回顧這錄音內容，其壓力與焦慮就可減少許多。同樣地，這裡要提到不同的機構與個別教授之間的風俗習慣存有相當大的差異，所以學生們被提醒注意要與口試主委討論錄音的事宜，並在口試進行之前就應先獲得同意。

　　把口試會議帶領至結束的流程，牽涉到另一套的議題內容。雖然風俗習慣會改變，但是更常看到的是當教授們正在商議是否授予學位時，會要求博士候選人暫行避開至他處。有些學生會因為「被排除在討論之外」而反駁，或者是他們會將此視為是一種蓄意的操作手法，用以增加口試會議當中的焦慮感與戲劇性。如此負面的觀感可重新回到原先的問題裡面，其假設這裡會有一個介於學生與口試委員之間的對立關係。在實際的狀況之中，這段討論過程後的間隙可以給教授們有個機會可以透過已經被提出的觀點來重新整理過，之後聚集本身的想法，最後確切地表達出口試會議的結果來。

處理口試會議後的結果

　　學生們常常會以通過了或是沒有通過論文研究計畫來當作思考的模式。事實上，論文研究計畫的連續一貫性之結果是可以從論文口試會議之中得到證明。很自然地，每一位學生所希冀的結果就是所撰寫的論文研究計畫之文獻能得到認同、許可，而獲得

肯定這研究可以繼續做下去。在這個連續一貫性的另一個下場即是令學生感到害怕的結果——必須要重新改寫主要的文獻部分，之後再與口試委員會排定另一場口試會議的時間。當學生縮減並改變思慮周延的過程步驟，以及提交出一篇在概念化上含糊不明確的論文研究計畫時，就很有可能會發生後者的結果。而當學生們與本身指導教授和口試委員都能埋頭致力於持續進行的論述之中時，他們就比較不會發生「搶先做某事」（jump the gun）的情形，以及不容易循環出現論文研究計畫不被接受的狀況。

對論文研究計畫而言，介於全然令人滿意或是全然不夠好的兩端點之間，這倒是經常出現在某些地方上有不通過的情形。在這樣的狀況下就需要一些修正來幫忙，教授可能會運用一種或是幾個可供選擇來協助處理這個過程。舉例來說，如果口試委員想要確定學生對於所關注內容的理解力是否已經呈現在口試會議中，這時學生可能就會被求要來為論文研究計畫撰寫以及提交相關的附加內容。這些附加內容會呈現出學生對於議題上的理解力有哪些地方是需要被集中描述的，而讓研究可以繼續進行下去。正因為論文研究計畫扮演了像是介於學生與口試委員之間「契約」的角色，所以其附加的內容就要能夠詳細解釋出主要的預期結果或是對現象的洞察力，而因為這是從討論當中浮現出來的內容，所以不需要讓完全翻修整個主要的論文研究計畫的結果成為必要。

另外一個可能會被口試委員運用的選擇機會，就是完全取決於學生的指導教授來監督其完成口頭或是書面形式所要求要修正的工作。採用這樣的方式，口試委員就不需要再次檢視論文研究計畫以及召開口試會議。尤其是當研究之中概念化的架構是相當嚴謹的，只是程序上的議題需要稍微做些調整，或是一些正式論述內容的面向有必要整合在一起的時候，採用這樣的選項也許就會有幫助。

除此之外，還有另一個選擇機會，其牽涉到要求學生可以此研究繼續下去，但是要再安排一場非正式的臨時口試會議來報告

整個進展過程。當學生們尚未開始進行蒐集以及處理資料時，這樣的方式可能就會特別有幫助。只有在他（她）已經進行到研究調查這階段之後，口試委員才會相信這名學生將來有可能達到更深入的研究概念化層次中。我們回想起有一位學生，他依附在一組某種程度上在本身相關的主題中，屬於是事先形成的過度簡化觀點之中──已組織過的知識──卻忽略一再受到的驅使，而不願來考慮其他可供選擇的觀點。他的口試委員要求召開一場非正式的暫時口試會議，目的是希望要看看他是否有能力讓本身從研究參與者當中，以獲得並且描述出更深入的見解來。

對於要採用哪一種特定選擇機會，口試委員的理論觀點可能會呈現出讓學生們感到獨斷性或是不可思議的情形。為了要理解在各式各樣結果背後的理由，記住這三個可以為口試會議之目的強化基礎的問題，會很有幫助的：(a)是不是已經提出一篇值得花時間、金錢與精力之切實可進行的研究呢？(b)學生是不是在研究類型與程序上已經有足夠的理解掌握力來貫穿整個研究呢？(c)學生本身是否已經證明出具有擴大邊際的思慮周延之理解能力呢？在這三個問題上做一評判，口試委員所看重的不只是已經撰寫的論文研究計畫，也包含了與博士候選人在口試會議之中的互動，以及他們對於學生的學術能力之理解狀況。

在口試會議期間的論文研究計畫與討論這兩者裡面，口試委員在找尋學生是否「擁有」這篇研究的指標。這是一個存在於擴大邊際的思慮周延所持續進行的過程當中很微妙的平衡點。一方面，學生們需要內化研究之目的與程序，如此才不會使得口試委員的建議暗中破壞整個研究調查在觀念上的完整性。另一方面，學生們應該要保持開放心胸以接納口試委員給予的建議，不然他們可能會像是冒險來顛覆這個擴大邊際的過程一般。簡而言之，學生們需要對研究有足夠的理解力來掌握訊息以及權衡出這篇研究在改善調查步驟後的價值。舉例來說，如果有一位具有實證觀點的口試委員提出了關於信度、客觀性以及效度的問題時，雖然這與認識論上的詮釋學研究沒有相關，學生還是要對其認識內容

有所準備並且加以適當地回覆。

　　這可能會引起學生們的焦慮感，尤其是那些覺得他們都還沒有準備好要來處理這些與口試委員碰面的會議中會出現之範圍廣闊的問題。這裡有兩個成為論述社群一分子會有的優勢條件（即使這單純只有學生與他（她）的口試主委所組成而已），那就是：(a)有機會來練習對各式各樣問題的答覆，以及(b)可以得到一些當個人已經準備好要面對正式審查時的覺察力。除此之外，學生們應該要銘記在心的是他們本身在這過程之中並不孤獨。於此再次說明一件很重要的事，要把口試委員當作是資源來看，而不是競爭的敵人。透過口試委員與學生共同的審慎考慮之後，博士候選人可以獲得一個更清楚的理解力，來分辨這些建議中哪些能夠幫助精鍊研究以及哪些可能會顛覆研究。

　　除了文獻以及學生在口試會議期間的表現之外，教授與學生相處的過往歷史可以扮演一個足以決定口試會議結果的角色。範例6.3裡面真人真事的軼聞所揭示的幾個議題就關係到這個觀點。

┌範例6.3┐

仔細考慮vs.未加以仔細考慮的觀點

　　每一次我們教授質性研究的導論課程時，我們會要求幾個博士學位論文研究團隊的成員在某一段時間中出現，並談論本身的博士學位論文與博士學位論文的經歷過程。在這樣的一段時間當中，佩特·麥克馬隆描述她本身如何花費一年的時間來仔細考慮自己研究當中的主題與目的。當她接觸到計畫本身研究的各式各樣面向時，很明確地顯現出她已經將自己沈浸在創作理論與反思的論述當中了。她為這篇論文研究計畫已經寫寫丟丟了無數的草稿。她已經為博士學位論文而埋頭致力於相關本身想法的實際內容之中，也同時與研究團隊以及各個教授討論過。到了她要進行口試會議的時候，佩特在口試委員之間的名聲早已相當穩固了，她就好像是一位縝密思考過且盡責的博士學位候選人、能夠勝任的撰寫者，以及受過訓練的

思想家一樣。在這學期的前半段，班上學生有機會來檢視佩特的博士學位論文，而且能夠第一手看到她研究調查的品質以及其研究的完整性。

在課堂之中討論的一些內容裡面，佩特試著要來講解一個觀點：是否為一篇極為受到讚許的詮釋學研究，論文研究計畫就像是「最佳的臆測」來說明哪些內容可能會從研究調查當中浮現出來。接著這脈絡而下，她提到：「我為本身口試委員所帶給我的一切感到相當幸運，雖然，並不是整體性的全權處理，但是已經給予我很大的一個活動空間來思索我要怎樣進行這個研究」。

在聽到這裡之後，有一位學生突然脫口說出：「我怎樣才能夠在口試委員會中也出現這樣的教授呢？」

這裡所要指出的是就某種程度來看，也許佩特足夠幸運而能夠擁有一群「貼心的口試委員」（sweetheart committee），使其能夠從容地完成論文。在之前這簡短的句子當中，這位學生闡明出了令人驚奇的錯誤看法，其不但用此來理解佩特的博士學位論文經歷，但更多是誤解了我們在這整學期當中已經不斷強調過的狀況。

這個「貼心的口試委員」之想法看起來似乎已經深深地鑲嵌在博士學位論文的民間傳聞之中了。如果採用這樣的認知取向，學生們就會希望利用所觀察到與教授之間的情誼來得到好處，為的就是要取得本身論文研究計畫是出於同情以及仁慈的審查結果。換句話說，要是教授提出了一個經縝密思考後的批評，學生們可能充其量只感到訝異，而最壞的狀況就會覺得被背叛的感覺。當有些學生「太過於輕鬆就過了」，而有些人卻是受壓迫要來「跳過更多的箍環障礙」時，這可能就會增添更多恐怖的故事，來描述口試委員與論文研究計畫審查會議獨斷的特性。這也許就無法很清楚地看到其實不同的學生，其本身博士學位論文是帶有不同的風評。當學生們已經擁有令人信任的作品以及學術性思慮周延的可證明的紀錄時，口試委員可能就會在學生整體上置入信任感。而如果學生們已經提出承諾要來擴大思慮周延的邊際

時，口試委員可能就會產生更大的信心，認為這位學生將來會在有必要的時候持續使其得到進展的通知並且尋求協助。已經贏得如此信任與敬重的學生們，就比較不可能會誤用或是濫用這樣的優勢在「正在獲得認可」的好處上。

朝著研究方向繼續努力往前邁進

在持續邁進到下一個思慮周延的循環當中之前，我們覺得這裡有一些詞語是能妥善用在論文研究計畫口試會議的相關後果之中。過去這幾年來，我們已經注意到有許多研究團隊的成員都經歷過口試會議之後的「停擺期」（downtime），甚至是那些過程都很順暢的也是如此。就一種普遍的感覺而言，這段停擺期與稍作休息有關聯，之後再進入到下一個研究調查的階段中。那些原本都已經沒有耐性等待「獲得繼續往前邁進」的學生們，突然之間也都發現到自己耽擱了。我們推論學生們可能已經投入了太多心神上的精力來概念化這篇論文研究計畫以及準備應對這一場口試會議，所以他們就呈現出一副精力消耗殆盡的樣子。此一真實狀況顯示了仍然有相當數量的工作還擺在眼前，而這可能會讓人看了感到氣餒。那些當本身已經完成論文研究計畫就將工作暫時擱置在背後的有專職工作者，可能會變成再次沈浸到本身工作環境的要求之中。這也許可以提供一個合適的藉口來說明，為何沒有再次組織起自己的動力以及準備繼續重新開始。

這裡有一些例子可供參考，學生們已經體驗到了在情緒沮喪狀態下的停擺期。有幾個學生在口試會議之後，就表明想要立刻回家並且大哭個幾天。要是口試委員沒有「為此劃下句點」（signed on the dotted line），如此之反應當然是可以被理解的。但是有些學生即使在自己的論文研究計畫已經審查通過了，卻還表現出極度沮喪的情緒來。我們推測至少在一些個案當中，學生們體驗到沮喪的感覺是因為他們沒有從本身的口試委員那裡

得到絕對的讚美。尤其是那些總是在本身作品上得到高分以及被高度稱讚的學生們，可能就會覺得自己的論文研究計畫寫得不夠好，其原因是由於沒有辦法牽引出別人的讚許來。很重要的是要記得在論文研究計畫當中——不論是如何良好構思過——都只是一篇暫時性的研究反覆思索而已，不可避免的，亦即是還不夠好。那些看起來好像很勉強地做出認可的一部分口試委員，事實上也許會承認這面前擺放的作品，但會顯示出這是一種本身妥協後的回應。

另外一種可能躊躇不前的來源就會出現，尤其在研究初學者等同地把每件事情都擺放在論文研究計畫之前，就好像是要「計畫這個研究」，而每一件在此之後的事情就是變成要「貫徹這個研究」。有完整動力來進行博士學位論文可能會在此刻產生預期的效果，但也可能會突然引發信心上的危機。我們回想起有一位學生，他考慮後認為本身在繼續進行自己的研究之前，需要一張桌子。與其親自前往辦公室家具店，他卻寧願來設計一張相關的桌子，接著他就去打造。我們不是很確定他是否有打造出這張桌子。不過我們很確定地知道他並沒有完成自己的博士學位論文。很幸運地，如此極端地勉強來進行研究只是一個例外，而不是一種規則下的常態。對許多學生而言，津津有味地享受貫穿本身研究調查的訊息，就能夠將此研究帶領進入生活領域當中。

註 釋

1. 我們再一次強調這個重點，每個學校或是系所都有為如何取得博士學位論文口試委員的認可，來制訂本身相關於口試委員會的組成與程序之政策。學生們被鼓勵要多緊密參與自己指導教授的研究，以完成某些本身能夠理解或是遵循的內部機構之要求。

第七章

接受這個研究的內容：透過描述來產生生知識

◆在質性研究之中產生知識

◆透過精心處理描述內容來產生知識

◆研究者如同研究調查當中的樂器

◆反思的角色

◆擁有屬於自己的研究

◆對於評論質性博士學位論文的標準

◆本章節概要

　　一篇論文研究計畫通過之後就會開始進入到第五個——通常會持續很久一段時間——思慮周延的循環，學生們要在這段期間學會「接受這個研究內容」（live with the study）。基本上，這個循環是從當學生身為研究者而把自己沈浸在研究調查之中開始，然後會一直持續到博士學位論文的文獻內容已經準備好要交付給口試委員來做正式的審查而告一段落。

　　我們將這段期間稱之為接受這個研究的內容，是因為一旦這個循環被啟動了，這個研究就會開始趨向於發展出本身的生命力來，逐漸地，占據且掌控這名學生的生活。舉例來說，孟妮克（Monique）是一位熱愛高爾夫球者，而她計畫將博士學位論文夾在週末高爾夫球不同回合之間的時間來進行。她一直都沒有什麼進展，直到她真正安頓好可以連結到思慮周延與撰寫的時間才開始有起色。偶然地，我們會遇到有些學生們有時會很遺憾、有時會自我貶責般清楚而有力地聲稱：「我根本就沒有時間來進行一篇質性的研究。我的工作（或者是家庭的職責）是需要很大的耐性來面對。」如此的解釋讓我們聯想到有一位學生，她有一份全職的教書工作、要照顧家中年幼的兒子，以及要看護自己的姊姊走過致命疾病的末期，而那時候她卻能夠同時順利完成博士學位論文。當我們問及：「妳是如何辦到的呢？」她解釋到把關注力都放在博士學位論文上，就會從她生活的其他壓力之中出現一道天堂的曙光。雖然這名學生的遭遇是相當極端而少見的，但是許多學生在完成博士學位論文的同時，同樣都需要持續地工作，並且大多數也必須負擔起照顧家人的責任義務。然而在進入到第五個循環期間，這個研究過程所消耗的不只是學生們的時間而已，也包括他們理性運作時的（以及常常是情緒上的）精力。在我們的經驗當中，這個令人感受深刻的循環時常會以一種發人省思的驚奇方式出現，即使是已經具有萬全準備的研究初學者也不例外。

　　有一則來自於我們研究團隊裡面某名成員的真實有趣故事，其強調此議題以增添這個令人驚奇的狀況。南西（Nancy）就經

歷了一個讓人有相當大的焦慮且令人困窘的情況，當時家人不斷地在問她：「博士學位論文進行得如何呢？妳是不是已經完成大部分的內容了呢？」這情況看起來很像是她的妹夫一樣，他處理的是一篇傳統的科學研究，其在工作崗位上請了一星期的假，租了一間旅館的房間，然後在七天之後就帶著他手提式電腦以及已經完成的博士學位論文走了出來。隱藏在表面上看起來像是給予南西進展過程加以鼓勵的問題背後，其實是更加具有侵蝕力的潛在性使人衰弱之傳遞訊息：「妳到底是怎麼了，所以一直無法完成博士學位論文？」

　　這裡也許會涉及到一個過於簡化敘述的風險，認為以科學為基礎的研究確實趨於清晰階段來繼續前進的傾向。舉例來說，在我們的研究所當中，對論文研究計畫而言，很常見到的是其已涵蓋了博士學位論文裡面的前三個章節。一旦論文研究計畫口試通過之後，學生就要開始蒐集資料，接著分析資料，然後詳細地撰寫出研究發現、討論以及結論部分。在這個像是認識論的比賽規則當中，其也許有可能將自己鎖在一間房間裡面，加上一段適度的短時間，就能夠完成博士學位論文最後的兩個章節。（然而，這實在是太常看到了，此劇情概要應該會出現很勉強地交出一篇頗為粗劣的研究發現之最後討論內容，接下來，動作很敏捷地交給博士學位論文口試委員，並且請求其在最後章節部分給予實際上的審查。）

　　在這線性脈絡下以及就某種程度上具有效果的質性研究構思，可能會引發兩個潛在性意想不到的危險或困難。第一，其具體化了「本身資料」並且給予適度安置，而不是把研究者的思考過程放置於研究調查的中心位置來看待。第二，其簡化了在有限時間內密集（並且造成凌亂狀態）的一種認知過程步驟轉移到一個具有行動步驟的順序場景。為了要幫助研究初學者來避免發生這些潛在性意想不到的危險或困難，我們試著以探索下面這些接受此研究內容的情況或問題面向，來捕捉出研究調查過程步驟中的混亂情形：

- 將自己沈浸在研究調查之中
- 大量地蒐集累積研究調查的題材
- 勤勞而踏實地努力完成這些題材內容
- 來到一個概念上的激增階段
- 精心處理這些描述內容

關於最初的四個情況或問題，裡面多數我們必須要提及的是，如果沒有理解一些描述以及他們在質性博士學位論文中所扮演之角色的內容時，可能就會使其看起來好像沒有什麼意義。然而在研究者把自己一頭栽進質性資料當中之前，描述內容的意義卻常常依然是很難加以理解。所以，這樣因果難分的（chicken-and-egg）人性進退兩難處境在很多情況下，就會常常在我們撰寫第五個思慮周延的循環中浮現在腦海裡面。

最後，我們決定要運用描述的概念來處理第一個內容，希望能夠提供上下文脈絡給接受這個研究內容更多以行動為取向的面向。因此，第七章節所關注的重點就是下面所示的議題：

- 在質性研究之中產生知識
- 透過精心處理描述內容來產生知識
- 研究者如同研究調查當中的樂器
- 經反思表達出來的重要性
- 擁有屬於自己的研究
- 對於評論質性博士學位論文的標準

對於評論質性博士學位論文的標準提供了連結到之後第八章節的橋樑，在那裡我們回到接受這個研究內容更多以行動為取向的面向之中——沈浸在研究調查裡面、大量地蒐集累積並且勤勞而踏實的努力完成這些題材內容，以及來到這個概念上的激增階段。

在質性研究之中產生知識

　　不久之前，在一堂質性研究導論的課程後的第一個夜晚，我們那時正試著要給予學生一個質性研究的初步理解。「想像」，我們建議著，「什麼是我們在這堂課裡面想要瞭解的內容。這個方法可能被用來理解其本身，換而言之，這就像是覺察得到且可證實的真實事物——房間的大小；椅子的排列；學生們的數量、性別以及國籍；學生與教授之間的互動特性；誰說話；誰保持緘默；以及其他相似的『客觀』特點。透過運用錄音帶與錄影帶或是其他各式各樣的觀察工具，我們之後可以創造出描述的內容來與『這個班級』的可觀察之真實性，取得更加接近與可能產生的一致性。我們可以經由這種方法來理解的是班級教室環境或是組成內容當中的某些事物。然而，這可能無法給予我們太多洞察力來進入到你在這之中的經歷。為了要運用如此之感受來理解這個班級，我們可能會採取另一種方法——要求你們之中的每一位都來描述什麼是導致本身會來修習這門課的原因，當你處在這裡時，你的感覺如何，你學習到了什麼，哪些題材與班級活動是具有實用性的，以及哪些問題會在你深思熟慮之後浮現出來。我們現在這裡可能會有十八組不同的質性資料。此議題就會變成，我們將要如何運用這些資料來加以處理，以及此如何幫助我們理解這個班級呢？舉例來說，我們無法經由你個人的互動方式來推論到所有的教育學領域的博士班學生，或者甚至推論到所有這間大學裡面的學生一樣。我們……」。

　　「是的，沒有錯」有一位學生打斷此話題。「誰會同等值地在乎我們這十八組不同想法呢？」

　　「你如何能夠摘要出或是呈現出我們這十八個人此刻的想法是什麼呢？」另一位學生接著問。「我指的是，你如何能夠從所有這些出發至某些更加一般化的事物呢？」

　　言簡意賅地表示，這些學生已經開始觸及到質性研究之中，

最為令人感到困擾的議題了——透過小型、徹底深入，與上下文方向有關的研究調查來產生知識上的特性與價值。如果這樣「小範圍且詳盡的」研究不再被認為比不上具有信度與效度的實證歸納時，之後又會產生怎樣的知識形式，並且是什麼原因使其具有正當性呢？

當學生們第一次被引介到質性研究之中時，這看起來可能不像是會令人認為如此之所有問題皆有其獨特性而值得提出。然而，那些值得我們注意的是一些方法，這些本身會令人不得安寧的問題會不斷地浮現在即使是最為小心謹慎的學生腦海之中。在我們與超過五十位研究初學者共事之後，我們一貫性地發現到這些疑慮重複出現，感覺就好像他們掙扎於質性資料裡面總是不停地增加之眾多數量當中，而試著要在其中找出意義來。

要解決這些疑慮並將博士學位論文引領到可完成的關鍵，在於要記住教育學領域的質性博士學位論文是企圖要來產生更深入的理解與洞察力，而後進入到複雜的教育學現象之中，如同其在某特定的上下文脈絡中所發現的內容。為了要闡述這個觀點給這十八位盼望能夠為本身的問題等待得到解答的學生們，我們藉由以下的例證來提供解釋與說明：

> 在過去三到四年期間，我們一直都持續與負責教導質性研究導論課程的教授們談論。我們所有的人都努力要來瞭解如何幫助學生們能夠在如此浩瀚，並且錯綜複雜的領域之中得到有意義的想法。現在，看起來似乎已經採用過三至四種不同的方法取向了。舉例來說，有些教授會分派一些已經發表之相當優秀的質性研究個案給學生研讀。其他教授會使用單一的教科書來說明在教育學當中各式各樣的質性研究方法。還有些教授是專注於某一特定的研究方法，例如：個案研究或是民族誌，以及某一特定方法論之中的議題，例如：資料分析或是訪談技巧。而我們的方法取向則是要讓你閱讀各種不同的文章，而當你在持續進行自己的研究時，這些都能夠幫助你在本身可能會面臨到的論述中，產生理解上的意義而發展出架構

來。

所以我們可能會希望瞭解到：「我們運用此方法取向來介紹質性研究時，會產生何種問題呢？學生們如何能夠體驗到這種課程的型態呢？這對他們會產生怎樣的意義呢？」藉由要求你們做出反應，我們才能夠獲得更深入的洞察力，以瞭解到我們如何為此課程而把目的正向性地呈現出來。我們的研究所意圖處理的並不是要證明我們的方法取向比其他的方法取向要來得好，或者可以這麼說：「這只是如何讓所有學生們能夠反映出學習相關的質性研究而已。」在一定程度上，我們可能會試著要來釐清議題、問題、關注事項等，以重新喚醒學生們。我們可以借用這些訊息來做出我們本身相關課程設計的決定來。但是如果我們能夠與其他教授分享這些訊息的話，可能會有助於他們來為自己的課程做出計畫性的判斷與決定。

如同我們之前談論過，我們看到學生們很有想法地點頭示意著，好像是經由我們的解說之後而獲得一些領悟。基本上，我們會為該如何組織、詮釋以及呈現資料，而提供一個具有上下文脈絡的架構。這個具有上下文脈絡的架構是由某一焦慮上的兩難到某一特定教育工作者的團體所組織而成，在上述這個案例裡面，是說明教授在質性研究中所傳授的導論性課程。如同在第五章討論過的內容，每一篇具有上下文脈絡的博士學位論文架構都是由這些具有學生身分的研究者所創見出來，這就好像是他（她）在更廣博的論述中建立起自己的研究一樣。這樣的架構可以經由研究之目的而言簡意賅地傳達，以及藉由相關研究的理論基礎而更加完整地發展（這就好像是研究者所點明出「為何如此？」與「有誰在意呢？」的問題一樣）。如果沒有如此具有完整推論的上下文脈絡架構的話，就會變得相當異常困難來埋頭致力於產生知識的過程步驟之中。

但是這樣仍舊迴避了研究者如何在眾多的質性資料當中「理出頭緒」這樣的正題。而如此之議題也就引領著我們如何透過描

述的內容來達到產生知識的觀念中。

透過精心處理描述內容來產生知識

　　在這個章節前面的內容中，我們使用了小範圍且詳盡的研究來建議教育學領域的質性博士學位論文，在很多狀況下都是控制在規模小、適度地限制於一定範圍之中的上下文脈絡裡面。在這些具有上下文脈絡之中來產生知識牽涉到從特定到一般的、從具體到抽象的、從個人特有的習性到影響全體的移動方向——簡而言之，就是從情境中轉移到觀念上的過程。其中一個可以用來思索此議題的方式就是要記住研究調查的中心是置放於現象之中，這就好比是將其清楚地顯現在某一具體的上下文脈絡當中一樣。有鑑於上下文脈絡是特殊的、具體的、有其情境的，以及擁有個人特有習性的，因而能夠將一個具有充足教育學意義的現象連結到廣大全體之中。從情境中到觀念上的轉移過程是透過精心處理描述內容而得以完成。雖然用來描述內容的部分多寡之變化是遵循著研究當中的概念化架構而有差異，但是換而言之，一般我們都會認為至少有四個描述內容的部分。

描述內容：研究之中的現象與上下文脈絡

　　知識產生的過程步驟是以研究者努力於掌握並傳達那些存在於研究之中的本質來作為起始點。這個任務的重要性可藉由凱蒂與寶拉渴望表達想法的模樣看出來，當時她們才剛剛第一次參與到我們的研究團隊之中而已。或許是因為她們自己身為美術老師的關係，帶給她們一種相當強烈的需求來藉由「展示」這些想法給其他人，以分享本身的實際工作內容。她們一再地發出抱怨：「要是你們能夠來到我的班級之中，我就能夠向你們顯示出我進行的內容。只要是你們可以來看看這些孩童……。」如此渴望邀請大家去參觀她們的班級教室，確實掌握住了精心處理最初描述

內容的構成基礎之任務。此隱喻著一種情況，因為每個人都不可
能會去參觀她們的班級教室，所以這個質性研究只會將班級教室
帶領到對此感到興趣的群體之中。

　　因此，這四個描述內容中必然會有一個牽涉到創造出一種
「情景」，來容許其他人能夠間接地體驗到研究之中的現象與上
下文脈絡，並且由此逐漸瞭解到兩者內容的複雜性。因為這個描
述內容引發了知識產生的步驟過程，所以我們就將此視為是作為
質性博士學位論文的核心重點。在很多的實證研究當中，描述內
容可能會使用一些格式來處理資料的顯示，例如：表格、曲線
圖，或是圖表等方式。而在詮釋或是批判研究當中，描述內容則
更有可能會使用一些格式來處理原文的內容，例如：訪談、個案
報導、故事、談話內容、自傳體式的回憶事件、詩集，或是戲劇
的腳本等方式。範例7.1摘錄出在第四章裡面已經介紹過的四篇博
士學位論文之描述現象以及上下文脈絡。

範例7.1

來自於這些博士學位論文範本的現象與上下文脈絡

作者	現象	上下文脈絡
麥克馬隆	學生在撰寫內容中的反映	社區大學的作文課程 一個學校訂定的學期
李察斯	創意戲劇表演	國小二年級，一整個學 年的公立學校班級教室
康佐	家長涉入到學校的改革之中	一所位於新英格蘭小鎮 中的公立學校
契隆尼	教師在學校改革之中的賦權現象	賓州主任教師的創制權

　　姑且不論特殊的形式或是格式，此核心描述內容必須要很豐
富地被撰述出來，呈現出一幅讓人非注意到不可的情景，如同這

就好像是在某一特定的上下文脈絡中所顯示的一樣。這個核心描述內容的醒目性——可靠性——促成了博士學位論文內容中的基本真理。如同之前提過的帶有分析和評論的內幕報導（三），質性博士學位論文的基本真理並不是取決於其描述內容是否可被證明，而是在於其對於現象描述的逼真性（verisimilitude）。所謂的逼真性，是借用自布魯納（Bruner, 1986）之概念，意指在研究之中的現象以及上下文脈絡都是處於某種擁有充足細目的狀態中，因此它們可以像「真實可想像得到的經歷」一樣被識別出來。

　　為了要來說明我們藉由「真實可想像得到的經歷」所表示的意義，讓我們先來介紹一下葛瑞斯（Grace）的研究。在她身為一名年輕的教職人員之早年期間，其教授英文作文課程給尚未做足準備的大一新鮮人，葛瑞斯撰寫了一系列的故事，內容描繪出介於她本身與學生，以及自己與學校同儕之間的各式各樣之互動情形。當時間已經進入到要處理本身博士學位論文的時候，葛瑞斯開始自問本身是否可以由周遭的這些故事來建構出自己的研究。做出如此之決心必須連結到以下這兩個問題中，相當仔細地考慮才行：「這些故事是否可以提供出像是研究之中的核心描述內容呢？」以及「如果可以的話，它們又描述出了哪些現象來呢？」一開始，葛瑞斯相信這些故事描述出了那些尚未做足準備的大學學生之掙扎與努力，就好像他們要來適應這個學術生活一樣。然而因為她是用創作小說的手法來「編造」這些故事，所以她無法呈現出令人信服的論證來說明這些故事能夠反映出她自己學生們的經歷。之後葛瑞斯想到也許它們可以陳述出更多年長的教職人員，對於尚未做足準備的大學學生以及她自己身為這些學生們的指導員之見解來。再一次地，這個論證還是無法獲得支持或是證明，因為葛瑞斯並沒有進一步證實是否她的創作小說之敘述能夠準確地描述出她學校同儕的觀點來。到目前為止，葛瑞斯還是覺得自己受迫於要來撰寫這些故事，這個行動是需要由身為一位繁忙的指導員、妻子，以及母親這三個角色中來找出一些時間和精

力來處理。當葛瑞斯與研究團隊仔細談論過這些故事相關的意義時，這使得撰寫小說（創意性藝術）看起來好像是一種努力克服問題的方法，而她正面臨著如同本身必須適應這高等學術團體中的生活一般。就這意義而言，他們為她內在的掙扎與努力呈現出了一個相當真實的描述，而這也是她本身所憂慮的。從這觀點來看，這些故事可以在她的研究當中扮演相當重要的角色——如果葛瑞斯能夠將她本身個人經歷中所發生的問題面向，連結到更為廣泛的身為一名年輕教職人員可聯想到之人性進退兩難。以這些思慮周延作為來源的內容，就會顯現出一個可以讓葛瑞斯進行博士學位論文的題目來：〈從憂慮走到藝術領域：身為一名學術圈中的年輕教職人員。〉

描述內容：現象中的主要特色

　　當知識產生的步驟過程持續進行時，研究者就會喚起在研究現象之中對於主要特色的注意。這些特色，會透過研究者對於核心描述內容的分析以及（或是）詮釋而獲得，如此就可能形塑出概念、主題、議題、進退兩難的困境、難以預料的問題等其他形式來。除此之外的次要特色就是，更多分析或是詮釋的描述內容就會呈現出由情境中轉移到觀念上的變動，這就好像研究者運用相關的論述把核心描述內容具體的特色連結到更為廣泛或是抽象的議題之中一樣。

　　在多數的實證研究當中，研究者典型上會透過資料分析來對另一個描述內容「施以影響」。如同此稱呼方式的意涵，研究者從事於詮釋學的模式來「解釋」此核心的描述內容。那些應用批判模式的處理方式之研究者會傾向於透過使用經濟學、社會階級、政治學以及其他的視野來揭露權力、不公不義，以及解放的議題以「打開並取出」核心的描述內容。

　　精心處理概念性的作品包括了初始、精於闡釋的描述內容以及次要的特色，更加具有分析或是詮釋的描述內容，都會很緊密地纏繞在一起。唯有藉由與他們的資料產生呼應，才能使得研究

者能夠開始在現象與上下文脈絡的主要特色中來得到一些感受。這些以前不知道的預備性暗示會喚起對於試探性文本的撰寫，作為研究者嘗試從本身的資料中找出意義來一樣。與其他人分享這些尚未充分發展的文本，有助於研究者去發現到自己的描述內容是否可以用一種清楚且令人信服的方式來傳遞出意義。依次，如此就能夠得以讓研究者更加仔細地形塑出核心的描述內容。

基本上，核心的描述內容必須要被精心來完成，因此它牢牢地鑲嵌在主要的特色之中，而研究者則會想要透過分析或是詮釋來特別強調與仔細檢視。（參閱帶有分析和評論的內幕報導（五）以得到更加詳盡的「文本」與「解釋內容」之探究。）在摘要中的陳述內容，這個步驟過程可能會給讀者留下像是循環推理的印象。為了說明我們試著要來表達的內容，可以回想起寶拉與凱蒂各自渴望其他人光臨自己的班級教室中來看看孩童們是如何創作藝術。稍微地假設這有機會成真的話，這個班級教室可能會環繞著潛在性令人感到興趣以及存在成為重要特色的無限可能性。因而，這裡無法擔保每一個人都可能會注意到相同的特色，或是理解到他們所觀察到的事物之重要性。寶拉與凱蒂可能就必須要引導她們參觀者的注意力，到她們希望探討的藝術創作之面向。基於同一理由，當研究者把班級教室介紹給閱聽者時，她們所描述的內容就必須要能夠被精心處理成可以把本身希望調查的特色變得明顯可見。

我們會加強調查這個詞彙，是因為此強調了分析以及詮釋的作品會涉及到精心處理次要的描述內容。對質性研究者而言，喚起注意到牢牢鑲嵌於核心的描述內容之特色，以及運用如此繁多的詞語來說：「看到這個描述內容了嗎？這與我一直以來都在研究的現象相當一致。趕快看，這個現象是真的存在的。」這都是不夠的。反而是，透過核心的描述內容，研究者可以公開他們包含在研究現象當中之個人或是私下的觀點。然後，透過詮釋的描述內容，他們公開自己關於現象的想法，就如同本身已經描述過這些內容一樣。為了要把這處理好，是需要經由研究者本身來做

出仔細考慮過的嚴格精密、整體性，以及洞察力才行。

描述內容：要學習的意涵或是課題

　　鑲嵌在詮釋的描述內容就是從研究調查當中學習來的課題。因此，另一個作為研究者安排這些課題意涵，以及關注於博士學位論文中「主要訊息」的描述內容是需要被精心處理過。這些可能會採取一些推薦的形式給相關政策或是實際運作、啟發式的模型、未來要進一步研究調查的問題、某個特定立場的論證、指導方針、辯論方法等其他方面。透過這個過程步驟，研究者會轉移到其他面向，更加具有理論的層次，表示出從研究調查到論述當中都有很明確的貢獻。

描述內容：研究調查

　　最為廣泛的描述內容是由博士學位論文的文獻組成而變成一整體。敘述研究的故事時，要給予博士學位論文研究調查前後一致的敘述內容——這是如何形成的、已經研究過哪些內容、為何這已經被研究過了，以及這是如何被研究過了。要是能夠被好好地精心完成，此描述內容就能夠創造出一個架構來，依此來檢視所陳述的、詮釋的，以及解釋的描述內容。

描述內容之間的關聯性

　　由於存在著共同的意義，這些描述內容彼此相互依賴而建構起來。如果沒有可描繪現象的描述內容，詮釋就不可能會成立。如果沒有詮釋的描述內容，就很難從研究調查的描述中加以證明裡面的意涵。因此，在這共同的意義下，這些描述內容會彼此相互依賴而建構起來。然而此意味著更需要思維與撰寫的一致性發展，而並非典型上只是不同個案而已。

　　如果把描述內容想像成必須要相互套放在一起的相似物件，也許會更加有幫助。最為具體或是特定的描述內容——對於現象的描繪，如同將其清楚地顯示在被給予的上下文脈絡之中——可

以被清晰地像是最內層的同心圓球體之核心般來看到。被纏繞包圍在這個中心物件之中的就是分析或是詮釋的描述內容，之後依序就是具有解釋性的描述內容。覆蓋住所有這些內容就是整體研究調查的描述——博士學位論文所述說的故事。

如同在第五章提到過，經過良好概念化過的博士學位論文之論文研究計畫在很多情況之下，都可以預示出這些描述內容。然而，這些充其量都只是預備性的描述，或是大略相似於最終的研究調查而已。如果沒有精心處理裡面的描述內容，是不可能瞭解到博士學位論文所述說的故事之「結局」。逐漸來精心處理這個結局，常常會將其帶入到更加清晰的方向並聚焦在整個博士學位論文所述說的故事之概念重點之中。一旦這篇博士學位論文的概念重點能夠明確時，這就可能——通常是有所必要——再次去回顧並且仔細地重新精心處理所有這四個描述內容，如此它們才能夠彼此相互支持與證明。

為了要說明幾個關於如何透過描述內容來產生知識的重點，我們回顧凱西・契隆尼的博士學位論文中有關承諾的約定與承諾的破裂之內容（參閱範例4.2以及4.6）。

當凱西已經概念化自己的論文研究計畫之後，研究就顯現出了賓州主任教師的創制權。從傳統的結構式訪談裡面運用官方的文獻以及資料，凱西重新建構了一些事件來彰顯為解決困難而採取之內在行動。她將此描述內容歸類成為解決困難而採取之內在行動之「官方報導」，並且為了要建構出一篇可信度相當高的博士學位論文，她的敘述就必須與已知的和可證明的「事實」一致符合。精心處理此描述內容，凱西從更加中立、客觀的立場來撰寫她所謂「身為一名文獻蒐集家的研究者」。下一個有邏輯的步驟是由凱西為承諾的約定之證據來詮釋這個描述內容。但是再往下看到承諾的破裂之觀念，凱西知道她需要從其他來源找出更多的額外資料，尤其特別是，那些過去有處理過主任教師創制權之個人。所以，凱西先暫緩精心處理有關承諾的約定之詮釋的描述內容，而開始去訪談那些教師們。

　　如同我們在第五章討論過凱西的研究所示，當論文口試委員讀了凱西一開始草擬的訪談謄本時，就豎起了代表危險訊號的紅旗來。她是否可以聲稱這些訪談內容與某些可證明的方式有所一致性來說明教師們的經歷呢？最初的時候，凱西堅持認為它們的確可以，因為她在訪談過程都做了錄音處理並且逐字把這些內容謄寫出來。她不斷地堅持說：「但是這就是老師們真正說出的內容啊。我的確很仔細地處理這些謄寫內容。我甚至把所有的嗯（狀聲）、嗯嗯（認同聲），以及（聲音的）停頓，都包含進去了。」因為凱西沒有遵循社會科學訪談處理的慣例，無論如何，她被緊緊地催逼要來證明這些謄寫內容可以用來當作是教師們真實的經歷以及想法。然而這些訪談內容（像是葛瑞思的故事一樣）都是讓人無法不注意到並且不是那麼容易被全然駁回。

　　這使得凱西更加深入思索該如何把這些訪談內容呈現出來。最後，凱西意識到這些謄本都是可以證明她與其他教師們對話內容的文獻。這些對話內容，也是逐次地成為可以證明她本身掙扎努力的文獻來幫助她理解自身——她渴望要被當成是一位盡職的專業者來看待，她希望能為學校的改革造成正面的貢獻，而當教師賦權的承諾一再被感受成像是對他人操縱的手法時，她逐漸形成了一種被出賣的感覺。此訪談內容於是呈現出一種如何理解她本身的邏輯論證過程。

　　只要凱西堅持訪談內容是有關於那些教師們以及主任教師的創制權時，研究當中的真實可靠性就會受到挑戰而減弱。她藉由重新概念化訪談的內容再一次建立起本身研究的真實可靠性，以當作是她內在觀點的故事並且之後為此概念建構出一個具有正當性的邏輯。此內在觀點以故事方式來構成一個次要的核心描述內容，用以補充說明主任教師的創制權之官方版故事。此次要的描述內容，是站在一個更像是個人的立場來撰寫而成，並產生出前後一致的情景來說明凱西如何理解到自身對於為解決學校改革困難而採取之內在行動的反應。凱西從文學理論的描述來證明內在的觀點，述說出像是一種知識的形式來。此描述內容的逼真性

讓讀者得以設身處地來理解凱西對於自己本身假設、容易受到攻擊、具有盲點，以及在價值上所勾勒的真實性，其藉由承諾的約定來構成對她的吸引力。逐漸地，此為她如何詮釋承諾的破裂之概念架起了一個舞台來。

透過內在觀點述說的文學批評，凱西喚起了自己對於言語以及經驗此微小差異的注意，而能夠用來解釋本身對於描述內容的感受。這些詮釋內容最後還是引領凱西到辛苦而來的經驗或知識的概念之中，而這些也變成了從這研究當中學習而來的主要訊息或課題。

當凱西編排經由辛苦而來的經驗或知識中所要表達的意義時，她連結了個人本身獨有的習性經驗到一個介於承諾的約定，與承諾的破裂之間所掌握到在專業上更為廣大的人性歷程。她沒有聲稱自己的經驗能夠在細節上與所有甚至只有一些教師們的經驗可以產生一致性。但是描述到她博士學位論文研究調查的故事時，凱西帶領了讀者走過這樣一個旅程：從渾然無所知到獲得辛苦而來的經驗或知識；從相信且希望到感覺被出賣且絕望；從在教育的性質中建立起不同的承諾到在某些較大型的組織遊戲中扮演一個「確實」被利用的人。藉由在這旅程中各式各樣不同的經驗分享，讀者也可以重遊自己本身有過的相似經驗，並且能夠更加深入地理解在專業上幻滅的特性。

我們承認這是一個相當複雜的案例，其在研究調查的步驟過程中有很多扭曲與轉折之處。然而我們覺得其有價值來捕捉的原因是因為它說明了幾個重要的觀點。第一個就是哪些議題是真實存在於研究當中。牢牢地鑲嵌在凱西博士學位論文研究計畫題目中的是兩個現象——主任教師的創制權，以及承諾的約定與破裂。當凱西與這個研究內容相處之後，對她而言，主任教師的創制權變成了並非那麼使人非注意不可的現象。當她努力地想從本身資料之中來找出意義時，為解決困難而採取之行動本身開始提供出比以往更多的上下文脈絡，像是為了要觀察教師賦權的現象，或者更像是此觀點：去權（disempowerment）。這樣介於什

麼是其相貌，而什麼又是其背景之間的轉變，在質性研究當中也並非不常見到。能否與研究產生互動牽涉到是否有意願接受這個研究內容，包含有不確定的現象與上下文脈絡逐漸增大或縮小關注點，只掌握住情景中隱約的跡象而讓其變得模糊不清地進入到大量的題材當中。

　　第二個重點則說明了我們為何會提到四個描述內容的最低限度。質性研究也許會在凱西的研究當中找出與本身相似的立場——沈浸在一個現象或是上下文脈絡中，其是相當複雜的而且需要不只一個描述內容來闡釋它們。凱西選擇獻出一個章節來當作是為解決困難而採取的內在行動之官方版故事的描述內容，以及一篇自成一單元的章節來當作是內在觀點述說的描述內容。這五章在傳統上都與博士學位論文有關聯的章節格式，所呈現的敘述是假設所有相關的資料都可以在一個章節之中被展示出來。因為質性研究者會努力來理解，並且逐漸地，在上下文脈絡中描寫出現象的細微差異來，所以如果只在單一章節裡的話，也許就太受限了。有時候——但不總是如此——是有可能比預期需要更多不只一個的核心描述內容，來置放遺漏在論文研究計畫之外的內容。

　　耐人尋味的是，如此的偏離可能會造成那些認為一篇博士學位論文必須確實遵守科學發表格式傳統的教授一些困擾。有些人可能會爭論研究的精確性已經由可選擇的不同格式來加以修改過了，所以質性研究者其實是可以用科學的形式來呈現他們的「研究發現」。這是我們的論點，認為此觀點會比那些根植於一個質性或是實證的傳統來得更加具有與眾不同的特質。那些從事於質性或是詮釋學的傳統者，可能會將此視為是研究調查當中包羅萬象之整體描述內容的一股潮流。博士學位論文的文獻本身可能會在介於處理研究中所使用的研究類型，與呈現出研究中所使用的研究類型之間，體現一種不當的配置結果。此前後不一致的矛盾邏輯也許不容易證明其有正當的理由。

　　經由我們對凱西的研究之描述浮現出了第三個重點來，那就是介於描繪、詮釋，以及解釋的描述內容之間的關聯性。凱西核

心描述內容的形式與實質部分（例如：官方版的故事以及內在觀點所述說的內容）阻礙了某些的詮釋並且支持了其他的想法。此說明了質性研究者要如何開始來證明本身研究所提出之實際的陳述內容。如果研究之目的是要來產生實際的陳述內容，且其需要符合信度、效度，以及可證明的科學標準，之後研究者就必須用一種方式來精心處理核心描述內容，可以用來論證內容的現象在研究當中是具有一致性。然而，如果研究之目的是用來抓住並表達研究者對於某一現象所解釋的理解力，那麼此描述內容的一致性即是議題了。（參考帶有分析和評論的內幕報導（三））

　　第四個重點，凱西選擇了文學批評來當作一種研究類型，為其研究提供一個認識論的基礎，讓她可以在這之上建立起正當性的邏輯。舉例來說，當她面臨了內在觀點述說的概念時，凱西就必須要對這個描述內容提出正當性的邏輯。她已經在實證紮根的研究類型中持續進行很久了，如果並非不可能處理的話，要證明此描述內容也可能會有一定的困難度。

　　最後，雖然賦權或是去權的現象都在論文研究計畫的題目中已預示了，這可能會有所困難，或是根本不可能，有意地開始再來檢視它。凱西將自己當作是研究調查所使用的工具，遵循本身資料所引導的方向進行。如此之意義，研究變得可以繼續進行下去，並且開始又推又拉地把凱西送往她尚未完全處理好的論文研究計畫之方向而去。然而，在這同時，凱西還持續在考慮決定關於哪些線索要不斷遵循，而又有哪些線索不再討論。這些選擇都是根基於對某種令凱西煩惱之現象更深入理解的需要，然而這也是她無法完全或是清楚地明白說出研究調查中的開端來。在某種程度上，凱西整體的研究仍處在堅持不懈之中，於此她追尋著埋藏在她核心研究調查當中模糊不清的虛幻事物。在這個模糊的形體還沒有完全浮現出來時，她將不輕易停止工作或是對此感到滿意。

　　我們希望此簡潔文字的陳述可以有助於說明知識是如何透過相互連結的描述內容，同時得以產生並呈現出來。博士學位論文

的意義並不是取決於資料本身，而是來自於研究者的理解力與如何運用這些資料。這會引導進入到一個質性研究的重要面向之中，而在此我們於最後一個關於凱西博士學位論文的重點中有提到——研究者將自己當作是研究調查所使用的工具。

研究者如同研究調查當中的樂器

為了要持續進行質性研究，有各式各樣的方法與技巧可以運用來鑑別以及蒐集資料。在這些策略當中，大量的特殊工具（例如：問卷量表、錄音或是錄影帶、訪談協議書等）都可以來蒐集或是記錄研究之中相關現象以及上下文脈絡的訊息。然而，這些都還只是詮釋學研究調查裡面輔助的工具而已。研究調查中最核心的部分是研究者的能力，用以尋找、聆聽、理解，甚至到達可以「經驗」到研究調查裡面之現象的程度。與其假設傳統的立場是客觀的與中立的觀察者，還不如說詮釋學的調查者會更像是一根音叉般，會與優雅的敏銳性產生共振，而對於所邂逅的經歷譜出細微的共鳴感觸來。艾斯勒（1991），在其著作《啟蒙之眼》（*The Enlightened Eye*）中，使用了這個詞彙「自我就像是一種樂器」（self as an instrument）來描述這種可以與經歷產生共鳴的能力：「自我就像是一種樂器般來銜接情境並於其中創造出意義。這是一種可以看見且詮釋出重要面向的能力。也就是因為如此的特性而得以提供獨特的、個人的洞察力到研究內的經歷之中。」（p. 33）

將自我展現成像是樂器般牽涉到個人對詮釋學的調查研究是否有全然性的理解。個人研究大綱（參閱第二章）就是用來減少對自我瞭解或是自我揭露此過程的困難。我們並不是藉此來認為學生要被迫來揭露自己的靈魂深處或是必須參與不切實際的精神分析治療法。反而是，此意味著要建立起一個對於個人整體觀、經歷、先入為主之見、偏見，以及其他等等的高度覺察力，並且

認知到這些如何能夠擴展或是縮小個人對研究的經歷產生共鳴之能力。範例7.2以及7.3闡釋了兩種將自我展現成如同樂器般的情況或問題——接受個人與研究中潛在性參與者之間的關係以及接受本身個人（大概是一些創傷的）在研究當中現象的經驗。

範例7.2

將自我展現成像是一種樂器：發展出可以聆聽的能力

當我完成了本身博士班課程的工作時，我有機會在一所大型的都市教學醫院中，成為第一位「教育學住院醫師」。此模式是跟隨醫學的常駐者之概念而來，這個位置本來是打算用來為那些想要在醫院的環境中工作之教育工作者提供密集的學習經驗。在那個時候，對教育工作者而言，這是個相當新穎的工作場域，而我一部分的責任就是要說明清楚哪些具有貢獻的教育工作者有機會可以遴選到醫院中。為了要釐清這個角色，我拜訪了其他整個城市周遭的醫療機構教育工作者。經由這次的經驗之後，我對於一些本身的同儕產生了極大的敬重感，也徹底地對其他人表示輕視感。所以，當我開始將本身的博士學位論文形塑成文字計畫時，我知道這裡會有某一些人是我應該為自己以醫院為基礎的教育學研究來加以訪談，但是我不能夠站在如此之想法來與他們談話。當我為這個研究目的之陳述努力以後又修訂，我持續想像自己不斷地撰寫出某些訪談的專輯並想要將其全盤吐出來。最後，我終於為研究找出目的來，才得以讓我離開這很糟糕的判斷環境。在這裡面，我很真實地感覺到好奇來聆聽每個人甚至所有人的聲音。對我而言，此時就是我從自我的立場轉移到一個研究調查態度的時刻。這讓我能夠自由地繼續在此研究中努力下去。我仍然保有本身的看法以及對於教育學的信念。但是他們可能不再對我本身不契合的觀點，立即產生拒絕的結果。

範例7.3

將自我展現成像是一種樂器：容易受到影響但卻真實性的議題

　　對她的博士學位論而言，卡蘿當時正對護理學生們來考慮學習障礙之個案研究的可能性。如同她所言，這很清楚地可以看到她對這個議題感覺相當強烈，如同身為一名護理教育工作者，覺得有必要給這些學生們在某些教學內容上的資助。她與幾位教學者會面來尋求如何進行個案研究的指引之後，她感覺到自己的興趣是源自於個人對於注意力不足的努力與掙扎。當時有一些較為柔性的鼓勵來肯定其確實為個案，而接下來的對話確實是由卡蘿與瑪麗亞之間所產生。

　　「卡蘿，妳應該經由撰寫自己本身的研究來作一起始點，解釋說明是什麼帶領妳到此研究之中。」

　　「但是，」卡蘿反駁地說：「談論我本身的故事不是會造成研究的偏誤嗎？如果我用一種更為客觀的、去個人化的方式來處理議題的話，這結果不是會比較令人接受嗎？」

　　「另一種──更屬於是詮釋的──方式來檢視妳個人經驗的議題，就是使其能夠讓妳更加深入地產生共鳴，並且完全融入到本身從自己研究的參與者那裡所蒐集來的訊息中。與其讓這些事物打亂了研究，妳的觀點可以幫助妳產生更具有敏銳度、更加具有權力的詮釋來。」

　　「是沒有錯啦！」卡蘿不太情願地承認這說法。「但是，我還不確定我要把本身的故事放進到我的博士學位論文之中。」

　　「撰寫自己的故事並不必然表示妳必須要將此涵蓋進博士學位論文之中。」瑪麗亞反駁地說。「這只會讓妳更加清楚地看到自己帶入研究中的偏誤以及先入為主的觀念。一旦妳清楚這一點之後，不論是本身研究直接或是間接地透過更多描述的摘要所參與到的偏誤，妳都能夠對此做出更有自覺的選擇。不論是哪一種方式，研究都會變得更加具有可靠性，這是因為妳接受了裡面的偏誤所致。」

　　　作者現場解說：雖然卡蘿不斷地堅持她想要處理一篇詮釋學

的研究，但是她至少也為博士學位論文帶來了模糊的客觀性觀點
來說明真正的研究是不受到個人情感的影響。另外鑲嵌在她解釋
當中是假設自己的個人經驗可能會打亂這個研究，而讓本身與研
究保持一段距離，也有可能用某種方式來「中立於」自己經歷過
像是一位具有學習障礙的學生之精神創傷影響的產生。

卡蘿不情願來分享她觸碰到另一議題的個人故事，這就像是
我們已經看過「黑暗面」的詮釋性研究調查。自我的立場如同是
樂器般需要有一種容易受到影響的程度。再更進一步討論，卡蘿
認知到曾經於沒有設身處地為他人著想的老師手中經歷過歧視的
感受。訴說她的故事涉及到要藉由此歧視的產生來把令人感到羞
愧的痛苦攤在公共檢視中。

因此，在此建議卡蘿撰寫本身故事是用來釋放一些在此之前
沒有說出的痛苦來強調研究之目的。希望這能有助於她從背負十
字的立場轉移到一個具有審慎思考過的研究調查之態度。

構成把自我當成是一種樂器的觀念之整體是一種反思的能
力。透過反思，詮釋學的研究者就能夠同時與特定以及重要之放
於上下文中考量的經驗面向產生共鳴。為了要瞭解這個意思，雖
然簡短，但是考慮反思的概念是有幫助的。

反思的角色

我們是相當不情願來介紹反思這個概念，因為在某些循環
當中，這已經是瑣碎的陳腔濫調之觀點。然而隨著唐納・尚恩
（Donald Schön）在1983年出版了《反思的實踐者》（*The
Reflective Practitioner*）一著作，反思這概念重新浮現出來，
像是一個在教育學的討論與教育學的研究當中很重要的線索一
樣。尚恩是從約翰・杜威（John Dewey）的作品那裡汲取而
來，尤其是他於1916年在：《民主主義與教育》（*Democracy*

and Education）當中「教育如同經驗的重構」（education as reconstruction of experience）之觀念。杜威提出雖然經驗像是文本讓學習從中浮現出來，這是一種經驗上使學習退卻的意義之重構行為。經驗上意義的重構，在本質上，詮釋學的行動是位於詮釋學的研究調查之核心裡面（註釋1）。在我們過去的經驗中，這是有助於區分出反思之中各式各樣的形式，包括有反思好比是回憶、反思好比是內省，以及概念上的反思。

反思好比是回憶

　　這種反思的形式，研究者會牽涉到所面臨的經驗之情境面向，回想起發生過哪些事情的具體細節來，像是何時發生的，以及有哪些人涉入。如此之意義，反思就會好比是把經驗訴說出來的回憶結果。

　　甚至有時候發生一個相當截然不同的事件所構成的突如其來之經驗時，透過回憶的反應還是需要時間與準則才得以完成。這個任務變得相當使人氣餒，然而，當此突如其來的經驗（例如：班級課堂的工作，一個教育學為解決問題而採取的行動）已持續發生很久一段時間了、牽涉到很多人，並且包含許多大量截然不同但卻還沒有相互聯繫的事件。接受這個研究內容的其中一個面向就是要累積研究調查現象中的「題材」，以當作是將其在如此複雜而有活力的上下文脈絡中來展開。最後，這些題材就能夠使得研究者回憶起——提出一些敘述來說明——突如其來之經驗。不像是由短暫的事件所組合而成的真實經驗，此回憶提供了一個穩定的紀錄或是不太可能會改變的文本，加以通過時間來檢視以及詮釋。

　　在實證取向的研究中，穩定的記錄典型上會採用具有系統性的證據內容，來與可證實的事實或是細目相符合一致。在較屬於是詮釋取向的研究之中，尤其是那些以藝術為基礎的類型，這些回憶就會具有一致性的論述來產生更多美學上的形式，例如：故事、詩集、戲劇、詼諧的短文，以及其他形式等等。在此案例

中，反思好比是回憶，開始進行接下來就會轉變成反思好比是內省。

反思好比是內省

　　研究者所要尋找之反思的形式，是可以用來檢視他們本身心態以及情感上對於突如其來之經驗的反應。要注意到這裡有一個詞彙可以拿來運用，對於此反應的面向看起來似乎可以使腦中突然浮現出「過度多愁善感」的印象，高度激發出情感的、自我告解式的撰寫內容。當學生們試著要為這種「感覺」效果來自我覺察時，結果可能會看起來像是唯我論的胡言亂語般——有些許更像是研究者對於喜歡或不喜歡的枯燥而冗長之述說、自私的先入為主之正當理由，或是對於他人所持觀點的正確與否來做出判定的聲明。然而，它們充其量，其內省的反應可以拿來當作是有價值的資料，將研究者放置於具體之上而到突如其來之經驗的重要面向中，並進而創造出具有洞察力與問題性質的紀錄。

　　因此，接受這個研究的內容也牽涉到研究者的能力，是否可以意識到以及掌握到本身對於研究裡面現象的反應，作為其清楚地顯現在特定的上下文脈絡。各式各樣的技巧可以被用來支持內省性的反思。在社會科學當中，研究者持續在做廣泛並且詳盡的田野記錄；在紮根理論當中，研究者「一直在做紀錄」；在敘事體當中，日誌的記錄是常常被拿來使用的（註釋2）。凱蒂，是一位之前已經介紹過的美術老師，正在發展出一本藝術家的素描簿來創造出她內省性反思在視覺上，同時也是語言上的紀錄。如同這些範例所說明，哪種技巧的選用都可以根據研究者的研究領域、研究調查中的研究類型，以及研究者本身的天分或是能力來判斷。

　　不論是運用哪一種特定的技巧，其目標都是要繼續進行下去，能夠完成與個人在研究經驗中，內在能產生共鳴之具有一全面性與系統性的紀錄。在此提供一具有雙重性之目的。第一，這創造出一個人思緒過程的穩定紀錄——洞察力、問題、推測結

論、基於直覺的想法、試探性的解釋，以及其他在接受這個研究的內容時所發生的種種。當其進行到回憶、重構，以及描述整個全面性研究調查的故事之時刻時，這個紀錄可能會極度具有幫助。然而，更為重要的是其他之目的。透過內省性的反思，研究者開始深思鑲嵌在突如其來之經驗中可能性的意義——不只對他（她）本身具有意義，並且對其他人也是有意義的事。以此方式，內省可能會被認為像是對於發生什麼事情的一種敘述，於是開始進入到理論性的步驟過程，這是更加強烈的下一個反思形式。

概念上的反思

在此反思形式當中，研究者開始將本身回憶的與內省的反思連結到更為廣泛的理論性概念以及議題之中。取代依賴於本身立即的或是直覺上的事件解釋，研究者開始要來描繪出形式上的知識來（再）建構經驗上的意義以與研究之中的現象產生關聯性。在概念上的反思，詮釋學的研究者會同時與具體的上下文研究脈絡，以及被發現到的研究現象中相關的論述產生共鳴。

在此書前面的部分，我們提醒過要避免不正確的觀念，這是質性研究者可能或是應該會在本身研究調查裡面出現的情況，如同一張乾淨無痕的版面。在概念上的反思中，如此缺乏世故經驗的狀態是會造成損毀，其是藉由引導至過度簡化的詮釋當中以及無創造性的概念化裡面。葛雷瑟（Glaser）和史特勞斯（Strauss）於1967年在《基礎理論的發現》（*The Discovery of Grounded Theory*）一書中，運用具有理論性的敏銳概念來描述研究者帶入到研究調查當中的正確判斷。甚至透過他們撰寫社會學相關的領域以及他們對於顯得過時的陽性代名詞之使用，他們具有理論性的敏銳概念有助於闡釋概念上的反思之想法：

> 社會學家應該也要擁有足夠的理論性敏感度，如此本身才能夠概念化與確切表達出一個理論，如同將其從資料中顯現出來一樣。一旦開始之後，理論的敏感度就會永遠地不斷發展下去。就好像過

了許多年的發展之後，社會學家開始會使用理論性的專有詞彙來思考相關本身所知道的事物，而且這就好像是本身會開始在如此問題上提出許多不同的理論般來疑惑到這理論究竟能有何作用呢？這是如何被構思出來的？其大致上的立場為何？這使用到哪些模型呢？社會學家的理論性敏感度有另外兩種其他的特質。第一，其牽涉到本身個人的以及與生俱來的愛好。第二，其牽涉到社會學家的能力是否有理論性的洞察力來進入到自己研究的領域中，與一些能力共同組合在一起開創出本身對於某些事物的洞察力。（p. 46）

我們在此繞了一圈又回到將自我展現成像是一種樂器的觀念之中，對於概念上的反思之特性取決於是否有敏銳度來檢視，如同艾斯勒在1991年所下的定義，使用到「啟蒙之眼」一詞。在詮釋的博士學位論文當中，研究者為研究調查所帶來的內容，如同他們發現到接受這個研究的內容是一樣的重要。最後，描述的品質，或可稱之為博士學位論文的可靠性是建立在具有學生身分的研究者對於富有洞察力回憶的、內省的，以及概念上反思之能力上。精巧細緻地將自我轉化成像是一種樂器般來與研究調查中具有細微差異的現象，以產生更深入、更豐富的共鳴。

擁有屬於自己的研究

質性研究者接受這個研究當中的現象與上下文脈絡，將本身沈潛於之中並且盡所有可能來努力深入與詳盡地瞭解這些內容。如同他們本身與自己所看到、聽到、說出、做出、經驗到、思考到，以及感覺到的內容產生共鳴一樣，他們會得到一些對於現象的基本認知以及瞭解現象之意義。透過精心處理描述內容的步驟過程，研究者找出了方法來將本身的理解呈現給其他人，而將自己個人的洞察力公開給大家理解。

「但要是我的理解方向不正確呢？」許多我們所指導正在進

行博士學位論文的學生，像是失去一切希望般很誇張地喊叫。
「究竟要如何，我的理解才能與眾不同呢？我究竟有什麼資格來
說什麼才是會持續下去的事呢？」

　　此憂慮反映在這些聽起來像是浪費時間於相當哀傷的問題
中，如同要學生們進行修改，然而只要一次就夠了，他們對於認
識論、本體論，以及價值論的假設之理解，就能夠強化質性研
究。舉例來說，當質性研究者試著要來「接近」以及描述一個對
於現象的基本理解時，他們不會宣稱自己已經鑑別以及證明出其
基本的性質。他們不是要聲明已經發現到或是證明出關於現象上
的真理。反而是，他們藉由聲明來描述出自己伴隨著對於現象理
解的經驗之本質。如果他們調查現象伴隨著敏銳度、精確性，以
及整體性，然後是他們對於現象的理解，其為他們找出意義的方
法，可能就會對其他那些努力掙扎於相似脈絡之現象中的人產生
效用來。

　　所以，當學生們很不情願地承認本身缺乏自信以及失去一切
希望時，我們回應給學生們的就像是：「那些賦予你權利來創造
出這些描述的內容，就是你本身已經所處的地方了。你必須要完
成這個研究。如果有其他人不認同你對於這個現象的理解時，或
是如果他們無法找到其意義與用處時，他們是不受限制或支配地
來為自己創造出對本身有用處的描述內容。那就是論述逐漸產生
的方法。但是到目前為止，你還是唯一那一位必須花時間來接受
這個研究內容的人。你是唯一的那一位可以聲稱你已經得到如同
正在浮現的結果之意義。而且相當坦承直接的，這裡可能已經有
許多人們在那領域中——那些正扮演與你相似角色的人們——他們
將可能會很感激你投入時間、精力，以及想法來研究調查這個現
象。他們沒有資源或是意願來從事你已經做過的研究了。但是他
們可以藉由你的研究來獲得實惠，即使是假設他們的經驗或是他
們想要來加以解釋的本身經驗的方法，都會與你的研究有很大的
差異。藉由緊密結合各種觀點以及介於迥然不同的觀點之緊張狀
態合併後產生的結果，有助於通向往後的論述內容之中。這就是

知識被擴大邊際產生的方法。」

我們回應之目的是要來鼓勵學生「擁有屬於自己的研究」，並欣然接受更為完整的認識論假設，使得自己的研究不只是取決於資料本身，而是他們從資料中所產生的意義。我們是從瑪麗亞（參閱範例7.4）所提供之真人真事的軼事才對這個議題有第一次的經驗感受，如同她與瓊‧利伍卡德特（Joan Leukhardt），她是我們早期博士學位論文研究團隊中的另一位成員，二個人都躊躇於概念上激增的邊緣上，但是卻無法很快速地找到可供本身研究使用的內容。

對我們而言，像是馬賽克這種鑲嵌畫的隱喻給了詮釋知識產生過程的一種型態，讓我們可以將此視為質性研究調查的本質。像是鵝卵石般的堆砌呈現出所有的題材，讓研究者如同接受這個研究的內容般來加以累積。與資料互有共鳴的產生就如同研究者不停在分類整理以及仔細詳查各種問題一樣。當研究者因縮小範圍而變得更熟悉這些鵝卵石的質地、顏色、尺寸，以及形狀時，他們可以開始為如何創造出馬賽克般的研究目的來檢視其可能性。在任何被給予的鵝卵石堆中，一幅幾乎具有無止境變化的馬賽克鑲嵌畫就可能會潛在性地被創造出來。最後，每一位研究者都必須要擁有本身的責任來做出決定，哪一種馬賽克鑲嵌畫最有可能受人注意或是具有意義來創造。接著的這個決定並不是一條線性的過程步驟；反而是，其牽涉到介於細目內容所呈現的向前或是往後的過程，藉由這些鵝卵石或是可能從細節內容所勾勒出更廣大的意義之中來呈現。確實是，像是我們之前已經提到過，這就是從特定到一般的、從具體到抽象的、從個人特有的習性到影響全體的、從情境中到觀念上的轉移方向。基本上，此移動方向就是要精心處理描述內容的任務。這就是思慮周延的第五個循環中的理性工作。這也是質性研究當中最為密集緊張的要求事項。

範例7.4

擁有屬於自己的研究——擁有知識產生的步驟過程

在我研究的某一時期當中，我把自己牢牢固定在完成訪談的謄本中，裡面包含了我與以醫院為基礎的教育指導者共同完成的內容，以及列印出已編碼完成的資料。幾個星期以來我已經不斷地再一次分類整理這些資料，試著要在裡面的所有編碼內容當中找到一些意義與模式。姑且不論花費數小時在電腦前，任何我所撰寫的內容看起來都好像很膚淺，甚至是令人感到乏味。所以，當問及到我的計畫進行得如何時，我可能就會指向那一活頁本的內容並且回答：「好吧，這就是我所擁有的全部——我已經蒐集到的題材都在這了。」那時我很難做一個解釋來說明當時我正在進行什麼研究，以及我成果上的性質為何。

某一個夏天的晚上，當時我們坐在諾林（Noreen）的後側門廊上，瓊帶來了研究團隊中不是整齊組織過的活頁內容，卻是一個硬紙板裝訂的箱子，裡面塞滿了所有學生們的文件檔案夾、成績表的列印單以及其他人口統計的報刊文章；以及最令我感到好奇的是，裡面學生們所創作的富有想像力之拼貼畫。「我應該要如何處理這些所有的東西？」瓊回覆給我們很挫折的聲音。「我知道這代表著某些意義，但是我卻無法描述出這到底是什麼。」

如同她所提到，本身已經有要從各式各樣的河床來蒐集多種顏色的鵝卵石之概念，然後循環不斷地專注在如何將鵝卵石整理分類而堆砌起，來相互比較其尺寸、顏色、質地、原產的河床，以及其他特質等，姑且不論我已經蒐集了多少鵝卵石的數量，這些都還是缺乏深度並且談論到相關於各式各樣的堆積時就會令人感到乏味，如同要透過這些來傳遞某些意義。突然之間我發現到我可以將這些鵝卵石運用在不同的方法上。我可能要停止試著來維持每一個不同的鵝卵石的特性，換種方式，能夠運用在集結起所有鵝卵石而創造出一幅多采多姿的馬賽克鑲嵌畫。在這種洞察力上的恍然大悟，我才瞭解到本身資料的重要性不是取決於為每一筆單獨資料進行敘述，而是運用裡面的每一個部分來創造出一幅如同自己已經理解到的有

意義之醫院教育學的圖像"。伴隨此計畫實現之後，我終於瞭解到理論上由喬治·凱利（George Kelly）在1970年所進一步提出的結構主義之觀點：

> [一個理論]……不是由訊息所聚集而成，不論其是如何儘可能小心地編入目錄中。這也不是各個獨立事件的敘述，不管其是否確切證明屬實。一個理論基本上只是一種簡單將事件強調的方法，因此他們可以用某種觀點加以檢視。（p. 260）

> 這就是我對於有關以醫院為基礎的教育學之理論上的敏感度，這可以出現從鵝卵石的蒐集到一幅馬賽克鑲嵌畫這樣的轉移方向──從資料轉移到理論。

最後，數量、形式，以及相互連結之描述的實質地方就會成為每一篇質性研究的獨特部分。他們都是藉由研究之目的、研究調查的特性、研究者產生意義的模式，以及如同與研究者在各個研究面向中產生共鳴般所浮現的意義之彼此的相互連結來形塑而成。指引如此複雜的知識產生過程就好像是「遊戲的規則」一樣，這是鑲嵌在一篇研究中的研究類型裡面。這也是我們發現到不要將質性研究方法視為是技巧性，而是正當性的邏輯，會產生更有意義的原因。

對於評論質性博士學位論文的標準

正當性的邏輯是一種研究者對於(a)在程序上如何運用來精心處理每一個描述內容，以及(b)運用來從某一種描述內容轉移到下一個階段的線性理由之解釋。對於資料蒐集或是分析上的具體技巧之描述，其意義都只有在它們本身角色對於知識產生的步驟過程之關聯上而已。到了一個更寬廣的範圍來看，一篇質性研究調查的可靠性是建立在研究者的能力上，用一種清晰且令人信

服的方法來說明清楚此正當性的邏輯。其範圍是屬於相當重要的地方，包括有哪些是在程序上可以「切合」知識產生的假設，而成為研究調查的基礎。如果將介於這些假設內容與研究程序之間搭配產生錯誤的話，就會創造出邏輯上的不一致或是概念上的缺誤，而使得研究的可信度受到質疑。

　　正當性邏輯之缺誤可能會潛在性地發生在研究調查步驟過程中的每一個地方。如此缺誤的性質以及它們也許會出現在何處，都可能用一種或是更多種方法來損害一篇研究的嚴謹性。我們已經發現到幾個特別具有實用性的標準，用以評判一篇質性博士學位論文的嚴謹度（參閱表7.1）。這些標準並沒有呈現出將質性博士學位論文截然分離的特性。反而是，它們相互將每一部分完成，並在很多狀況下又能夠調和在一起。

完整性（如同是一種建築學的樣式）

　　這個標準道出了一篇博士學位論文之文獻的重要性來，這如同是藉由喚起對整個研究調查中概念化架構的注意之描述內容。在這樣一篇架構性嚴謹的博士學位論文，描述內容會相互支持並在概念上能夠交流在一起。正當性的邏輯提供了介於如何處理研究調查以及如何從中產生知識之間一個具有良好推論的連結。真實的陳述是禁得起來提供認識論上的假設以引導整個研究調查。博士學位論文的作者表達意見的方式與立場，會與研究調查中的模型一致，而傳遞出研究者與研究本身以及研究參與者的關係。

真理

　　這個標準有幾個關聯性而連結到理性的誠實度以及研究的可靠性。其中一個關聯性連結到將自我展現成像是一種樂器的觀念中，喚起對於研究者可靠性的注意。促使研究當中的真理是有跡象的，研究者必須盡力去建立起既定看法來傳遞出一篇可靠的研究調查。舉例來說，趨勢傾向於已知的引領群眾歡呼之精神狀態或是長期積怨之心態，以及用努力來轉換經過深思熟慮的好奇狀

態。這裡有一個衷心的想法,期待能從研究調查中學習,而不是
用來提升自己或是個人所特別關注的理論。尤其是當研究者傳達
出無能力來處理廣大數量的資訊、有限的能力,來容忍認知上的
不一致以及模稜兩可、需要為提早的揭露來推動,或者是傾向於
做出過度簡化與輕易達到的解釋時,關於真實性象徵改革的紅旗
可能會引發騷動。相反的,當時間與精力都已經投資到對論述內
容的理解來當作是研究調查中的主體以及步驟過程加強的基礎
時,研究者的感覺更應該要真實地傳遞出來。同時促進其真實性
的是謹慎的努力結果,使得轉移的方向可以從缺乏世故經驗的狀
態到具有敏銳度與正確的判斷;從範圍狹小並缺乏深度的理解,
變成更加深入且豐富的概念化。如此真實的感受在很多狀況下都
傳遞出了如同研究者所描述的程序,用以蒐集、處理文獻,以及
使研究當中相關的現象與上下文脈絡之訊息具有意義。此情形也
交叉出現在像是研究者與本身的指導教授,以及論文口試委員相
互埋頭從事於思慮周延的論述當中。

表7.1 對於評論質性博士學位論文的標準

完整性(如同是一種建築學的樣式)。這個作品是否是被嚴謹地架構出來呢?是
否可以將其懸掛在一起呢?研究的理論基礎是否具有邏輯性、正當性,以及在所
謂的研究調查傳統中具有識別度呢?是否有適當的偽裝面具(或是表達方式)被
作者以及其他參與者拿來使用呢?

真理。作品是否發出真實的聲音呢?其是否在領域中擁有前後一致之可接受的知
識呢?或者是,如果內容有所背離的話,其是否有標示出原因呢?作品是否在適
當的文獻當中與論述內容切合呢?作品是否具有理性上的真實性與可靠性呢?

精確性。這裡是否有足夠的理性上之深度,而不只是停留在表面上或是過度簡化
的推論呢?是否結論是從充足的思慮以及豐富的資料中來仔細精心完成呢?研究
者有沒有避免唯我論的推論過程呢?反思是否是在一個仔細的或是有系統的,而
非在無計畫的方式中來進行呢?核心的描述內容之分析或是詮釋是不是已經達到
徹底的或是詳盡的結果呢?

實用性。研究調查是否具有實用性並在專業上有所相關呢?作品是否已經促成了
一個已認知到的研究領域或是建立起論述的主體呢?作品是否具有一清楚可識別

出的專業領域或是學術圈的閱聽者呢？其是否有助於教育呢？

生命力。研究調查是否為重要的、有意義的，以及非瑣碎的呢？作品是否於發現上具有精力充沛、深度刻劃，以及令人感到刺激的感覺呢？隱喻以及概念上的溝通是否有力呢？

美學。作品是否使得期望與經驗更加豐富且令人滿意呢？其是否賦予我能夠理解到一些本身教育學上內容的一般部分呢？介於個人特定與一般的連結之間，是否關聯到權力上、引發爭論、喚起回憶，以及轉移的方式呢？作品是不是具有挑戰性、不安性，或是擾亂性呢？作品是不是觸及到研究精神呢？

道德標準。這裡是否有證據顯示個人權利以及尊嚴，都已經完全提供給所有參與者呢？研究調查是否已經用一種仔細且誠實的方式來做總結了呢？是否每一個努力都能夠精確地呈現出其他人的觀點，以及他們在這些觀點中所分享或想要的研究精神呢？研究者是不是已經意識到並且接受了他（她）本身的觀點、偏誤，或是假設，以及是否考慮過這些可能會混淆個人的理解呢？博士學位論文所使用的語言是否遵循著非歧視性的原則呢？研究調查是否具有道德上的敏銳度呢？

　　可靠性的第二層隱含意義關聯著透過研究調查的步驟過程，研究者產生出他（她）的反應與思維的敘述。此連結了研究者在反思上的能力，隨著自我約束系統性地銜接起一個具有反思性的步驟過程，並且隨著意願用文獻證明此步驟過程。可靠性這詞彙的意義可由兩種方式來加以溝通。其中之一是透過所撰寫的程序之敘述來提供博士學位論文的文獻內容。另一種則是持續進行於思慮周延的論述中，與透過對個人的指導教授、論文口試委員，或是其他相關團體之正式承諾上。

　　可靠性的第三層隱含意義或許是質性研究當中最難以捕捉到但卻又最關鍵的意義。其最直接關聯到核心描述內容的可靠性，藉以創造來描述研究之中的現象以及上下文脈絡。如同於帶有分析和評論的內幕報導（三）所提到過，在實證研究中的真理是連結在介於描述內容與正在描述的實體之一致性上。信度、效度，以及可證性都是確實的、可靠的，或是真正具有一致性的特徵。在詮釋學的研究當中，真理則是有賴於描述內容的一貫性與逼真

性。

　　為了要提出一個在可靠性、一致性，以及連貫性之間可以體會得到的感覺，我們詳細敘述一個真人真事的軼事，這是發生在當時我們參與一個1996年美國教育研究協會在紐約市所舉辦的年會（參閱範例7.5）。其中一天的晚上，我們很榮幸有機會欣賞到由傑羅姆・勞倫斯（Jerome Lawrence）及羅伯特・李（Robert E. Lee）的「向上帝挑戰」（Inherit the Wind）之劇作，這是根據斯考普的猴子審判（scopes monkey trial）[1]一鬧劇所創作。在這部戲劇結束之後，我們離開了劇院，而瑪麗亞表達出了一些關於審判真相的好奇心，並且運用自己的冥想來作為一個可以思考出相關的一致性與連貫性的發展起點。

範例7.5

在質性研究當中冥想出相關的一致性、連貫性以及可靠性

　　當我在看完了「向上帝挑戰」後而離開劇院時，我開始感到困惑。我就一直想到威廉・詹寧斯・布萊恩（William Jennings Bryant），他是訴訟案中所舉發他人的律師，一位被廣泛認識的法理學家以及知識分子。他是否支持上帝創造人類靈魂一說的主張呢？詹寧斯是否突然暈倒並且在審判結束時就過世了呢？誰是訴訟案中一開始的原始被告律師呢？我唯一所能夠想到的是法蘭斯・李・貝利（F. Lee Bailey）[2]。我知道這並不是正確的，但是我卻無法隨意地忘掉他的名字，因此隨後克萊倫斯・丹諾（Clarence

---

[1] 這是一批進化論的學者和新聞記者在田納西州（Tennessee）一個名為戴頓（Dayton）的小城中所導演的一齣鬧劇。他們推出了一個代課教師約翰・斯考普（John Scope）作為被告，控訴他在教室中講授進化論課程（而這是違反當時此州的法律）。

[2] F. Lee Bailey之更完整的原名為Francis Lee Bailey，因而將其姓名翻譯成法蘭斯・李・貝利。

Darrow）[3]就很合理地跟著進入到我腦海中了。孟肯（H. L. Mencken）[4]是否真的有處理過這個故事呢？

　　甚至每當我詢問到這些問題時，我知道這些人並不是真的與戲劇中的脈絡有所關聯。劇作家沒有打算要來為這場審判提供有事實根據的敘述。（個人可以一直不斷地為這個故事回顧法院的卷宗（court transcript）。）事實上，如同作者戲劇海報上標記所寫的內容：

　　　　「向上帝挑戰」並不是歷史故事。這個事件是發生在田納西州中名為戴頓的小城裡面，而1925年7月期間就很清楚地烙印出來，而成為這齣戲的開端。然而，它卻幾乎完全偏離了原本的內容。

　　　　只有一些少量的表達用語是摘取自著名的斯考普審判裡面的真實卷宗內容。戲劇中的一些角色是有關於此偉大戰役中各式各樣的人物；但是他們本身有自己的生活以及語言——所以，他們也有屬於自己的名字。

　　　　布萊恩與丹諾在戴頓小城起衝突是很戲劇性的，但是這並不是戲劇。此外，自從他們在田納西州戴頓鎮的瑞亞縣法院（Rhea County Courthouse）產生重大分歧時，他們衝突的議題在70年代就已經賦予了新的面向與意義。所以「向上帝挑戰」並不是要偽裝成新聞業者。這是一齣戲。它不是發生在1925年。舞台的方向將時間設定在「不會太久以前」。它可能只是昨天才剛發生而已。或許也有可能是明天才會發生的事。

　　對我而言，更加令人非注意到不可的問題是：「這個戲劇的主題用什麼方式說出了重要的，並且持續的人性進退之兩難？」戲劇在這種想法中

---

[3] 丹諾19歲進入安納堡學院（Ann Arbor）攻讀法律，21歲考上律師執照；1888年到芝加哥執業，曾擔任著名的「威斯康星州訴猶德案」（Wisconsin v. Yoder, 1972）的辯護律師，是美國最偉大的律師之一；他還以演說家、辯論家及雜文作家聞名於世。

[4] 孟肯是一位美國的語言學家以及知名的新聞記者。

的重要性被藉由一篇近來紐約時報的文章來強化，其複製成一張大海報張貼在劇院的大廳牆上。文章描述了一件最近被基督教的基本教義者試圖要來改變的事件，其為禁止教導有關達爾文進化論的課程內容。

當我反思到介於自己對於什麼是原始審判的「事實」，以及我冥想到信念與理性之間的心理狀態之問題的差異時，我開始去思考有關質性研究當中可靠性的觀念。突然之間，這看起來似乎我正在理解一種介於一致性以及連貫性之間作為更深入的區分層次。

在質性的或是實證的傳統之中，可靠性是涉及到信度與可證性，在其中對於事件的敘述是與「真實的」事件細節產生一致性（例如：日期、時間、地點、人物、所說出的言語）。出現真實的聲稱只有在某些已被承接的程序中來擔保其內容可做的最大可能性之延伸，讓研究者的敘述能吻合或是相似於所發生的事件。因此，蒐集資料的技巧強調於「客觀性」的發現以及訊息的紀錄，如同是錄音或是錄影紀錄；逐字的謄寫；田野筆記（多數研究者更喜歡選擇性地運用田野筆記來撰寫出具有高度成效的內在觀察信度）；大多數的人都同意「我們所述說的以及所目睹的都是真正發生過的事情」；以及三角檢核法（triangulation）（我的觀點可能會因為本身看事情的角度而被偏頗地呈現出來，所以如果我能夠再採用其他兩個看事情的角度，這將更有可能精確地「確定」出哪些是真實發生過的事情）。如此所有的技巧之目的都是要提升介於原始事件以及對其闡釋或描述的內容之間產生一致性的信心水準。

在質性的或是詮釋學的傳統之中，所關注的焦點不是在於審判事件裡面的細節究竟是否真的有發生過。反而是，其詢問了「敘述內容的描述是否用激發的方式來產生事件──這不是指事件的本質──而是有沒有一些鑲嵌在事件當中十分重要的人性之進退兩難呢？」真實的宣稱是立基在這樣的方式上，研究者可於其中來查明並描述這些十分重要的人性之進退兩難。在詮釋學的模型當中，此議題並非與一些可證性的事件產生一致性的效果。其是運用一種方式在經驗的意義上以產生具有一致性與可靠性的表現方式，可以使得介於個人或其獨有的習性以及一般全體之間的連結更為清晰。

　　我回想起之前提過的人性進退兩難之小水坑，以及關注一些學生們相關需要深入研究或是難以領悟在進行上之人性進退兩難。這可能無法（如同許多教授已經提醒過學生了）以實證的方式來研究如此之人性的進退兩難。然而這確實有可能透過詮釋學的研究調查而「查明它們」。另外對於人性的進退兩難更加可靠的呈現可能會更一致性地被描述出來，其是透過美學上的形式，例如：敘事體、故事、詩集、戲劇、視覺藝術、音樂，或是舞蹈來呈現。這有助於我來為質性的或是詮釋學的研究之以藝術為基礎的類型，更加清楚地察覺到其理論基礎。

　　以此方式，哪些可以進入到核心的描述內容，是取決於那些支持研究目的之研究調查的傳統。在實證的研究調查當中，研究者努力來創造出核心的描述內容，並且儘量仔細的與研究當中的現象產生「客觀上」可證明的事實具有一致性的可能。在詮釋學的研究調查中，研究者努力來創造出核心的描述內容，這將會透過現象當中具有一致性的詮釋而產生更為深入的理解與洞察力。

精確性

　　這個標準闡明了此特徵並藉此進入到研究調查之中，而且也錯綜複雜地連結到完整性以及真理的標準裡面。當他（她）試著來尋找研究目的之完整性時，此議題就會呈現出研究者思考上的深思熟慮、精確度，以及高雅性。

　　當我們第一次草擬第五章[5]時，我們撰寫了一個有關「紡稻草小矮人的綜合症狀」所應當強調的注意事項。如此遭受嫉妒的觀點已經藉由我們與許多學生的意外邂逅所形塑而出，那些學生們看起來像是認為運用已經存在的資料，可以用來當作是完成博士學位論文的一個容易方法。當學生們沒有很強烈思考到這些隨手可得的資料可以提供哪些目的上的幫助時，我們就會相當懷疑這些值得肯定的研究之相關概念。然而，經由某位正在精心處理一

5　根據翻譯者所做的確認，此處應該最早出現在作者原文的第四章之中。

篇蒐集自質性資料的詮釋學研究之學生的作品，其連結到了一篇實證的家庭照護者之研究，而我們的觀點也因此變得和緩許多。她很認真地花了好幾個小時來不斷地再次閱讀這些資料。她也很仔細地做出之間的比較，其是介於由質性資料中的一套內容所描繪的廣泛圖像，以及鑲嵌在質性資料中對個人反應出的細微差異之情節。她已經開始來繪製訊息以顯示出在之前六個月期間所蒐集到的資料內容之潛在性的連結。透過這種沈浸在資料中的訓練模式，她已經開始來彙整這些議題以及關注於這些在量化資料統計分析中所遺漏的家庭照護者。所有的這些程序都對研究中的精確性有所貢獻。但是在她研究之中最為令人印象深刻的面向已經是相當具有洞察力的方法了，她運用到所知悉的議題並且關注於家庭照護者相關情況的思考推論，之後由此來為探索開啟新的思考路線。這些探索已經將她引導進入兩個方向中——到家庭照護的文獻中，以及更深入地進入到資料中來檢視這裡是否對她的直覺想法有所支持。當她到了作品完成的階段，我們也被說服認為這裡也許有更多潛在性，能夠精心處理一篇環繞著許多令人興奮的資料內容之可施行的研究。我們引述這個案例是要來解釋仔細的以及有創意的思考模式，其能夠對一篇研究提供出精確性來。

實用性

這個標準說明了研究調查與範圍的重要性，研究者要在裡面連結研究的情境面向到鑲嵌於更廣大論述內容的議題之中。博士學位論文的實用性中所特別陳述的是研究者從現象中的描述所獲取的意涵。在那時這些意涵標示出了研究之目的，並且運用對那些有興趣的閱聽者有幫助之方法來呈現，博士學位論文此時就完成了本身之目的了。

這兩個在1996年美國教育研究協會年會中所處理的議會內容，有助於強化我們認為非常重要的實用性標準之議題。其中一個部分標示著「是的，但這是研究嗎？這個引文接著就是：一個小說式的討論事項是否能夠作為一篇教育學的博士學位論文

呢？」「一篇採取小說形式的教育學博士學位論文」象徵性地運用到引發有關知識正當性的議題，以及透過藝術，而不是科學的形式來描述。如果一篇博士學位論文無法經由本身的長處來加以評論，那麼事實上，它可否被認為是一個研究呢？

過了一天之後，這個議題輕率的一面就被某一會議內容所反駁，其標題為：「是的，但這是藝術嗎？來自於一個美學觀點的藝術研究之批判性檢視。」在這裡，這裡關注的焦點集中在此議題上：「以藝術為基礎的教育學研究之結果是否應該要維持在相同的美學標準上，就像是一個由藝術家所創造出來的作品呢？」如果不需要的話，那麼之後它是否適合來聲稱如此之研究是以藝術為基礎的呢？

這議題的兩面都引起了相當有意思的、造成不合的，以及真實的相關於博士學位論文的關注，用以推動傳統以及慣例上的外圍邊界。然而我們主張這樣的爭議就好像是其在美國教育研究協會所展現出未被注意到的同等關鍵之問題：「這個研究是屬於教育學的嗎？」在我們眼中看來，在教育學中獲得學分的學生們都有義務來處理一篇可以在教育學領域中提出貢獻的博士學位論文之研究。在其中展現出了如此之研究調查的實用性給教育學的論述社群。

第一次匆匆一瞥，這個重點可能看起來已經很明顯而不需要再反覆研究討論。然而一再反覆地，我們看到學生們為博士學位論文傳達出本身的想法，是用一種心理學的或是社會學的術語來表達。混淆了這樣的情境是因為教育學研究者想從社會科學中找出本身的方法之歷史過程。那些關注本身研究中的可靠性或是正當性之初學者，可能會聚焦在找尋鑲嵌在那些研究傳統中的標準。更加不久之前，就像是擷取自藝術與人文的研究方法，所關注的重點可能會聚焦於找尋藝術技巧的標準。在這兩個情節之中，那種要有教育學味道的義務可能就不復存了。

生命力 ─────────────────────────────────────── ⏳

　　一篇品質不錯的質性博士學位論文會有幾種方式來接觸到這個標準。生命力之感覺會從核心描述內容的逼真性中逐漸升起。當這個描述內容成功創造出了一種為研究的現象與上下文脈絡設身處地的感受時，讀者在很多情況下都能夠直接體會到這種感覺，並且鑑別出所正在被描述的人物以及事件。所以，對讀者而言，這篇研究是具有生命力的。

　　基於同一理由，生命力暗示著精力充沛且深刻程度的感覺會同時伴隨著研究調查而來，其對研究者而言是相當真實而具有意義的。在介紹到思慮周延的第五個循環時，我們談論到具有活力的研究並且激起研究本身的生命來。在一篇具有良好構思以及仔細撰寫的研究調查之描述內容，這種有活力的感覺在很多狀況下都會透過研究之中的故事而展現出來。

　　當研究者在本身資料中努力擷取深層的意義時，浮現出來的想法常常都會變得愈來愈有活力。具有洞察力的（這就好像對照於乏味的）詮釋就會將概念帶到生命之中；在此同時，研究者可能會把有力的隱喻以及栩栩如生的印象都整合進入文本當中，這也會帶給研究一種具有生命力的感覺，同時也會具有美學的特點。

美學 ─────────────────────────────────────── ⏳

　　當博士學位論文已經被處理成一種以藝術為基礎的研究類型時，就可預期到會有一種美學的標準存在。的確是，如同在實用性的討論中所提到過，有些學者或許會爭論這種以藝術為基礎的研究應該要被拿來檢驗，至少在某種程度上，是屬於有關美學價值的描述內容。

　　然而即使當質性博士學位論文並沒有用一種以藝術為基礎的方式來處理時，它們在很多狀況下都會呈現出美感，有時候是在精神上的特點。在某種程度上，當有意義的連結在個人與全體之

間被建構出來時，我們推論這種特點會逐漸受到注意。這是一件
好的藝術作品以及好的研究調查所會產生的效果。此外，考慮到
正當性邏輯已經很明顯地被編排出來了，而且結果的描述內容都
可以相互支持時，研究中的完整性就可以體現一種概念上的高雅
性。如果思想敏銳的洞察力進入到研究之中的現象本質裡面，也
可以提升到一種美學的樸質性。

　　這值得創造出介於與描述內容一貫性的美學特質以及為了它
們本身而添加「具有藝術性」的感動之區別。當以藝術為基礎的
研究已經達到了動力階段時，如此「詩意」的危險就會變得更加
明顯，如同初學者努力奮鬥於形式上的清晰而放棄了基本的實質
部分。

道德標準

　　綜覽這個章節，我們已使用過「小範圍的」這個形容詞來將
某種意義附加在質性研究當中，使其能在相當小規模或是具體的
上下文脈絡中來處理。然而，這裡有其他的言外之意。接受這個
研究的內容可以創造出一種較為親密的態度，將傳統上介於研究
者以及研究主題之間處理成幾個可分離的部分。捨棄本體論對於
「分離、客觀的觀察者」之立場，詮釋學的研究者典型上會進入
到一遠離了匿名的或是不牽涉到個人情感的關係中。事實上，有
技巧的研究者——那些具有將自我展現成像是一種樂器般高度敏銳
的感受者——也許有機會可以成功建立起信任的關係，從參與者
那裡所投入的信賴感並且之後可能會提高他們容易受到影響的機
率。在這樣的社會環境之中，研究者可能會私下透露出人們或是
組織的相關知識，這可能不像是一般屬於實證研究般大多只停留
在表面而已（參閱範例7.6）。在如此混濁的水域中，此於道德上
對於「不要產生傷害」的認知，占有一個相當崇高的重要位置。

　　在範例7.6中所升高的人性之進退兩難，意味著保護研究參與
者的利益比較不重視其是否遵循一種規定的具體引導內容，而是
更加重視到研究者是否有培養出一種強烈的道德性之敏感度。

┌範例7.6┐

道德上的兩難以及需要具備道德的敏感度

作者現場解說：接下來的這個劇情是節錄自還尚未出版的文章，是由一位在澳洲南部弗林德斯大學的附屬學校（Flinders Institute）中從事教學研究的學生所撰寫（Prosser, 1998）。這些情節是從一個兒童過動且注意力不足症（attention deficit hyperactivity disorder; ADHD）的批判理論研究課程浮現出來。這個情節說明了人性上進退兩難的範圍，其可能會在研究者接受這個研究內容之後擴張開來，同時也需要敏銳度來認知到特權或操縱力所產生的利益或濫用之潛在性的衝突。

有一所學校要求把相關計畫呈現給全體人員，並描繪出我本身目的與方法的大綱。進一步，他們也對所有教師要求提出在每一課程中跟不上進度的學生名單，之後並做出報告來。然而大多數的教師並未察覺到學校中誰有兒童過動且注意力不足症的問題。我應該要如何告訴他們呢？

在同一所學校裡面，大部分已經同意要參與的學生，卻一直都忘了要出現在訪談會中，所以我的進度就呈現出落後的狀態了。學校建議我直接走進班級教室之中把他們帶走。但是我應該要這麼做嗎？

我發現到在自己同一群的學生中，有一位學生並沒有被診斷出具有兒童過動且注意力不足的症狀，但是學校卻認為他應該有才對。這位學生完全不知道什麼是兒童過動且注意力不足症，並且抗拒來參與這項活動。接著之後，他的母親打電話來抱怨有關於我們對兒童過動且注意力不足症的強調性。我要如何處理呢？

我發現到有三位學生已經被學校貼上兒童過動且注意力不足症的標籤，他們也正在進行「因為這樣會產生幫助」的藥物治療，但是那些家長們卻否認這種兒童過動且注意力不足症的診斷結果。如果沒有兒童過動且注意力不足症診斷書而從事藥物治療的話是違法的。我獲得此訊息之後又該怎麼做呢？

　　我待在這所學校的期間，有一位記者為了想做個訪談而與我有所接觸，希望能有管道取得兒童過動且注意力不足症之人口統計分布的資料。在訪談進行的過程之中，很明顯可以感受到她一直試著想要取得是否存在有任何一位參與者被過度治療的姓名，而準備要來與藥物治療做出爭論。即使我所有的參與者都是藥物治療的支持者，然而我擔心的卻是兒童過動且注意力不足症的醫療化問題。我該怎麼回應呢？

　　有一位老師一直都很幫忙我來著手處理述說一名極需要給予建議的朋友之故事。她的孩子在2歲之後就變得難以管控，但有幾位心理醫師卻說這並非注意力不足症。然而孩子的學校正在推廣一種醫療診斷，這位母親就很想要知道在那裡可以得到怎樣的幫助，如果我認為這是注意力不足症的話，我是否可以推薦她任何好的小兒科醫師呢？我該怎麼說出口呢？

　　其中有一所學校的某一位學生稱我為教授，並且正嘗試要來運用我被誤傳的權威來說服老師，讓他應該能夠從兒童過動且注意力不足症的偽裝中得到好處。這時我該怎麼辦呢？

　　有一所學校中的學生們考慮後判斷媒體很不公平地報導他們，所以他們想要來製播屬於自己的紀錄片。他們想要顯示自己並不是全然地失去控制。其中一位學生想要中斷藥物治療，之後將此情景拍成錄影帶來呈現出在班級教室中介於他的行為以及老師們的反應之間的差異。那我如何來著手處理這件事呢？

本章節概要

　　在這一章節當中，我們已經論證過從小範圍的研究來產生知識是能夠透過對描述內容的精心處理而得以完成。描述的內容所指涉到的包括有所要溝通的意義以及運用來呈現這些意義的格式。要成為一篇良好構思過、仔細撰寫的質性博士學位論文，都不可避免來處理格式及其意義。同時，這些描述內容也要合乎認識論的研究傳統之假設以及引導研究的類型。在最小的限度範圍

下，質性博士學位論文典型上會包含如下所述之描述內容：

研究當中的現象以及上下文脈絡。這個核心的描述內容可捕捉到一些教育學現象中本質上不變的以及穩固的形式或格式，而這是存在於研究調查裡面的核心部分。

現象或是上下文脈絡中主要的突顯特徵。這個描述是從研究者對於核心的描述內容之分析或是詮釋而浮現出來。其掌握到研究當中的現象之本質特色，並且將他們連結到論述內容中的議題上。

突顯特徵的意涵。這個描述內容傳達了從研究當中所學習到的課題，這就好像研究者會為各式各樣的論述社群來將研究之中的意涵清楚的說明白。

研究調查。此指涉到整體博士學位論文裡面文獻的形式或是格式；當把這個視為整體來處理時，其可以為研究調查提供一個從開始到結束的敘述內容。

在此已經為博士學位論文期間思慮周延的第五個循環可能會創造出什麼內容，提供了一個更為廣博的圖像，我們現在也轉變到更為具有行動取向的議題中，而這些是本來就涵蓋在接受這個研究內容的步驟過程裡面了。

註 釋

1. 當我們第一次教授一門名為「詮釋學的研究調查」之選修課程時，我們發現到有幾個學生很清楚地打算要進行實證研究。當時我們談論到詮釋學就像是一種構成基礎的整體觀，可以讓知識在裡面加以建構，而這些學生當眾顯現出在認知上不一致的訊號來。先不論那些呈現出相當痛苦的不確定狀態者，其他這些學生都堅持他們需要來上一門詮釋學的課程。最後，發生了讓我們訝異的事，當他們到達了本身要「解釋」實證研究裡面的資料階段時，他們尋求一些技巧來運用。詮釋這個觀念可能會更接近於像是科學研究中「研究發現之討論」的觀念，而不是這裡所提到關於認識論中對於知識詮釋方式的假設。（並請參閱帶有分析和評論的內幕報導（五）來得知關於詮釋學的討論。）

2. 如果想要得到進一步關於日誌的紀錄之訊息，請參閱Holly（1989）；Janesick（1997, 1998）；以及Street（1990, 1995）。

第八章

接受這個研究的內容：開始著手處理描述內容

◆將個人沈浸在研究調查之中

◆大量累積研究調查的題材

◆努力而踏實地透過題材而獲得完成

◆從固定的資料或是文本轉移到描述內容中

◆進行到一個概念上激增的階段

◆從題材到描述內容的轉移過程之範例

◆艱難行走階段以及避免困難任務的藝術

◆本章節概要

第五個思慮周延的循環——接受這個研究的內容——持續的時間會從論文研究計畫通過之後，一直到一篇完整的博士學位論文草案被提出到學生口試委員會中進行正式的檢視為止。帶領著一篇質性博士學位論文來完成必要的移動過程，從特定的以及具有個人特質的習性，到一般影響全體的、從具體到抽象的、從情境中到觀念上的轉移方向。第七章強調了研究者在這個透過精心處理相互有聯繫的描述內容中，來找出有意義之步驟過程裡面的核心重要性。在這章節當中，我們轉移到更為「具有行動取向」的步驟過程，質性研究者可藉此來開始著手處理描述的內容。下面這些就是所包含的內容：

- 將個人沈浸在研究調查之中
- 大量累積研究調查的題材
- 努力而踏實的透過題材而獲得完成
- 從固定的資料或是文本來轉移到描述內容中
- 進行到一個概念上激增的階段
- 從題材到描述內容的轉移過程之範例

如同這些步驟過程所建議，研究者在第五個循環期間已經「處理」了相當的一段時間。然而這些行動只在這種程度時才會顯現其重要性，這好像是這些促成了精心處理描述內容的思慮周延之步驟過程一樣。當研究者進度有趕上研究的上下文脈絡或是當資料的累積已經像是一堆小山丘的時候，這很容易一不小心就忽略掉這些重點。在這整篇幅的章節裡面，我們試著來強調這個第五個循環的步驟過程如何關聯到最後的成品結果——描述的內容。最後，我們總結一些潛在性繁瑣任務的迴避策略，而這些可能會妨礙到研究者，尤其是當他們處於這個研究調查密集的循環之努力奮鬥中。

將個人沈浸在研究調查之中

沈浸之目的

　　為博士學位論文研究調查裡面的一個具有良好概念化之目的是環繞在某一重要的教育學現象當中。此現象（其應該是一種議題的、人性上進退兩難的、難以處理的、社會動向的、為解決困難而採取行動的、政策性的，或是工作實踐上的形式）是鑲嵌在某一特定的上下文脈絡之中。因此，將個人沈浸在研究調查之中具有兩個無法分開的意義存在。其中一方面，其意旨將個人沈浸在某一種上下文脈絡之中。另外一方面，其意旨將個人沈浸在研究裡面的現象之中。經由沈浸的步驟過程，研究者可以累積所需要的題材來產生一個核心的描述內容，以顯示上下文脈絡的優點方法來連結到現象，並使得現象能與上下文脈絡產生關聯性。

　　將個人沈浸在研究調查之中，這個詞彙含有某種行動上的感覺之附加意義。因為教育學領域中的質性研究者具有在社會學以及人類學之學科中很強烈的根基，這種行動的感覺在很多情況下會被描述成像是「融入到田野之中」。有些初學者，本身會連結到民族誌裡面過度簡化的誇張描述之中，其推論認為田野研究牽涉到要進入一個全然不熟悉的（也可能是異國的）地理位置，並且蒐集那個環境的相關資料。但是艾斯勒（1991），討論到這個田野所關注的質性研究之特徵時，提出了反對一個過度狹小的田野（這就好像在一個地方當中）概念：

　　　　研究者離開並前往到學校之中，參觀了班級教室，以及觀察教師與環境，這是教育學中人們互動的事件。然而，此田野之關注並不是侷限在人們互動的場所而已，其也包括了沒有生命之物體的研究，例如：學校的建築物、教科書、班級教室的安排，以及運動場的設計等。簡而言之，任何與教育有相關的事物都是潛在性可能會

影響到質性研究的物體。（p. 32）

　　艾斯勒的重點在於田野並不像是一個地理位置那樣容易被掌握到。然而研究初學者可能會將無生命物體的研究推論成是本身田野調查裡面之目的。從我們的觀點來看，太過於平淡無奇地強調在一個地方或是物體上來當作是質性研究有關的主題時，可能會遮蓋到本身研究調查裡面概念化目的中所支持的現象。

為沈浸做準備

　　以行動為導向的有專職工作之研究者，有時可能會很難找出時間來解釋他們進一步將要試著在本身研究中掌握的經驗上之本質。身為「有專職工作者」，他們想要跳入到一個經驗之中，並且透過反思來將經驗指示出來，以當作是他們可進行的方向。為了達到某些範圍，這可能有必要來為上下文脈絡取得一些感覺，獲取最為實用的資料類型，以及一些管理這些資料的方法。然而，在這樣的途徑當中卻存在著意想不到的危險或困難。研究初學者可能會錯誤地構思或反思，像是任意地匆匆記下筆記以及毫無秩序地思考引發本身注意的任何經驗的面向。對於精心處理實用性的描述內容而言，這是缺乏了系統上的精確性。更進一步來看，如果只經由任何經驗都可以捕捉到的整體之缺乏判斷的假設，但是卻沒有一些計畫的類型就跳入上下文脈絡，可能就操之過急了。不可避免地，經驗的回憶以及記載——不論是多麼廣泛——都可能是經過選擇之後而留下的。因此，我們建議將如此沒有組織過的沈浸看成是對於研究調查的初步行動之準備（參閱之後會提到的「時常出現」（hanging out）之討論）。

　　因為教育學的現象是難以捕捉到的，以及教育學的上下文脈絡在典型上都是複雜且不固定的，因此研究初學者可能會在將自己沈浸在研究調查之中時，就會感到相當容易變得迷惘。這也是我們強調不只是透過研究當中實證的上下文脈絡，同時也要包括概念上的上下文脈絡來仔細思考的重要性之原因。這樣的準備就

像是另一個將自我展現成像是一種樂器般的另外一個面向；擁有
強而有力的領悟力，知道「何處」是他們將要沈浸以及為何選取
這個「地方」，可以使得研究者與他們「田野中」的發現產生出
更細微的敏銳度來引發共鳴。

　　在說話句子前後的引用符號可以像是使某人回想起某事物的
方式，來提醒上下文脈絡是不需要有地理位置的。舉例來說，書
籍以及其他撰寫的人為製品可以構成歷史的、合法的，或是與政
策相關的博士學位論文之上下文脈絡。對這樣的研究而言，能夠
進入到如此之領域，好像意味著走進到一個具有許多文獻的知識
寶庫一樣。

持續關注

　　對許多研究調查而言，沈浸的確牽涉到進入一個真實的環境
當中。取決於學生對於一個環境的熟悉程度，在早期思慮周延的
循環期間，許多大量的實際議題都可能需要受到關注。這些都超
越了此本書籍之目的以及討論範圍，而不容易提出如此之實用的
策略來說明如何獲得進入到田野的地點、建立融洽和諧的關係、
取得信任，以及其他一般與田野研究有相關的議題。反而是，我
們關注在如何將自我展現成像是一種樂器般的相關議題上。

　　正因為上下文脈絡與現象是如此地緊密纏繞在一起，研究初
學者會冒著自身的危險而迷失在特定的事件、活動、關係、經
歷，以及其他構成上下文脈絡的內容之中。當學生們將自己的博
士學位論文設計成像是一些環繞在本身工作的面向時，接受這個
研究的內容，在很多狀況下會持續地讓他們沈浸在自己本身的工
作裡面。雖然這會對研究調查提供一個內容豐富的上下文脈絡，
但是這也可能會模糊了介於從業者以及研究者之間的界線。但這
不必然會變成一個問題，除非缺少警覺性的從業者變得過度捲入
對工作的關心之中，而使得他們失去了對於自己研究的見解。舉
例來說，葛瑞達（Greta）當時正在研究教育學中對於護理之家管
理者的需求，在那個時候已經有許多個人在沒有很多正式的準備

之下就投入到這樣的位置裡面。一再反覆地,葛瑞達發現到自己的研究訪談轉變成較為迷你的協商會議,就好像是管理者般,對訊息產生渴望,而開始設法來獲得建議。身為一名核心的教師,葛瑞達發現到這異常難以從這些互動中來撤回,以及繼續維持在本身研究調查的關注。這並不像是經由兩者彼此之間關係而具有排他性一樣。但是缺少了自我約束,葛瑞達冒著可能會犧牲掉個人的博士學位論文的自身危險,來得到自己對於研究參與者的需求。

班級教室的老師以及學校行政人員更是可能會受到工作上需求的影響。學生們立即性的需求,一直出現的熱忱都被澆熄了,這些都是格外使那些盡職的從業者非注意到不可的事情,尤其是那些不斷改變工作安排的責任以及博士學位論文的人一樣。因此,對從業者而言,接受這個研究的內容需要有適當的警覺性,來避免陷入本身上下文脈絡情境面向裡的泥沼中。埋頭從事於所有這三種的反思之中是一種很重要的必備保護措施。一種具有生產力的情緒狀態就會冉冉而升,就好像研究者回想起上下文脈絡的細節,與那些細節中潛在性的意義所引發內省般的共鳴,並且與研究之中的現象產生概念上的連結。

朝向上下文脈絡發展

鑑於有一些學生會選擇將自己本身的工作之面向作為研究題材,其他人可能會傾向於仔細研究調查一個自己比較不熟悉的現象或是上下文脈絡。博士學位論文也許可以提供給自己一個機會來仔細檢視已經困擾本身很久的議題,探究工作的場域來預期職業的轉移方向,或是用以努力克服全新專業角色或是位階的要求。在如此之案例中,將自己沈浸在研究調查之中可能就會需要到比爾・愛爾斯(Bill Ayers)所提到的「時常出現」。他藉由撰寫《一位仁慈且公正的家長》(*A Kind and Just Parent*)一書來描述自己本身的經歷,愛爾斯(1997)花了二年的時間來談論有關自己時常出現於未成年的少年司法系統中——傾聽、觀察、談

話，以及閱讀。透過時常出現，研究者發展出了所需要的敏銳度
來理解到上下文脈絡的重要面向。在這二年內時常出現並不算是
很少見的長時間，這是為了要發展出能夠完整地與先前不熟悉的
上下文脈絡或是現象產生共鳴的能力。

　　我們希望這樣的討論在接受這個研究的內容中可以強化理性
工作本質的特性。將自己沈浸在研究調查之中遠遠比蒐集資料這
樣基礎的任務要來得有深度。正在由「大量累積研究的題材」來
建立起有既定看法的議題。基本上，大量累積題材需要研究者進
入到研究現象裡面之相當密集的論述內容當中。此論述內容之目
的──不論這是有關於人物、事件、撰述的文獻，或是非印刷的
資料──都是為了要獲得現象中更深入、豐富、小範圍的知識，
以作為使其清楚地顯現在某一特定的上下文脈絡當中。與題材產
生共鳴，這就好像是大量累積出需要研究者來仔細謹慎考慮研究
相關的意義內容，而能夠與研究之目的產生連結關係。

大量累積研究調查的題材

　　如同這一整本書每一部分所指涉到，我們發現這確實帶給人
很大的痛苦，尤其是當研究初學者看到了某一種特殊的資料蒐集
技巧（例如：訪談、問卷調查）來作為將其特性定義為質性研究
時。特殊的技巧只有在研究調查廣泛的架構中才顯得實用且有意
義。為了要完整掌握到研究之中的現象以及上下文脈絡裡面錯
綜複雜的事物，也許有其必要性來將技巧混搭組合。逐次地，所
需要的技巧之範圍就好像只會浮現在如同已被編排好引導性問題
的研究調查之整個範圍，以及如同研究者對於題材的來源與類型
之創意性的思考當中，這些都可被用來為他（她）的想法提供訊
息。

「題材」的意義 ─────────────────────────── 卍

在第五章，我們已經介紹過了某些頗為稀奇或是幽默的想法，題材這樣的概念就好像是某一種屬性的描述符號，來區別出學生們可能會在本身的質性研究調查課程中所使用到的訊息形式。但是現在，讀者可能會很想要知道（或許會伴隨一些煩惱），「為什麼他們不將其放棄呢？這對於一本嚴謹的博士學位論文研究之書籍來講，可能會顯得過於有趣而變得格格不入。」事實上，在經過仔細思考之後，我們決定要將題材這個詞語維持在許多不同的原因上。

第一，這的確為相關訊息陳列的差異性提供了一個方便的速記法，讓研究者如同他們接受這個研究的內容一樣，可以大量地加以累積，這些像是訪談、對話、信件、漫畫圖片、軼聞趣事、錄影與錄音帶、所剪下來的報紙、正式的文件、轉瞬即逝的文獻、傳單、工作上的人為物件，以及他們本身的日誌與備忘錄。在有關個人研究中非正式的對話期間，運用題材中某一種屬性的描述符號，絕對會比重述一組資料的細節名單要來得更加方便。

第二，題材看起來似乎可以引發學生們內心的共鳴，也許要弄清楚一些小範圍的估量以處理資料中繁重的景象。

第三，題材這個詞彙有助於引導思考資料的傾向，不致於使用到過度簡化以及奇怪的說法（例如：訪談內容是資料、問卷調查表是資料、正式參與觀察是資料等）。當初學研究者開始接受這個研究的內容時，一個關於資料狹隘的既定看法可能會產生事與願違的效果。基本上，其限制了研究者實際的考量，窄化他（她）與研究中上下文脈絡裡面各式各樣資料類型以及來源產生共鳴的能力。結果導致，當時間已經到了要描述研究調查裡面的現象時，研究者可能會沒有充裕的諸多資料來處理。

然而，第四個運用到題材的理由是最為重要的。一旦沈浸在研究當中，研究者可能很快會被大量的資訊內容所淹沒。雖然他們可能會很小心謹慎地反映出這些資訊的潛在性意義，但是這常

常會持續一段很久的時間，尤其是沒有任何東西看起來是有意義的時候。所有這些資訊中的少量或是片段內容都可能會讓人感到莫名的困惑。然而充其量，卻只有一些少量的資訊會被突顯出來。剩下來的混雜內容就會被丟入沒有什麼明顯特質的一堆資料當中。在此研究調查的階段裡，如果把這些稱之為「資料」聚集的過程，可能聽起來有一點專橫的感覺。資料這個詞彙隱含有某些的功用；一種在研究者對於意義的組成中可清楚察覺到的感覺；以及至少會微微透露出特定部分的資訊如何對一些研究中更大、更重要的題材產生貢獻。而且，題材，也是資料的一種初期形式。它是研究調查裡面的原始材料。如同隱喻般，一篇研究之中的上下文脈絡就像是採礦的通道──題材就是礦坑中挖掘出來的礦石，資料就是從礦石中提煉出來的天然金屬塊，而描述內容從金屬塊中精心雕琢完成的飾品。

同樣地，當研究者為了要更多的題材而持續不斷地挖掘上下文脈絡時，他們還是會經常監控內容的運作來得到潛在性的意義。在解釋上初步的嘗試努力常常會帶來未預料到位在表層之黃金礦脈。逐漸地，就會讓研究者知道該進一步往那個地方挖掘。我們使用到艱難的行走期間這詞彙來描述這些早期為了要找出意義總是會不斷增加題材的努力過程。

什麼東西都不肯扔掉者之綜合徵狀

在早期思慮周延的循環期間，學生們在很多狀況下會蒐集以及（或是）產生一個廣泛的材料之聚集，而這可能會與本身的研究具有潛在性的關聯。有一位同儕指涉到這常常會是直覺性的──以及需要性的──蒐集過程，就好像是什麼東西都不肯扔掉者之綜合徵狀（pack rat syndrome）。處在這個研究調查的階段時，學生們不是非常確定哪些資訊可能會是有用的。因此，其傾向就是儘可能地蒐集、累積並儲存所有可能的資訊。這個累積題材的面向可能會發生出如同研究者時常出現的狀況，尤其是在研究之目的還沒有聚焦之前的時候。

　　一位研究者要是能夠發展或是帶給研究調查愈多的理論上之敏銳度或是正確的判斷時，他（她）也就將愈能夠認知到具有生產力的研究調查之方向。在一些論點上，什麼東西都不肯扔掉者之綜合徵狀可以提供方法來得到更加謹慎的以及思慮周延的資訊蒐集步驟過程。理想上，這些步驟過程都已經透過如同研究者為本身的研究精心處理一篇論文研究計畫般來加以思考過了。然而常常可以在大量累積題材的細微差異裡面得到一些啟發，這就好像是研究者真正與研究相處在一起般。為了如此之原因，我們提出了幾個與思慮周延的第五個循環之重要議題。

議題：存取相關性的題材

　　大量累積題材的一個重要議題並不是要決定哪一種資訊的類型可能會是有用的，而是這是否可以很實際地被獲得到。舉例來說，一位研究者可能會對由某一學區所制訂之政策決定的道德性意涵之現象相當感到興趣。實際地關注到計畫如此的一個研究可能會包含到是否研究者可能有機會存取到(a)學區成員，(b)導致政策的某些步驟過程，以及(c)掌握到思慮周延以及最後的政策之文獻內容。其中一方面，許多相關的文獻可能都是公開檔案的內容而且也都可以拿得到。另一方面，觸及了道德上以及政策決定的特性時，可能需要透過在幕後的資訊，讓那些「真實的」故事才得以被看見。如果沒有存取如此機密的資訊內容，不論這件事是如何引人注意，研究都還是可能無法進行下去。

　　邦妮‧奈波-蜜妮克（Bonnie Knapp-Minnick）（1984），她是我們原本研究團隊中的另一名成員，在存取資訊過程中遇見了一個有些許不同的議題。她想要研究有關為何女性無法擔任管理階級之地位的刻板印象。在開始不久之後，她下了結論認為這根本不可能直接詢問人們說：「你（妳）對於女性以及管理階級的刻板印象為何？」這就好像物理學家必須藉由追蹤電子的軌跡來研究它們的位置一樣，邦妮仔細考慮自己如何能夠掌握到洩漏者的刻板印象之徵兆。如同她告訴其他人有關自己研究的想法時，

她開始注意到這個不斷循環出現的回應。「直到等你真正聽到時。」其他人可能會說。「你可能不會相信這件事情。」如此之意見可能之後被為何有某一位特定的女性無法被認為要提拔到管理階層的地位之不尋常的軼聞事件來銜接下去。一下子之間，這突然在邦妮心中出現這些「不可思議的傳聞故事」都是她已經尋找很久，非常重要之刻板印象的軌跡。之後的挑戰就變成為了蒐集如此之傳聞故事而必須要開始來處理的步驟過程。再一次，走出去並且直接詢問如此的故事可能會顯得不切實際。基本上，她必須要等待傳聞故事自動找上門來。因此，她將自己的步驟過程描述成像是資料的累積，而不是資料的蒐集。她也儘可能地告訴許多朋友以及同儕有關自己所感興趣的內容。一下子之間，少量的傳聞故事慢慢就變成了穩定的溪流般，將她的興趣藉由口耳相傳（word of mouth）而展開來。成功地為自己博士學位論文攻防答辯的一年之後，她惋惜地認為本身唯一的問題就是停止了仍然不停地流傳給她的傳聞故事。

議題：瞭解到題材所要述說的內容

當研究者正在研究調查自己本身進行中的一些面向時，有其他管道通達到另一個充沛的資訊中，某個不一樣的議題可能就會因此浮現出來。此即是，研究者必須透過什麼是如此的資訊所要呈現之內容來分類整理。我們想起來有二位博士班學生，他們的興趣在於資料整理，所以使得他們可以為教師們管理許多的資料庫。過了一段時間之後，他們已經從這些資料庫中累積了很可觀的人為物件之儲存內容——他們必須要準備的題材（例如：學科內容、學習活動、講義），以及由參與者所產生的題材（例如：日誌的記載、具有反思性的撰寫內容、學習的文件檔案、內有關鍵討論事項的活動掛圖、非正式或是正式的評估）。這二位學生都有興趣將博士學位論文形塑成處理文件檔案的現象過程。所以，一個關鍵性的議題就是要決定這些資料庫的人為物件之再現方式。學生們會傾向於將這些有價值的人為物件看成是「證

據」，讓自己本身對於如何製成文件檔案的觀點，能藉由教師們在這資料庫中的參與而形塑。然而，對於這些人為物件的運用可能難以承受得住，也可能無法有機會來證明有關以此資訊分析為基礎的文件檔案之價值的真實聲稱。另一方面，這個資訊有很大一部分可以被用來描述實際的上下文脈絡，這二位學生也可在其中開始探索製成文件檔案的現象。

當研究者打算要涉入本身研究裡面的某一特定之人群團體中時，他們常常會設想要蒐集相關參與者在人口統計學上的資訊（例如：年齡、性別、種族、角色重要性、社經地位，以及其他像這樣的「變項」（variable））。此外，他們也會設想要從數字上來發表這個資訊（例如：男性與女性參與者的數量以及比例、公立學校裡面的學生人數以及年級、在一個研究當中所出現的教師以及校長之人數）。然而正因為這個資訊將會以數值的方式來呈現，研究初學者就會很想知道：「我可以做一個混合方法之處理的研究嗎？」這是一個讓人產生錯誤設想以及沒有什麼生產效益的問題，因為量化或是質性的資料本質並沒有所謂的「混合方法」之處理。潛在上，任何質性研究調查的方法——任何質性研究的類型——都可能會涵蓋有一混合性的量化以及質性的資料。研究調查的方法引導著哪一種真實聲稱的類型可以從各種不同的資料混合中而產生出來。

在詮釋學的研究中，數值的資料可能會在描述研究之中的上下文脈絡上有很大的幫助。舉例來說，那些想要研究如何製成文件檔案的學生們，可能也會包含到用圖表來描述已經處理過的檔案庫之數量，每個檔案庫裡面參與者的數量、參與者的專業角色以及性別等其他內容。從如此「量化」的資料來看，他們也許可以用來證明這些聲稱：「我們已經加廣並且深入自己本身一開始對於製成文件檔案的想法，這是透過我們與這些資料庫內容的專家們互動的結果。」更進一步，他們也可以聲稱「在我們與資料庫參與者互動的期間，對於製成文件檔案各式各樣的議題以及關注也都會開始浮現出來。這些議題以及關注包括了……。」如此

之陳述也許可以用來建立概念上的上下文脈絡，從這裡面來浮現出自己的博士學位論文研究調查。然而，他們可能無法聲稱就只是因為大部分主要的參與者都給了資料庫非常高的評價等級，所以教師們就會很重視這些具有反映性的製成文件檔案。即使如果有100%的參與者都已經聲明有打算要運用文件檔案來當作是參與資料庫的成效時，他們也不可以聲稱資料庫是一個在準備上很有效用的策略，來讓教師們於自己的班級教室中開始施行如何製成文件檔案。

議題：將參與者的經驗誘導出來

　　一再重複地，學生們修習了我們質性研究導論課程裡面所希望達到有關於「學習如何進行訪談」的目標。當我們進一步探索他們藉此所要表達的意義時，至少就有兩個一般性的假設會浮現出來。首先是有一個假設說明這裡有一種正確的方式來進行訪談。其次是注意到有關要確認他們果真從所有參與者那裡得到獨一無二的資料。這兩種關注看起來都可以從對來自於社會科學那裡所獲取的客觀性訪談過程在尚未明確有印象前而加以強化。

　　如果研究之目的是要發現信度、效度，以及可預測出介於經歷過某種現象的個體之共通性時，就有可能出現全然合適的高度結構式訪談內容。舉例來說，在我們的機構當中，有一個研究中心是用來處理照護被診斷出有老年癡呆症（alzheimer）病徵的家庭成員，所會受到之大範圍社會心理層面的衝擊研究。廣泛的以及詳盡的協議書都已經分別在六、十二、十八個月之中，將訪談發展成照護者經驗上可以控制的狀況。幾個研究所學生被雇用以及訓練來從事電話訪談，並且將這些資料編碼。在這些協議書內容中，他們沒有被期待會選擇離開。但是如果一位學生離去後，就會有另一位學生被雇用並且訓練。這是一個很重要的問題，而這些學生研究助理們就像是導線般來接收並傳遞問題、回答記錄，以及將資料編碼而進入到電腦之中。研究之目標是要找出介於照護提供的經驗以及照護提供義務者之間可推斷的相互關係。

為了要整理妥當並證明出重要的相互關係，這是需要一個大量的樣本人數。在這個模型當中，訪談需要溝通的技巧，並且要好到能夠建立起融洽和諧的關係、很穩固地得到受訪者協助的態度，以及很精確地傾聽並加以回應。將自我展現成一種樂器般的概念並不是附屬在研究助理處理這些訪談內容之中。

這個訪談的模型，其是根植於社會心理學之中，可能會不太適合處理範圍比較小的研究調查來當作是教育學的博士學位論文。當研究之目的已經深入探究到參與者曾經有過的某些經歷之意義時，之後有其他的途徑取向，例如：半結構式的、開放式的，或是對話式的訪談，都可能會遠遠不如其效益。如此之途徑取向並不會透過經驗來針對所要發現或是證明的共通性，但是卻反而努力來得到某一位個體獨一無二的生命經驗。跟隨著受訪者發展的訪談而不致於失去他們正試著要來理解的現象觀點。

舉例來說，馬蘭妮想要理解那些接受福利支助的女性，如何來看待本身教育的經驗——在她們公立學校裡面的那幾年以及由社區大學所提供的一些特殊課程期間。那些她計畫想要訪談的女性都已經成功地獲得從福利到財務上能自給自足之轉變。雖然在表面上，這些女性好像分享了許多共同的特質，但是這卻沒有比每一位女性所形塑的個人歷程來得更加引起馬蘭妮的注意。

很雷同的，洛貝達（Roberta）想要獲得更深入的洞察力，來進入到那些必須決定是否要接受基因測試的配偶之經驗當中。這些配偶年紀都滿大的而且在決定生育嬰兒時，卻隨著有生育出缺陷嬰兒的風險，可是這卻不是這個研究核心的共通性。反而是，此為對這個焦慮產生的經驗所反應的變項，但是這卻可以產生出重要洞察力的範圍來，而成為遺傳學上的參考。

就像是在第七章末尾有提到過，消除介於研究者以及參與者之間的障礙，在很多狀況下都需要建立起某種程度的信任，來讓個人有意願來分享很深沈的傷痛或是私人的一些訊息。在此同時，這將研究參與者放置到一個相當廣大而毫無防備力的位置上，且取決於研究者的誠信，而有信心在沒有傷害的狀況下來進

行經驗分享。努力獲得這樣的能力來建立起如此之融洽和諧關係，這是需要一種將自我很精巧地展現成如同樂器般的共振感覺，以及也需要一種很細微的將道德的敏銳度給磨利。

　　不可避免的，這種從參與者所引發的相關問題之可靠性來誘導出訊息的觀點。初學者可能會時常問及：「如果人們知道我正在研究什麼的話，他們會不會就有可能不告訴我那些他們認為我想聽到的事情呢？」「我怎麼知道他們沒有撒謊騙我或是捏造故事呢？」「如果他們對於所發生的事情之具體看法與其他人具體的看法不相符合時，該怎麼辦？」「如果我得到一個非常曲解或是狹隘的觀點時，那該怎麼辦？」

　　這裡只有一件要研究初學者來表現出其渴望處理質性研究的事情，那就是去理解人們生命的經驗，或者是給予邊緣團體一些聲援。這真的是另外一個會讓人難以應付的大量質性資料，而且可能會被這些令人感到焦慮以及本體論上的（ontological）問題所困擾。這裡沒有簡單的答案來說明這些議題，但是一再重複地，我們看到學生們陷入到一般認識論中難以擺脫的困境裡面。簡而言之，他們蒐集了情境當中的資料，之後並運用這些來評論到情境本身。到了這樣的地步，研究者開始從事一種搜尋動作，為了要在介於他（她）的詮釋以及情境本身之間找到一致性。然而這卻不像是用一種可以支持一致性的真實聲稱方式而把資料給蒐集起來。為了要避免走到這一步，研究者必須持續地關注於研究當中的現象，詮釋這些關聯到研究之中更廣博的上下文脈絡或是理論架構的情境資料（參閱範例8.1）。

範例8.1

對重要的質性資料追根究柢

　　在不久之前，有一位編輯教育學期刊的同事要求諾林去回顧一篇已經接受刊登的稿件。這篇原稿包含了許多從教授那裡來的故事，他們認為本

身的困難是在於他們從事質性研究，但要如何可確切地獲得學校的教師長期聘用。編輯者很明顯地因為這篇稿件而感到困惑，所以持續地問到：「但是這些故事都是真的嗎？這篇稿件看起來相當倒向其中一邊。作者不是應該要試著來呈現出更為平衡的觀點嗎？十分清楚地看到，這整篇文章從頭到尾都像是只有作者以及她的研究線民在哀鳴而已。」

「這篇文章缺少了什麼？」諾林回應著。「是任何一個概念架構嗎？作者才剛剛將教授們這一連串的所有軼聞事件連結起來。之後她認定這些軼聞事件真如本身所顯示那樣，並且暗示他們可以『證明』質性研究不被學術界所贊同。」

「沒有錯。」編輯者呼喊著，「難道她不應該走出去並尋找一下能夠給予其他不同觀點的故事嗎？也許從那些有不同經驗之人身上而來的故事，可以提供一幅更為平衡的景象。」

「如果她的目的是要證實這樣的教授之範圍有多廣或者並不是要接受質性研究時，她當然就需要一個更加廣泛並且更加具有代表性的樣本。但是我不認為她會想要處理這種類型的實證研究。她看起來好像只是接近一個比較屬於是詮釋學的研究而已。」

編輯者看起來似乎感到相當無法理解的樣子。

「她應該已經處理一些事情了。舉例來說，她沒有將這些故事放到上下文脈絡中。這裡沒有她個人所處角色、觀點，或是經驗的任何有關質性研究以及教師長期聘用等議題之標示。身為一位讀者，我們的確無法瞭解她本身經驗所根據的內容究竟有多寬廣。她並沒有說明清楚自己本身的經驗如何——或是缺乏說明清楚——能夠拿來形塑自己這些軼聞事件的詮釋。」

「同時，她也沒有將這些軼聞事件連結到任何特定她正在研究的問題或是議題之中。所以，她看起來像是只採用這些故事表面上的價值而已，卻沒有運用它們來提供洞察力到一些更廣泛的議題中。這讓我身為一名讀者的角色留下了一個疑問：『她分享這些故事到底是要做什麼呢？』」

「如果她是要研究調查一個議題的話，之後她就可以來進一步探究這些故事表面底下的意義。她可以運用這些來當作是推論的一個起始點，以

提出問題來。舉例來說，這些軼聞事件如何反映出質性研究以及教師長期聘用的民間傳聞呢？進入到教師長期聘用之中，就像是處理這一篇博士學位論文一樣，真的是令人感到焦慮的過程時間。所以，她也許可能會將軼聞事件連結到像這樣的更廣泛之脈絡議題裡面。但是這些連結並不會很真實地座落在資料當中，它們會座落在她的能力上，以從她本身經驗以及智慧的描述而能夠強調出可能只有稍微在這些故事中間提及到的議題上。

「已經用這種方法來撰寫了，她認為這樣的陳述裡面及其本身都具有重要性，而不是提供出像是更廣大議題的範例來。她只是詮釋出人們的見解罷了，而不是運用這些陳述來詮釋或是闡釋出一個現象來。」

要達到研究當中具有一致性的描述內容，是需要研究者努力地從已經蒐集到的研究目的與資料中前後不斷反覆來運作。這是一個混亂的過程，常常會讓人感覺像是經過長途跋涉後卻還深陷在沼澤區的水域當中。就這理由來看，我們將第五個思慮周延循環的另一個步驟過程之特點描述成如同努力而踏實地透過題材而獲得完成。

努力而踏實地透過題材而獲得完成

在這部分裡面大多的討論看起來都很像是關注於研究裡面組織過的題材之實際細節上。就表面上看來，這倒是真的。然而關注在持續對資訊追蹤的下方則有一個更為基礎的議題。因為詮釋學的研究者會從題材中創造出意義來，而關鍵的是他們必須要與這些題材變得相當熟悉。因此，在一個實際的層次上用來處理訊息的體系不能夠也不應該改變努力踏實的步驟過程，也就是，研究者要在這步驟過程中不斷地篩選出持續增加的大量題材。

管理這些題材

管理一個持續增加的大量資訊之議題，包含了在實務上以及

理論上的許多考慮因素。如果沒有一個體系，博士生研究者可能很快就感覺到自己好像要淹沒在資料當中了。為了要來創造出一個體系，建立起個人組織資訊的系統，然後來使用引人注意的技巧。舉例來說，有些人們將資料歸檔在本身工作室每一個在表面延伸出去的書架上。因為保持著一貫準確的直覺，所以他們可以找出正確的堆積物來搜尋出一份想要的零散之便條紙。其他人可能會對如此一個混亂無秩序的系統感到非常無法接受，而需要有經過良好組織過的檔案夾來井然有序地歸類所有文獻內容。重要的是必須展現個人概念化的體系來為博士學位論文發展出一個有系統的資訊管理之敘述方式。然而，要對所架構之系統做一提醒的是，其必須是妥善可使用的。博士學位論文比起一篇在慣常上用來管理沒有標示的堆積物的文章，更可以產生更多的題材。因此，一些介於沒有標示的堆積物以及一絲不苟的文件夾兩者之間調和可能就會具有很強的判別效果。

在過去的日子與時間脈絡中，很難想像資料管理是一個什麼都可以處理但卻要以電腦為基礎的系統。在博士學位論文的步驟過程期間，發展出電腦的讀寫能力以及精通新軟體使用上的細微差異，可以使得學習能夠更上層樓到一個準備好要密集工作的歷程裡面。因此，如果個人在博士班課程中具有先見之明的話，就能瞭解到愈早變得對電腦精通其實是愈好的。

正因為電腦軟體程式的推陳出新是相當快速的，對我們而言，要來尋找或是建議哪些是現今可以取得的套裝軟體，其是沒有什麼意義的。然而，這是要考慮到電腦的硬碟以及軟體，而思考有關的幾個關聯到如何管理題材的議題則是相當有助益的。所包含的這些議題如下所示：

● 將資訊編成目錄
● 管理各式各樣的資料形式
● 分析資料
● 把題材變成一個固定的記錄

● 從這些固定的資料記錄轉移成描述的內容

將資訊編成目錄

質性研究當中一個基本的考慮就是將資訊編成目錄，就好像是這些已經被蒐集、編排了，如此研究者就可以確實地鑑別出其本身的來源；這些資訊的性質（例如：訪談謄本、轉眼即逝的文獻、非正式的談論內容、已出版的文獻）；以及這是從哪裡存取過來的。註記出為何研究者會認為這個資訊可能會對研究產生功效是很有用的。雖然資訊的關聯性在當時被蒐集的時候，看起來是很清晰且相當難以令人忘記，但是它潛在的重要性卻會隨著所蒐集資料的增加而逐漸變得模糊。

來為資訊編成目錄發展出可以與其他重要的議題相互交錯——以確保研究參與者的匿名性。用來提交博士學位論文研究計畫到自己本身研究所的資料審查單位，所使用的格式顯示出了幾種不同的方式，傳統上此議題在這裡面都已經被處理妥當了。學生們會被要求要來正確地核對以下這些選擇項目中的一個：

● 沒有受試者的鑑別符號或是可連結的代碼，將會與資訊記錄保存在一起
● 所有受試者的鑑別符號或是可連結的代碼將會在其順利取得之後，就被毫無變更地從已經建檔的資料中除去
● 連結代碼將會被建檔在資訊當中：但是，具有管道來處理到可連結的代碼資訊中的個人（們）都會是與這個研究計畫沒有關聯性者
● 受試者的鑑別符號以及（或是）可連結的代碼（例如：涉及到可使用的研究調查人員）將可能會隨著一些資訊來加以保存。附註：為了要獲得免除義務或責任的位置；如果將受試者的鑑別符號以及（或是）可連結的代碼與資訊保存在一起，任何受試者對於研究以外的調查或是訪談之反應的揭

露，都不可以合理化地將受試者放置在犯罪與公民自由，以及對受試者造成財務狀況、工作權，或是名譽有所損害的風險中〔這是一開始就已經強調過了〕

這些選擇項目並不是完全適用於質性（尤其是詮釋學的）研究裡面。舉例來說，前三個選擇項目是深植於一個科學的或是實證的傳統之中。此訊號是由受試者（subject）這個詞彙所傳遞而出，其是傾向於客觀化在研究當中參與的個人。從事於詮釋學模式的研究者會傾向於使用到例如：參與者（participant）、研究線民（informant）、協同調查者（co-inquirer），或是協同研究者（co-researcher）這樣的描述符號。第二個觀點在於假設從個人所提供或是研究者所使用的資料中，其具有獨特的意義——因此，重點就是在於如何除去可以證明個人的資訊以及（或是）不能夠讓研究者存取可以證明個人的資訊。

在一個詮釋學的傳統中，資訊會在那裡被放入上下文的脈絡中來考量，研究者的思維會受到從認識到的參與者那裡來的訊息所影響。儘管如此，這裡還是需要保護他們以免使其遭到因為參與了研究而升高的潛在性傷害結果。當指涉到個人的參與者時，依照傳統上較為明智的方式會建議來使一化名（pseudonym）。然而，這真的是個難解的議題，因為在許多案例當中，參與者的身分都可以非常明顯地從其他描述細節中來找出。舉例來說，在某一校區裡面的個案研究中，那裡只有唯一的一位負責人以及一些組織中幾位領導者。只是單純改變名字，在保護匿名的效果上是相當有限的。然而變更其他描述的細節卻可能降低研究當中的可靠性以及逼真性。這些議題不是很容易解決，而且也需要透過研究所內部的指導方針以及準則來處理研究當中的倫理問題。

管理各式各樣的資料形式

典型上，質性研究大量地使用到口語上的資訊。因此，一個文字的加工處理或是資料的管理程式，都是研究者用來儲存、分

類整理，以及檢索大量文本訊息的基礎。然而，有興趣在以藝術為基礎的研究類型之成長，也已經創造出一些額外的管理上之挑戰（例如：儲存具有兩個或是三個面向的藝術作品的概念；錄製音樂、舞蹈，或是戲劇的現場演奏）。很幸運地，為這些非口語表達資料的數位化之科技也很快速在進展中。範例8.2點出了一個訊息，其公布在1998年早期的美國教育研究協會之列表中，並且闡釋了正在不斷進行如何更有效地使用數位資料的努力。

　　因為正式的文獻也可以用來當作是質性研究當中的形式，一套好的書目編碼指令是相當寶貴的。如此的編碼指令應該要讓研究者可以檢索出文章的內容，以及之後能夠分類整理而依據他們的參數（例如：作者、標題、關鍵概念等）重新將其找出來。另外也有用處的是書目編碼指令相互影響了文字加工處理的程式，以及使其能夠引進參考書目來當作是博士學位論文內容之中的需求，而能夠用各式各樣引述方式來產生參考書目的列表。

分析資料

　　當選擇電腦軟體時，重要的是必須要分別出介於管理資料的程式，以及可以真正拿來分析資料的程式兩者之間的差異。前者能夠讓研究者來儲存、檢索、整理分類，以及重新找出資料來。而後者則是真正在處理內容分析了。如此的程式一般而言是支持社會科學當中實證取向的研究。它們也許可以或是無法對從事詮釋學研究的學生們產生效用，特別是以藝術為基礎的形式。因此，我們竭力推薦學生們要和教授們討論，以及有經驗的研究者能夠不只是找出他們所使用的程式而已，也可以瞭解本身該如何使用它們。如果在任何可能之下，研究初學者應該要檢視這些資源是否可以在自己大學裡面的電腦提供中心那裡得到，如此他們就可以真正地嘗試這些電腦軟體來檢視出其是否確實符合自己所需（註釋1）。

把題材變成一個固定的記錄

　　另外一個努力而踏實地透過題材的面向，就是從原始來源那

裡將資訊轉變成固定的記錄，之後研究者就可以不斷地仔細檢視。這常常是在整篇博士學位論文中最令人厭煩而且最耗時的面向。舉例來說，如果有一個主要的訊息來源是一份開放式填寫的問卷調查，那麼要由誰來編碼並且輸入到資料當中呢？這些回答是否可以編進成一張可以看得見的掃描檔呢？如果這裡有開放式問題的回答，要由誰來把這些內容輸入進電腦當中呢？如果大量錄音帶式的訪談是主要的資料來源的話，要由誰來輸出這些訪談內容呢？如果已經錄製了錄影帶，要由誰來將這些內容編碼並且整理分類呢？如果政策的文件是主要的資料來源，那要如何來處理它們呢？是否需要再複製一份呢？它們是不是需要被掃描進入電腦來分析呢？

﹁範例8.2﹂

出現數位化非口語表達資料的趨勢

表演藝術資料服務（Performing Arts Data Service; PADS）是一個相當創新的組織，其目標在於蒐集以及推廣數位資料來源的使用，用以支持表演藝術的研究以及教學：音樂、電影、錄影帶、廣播藝術、劇院，以及舞蹈。

表演藝術資料服務的基礎是源於英國蘇格蘭的格拉斯哥大學（University of Glasgow）藝術學院的教職員，其中心是建立在一個獨一無二的科系合作當中，這兩個系所是「劇院、電影與電視研究學系」以及「音樂學系」。這是五個「服務提供者」（service providers）參照由英國的「高等教育經費評議委員會」（Higher Education Funding Councils）裡面「聯合資訊系統與資訊委員會」（Joint Information Systems Information Committee; JISC）所資助的「藝術與人文資料服務」（Arts and Humanities Data Service; AHDS）所挑選出來的其中一個聯合組織。

我們很榮幸能夠宣布我們第一階段使用者調查的結果，現在已經可以到「表演藝術資料服務」（PADS）的網站上去搜尋了，其網址為：http://

pads.ahds.ac.uk/survey/Results.html[1]

獨家專文摘要

　　從1997年9月開始，「表演藝術資料服務」（PADS）實現了「英國高等教育」（United Kingdom Higher Education; UK HE Education）之表演藝術的訓練準則知識範圍、意圖研究調查現今數位資料的使用狀況、確認資料來源的所有權，以及目標對象的服務。如此高度反應的比率（超過35%）顯示了「表演藝術資料服務」（PADS）支持者中對這個領域的關注之重要性。反應者的敘述內容大多只停留在對主要網路資源非常有限的使用狀況中，例如：現代媒體學（time-based media）（移動的景象以及聲音的錄製）的教學以及研究。而其所回覆的理由包含了不夠充分良好的硬碟設備或是網路連結、缺乏相關可獲得資源的知識、對於搜尋有用的資源感到困難，以及缺乏研究主體之中的使用者經驗。然而，可得到二手資訊的通路不只是「網際網路」（WWW）、透過「光碟機」（CD-ROM）或是「遠端登入」（Telnet）（例如：圖書館藏書刊資料查詢以及資料庫），這些都已經變成是耳熟能詳的相關參考工具了。有些機構也已經擁有本身數位資料的蒐集以及「表演藝術資料服務」（PADS），這些都是受到相當高比例的反應者所鼓勵，並且樂於分享那些資源，使得學術社群能夠透過「藝術與人文資料服務」而拿得到相關資料。其中一個調查的清楚結果就是需要有更好的資訊平台以及使用者在電子資源潛力上這方面的教育。「表演藝術資料服務」（PADS）在這裡必須要扮演一個很重要的角色以及也希望能夠與其他機構合作來致力於這些需求上⋯⋯。

一封在1997年1月9日張貼的電子信件

　　對於管理資料這面向上的程序一直都有著一連串的意涵存在，換而言之就是研究調查的花費、時間，以及精確性。有些學生們會聲稱他們從來沒有撰寫完過一篇博士學位論文，那他們是否要靠自己來從事這令人厭煩的工作。然而，其他人必須完成這

---

[1] 譯者發現此網頁已經移除，如要搜尋相關消息可參考譯者提供的另一網址http://ahds.ac.uk/。

個「長時間的繁重、乏味」（drudge）之工作，只是純粹在財務上有所需求。甚至還有一些人，雖然他們可以負擔得起支付一位轉譯員，不過他們會比較傾向於靠自己來做這項工作，相信這能夠給研究調查增添一個很重要的訓練準則之層面內容。舉例來說，有些學生會錯誤地認為他們可以聽錄音帶然後隨意地匆匆記下那些對他們而言是很重要的筆記。或者是，那些正在處理大量問卷調查裡面資料的人，可能會傾向於撰寫出以他們偶然留下印象的簡短敘事體摘要，而不是處理一個具有系統性的分析。雖然這可能會極度令人感到厭倦，創造出固定的記錄方式可以幫助研究者來與研究調查裡面的題材，產生更為完整而且聚精會神的共鳴。

當研究者變得已經更加深入熟悉這些題材以及固定的記錄方式時，有些資訊開始會浮現成比較有趣或是重要的樣子。在此研究調查的階段，研究者很難再被催促來解釋出為何他們會比其他人更容易產生一些固定的記錄方式。雖然如此，這來自直覺的吸引力會使得研究者轉移到更為接近於精心處理描述內容的方向去。

從固定的資料或是文本轉移到描述內容中

在很多狀況下，研究初學者會錯誤地假設固定的資料記錄，將會自動呈現在博士學位論文中而能夠被其他人加以閱讀。因而，他們會投入大量的時間以及精力在擔心有關這些記錄是否經過「巧妙設計」。然而，這些記錄大部分都很少會直接成為博士學位論文整體中的一部分。畢竟，大多的博士學位論文讀者都不太可能會經由費力行走在逐字的訪談稿，或是大量電腦列印出來的資料編寫內容而從中獲得樂趣。在很多狀況下，只有一、兩則的例證可能會被包含進來，當作是一篇附錄以說明這些引導研究者進入到研究當中「為何如此？」的步驟。對於大多數的部分而

言，這些固定的記錄內容是拿來給研究者運用的。

　　當研究者正在處理將題材轉換成固定的記錄時，他們需要做決定的不只是要從相關題材中擷取出什麼內容來，也牽涉到這些記錄要採用哪種形式。幾年以前，在一場美國教育研究協會所辦的年會當中，有一群學者當時正探討在各式各樣的研究傳統之中是否有其共通性。當時在另一位學者離去時，有某位學者支持其具有共通性，之後有一位與會者最後就發表了意見：「好的，如果沒有其他的意見，那麼也就是我們都同意這裡所使用的資料囉！」「並非如此。」有許多其他的與會者站在反對的立場。舉例來說，那些從事於歷史的、文學的，以及修辭學的傳統之研究者會傾向於使用文本而非資料的概念。（參閱帶有分析和評論的內幕報導（五）來得到文本以及解釋內容進一步的討論。）也許這會給讀者留下好像是不必要的挑剔之印象。然而，在這個艱難行走階段的期間，這個區隔出資料以及文本之間的不同就會變得很重要。

　　回想起之前我們對於運動的隱喻，個人要處理這一大堆的題材並且受制本身所參與的球類比賽之「規則」。在比較屬於是實證取向的研究當中，研究者有很大的責任用方法來顯示資料，使得介於資料、本身來源，以及研究當中的現象三者之間能夠變得更加清楚。就像是這個例證，訪談稿可能會為循環的主題來分析，以及這些循環的主題可能會在詮釋之前就被組織以及呈現成一個表格或是圖表。在如此之呈現，其努力的結果可能會被用來叢聚這些主題，其是以資料蒐集問題為基礎，用來從受訪者或是研究調查的引導性問題之中來探索出資訊來。舉例來說，叢聚的基礎可能會建立在性別；某個特定角色（例如：教師、學生、行政管理者、家長）；一個具體的位置（例如：對於改變創制權的支持或是反對）；或者是其他與眾不同的特性。

　　在更屬於是詮釋學的研究中，研究者很有可能會創造出文本來傳達一個位於研究當中更加具有一貫性的現象之情景。取決於研究的類型，文本可能使用的形式有個人敘事體、非真實的故

事、對話內容、劇情腳本、視覺藝術，以及其他形式等。詮釋學研究的「規則」能夠允諾研究者得到許可，從他（她）本身的觀點來創造出如此具有整合的口語或非口語的文本。詮釋學的行動常常會模糊了任何介於原始題材以及文本之間的一致性。

　　嘗試各式各樣的資料形式所展示或是創造出來的初步文本，可以使得研究者能夠與鑲嵌在他們一直在蒐集的題材中，更加深入以及細微的潛在性意義產生共鳴。對那些從事於詮釋學研究類型者而言，撰寫的行動更是特別重要，這就像是理查德森（Richardson）（1994）所提到過的，撰寫本身就是一種研究調查的模式。創造出文本來是一種產生意義的形式。透過撰寫的行動，研究者常常會出現新的洞察力，以及這些洞察力可以藉由開啟思考的新方向而來深化此研究調查。

　　接受這個研究內容的面向常常會使人感到失去方向、時間拖延，以及失去信心。雖然將題材轉移至固定的記錄當中可以使資訊變得更加容易管理，但是這並不是意味著一開始就可以減緩龐大的迷失方向之感覺。在大多環節上，這種不確定感會不斷升高，就像是難以理解的印象般，看起來似乎是從所有的資訊中浮現出來，而後卻又悄悄離去。有一位可以顯示這相像事件的學生，她過去經常在「鑲糖爆米花加少許花生」（cracker jack）這種食品的包裝袋裡找到一些小小的塑膠玩具。當以某種角度的觀點來觀看時，一個圖像就會浮現出來；接著以另一個角度的觀點來觀看，第二個圖像就會浮現出來。持續觀看一件塑膠物件，使時間足夠長到兩者其一的印象，可以依然附著於任何實際上是不可能的時間長度上。在質性研究當中，這些不斷改變的印象常常會從一個只有形象與背景（figure-ground）兩難中浮現出來。只用一種方式來組織的話──以其中一個角度觀看──資料或是文本，就會形塑出一種形象來站在與背景產生對立的角度。以另一種方式來組織的話，相同的資料或是文本就會退避到背景當中，使得另一種不同的形象可以浮現出來。如同在我們馬賽克鑲嵌畫隱喻中所提過，質性資料或是文本可以用來創造出許多不同的圖

像來。「遊移」在一些可選擇的資料陳列或是文本之中，可以使得研究者能為最後拼湊的馬賽克鑲嵌畫檢視出各式各樣的排列可能性。

　　對那些假設意義會放置於資料當中的人而言，以某種方式讓所有的資料都能夠增添進一幅重要的畫作中，這個艱難工作的面向就可能特別容易令人惱怒。甚至對那些知道自己有可能會如何創造出意義的人而言，如此延長將事物整理分類以及篩選的時間都可能變得相當令人洩氣。許多我們研究團隊的成員已經將這種現象描述成像是黑暗的、痛苦的，以及失去一切希望的時間。任何事物看起來都好像沒有什麼意義一樣。它們隨著疑慮被沖到相關於本身的理性能力、研究中有價值之處，以及任何有可能會完成的博士學位論文之中。在這本書的序言部分，我們顯示了相似的學術課程作業就像是理性的全力衝刺，而博士學位論文則是像一場長距離的馬拉松賽跑。馬拉松選手常常會在他們離終點線只剩下幾英哩的不遠處開始談論到相關「抵達終點」的內容。持續忍受徹底精疲力竭的能力，可以到達更深入之一些未被注意到的能量匯集處，然後有毅力在最後促成了研究調查當中的完整性以及精確性這兩者。

　　可以在這艱困的時間中束縛住研究者的意想不到之危險或困難是躲避撰寫的過程。有些初學者感覺起來好像相信這是在浪費時間以及精力，尤其是在他們已經處理完了資料或是文本意義之前就要開始來撰寫內容。在我們的經驗中，這些常常是要透過撰寫的行動，讓研究者找出本身的方法來脫離概念化的困境之中。撰寫似乎可以保證研究者到某種程度的思慮周延，而能夠更加接近於一種「啊哈」般的豁然開朗時刻。

進行到一個概念上激增的階段

　　在艱難工作的過程期間，研究者嘗試過各式各樣資料分析的形式以及對文本的精心處理或是展現方式。這是一個更加超越材

料組織性的整齊且精巧之議題。在這個概念上原本就存有產生知識的步驟過程、研究當中所詮釋的現象、努力為這些意義創造出可靠性的描述內容。這種「啊哈」般的豁然開朗時刻呈現出了一種概念上激增的階段，研究者在這裡面可以檢視研究的本質，以及如何將部分內容適當地放置到一個研究現象裡面更廣大、具有一致性的描述內容當中。

因此，思慮周延的第五個循環大略可以區隔到這兩個階段，不停地被這個極關鍵的如同啊哈般豁然開朗時刻的部分之中。可以較早來到這個洞察力的展現狀況中，其中如下所示是最重要的幾個議題：

- 找到需要用來提供洞察力到研究當中的現象，以及上下文脈絡的資訊之來源或是種類
- 將如此大量的資訊轉移到一個具有連貫性，並且固定的記錄當中
- 不只本身而已，也與其他人共同仔細考量過鑲嵌在記錄當中的意義

藉由埋頭致力於這些步驟過程之中，尤其是當博士學位論文中概念的關注點可以聚焦時，研究者最後就能夠來到一種「啊哈」般的豁然開朗時刻。這種洞察力的階段可以使得研究者專注於理性的任務上，這是影響著接受這個研究內容的後半部分：仔細精心處理構成博士學位論文之文獻的描述內容。

從題材到描述內容的轉移過程之範例

接受這個研究的內容開始於沈浸在一個具體的、明確的、具有個人獨有習性的上下文脈絡中。但是研究初學者可能會變成如此容易掌握到構成上下文脈絡的地點、人物、互動過程、事件，

以及人為物件，而使得本身在研究調查之中失去了對於現象的洞察力。為了要保護來對抗這個潛在性意想不到的危險或困難，研究者必須保持關注於這個循環的最後目標：精心完成概念上的描述內容。轉移朝向這個詞彙是一種提示，以提醒那些沒有從一個題材的分析直接跳躍到最後描述內容的人。為了要說明這個轉移是如何發生的，讓我們來考慮幾個案例。

當讀者可以回想起之前較早的幾個談論內容，佩特‧麥克馬隆感興趣於反思現象的研究，以及反思如何可以被運用來將學生銜接到本身更深層的學習當中。她選擇在自己本身的作文班級之脈絡中來研究這個現象。在這些她努力累積的題材當中，是要用來掌握住難以理解的反思現象，裡面有六十五份由她的作文班學生所創造出來的文件檔案、在她本身與學生之間持續一整個學期的記錄、她的所有課程計畫，以及她自己的日誌。這些都是上下文脈絡中的人為物件；這些有價值的人為物件會透過佩特所希望反思出的現象而變得更為明顯。

顯而易見地，這些大量累積的題材可能無法直接整併到佩特博士學位論文的文獻之中。在此需要艱難行走階段的期間，佩特必須要注意到這些題材是否可以成為反思的證據。要在她的頭腦中來運作這件事可能會成為不可能之事；因為這裡很顯然有太多的材料了。所以，她開始來創造出固定的記錄來當作是處理自己思慮周延的基礎。在這六十五位學生的文件檔案之案例中，佩特藉由幾次系統性不斷地閱讀每一份文件檔案，並且標示出一些細節的筆記，而創造出固定的記錄方式來。（參閱範例8.3來瞭解到她做筆記程序的描述過程。）這些透過此艱難行走階段之步驟過程所創造的筆記，使得佩特可以進入到一個更為清晰的內在固有之議題以及兩難的焦點上，而在她的學生們當中建立起反思來。除此之外，她也正視了在博士學位論文中的這些資訊所展現的兩難。這些筆記之評價與實用性不再被認為會有需要涵蓋到所有的這六十五份文件檔案當中（註釋2）。這個艱難行走階段會持續下去，如同佩特不停地努力草擬潛在性的文本來獲得反思的重要面

┌範例8.3┐

創造一個固定的資料記錄形式

我對於這六十五份文件檔案的回顧是由每一份文件檔案幾次的閱讀之後所組成，在這些的最後部分裡面我塞進了六本8.5x14吋筆記本。第一次我閱讀之後，我很快地加以處理，在每一份所涵蓋的文件檔案之中記錄了一般相當常見的筆記。這個初次的閱讀是用我本身的方式與材料的範圍，以及撰寫這些文件檔案來產生熟識感。因為這裡面牽涉到很多的內容，而我也不清楚自己當時在尋找什麼，所以我覺得這有必要在每一份文件檔案中記錄許多筆記，因為這是為了要給我自己在哪些是我必須要注意到的事物上有一個固定的記錄方式。

我第二次文件檔案的回顧牽涉到對我學生們的作品有一個更為深入的閱讀。在這個期間，我的筆記內容變得更加地細微詳盡，這就好像是我開始要察覺出文件檔案之中的一般模式一樣。我在這階段記錄的筆記使得我能夠持續與文件檔案裡面的「相同來源之特徵」接觸。換句話說，我能夠察覺到在學生作品中的相似性浮現出來，然後我就會記錄為何這些文件檔案裡面的一些內容會看起來很像。除了認知到以及記錄了這種整體的相似性之外，我也必須要記錄這些文件檔案之中相同來源之特徵的差異性。在此第二個閱讀的步驟過程中，我也能夠記錄到哪一個文件檔案看起來好像無法適合於任何一個家族或是團體。這些文件檔案，在這裡看起來好像真的是滿多的，引發我比其他人記錄下更多的筆記內容，因為我正在從事如何辨識出它們「整體」中的每一個，但是我卻不能站在這個觀點來看。這是由於我不是很確定哪個資訊可能會有關聯，所以我無法冒險來選擇出哪些是我要記錄的內容。我儘可能在那些文件檔案裡面撰寫出更加深入的內容。其中一個在這階段做筆記的好處就是它可以促使我仔細考慮每一位學生已經完成的內容之細節部分。

到了我第三次閱讀文獻檔案的時候，我知道自己應該要花更多的心思在這些細節上。我必須在本身筆記中掌握住來自於每一件文件檔案中之具體的時刻。我藉此來表示我正在逐字般地記錄自己學生們的語言文字，來

當作是他們意圖想要表達有關文件檔案所規定的思考以及感覺，這就好像是在其文件檔案中，他們如何為自己選擇要撰寫相關內容所涵蓋的材料來解釋出本身所產生的共鳴。我發現到自己本身會特別注意到運用某些撰寫方式的內容陳述或是訊息，我認為，這可以讓我更加專注於焦點上。

　　在這三次閱讀中的每一回期間，我都必須要變得極度具有警覺性，因為我從來都不確定哪一個細節內容會突然變成我研究當中的重點。我記錄的筆記絕對會是本身博士學位論文步驟過程中不可缺少的部分。它使得我可以來檢視有什麼內容存在於那些文件檔案之中以及有哪些是不存在的，然而在我記錄本身筆記的步驟過程中，我逐漸能夠展望其具有的可能性。在第三回仔細的閱讀以及做筆記之後，我可以開始為自己的研究來思考相關概念上的架構。

向。雖然這些臨時短暫的文本當中，沒有任何一個能夠掌握住或是傳達出之中任一的重要性洞察力，他們只能夠基本上將佩特從題材之中轉移到一種「啊哈」般的豁然開朗時刻，當時她意識到學生們都已經努力埋首於四個基礎上有差異的方法取向之中來反思時，她希望能夠處理好這些文件檔案作業中的模糊性。如同已經開啟了這顆照明器（電燈泡）一般，其可以使佩特能夠轉移到接受這個研究的內容之後者階段，此涉及到要精心處理這四篇不同方法取向所混合的反思之描述內容。佩特在早期這艱難行走階段的期間所處理之筆記，使得她能夠很容易找到並且檢索出更多與題材有關的內容，而這些都是她得以創造出豐富以及提供大量資訊的描述內容所需的。

　　就像是佩特一樣，林恩·李察斯選擇要研究一個教育學的現象——將創意性戲劇學整合進入到初等課程之中——這是發生在她的班級教室環境中。為了要滿足她研究之目的，林恩認為要透過整整一個學年來大量累積題材是很關鍵的。管理這些內容以及這些人為物件的差異性，就好像是一艱難行走的階段，透過它們來獲得在教學法上能夠進入到創意性戲劇學的洞察力之中，是一

件讓人感到氣餒的任務。林恩對於自己是如何達到這個任務的解釋，說明了需要接受這個研究內容的準則來。因為此個案的內容是相當長的，所以就把它涵蓋到這個章節最後面的個案樣本8.1當中。閱讀此個案時，在資料以及各式各樣資料管理程序上記錄了厚厚一疊的筆記，林恩運用這些來與一堆看似不可思議般的大量累積之厚重資料保持相互運用。

艱難行走階段的第三個案例從一篇由瓊・利伍卡德特在1983年所完成的博士學位論文之描述，當時教育學的質性研究仍然還在它的發展初期，而質性或是詮釋學的觀念也都還沒有建立起清楚的焦點。當我們再次回顧瓊進入到她的描述內容之陳述時，我們都被她本身涉及到以藝術為基礎的教育學研究之論述中所預示的作品以及語言感到訝異。

瓊想要來理解為何一旦她們到了青春期階段，那些資賦優異的女學生會傾向於不要冒險去修習數學以及自然科學的課程。她決定要在一個自己學校當中被稱之為「體驗歷程」的資賦優異課程裡面來研究調查這現象。在這篇章節最後的個案樣本8.2涵蓋了瓊的思考步驟過程之敘述，如同她試著要在課程中的四十八位女性參與者那裡找出原因來而能夠掌握住自己的感覺。特別值得注意的是在瓊的敘述內容中有四個重點。第一，身為一名數學與自然科學的教師，瓊所處理的博士學位論文傾向於相信質性資料可能會提供大量的訊息。的確是如此，她使用了相當多的質性資料在她試圖來理解學生們的內容上。然而當她運用資料以及自己本身的經歷來與資賦優異的學生產生共鳴時，她知道「這些數值內容」並沒有呈現出所有的故事來。第二，在個人努力來創造出一個可管理之固定的記錄，瓊運用了一個文獻上的架構在這些資賦優異的學生身上。很耐人尋味地，這個架構居然吻合——達到某種程度——因此她可以從這個艱難行走階段的路徑中描繪出一些有意義的洞察力。這些都太常出現了，我們看到學生們停在這個觀點上，很滿意於自己有一些東西可以呈現在博士學位論文的發現結果與結論部分當中。經常地，這些學生們都會連結到不精確

的刻板印象之中，認為資料應該要如何被分析以及加以呈現。然而，瓊並不滿意本身所觀察到在某種程度上頗為稀疏以及粗略的詮釋內容。她堅持不懈在艱難行走的階段以能夠更深入地走進資料裡面是第三件值得記錄的事。相信自己本身的印象以及觀察，瓊舉出將自我展現成樂器般的觀念，與資料產生共鳴，以及反思。第四，如同在個案當中常出現一樣，用來理解資賦優異的青少年之最後的架構模式，其是來自於研究之外，這是來自於瓊的知識以及對於莎士比亞（Shakespeare）的熱愛。這也說明了艾斯勒（1991）提到要用啟蒙之眼來檢視，以及葛雷瑟與史特勞斯（1967）對於理論性敏銳度或是正確判斷的觀念。這也闡釋了我們之前在這章節已經提過的重點，研究當中擷取出來的意義是不可涵蓋在資料本質當中，反而是在研究者從資料當中所獲得的感受。

　　為了要來描述她們經由研究當中的題材而大量累積與艱難行走階段的經歷，佩特、林恩以及瓊試著來傳達出她們早期「覺得很無能」的感受，以及她們反覆地意圖要從本身的資料當中找出意義來。然而這些敘述都是站在已經知道博士學位論文故事結果的有利位置上來撰寫。因而，當佩特、林恩以及瓊深刻的沈浸在研究調查之中時，她們也許會傳遞出一種更有信心以及支配的感覺，而不是她們真正經歷過的樣子。為了要說明在浮現一種「啊哈」般的豁然開朗時刻之前，艱難行走階段會像是什麼樣子，我們納入了一封來自於米契林的電子信件訊息，來當作是她沈浸在教育學所涵蓋的現象之中的樣子（參閱範例8.4）。

　　在閱讀這篇訊息時，要注意到米契林運用來維持本身相關性的兩個策略，即使當時她可能迷失在艱難行走階段裡面也不例外。首先，她持續檢視過去本身的概述內容，再次重臨本身目的之陳述（例如：問題化）以及研究程序（例如：獲得結果）這兩部分的關鍵概念。其次，她參與了一個研究團隊並且與其他成員共同埋頭致力於思慮周延的論述當中。

　　米契林意識到自己正處於接受這個研究內容的決定性之關鍵

時刻上。當一些學生來到這個階段時，他們選擇離開此處，因為他們認為本身必須靠自己來打點所有的事項。這個令人不適應的過程可能會由某個不正確的觀念來促起，認為「真正的」研究者要靠自己來產生這些結果，而如果運用到的洞察力是透過與其他人互動而獲得的話，這可能會是一種「欺騙的」行為。這個令人不適應的過程可能也會因為慾望而激發起，用來隱藏看起來好像會伴隨在這個研究階段裡面的未充分之理性感覺。進入到擴大邊際的思慮周延這一時刻中，常常會令人感到有風險性的存在。然而在我們的經驗中，此刻重要的是學生們本身之意願，因為這會幫助他們來忍受此艱難行走階段的不確定性，搶在倉促揭露之前行動，以及避免出現太過度簡化的詮釋或是描述內容。

範例8.4

透過題材來輕輕一瞥艱難行走階段的步驟過程

作者現場解說：在計畫她的研究時〈形塑教育之問題內容：以工作為基礎的啟發式研究調查〉，米契林預期要有許多與家長、教師，以及行政管理人員有計畫過的以及自然發生的突然相遇情況。透過「儲存對話內容」，她可以試著來掌握住進退兩難、議題、關注，以及鑲嵌在這些巧遇當中難以處理的問題之本質。接下來這封電子信件的撰寫，當時米契林正處於蒐集資料步驟過程的痛苦之中，這是透過研究調查當中原始材料來為相當混亂之艱難行走階段提供了輕輕一瞥的歷程。

我正處於一個有趣的階段中，在這裡我撰寫了幾個故事以及一些內容，在這裡面我已經使用到一些短文的收藏，而當我反映在這些謄本上時，我已經抽離了那個地方，因為它們看起來好像是由於某個或是其他的原因而掛放在一起。

我已經能夠在大部分的故事以及短文的收藏中，確認出一個進退兩

難、衝突，或是主要的議題來。在某一些內容中我已經處理過一個相當初步的第一輪詮釋，來與已經確認的議題產生關聯性。

我發現到的是這裡面的某些內容本身已經開始不受到需束縛在同一團體中，幾乎全部都立基於一些更為廣泛涵蓋的文獻以及理論來述說我已經鑑別出的進退兩難、衝突，或是主要之議題。這看起來就好像是「一層層更深入的詮釋內容」。

但是同時我也感到相當鬆散以及有不一樣的觀點——例如：故事撰寫以及詮釋內容中的第一與第二層次。我甚至都還沒有處理謄錄完成美國教育研究協會的錄音以及一些對話內容。

> **作者現場解說**：注意到這些米契林所投入到的各式各樣之行
> 動內容。她正藉由謄錄錄音帶、創造出文本來當作是她所儲存的
> 對話內容，與各式各樣資料的展現來進行試驗，以及推論相關的
> 試探性詮釋內容或是意義，以用來創造出固定的資料記錄方式。

無論如何，我覺得自己已經遇到了有關問題化觀念上的一個小小障礙。我回過頭去並且從本身的概述中來檢視每個部分，在那裡面我藉由問題化來描述所認為的意義。當這些內容隨著我的處理而被放置在一塊（這些可能純粹讓人覺得是由於機率或是非理性的直覺所造成），當我看到其他的一些人如何像是波克維茲（Popkewitz）或者甚至是派許金（Peshkin）來運用這些詞彙時，我會感到有很不自在的一種不一致感。

明天晚上我想要團隊分享一個我到底處在何處的想法，以及給予他們一些「經典的對話內容」來帶回家去閱讀，這是為了要在之後的時間能夠與他們交談有關我已經從這些當中確定的主要議題。然後如果還有時間的話，我可能會找出一個實用的問題化觀念來討論。

> **作者現場解說**：注意到米契林是如何返回到一個正式的論述
> 內容，藉由與將自己問題化的概念和其他人產生比較以及形成差
> 異，而推展出她個人的想法。

　　當我覺得沒有安全感時，我會返回並且透過我概觀裡面的文獻部分來加以閱讀。我認為自己正處於一個介於啓發式研究調查裡面的沈浸以及實現階段之間的過渡時期當中。在這個步驟過程裡面，我認為其所指涉的如同是「加以整合」，但是我所處的當下讓我不確定自己是否喜歡使用這個詞彙來描述它。我覺得自己正處於此過程之中，但是我也正開始感受到有需要來消除內心的疑慮，我並沒有突然改變一個作為過去自己有時候慣於適應來處理的一個非常有趣但卻耗費時間的想法。

　　作者現場解說：注意到米契林是如何再次回顧有所獲得這個概念，這是她研究程序中的一個關鍵內容情況。這是一篇反覆的步驟過程中相當不錯的樣本文章。米契林的概觀包含了她對於有所獲得的意義之最好的預測。現在她已經真正地接受這個研究內容的過程步驟，之後她就能夠更加深入思考相關的內容了。有賴於她可能會產生的洞察力，她可以回過頭去並且修正自己對於這個程序的解釋。這是在觀念上的微調方式，而這是精心處理研究調查中的描述內容之基礎。

艱難行走階段以及避免困難任務的藝術

　　我們希望在這之前部分所提到過的三個案例，有助於說明艱難行走階段最後如何能夠帶領研究者，走向一種「啊哈」般的豁然開朗時刻。這種在洞察力上的恍然大悟，逐漸地，會在第五個思慮周延的循環中扮演關鍵的時刻。它會使得研究者的精力能量從大量累積題材，以及令人困惑之艱難行走階段轉移到關注於精心處理描述內容當中。因為這種「啊哈」般的豁然開朗時刻是無法預測且難以掌控的，也由於研究者難以應付這些大量的題材，而使得失去個人立場的風險性變得極度的高。這幾年下來，研究團隊的成員已經展現出許多具有時間上拖延的特徵之行為。我們

在這裡標出一些來當作是浮現個人最後議題的方式，讓個人以有規律的步伐來走過接受這個研究內容的步驟過程。

也許是因為所有的研究團隊之成員大都是女性，所以成員們的行為會清楚地由於她們無法預期到家庭生活中之事物而透露出來。我們渴望本書的男性讀者能夠有自制力，並且我們也鼓勵他們能夠關注到與男性氣概不一樣的事物上面。

在我們認知中最早期浮現到表面的行為，就是對於清掃家庭的需求不必負責任。那些自己坦言不喜歡打掃家中的灰塵、使用吸塵器、清洗窗戶，以及收拾器物的職業婦女，突然之間發現到她們本身已經沈浸在這像家一般耗時間、精力的事情上。「我的家自從我媽媽上次拜訪過之後就沒有像這樣乾淨過了」其中一位女性敘述著。「我曾經一直在半夜醒來，伴隨著一種無法扼制的衝動要來整理我的衣櫃」另一位女性接著說。「我曉得自己應該坐在電腦桌前不停地處理我的資料」第三位女性抱怨著，「但是我卻持續往地下室跑來跑去，以找出一些東西好來捐贈給慈善單位。」我們的嗜好在這家務事件中產生了變異，尤其是當一位女性來到了一個階段中，她認為當自己剛出生的兒子在白天打盹的時間之中，本身應該「停止從事」博士學位論文的進行。二年過了之後，當她最後還是回到本身的博士學位論文上時，她又被需要為剛學會走路的兒子來找尋一套萬聖節要穿的服裝這件事給弄得烏煙瘴氣。在他那套色彩鮮豔的小丑裝下的倉促意志力已經成為了研究團隊中經典的人為物件了，會更加珍惜所有這些，是因為我們的那位朋友再也不會為了一件紡織品來屈膝了。

一開始，這些行動看起來好像是在避免使人感到頭疼任務中最徹底的形式。然而，這些行為卻持續地一再發生，而開始讓我們感到擔心。這些人為的頭疼任務是不是在艱難行走階段的步驟過程中扮演了某些重要的角色呢？也許這需要為個人外在的環境帶來有秩序以及安排規律的情況，來讓這些存在於想法以及觀念中缺乏希望的雜亂事情能變得讓人可以忍受。或許從艱難行走階段裡面這些令人受不了的勞累努力中所得的短暫休息是有其必要

性，但是真正有趣來轉移注意力的假象，可能常常會提供一個讓人可以選擇的吸引力，而使得個人無法限制住其任務之範圍。也許這樣像是例行性任務般的平靜結果，會提供潛意識一個資訊上的再思考。過了幾年之後，我們也都相信如此的行動——這是有原因的——是進行質性博士學位論文裡面基本的面向。

因為打掃以及縫補的工作看起來很明顯地讓人想要避免，即使大多數的研究初學者一般都可能先後退，然後再重新開始處理研究調查當中理性的工作內容。然而這裡有幾個更為細微的躲避任務之形式，可以用來攔截住缺乏警覺性的學生。有些學生會認為離開研究領域、與人們談論以及蒐集資料，會讓自己變得更有精力。這看起來好像他們在任務上的處理方式是正確的，而且相當有效率地進行著。並且在某種程度上，他們的確也是如此。當跳脫蒐集更多題材而透過原本已經大量累積了內容以取代需要更大耐性的艱難行走階段之任務時，研究者其實已經致力於一種擺脫艱困任務的精緻手法。同樣地，當研究者發現自己想要走進圖書館來查詢本身資料裡面的意義時，應該要警覺到一些聲音。我們盡最大努力來強調將自己沈浸於論述當中的重要性，這裡就會出現一個時間點來說明更多的閱讀事物會將注意力從辛苦克服個人資料的意義內容之作品產生轉向。我們萬聖節的裁縫女工就好像是顯現出躲避此任務這件事情一樣，她閱讀了整個下午的烹調書籍，而當晚餐的賓客準時在所安排之5點鐘到達的時候，卻發現到她沒有準備任何可以享用的食物。

瞭解到何時需要更多的資料，瞭解到何時應該要重新回顧這些文獻，瞭解到何時要來行走這艱難的階段而再一次地強調經由這些固定的記錄，瞭解到何時該是撰寫的時候——不論這些未修飾構思過的想法是怎樣——這些議題都是讓研究初學者為自己產生規律的步伐來面對忙得不可開交的記錄事件。我們希望接受這個研究內容的案例可以成就出某個重要的觀點。具體來說，這裡不論是在一種「啊哈」般的豁然開朗時刻之前或是之後，其同樣會有很多事情需要來進行。初學者典型上並不瞭解到這一點，所

以他們投入許多的時間與精力在大量累積以及管理題材上，而使得自己精疲力竭，這就好比是在最為緊湊的時間當中必須要完成概念化的工作一樣。

　　就這原因來看，我們誠懇地督促博士生研究者能與那些不是剛剛通過此步驟過程，或是已經在這之中徘徊已久的其他人一起持續的埋頭致力於論述當中。不論這個論述內容是否與個人的指導教授、其他口試委員、研究團隊，或者是網路虛擬社群有所相關，從這些懂得如何運作流程的人身上得到回饋，這都是對自己極度有幫助的。在靠近這樣的討論當中，我們聽到了另一種的警告，這是由於回顧了南西如何對於具有善意的朋友以及家人在回應上產生嚴重的困境一般，因為他們詢問了：「妳是否已經完成了呢？」要接受這個質性研究的內容是一個相當漫長的路程。那些把這個視為是一種全力衝刺的短跑過程，而不是一段漫長的馬拉松競賽的人，可能會在看似支持下卻是偽裝而產生讓人消耗力量的建議。雖然我們不希望或是鼓勵學生們在研究調查中花費更多需要的時間，撰寫這本書籍的一個主要目的就是期待能夠給予有希望成為質性研究者一種感覺，讓其理解到這一條他們選擇要來跑的距離比賽。

本章節概要

　　在一個框架般的形式中，第五個思慮周延的循環牽涉到將個人沈浸在研究之中的現象與上下文脈絡裡面、儘可能大量累積更多有關於上下文脈絡與現象之題材、創造出一個固定的記錄題材之模式、用一種方式來組織與展現可以支持詮釋的固定之記錄、分析或是詮釋所記錄的內容、從詮釋學內容當中建立理論，以及描述出理論性的意涵。這個循環橫跨於兩個藉由像是一種「啊哈」般的豁然開朗的關鍵性時刻來加以區分的階段中。在這個循環的早期，重點強調於大量蒐集充裕密集的、豐富的資料。這裡所謂的「早期」並不是非常含有時間上的附加意義，就像是其具

有精確的準備而終於能夠獲得到在概念上激增的結果，反而是逐漸地，更加迅速密集且審慎地建立起理論來。在這個理論化的核心就是精心處理以及有正當根據的描述內容，如同在第七章會加以討論的內容。

註 釋

1. 我們本身的成見就是認為如此的程式，可能對詮釋學的研究類型沒有什麼很大的功用。一方面，資料分析程式可以使得經由一整堆資料之努力而踏實的過程變得更為容易。然而它們也可能會消除初學研究者進入到錯誤保護之感覺的恐懼中——尤其是如果研究者依賴程式來顯示所有資料的意義時。

2. 要來創造出一篇具有整體性研究調查的描述內容，佩特描述了本身做筆記的步驟過程。她可能也已經涵蓋了這些筆記的例證，來當作是附錄以說明她在這些文件檔案中產生共鳴以及反思的方式。

3. 「構念」（construal）這個詞彙如同運用在個案樣本8.2裡面，其是一種我們早期使用的描述符號，也就是我們現在稱之為描述內容。

個案樣本8.1

接受這個研究的內容：大量累積以及管理這些資料

　　作者現場解說：以下的這些訊息內容是節錄自林恩‧李察斯的博士學位論文第三十五至四十一頁〈在我們內心的圖像：一個創意戲劇表演之敘事體研究如同在小學教室內所涵蓋領域的教學方法〉。在這個部分，她描述了本身如何接受此挑戰來獲得足足一年之久的努力，將創意性的戲劇理論整合到自己的教學法當中。在此要注意的是林恩從各式各樣來源那裡所累積的豐富題材。

資料蒐集的步驟過程

　　為了要能夠建立一個豐富且包羅萬象的敘事體，其同時也能夠與敘事體研究方法、學生們的口語與非口語文獻，以及撰寫出透過教師與學生共同產生可以每天蒐集得到的課堂經驗，以回應各式各樣的課程主題與戲劇活動所產生的一致性。具體要注意的事項是在於將本身一開始的課程先予以計畫，自己後來在內容領域上的教導，以及讓孩童們能夠和主題領域的材料產生互動與反應。

　　除了每週撰寫課程計畫需要依照不同區域的學校規定之外，我還保有第二本課程計畫書，特別用來概述每日的創意性戲劇活動內容。這些課程計畫詳盡地列出每日即將發生的戲劇活動並且標示出哪些主題內容的概念，而我參與過的每一個計畫課程之戲劇步驟過程也都會標示出來。在每一週學校上課最後一天，我會摘要出哪些戲劇活動是真正有運用到課堂之中，記錄哪些戲劇活動是附加上去或是刪除的（並列出原因），以及描繪出各式各樣可以整合戲劇的課程內容。

　　持續進行的課堂觀察以及研究反思都經由每日的撰寫而記錄在我的教師日誌當中。這本日誌是以田野觀察的記錄為基礎，我在裡面已經記錄了整個正規的上課日……，我的田野記錄所描寫的部分都是由匆匆記下之幾本小的筆記本來組成，如同我觀察孩童在每日的戲劇活動中的參與。對於要描述教師以及學生對話內容、班級教室當中物理空間的安排、孩童們的

行為，以及每個學校上課日的一般氣氛，也都被我儘可能地將記錄以人性的角度來抓住而撰寫出其細微部分。

田野記錄當中具有反思性的部分是在學校一天結束後才撰寫。當時我會閱讀以及重新寫出我這一天的觀察到自己的教師日誌當中，我會推論出一些循環的模式、顯現出來的主題、班級教室中關係的面向、課程的連結、表達情感的環境，以及在教學法上的觀點。這些日誌撰寫的步驟過程使得我能夠更加細微地檢視自己一開始的戲劇計畫，以及更加完整清楚地表達出本身班級教導周圍環境，以及孩童對我內容領域所架構的反應之想法。我也能夠將此反映在我們時間上持續延伸的戲劇性活動以及教學法的步驟過程上。

孩童們的聲音會透過這篇敘事體研究而編撰進來。我同時記錄了他們在口語上的反應以及非口語的行為，希望能夠在我的任務報告期間儘可能詳細地記錄到自己的田野筆記本當中。因為這些孩子本身的年齡太小而使得他們有困難透過延伸的撰寫而表達出本身的想法來，孩童們對於創意性戲劇的觀點以及敘述部分也都可以透過三、四天以錄音帶錄製的訪談方式來做成文獻資料。所有這二十四位學生都以錄音帶方式來錄製到個人的卡帶當中，在這個學習步驟過程的期間至少有兩次……，為了要掌握住個人的反思、音調上的特色，以及孩童們對話內容上的細微差異，我個人將錄音帶的訪談內容打字出來，並且將它們組織起來當作是往後的回顧與分析……，孩童們都被鼓勵在課堂中分享個人的錄音帶內容。所附加的反應以及反思之後也都可以透過孩童們彼此相互在例行上的「問題與評論」方式之對話而加以得到。

孩童們也被要求要來訪談彼此對於本身參與創意性戲劇活動的想法……，為了設法能得到孩童們更加詳盡闡釋的想法，以及為那些問題提供一個我之前有提過用來撰打出孩童們錄音帶的論壇，我也決定要用錄影方式將孩童分成幾個小團體，在裡面我們會來聆聽以及討論他們的錄音帶內容……，每一個小團體的討論內容都會被錄製下來。在前面幾場討論的期間，我很簡單地放置錄影相機在它的三角架上，然後讓它開始錄製。後來，孩童們卻輪流地跑到錄影相機那裡，然後（在某種程度上）一直注意

到那個正在講話的人身上。

　　所挑選過的戲劇活動之錄影帶也涵蓋進這個研究之中。在各式各樣戲劇活動中，孩童們同時間的展現是由一種以三、四天為基礎的方式來錄製。大多數錄影帶錄製的期間都是事先已經決定好的，這些都是用來構成我課程計畫中整體不可或缺的部分……，這些因素就如同像是戲劇活動裡面的特質、每天記錄的進度表、錄影相機的使用，以及在口頭上要求孩童們也要接受錄影時間上的影響。錄影帶的使用得以讓我更有系統地來研究到戲劇活動在表示時間的、非口語的，以及社會的面向內容。錄影相機也能夠讓我來檢視本身在自己身為課堂管理者、戲劇領導者，以及小團體討論參與者之角色。為了要能夠比較出孩童們在學習戲劇時的觀點，有些戲劇的任務報告會同時被加以錄製，讓孩童能夠用錄放影機（VCR）來觀賞他們一開始的戲劇活動之錄影帶以及他們所錄製的戲劇活動之評論。這使得孩童們（以及我本身）有機會「用戲劇性的課堂活動」來檢視我們自己。這種錄影帶任務報告的類型提供了有關孩童們對於學習的觀點，以及我本身教學法上的見解，一個可以比較的基礎。

　　孩童們與我本身在這個研究的課程結束之後大約蒐集了有18個小時之久的錄影帶……，我格式化地編排了一般有關艾瑞克森（Erickson）的「民族誌互動微觀分析之五個階段」（five stages of ethnographic microanalysis of interaction），來加以運用而提供一個架構讓自己的田野記錄以及日誌描述能夠有一些細微的詳盡事項、強調出非口語溝通的細微差異、確認所說出的話語與說話者之間的關係，同時也能夠讓我自己的行為以及教學態度能變成一個外在的觀察者。藉由跟隨這個適宜的格式，我打出了六十一頁的錄影現場實況之謄稿來，並且能夠建立起詳盡的創意性戲劇法步驟過程之敘事體描述內容。

　　我也同時透過各式各樣的課堂人為物件之研究，而蒐集了其他學生回應的模型。有一本學習日誌是被用來當作是方法上描述的來源，在裡面記載了關於孩童們對於本身學科領域學習的想法以及他們創意性戲劇的經歷。孩童們被鼓勵要透過舉出例證說明以及撰寫來表達出自己的想法。我同時也仔細檢視了涵蓋範圍所評定之延伸的撰寫部分，來作為是必須透過

區域性的評分政策與「集中精力於修正區域」以及用文件證明之需求，來說明何時以及為何這些孩童們透過戲劇活動的學習是具有其顯著性。

　　有二位實習教師與一位家長自願擔任助理，以及其他二位的小學課堂教師被要求要來我們班級教室中，觀察這些經過選擇過的戲劇活動。這些篩選過的成年觀察者大多主要是與我們在教學或是協助安排進度表上具有彼此互相依存的基礎……，在每一次戲劇觀察結束之後，我都會錄下所有這五位成年人的討論內容……，雖然大多數的成年人在我們的訪談過程中，看起來都好像很「彆扭」於提出所謂的「正確回答」，我們的談話內容幾乎沒有觸及到有關戲劇觀察的協議書格式。我們反而是會比較傾向於關注在觀察者的觀點，瞭解其如何看待孩童參與這些戲劇活動、孩童口語上對於研究主題的談論內容、我身為戲劇領導者以及班級教室管理者的角色，以及班級教室學習的氛圍，來透過創意性戲劇的步驟過程而強調。我把這些錄影帶的內容打成稿件並把每一頁的撰打內容都影印給每一位成年人。這些訪談內容貫穿並且詳細說明了我本身的想法，關注於自己在這個即將展開的研究裡面，其引導性問題的方向與立場……。

　　　　作者現場解說：林恩支持這個有關她本身資料蒐集程序上的
　　敘事體解釋內容所連結到的一連串附錄上，來詳述她使用來引導
　　學生們與其他成年人的談論內容以及仔細商榷之問題以及協議
　　書。

資料分析程序

　　在資料蒐集完成之後，我用幾種方式來將所蒐集的材料做一分類，如此我所傳授的以及在戲劇活動中與學生互動的模式才能夠被強調出來。涉及到上下文脈絡與背景描述的資料都是叢聚在一起的。從我的日誌以及課程計畫書當中，我建構出了一個敘事體的架構，我能夠透過這個架構來顯示自己班級教室內的資料或是描述內容。我將這些敘事體內容做一分類，這是依據這些班級教室內的戲劇步驟過程之次序、課程內容的範圍、學生的觀點、其他教育學者的見解，以及我個人同時身為一名教師與研究者的

看法。我藉由涵蓋進課程設計的日期、日誌的記錄、學生們的作品，以及錄影和錄音這一段過程，而標示出這些戲劇事件、教學法的步驟過程，以及隨著時間會有所改變的課堂之順序來。顧及到社會結構以及我們班級教室中的角色與關係是其他另外的觀點，可以用來貫穿自己的敘事體撰寫內容與思考方式。

藉由重新編組各式各樣的材料範疇來達到整個敘事體的感覺，我根據自然法則來分類整理並提煉精粹出無法加以比較的資料內容……。可以運用來處理質性資料的電腦程式看起來似乎無法傳遞出這篇研究的敘事體格式。

我也很廣泛地參照了所篩選過的作者以及相關的研究報告，將本身研究的發現結果連結到其他人的教學之經歷中。這把一個「更廣泛的分析架構」放到我的博士學位論文之上下文中來考慮，使得我能夠有系統地在本身的資料中鑑別出關鍵特徵與關係。透過一個循環的閱讀與撰寫相互反映之步驟過程，我能夠更加以一種邏輯論證的方式來分析自己叢聚的資料，而不是單純的線性方式而已，並且再一次聚集我某些初始資料的分類範疇。

個案樣本8.2

與題材產生共鳴──將自我當成是一種樂器──呈現出暫時的資料來

作者現場解說：這個訊息是節錄自瓊‧利伍卡德特博士學位論文：〈為資賦優異之青少女學生們所開設的特殊課程：一篇在概念上的計畫課程之個案研究〉，裡面的第五十六至六十二頁內容。雖然這篇研究是在1983年才完成，但是瓊描述了本身努力的奮鬥，要來使自己的資料變得有意義，其預示了許多原本在以藝術為基礎、詮釋學的研究裡面固有之議題來。瓊組織了這些訊息到幾個編排思考進展的小節之中，而帶領她最後能夠進入到一種「啊哈」般的豁然開朗時刻。

參與者的描述──資賦優異的青少女所詮釋的概況

A.背景資訊

　　我本身研究要用一種有效的方法來聚集起參與者所有各種類型的資料，但是這卻是一條既長又艱辛的步驟過程。在某些地方上，如此像是家庭背景以及智力商數（intelligence quotients; IQ），參與者具有相當高的同質性，因此事實真相就很容易簡明地被陳述出來。她們都是來自於具有傳統結構的白人中產階級之郊區住宅家庭：家中有多個兄弟姊妹、母親是全職的家庭主婦或是從事於文書、護理以及教學的工作；父親則是位於管理階層或是行政人員、具有專業的或是技術性的，以及在手工藝產業或是在商店中工作的領域。智力商數的分數範圍從122到148都有，而裡面只有三個分數是低於130；智力商數的平均數為135……。

　　在記錄了以上的內容之後，可能會被認為其特質是一個相當保守的群體以及學校的資優課程，我有責任要來整理分類出本身已經蒐集到的其他大量之細目內容，這是為了要從她們之間辨識出意義來。

B.團體參與者所努力的兩件事情

　　一個合乎邏輯推論的學生小團體是取決於成績分數的級別。這個小團體的確能夠產製出一些結果來，顯示某些參與者彼此之間在成績表現上的相似性以及介於不同成績等級的參與者之間的差異性。那些介於不同成績等級線上的差異都可以用程式運算來取得其含意……，但是它們這些數值並沒有辦法幫助我來確定出不同的特質，而有足夠的內容得以拼湊出一幅圖像。

　　我接下來要努力嘗試藉由她們可觀察得到之對於傳統價值的傾向來分析這些參與者。細節部分就會從分析當中浮現出來，但是參與者的人格特質卻不會鮮明地呈現出來。我對於她們的理解就像是沒有對這些個體增加任何有意義的方法，但是我的確達到了另一種教育學課程上的建議方式……。

C.具有高度成就的人、社會型領導者、具有創造性的人，以及反抗權威者

　　仍然覺得有必要來更加清楚地描述參與者，我努力克服另外一個架構

來觀察資賦優異的學生們。我個人以及其他人在資優教育這個領域當中的經驗……，都已經產生出相當一致的方式來將這些資賦優異的學生們加以分類：具有高度成就的人、社會型領導者、具有創造性的人，以及反抗權威者。運用資賦優異學生的這四種例證，我發現到要串聯起他們的特徵到在職教師（inservice teacher）與準教師（preservice teacher）那裡就變得容易多了。瞭解到資賦優異的學生之範圍是從「圓潤臉上散發光彩渴望得到知識」到「拒絕為任何好處來作答之悶悶不樂或是傻笑型的參與者」都有，這有助於教師能為每一種類型發展出符合真實的預期以及教學策略。

我現在希望自己有機會能夠聚集這些各種經驗歷程的參與者到這些標題之中，藉由進一步描繪出在每個類型中固有的特質來增添到已經存在的簡介概況當中……，在這個（研究參與者）團體裡面有許多具有高度成就的人；這裡有許多的社會型領導者；這裡有幾個具有創造性的人；這裡沒有任何反抗權威者。這四種資賦優異的學生類型之分布並不會令人感到訝異。在我的經驗當中的前面這兩種類型通常組成了我們所有資優課程團體中的大部分，這是因為具有經驗歷程的參與者都是經由自我選擇過的，這不會是反抗權威者那樣可能會想要加入到一個所謂的「當權派」之團體當中。

然而，我對一個真實現象感到困擾，在具有經驗歷程中所呈現的這三種類型並沒有顯示出彼此具有互斥性。雖然有些參與者會符合所區隔的定義，但是卻有其他更多的參與者符合兩到三項的所有範疇當中，就像是這裡有一位啦啦隊的隊長擁有平均成績（grade point average; GPA）為4.3、一位游泳校隊代表的平均成績為3.6，以及一位詩集、圖文新聞報紙的編輯之平均成績為4.2。

考慮到這個分類系統在有關於描述到具有經驗歷程的參與者時推動了我的思考方式，其藉由本身來證明出不足之處。這裡也有其他的特點，然而卻也相當難以理解，不符合那四種的行為模式，會使得介於它們之間的界線變得模糊，但卻又沒有提出一個較清晰的參與者分類之圖像來。

D.研究所發現的架構

具有高度成就的人有一種與其他類型能夠加以區隔的方式，而這是我

尚未能夠辨識出來的。我希望能夠抓住她們行為中的一些細微差異，讓我得以有線索來瞭解到她們難以理解的特質。將拼貼內容、名冊示意圖，以及一大堆的謄本、記錄與電腦列印資料之箱子放置到一旁去，我閉上自己的雙眼並且創造出一些本身參與者的內心圖像來。裡面有一位眼神直直地凝視著、另一位臉上表情很痛苦的樣子、還有一位有一雙大眼以及隨時會出現的笑臉，以及上述以外的第四位有著目光向下的悲傷眼神。最後，所有這四十八位都展現在我的面前，投射出具有信心、競爭力、天真純潔，或是憂慮的印象來。

　　我開始來概念化一個新的模型，第二個具有四種因素的分類範疇之系統——這一個是立基於本質上而不是行為上的證據。它呈現出我所擁有的風範來為每一位參與者想像出區分每一個之間的某些內在特質，內容也許是她的意志或是動機。參與者具有高度成就動機的原因是不一樣的，就像是具有主動的社會性互動之參與者的原因也是不同的。這感覺像是要我來探索那些源於我「曾經看到」而顯示出的四個模型，其位於每個構念（註釋3）當中的差異點——某些態度、舉止風範，以及姿勢——都可以產生出每個參與者鮮明的圖像來。

E.莎士比亞口中的女性

　　在我對於這個觀點的想法，我跳躍過本身視覺上所看到的參與者而直接到達莎士比亞對於女性的特質描述：這裡有鮑希雅（Portia）[2]，個性僭越且有毅力；可蒂莉兒（Cordelia）[3]，個性甜美且順從；米蘭達（Miranda）[4]，個性天真且情感豐富；德絲提蒙娜（Desdemona）[5]，個性謙卑卻容易受到驚嚇。

　　這些角色類型「恰巧符合」我對於具有經驗歷程的參與者之所有印象。她們言行表露出令人感到興趣的訊息來，看起來極為相似鮑希雅、可

---

[2] 鮑希雅是莎士比亞作品《威尼斯商人》（*The Merchant of Venice*）中一個不願向命運低頭的女性，聰明自主地走出自己的方向。
[3] 可蒂莉兒是莎士比亞作品《李爾王》（*King Lear*）中李爾（Lear）的女兒。
[4] 米蘭達是莎士比亞作品《暴風雪》（*The Tempest*）中魔術師普若斯皮羅（Prospero）的女兒。
[5] 德絲提蒙娜是莎士比亞作品《奧賽羅》（*Otello*）中奧賽羅（Otello）的妻子。

蒂莉兒、米蘭達、德絲提蒙娜在話劇當中的角色。我研究了參與者的名單並且受到激勵，認為我可以鑑別出大部分的學生到這些類型中的每一種。這樣的切合度會變得更加強烈，如同我將這些訪談稿以及其他的文獻資料整理且分類到這四種範疇之中一樣。每一種類型的概況就會浮現出來：臉部的表情、身體語言、所選擇的服飾穿著、對於權威的態度反應，與朋友的互動、受到限制的所在地……，與先前提到過那個為資賦優異學生所設計的類型系統交互影響……。這些事物的原始型態——鮑希雅、可蒂莉兒、米蘭達、德絲提蒙娜——都可能會提供參與者一些有意義的角色特徵（一種教育學上的構念）以及深入到他們教育學上所需要的洞察力。

F.資賦優異的青少女所詮釋的四種類型之簡介概況

　　資賦優異青少女的四種類型之詮釋概況可由下面內容，區分成兩個部分來說明。講稿，呈現在頁面左側的內容，可以在班級教室中被用來產生討論內容並且幫助學生來進行自我精神分析。給教育者的講稿上之筆記，如同是在右側頁邊空白處的註釋所列印出來一般，從研究當中的講稿裡面詳盡解釋其細節部分以及其結論，來作為是每一種教育上所需求的類型。

第九章

進入到公開論述中：博士學位論文口試會議

◆挑戰「如同審判般的攻防答辯」之刻板印象

◆博士學位論文的品質

◆關於博士學位論文品質要求上的觀點之相稱性

◆博士學位論文在博士候選人日後專業生涯中所扮演的角色

◆參與到實際之考慮因素

◆為沈重的博士學位論文之步驟過程帶來解脫

◆進入到博士社群當中

◆本章節概要以及結論

　　第六個思慮周延的循環牽涉到必須轉移博士學位論文到公開論述的場合之中。當博士生研究者不停循環博士學位論文給他（她）的論文口試委員來進行一個正式的檢視時，這個轉移就開始了。教授，身為一個更廣泛的學術社群之代表人物，有機會來評判這篇研究是否好到足夠可以堅持住本身的價值，並且能夠進入到這個正式的、公開的論述當中。

　　價值評判這個詞彙在很多狀況下都帶有不祥的弦外之意。如同一位學生所發表的看法，「這篇博士學位論文是我一直持續在進行的所有工作之結果。裡面有相當大的焦慮存在。這真的很令人感到害怕。」在很多狀況下，這看起來好像能夠讓我們，這個在博士學位論文民間傳聞中的循環印象——就像是一篇研究調查中的攻防答辯——可能加劇心態上以及可預期的焦慮，而轉換成讓人衰弱的討厭或是懼怕事件。因此，我們藉由挑戰像是盤問研究調查般的攻防答辯之錯誤刻板印象來開始這一章節的內容，重新建構博士學位論文口試會議像是一個更加反覆持續進行之思慮周延步驟過程。之後我們會探索一個在議題之中相當複雜的混合，而這可能會影響到博士候選人口試審議的特質。這些包括了博士學位論文的品質，對於品質上的觀點之一致性，以及博士學位論文在博士候選人專業生涯中所扮演的角色。

　　有這些內容來當作是背景，我們在這裡會討論到幾個相關於第六個循環裡面的實用性之議題。因為每一所大學都有本身相關於博士學位論文口試會議之特定的具體政策、程序、習俗與儀式，以及整個博士學位論文步驟過程的結束流程，在這一章節部分當中所要呈現的重點並不是一種觀點。反而是，這些是要用來幫助博士候選人瞭解到當他們準備進行博士學位論文時，需要事先準備哪些工作。在這一章節的結論部分，我們觸及到幾個浮現的議題，來當作是博士班畢業生開始要來調整適應博士學位論文完成後的生活。

挑戰「如同審判般的攻防答辯」之刻板印象

盤問研究調查給人的印象————————————————————

　　鑲嵌在博士學位論文當中的民間傳聞是一種攻防答辯的印象，這就好像是一個令人受不了的研究調查之盤問，其瞄準於揭露所有在研究上以及博士候選人本身的瑕疵與缺點。此類像是「烈火審判」（trial-by-fire）般的印象形構了博士學位論文的攻防答辯方式如同是一種教授顯示其最後且獨斷的操縱權力。如果博士候選人能夠在這盤問下存活且能夠通過這最後的障礙，之後他（她）就有資格來獲得這個學位。要來爭論這裡是否有引發教授對於權力的誤用或是濫用之案例是沒有意義的。而且更加沒有意義的是將論文口試委員塑造成「敵對」的角色，並且假設他們都懷有惡意之目的。如此不正確地把博士學位論文口試委員的角色以及職責曲解成只是來暗中破壞審議的步驟過程而已。

　　博士學位論文的品質會反映在博士候選人、那些與博士候選人共事過的教授們，以及依法授與博士學位的大學身上。一篇不符合最低學術門檻要求的博士學位論文會嚴重損害到所有前述的三者。在某種意義上，論文口試委員會的檢閱可以保護年輕學者免於倉促地受到他（她）自己本身作品的支配，而能夠擁有更加廣泛的（且有可能更加具有評論性的）徹底檢查。

　　當博士候選人已經與本身的口試委員會建立起一個審議的關係時，博士學位論文的口試會議就可能會成為整個持續進行以及逐漸形成的步驟過程之形構的一部分。攻防答辯過程就不一定會變成需要竭盡全力的測試，而使得學生的下場只有通過或是失敗兩種。反而是，它可以被看作好像是近來在逐漸形成的研究調查之盤問中最為反覆的一種整體之觀點。可以提出相反的論據來說明，到了那個時候，博士候選人都希望這個反覆循環能夠好到可以來為博士學位論文的步驟過程劃下完美的句點。但是小心謹慎

的博士生研究者可能會認為在博士學位論文還沒有準備好之前，就要自己的口試委員在「未經適當考慮便機械性地贊同」是不太可能會有什麼好結果的。

　　學生們陷入在如同是審判般的高度戲劇化之博士學位論文攻防答辯中，這看起來好像是假設他們沒有辦法決定如何安排口試會議的進度，而且他們也無法私下瞭解在這神祕的重要人生階段中可能會發生什麼事情。在持續進行的關係脈絡中來檢視口試會議，也許有助於消除一些潛在性使人削弱力量的焦慮感。

過程與關係的持續性

　　有時候，博士候選人看起來好像會把博士學位論文的「攻防答辯」激起深沈的特殊重要性來，好像這會被看成如同一個嶄新以及獨立的事件。不要忘了口試會議是從一個持續的過程以及以建立的關係之脈絡中來逐漸形成，而這可以幫助博士候選人瞭解到什麼是可以預期會發生的結果。如果與口試委員的關係是建立在彼此相互的信任以及敬重上時，這裡還會有任何現實的原因可以在風度與行為上，來預測其會出現一個突然的改變嗎？

　　也許某些學生們會認為攻防答辯的程序，是需要與論文口試委員站在一個嚴厲的、敵對的狀態中。為了要來確定這是否為真的是一個值得關注重點，博士候選人也許可以與自己的指導教授談論口試會議中相關之目的以及進展方向。除此之外，他們也可以參與幾個博士學位論文的口試會議去找尋可能會發生的第一手資訊。提醒那些選擇在後者建議中行動的人，不要只是從一場口試會議中就過度歸納出結果來。每一個不同的口試委員會也許都會有其自身獨特的個殊性，每一位博士候選人也都與他（她）的口試委員有一段相當不同的歷史經歷，而每一場口試會議也可能會由不同方式來展開。一個獨立的觀察就好像是要來避免一個範圍有所限制以及可能有所曲解的觀點。再次聲明，與自己的指導教授拿來和個人的觀察做一比較，也許可以提供一個比較好的檢視以及平衡效果。

　　我們可以想像得到有些學生會在失去一切希望中氣憤地發牢
騷，這就好像他們閱讀了先前段落之後的反應。如果曾經有過這
樣不是相當順遂滿意的互動之歷史經歷時，則思考過去與本身的
口試主委或是某些口試委員的關係，可能會喚起某些令人感到恐
懼的深層感覺。我們沒有立場來對如此關係之淵源妄下評論；事
實上，有些教授可能確實讓人極度難以在一起共事。如果學生是
在無意間或是有所需求而選擇了這樣的教授來當作是自己的口試
委員的話，那真是太令人感到遺憾了，因為那會減損博士學位論
文經驗的價值性。然而在我們的經驗中，如此「令人不滿意的」
互動在很多狀況下都會比民間傳聞可能隱含的樣子要更加少出現
很多。我們的重點在於要來提醒博士候選人不要產生這種無意識
中最糟的假設。

　　相反的，有些學生們可能會認為：「我已經寫完了。我的
主委跟我相當『麻吉』，所以他會讓我通過的。」指望著「友
誼」，尤其是相當受到質疑的學術案例，如果口試委員很嚴屬地
批判這篇博士學位論文時，此時可能會導致讓人感到相當震驚的
覺醒。如果學生們讓博士學位論文或是口試會議的重要性顯得相
當瑣碎的話，如此未料到的情況之發展就可能會讓人感到有一種
「被出賣」的感覺。對於認真謹慎而又有責任感的教授來說，對
於如何評論一篇博士學位論文是與友誼無關；而是關乎於學術的
問題。

　　其他還有另一個值得在這議題中標示出來的重點。學生們不
應該未加思索就自動地假設教授們會為博士學位論文的口試會
議，帶來相當充沛的經驗或是有見識的想法。較年輕的教授在各
重要方面尚未在本身的角色上獲得正式的確定方向，或是準備來
擔任一位博士學位論文的指導教授。最後就是，他們很有可能只
運用本身有限的經驗來指導博士學位論文的步驟過程。取決於他
們是否對於博士學位論文感到滿意，他們要不是試著為指導學生
重新創造出經驗，不然就是否定掉不合意的模式。缺乏經驗的教
授也有可能會覺得很訝異於發現到每個學校都有自身的「博士學

位論文之體現形式」。在自己拿到博士學位的研究所中所吸取之準則範例，可能不會很妥切地適合到他們開始從事自己的學術生涯之大學文化當中。這些也許都會讓教授們加速重新適應此段時間之腳步。

較年長的教授可能會面臨到一些有點不一樣的兩難問題。那些受過量化或是實證研究訓練模式的人，在很多狀況之中都會覺得指導一篇質性研究是頗為不同的。然而他們卻不是很肯定到底是在哪裡有不一樣的地方。處在這狀況中的教授可能會開始摸索來理解如何對指導學生產生最大的幫助，這甚至就好像是他們正努力於理解一種全新的認識論之領域範圍一樣。

會隨著時間以及經驗的成長，而逐漸發展個人指導博士學位論文以及主持口試會議的風格。很確定的是，我們本身對於步驟過程的理解會持續加深，這個結果會如同一直從事於指導具有相當不同需求以及能力之廣大範圍的學生。在口試委員會與其他教授共同服務也可以增廣我們對於建議學生以及主持口試會議產生有不同風格的鑑別度。此外，我們對所有學生們最好的建議就是進入與其他口試委員產生實質部分的對話，來討論他們對於此博士學位論文的觀點。很希望這本書的某些部分可以幫助學生們用一些方法來架構本身所關注的內容，來促進每個人的參與都是富有成效的探索。

重新架構攻防答辯方式

我們希望之前的討論內容能有助於驅走博士學位論文口試會議之中不正確的民間傳聞，使其不會像是審判一名走霉運般的博士候選人一樣。然而，在結束這個印象之前，這裡還有一個相當值得注意的重點。理解到像是烈火審判般的想法只是一種假設而已，這只是博士學位論文口試會議本身轉變成候選人「成敗關鍵」的壓力罷了。這裡意味著是否可以取得博士學位的最後標準就是個人如何在這水深火熱之中的反應了。也許，對某些學生以及教授而言，這會呈現出一種對於候選人是否具有紮實的論述以

及嚴密的謹慎思考之能力測試。從我們的觀點來看，這只是拙劣地模仿真正嚴謹的博士學位論文——完成一篇理性上精緻的、聽起來具有概念化的研究調查。就像是這本書從頭到尾所提到的，我們深深相信不論是從學生或是學者那裡而來的博士學位論文都有其可塑性的能力。在我們的經驗當中，這種轉變的能力會在這整個歷程裡面持續地逐漸發生，而不是如同在口試會議的盤問結果下而瞬間爆發出來。而最後的測試則是座落於博士學位論文這樣的學術證明之中。

　　就像是我們所建議的，如果博士學位論文口試會議並非是一場具有儀式性的盤問或是烈火審判的話，那麼在博士候選人與論文口試委員之中的思慮周延之特性如何能夠被理解呢？當然，這裡並沒有一個簡單的答案來回應這樣的問題，因為思慮周延是由一個複雜的議題之相關事物所形塑而出。在這個相關事物的核心部分就是本篇博士學位論文的文獻本身，提供了研究調查的敘述內容。之後，還有一個核心議題要探討的是來自於口試委員以及候選人對於博士學位論文的品質之觀點。而對這議題進行面試則是另一個議題——博士學位論文本身的步驟過程呈現出了什麼內容給候選人以及口試委員。以上這兩者都關聯到公開論述的議題當中，最立即進入到口試會議之中，不然就只好延期了。這些議題之間的相互影響為博士學位論文口試會議期間所發生的謹慎思考打下了深厚的基礎。

博士學位論文的品質

　　在第七章之中，我們向外提出了七種準則（完整性、真理、精確性、實用性、生命力、美學以及道德標準），就我們的觀點來看，其建構出了聽起來像是概念化般質性博士學位論文所具有的特徵。在我們本身與博士候選人的口試會議之中，大部分的思慮周延是藉由其範圍所形塑而出，而博士學位論文就會在這之中

提供研究調查已經符合這些標準的證明來。考慮到這個，博士學位論文就可能會座落在任何令人無法接受到可作為楷模之順延具有一體性的地方。

令人無法接受的品質

在其中一個會終結其一體性的就是博士學位論文之中充斥著各式各樣概念上的缺陷。在一些案例當中，如此之落差可能真實地存在於研究調查本身當中；舉例來說，蒐集到了一些內容不充分的資料、資料的分析可能過於草率、可能輕易完成詮釋的內容而顯得太過表面，或者意涵可能不是變得瑣碎不然就是相當敷衍。在其他的案例當中，研究調查本身可能已經相當令人感到滿意，但是在博士學位論文當中文獻之研究調查裡面的描述內容也許會讓人對其可靠性產生懷疑。要是文獻內容沒有達到令人可接受的最低門檻，即使具有嚴謹的特徵或是問題的來源都可能還是讓人感到難以理解。在某種意義上，安排正式審查的進度表必須至少提早三週。然而，博士候選人、指導教授，以及（或是）論文口試委員可能會覺得有需要來開個會，經由研究調查或是文獻之中有問題的面向來加以整理分類。如此之會議可能會比較適當於計畫成如同是一個運作的部分，而不是正式的官方審查。

在如此的審議期間當中，博士候選人並不是一位被動的觀望者，等待命令而得知該如何修改這些缺陷。反而是，在整個審議期間他（她）應該是一位主動的參與者，獨自與教授共同來努力克服，以為哪裡有所缺失或是哪裡需要完成的地方來找出一個更清晰的觀點。在很多狀況之下對於所有的關注而言，那些使得這些思慮周延變得如此困難（而且令人感到挫折）的就是介於被用來產生它們所描述的內容，以及正當性邏輯之間無法分離的連結。大體上，一篇概念上完整之質性或是詮釋學的博士學位論文會座落於具有思維的品質上，使得博士生研究者能夠拿來用以支持這個調查。「修正」概念上的缺失不單單只是複查文本裡面每一個部分的情況而已，而是博士候選人獲得一個新的或是提高了

他（她）原本在思考上有所遺漏之痕跡的意識。舉例來說，卡蘿從來都沒有全面性地理解出介於研究類型以及正當性邏輯之間這錯綜複雜的連結。因而，她的博士學位論文草稿幾乎全部都具有廚房洗滌槽的綜合症狀[1]之特徵。為了要能夠「符合」研究，她需要重新架構整個研究調查內容所特有的類型，以及透過一個前後更有一致性的正當性邏輯來根據描述內容以構成研究調查。雖然博士學位論文當中具體的訊息可以被用來闡釋問題的內容，但是其卻只是在研究調查之中改變那些無法標示出更為深入的矛盾性而已。

稍微可令人接受的品質

　　較不會那麼極端，並且會更加一般化的，就是那些躊躇於學術上可接受的門檻附近，但是卻還保有一項或是多項嚴重缺陷之博士學位論文。在很多狀況下，這些都相當容易解決的，因為它們都是從更為可以控制之問題中所浮現出來的。舉例來說，在傑克（Jake）博士學位論文的最後一章節當中，有一個在研究意涵之中頗為不連貫的討論內容。論文口試委員建議要涵蓋進一幅摘要表，使其能夠將意涵予以特別強調，並且藉此讓它們變得更加容易讓讀者可以接近。在露絲（Ruth）博士學位論文程序上的章節中，並沒有描述到她是怎樣獲得一套居於她本身學位論文核心的文獻內容。在接受這個研究內容的步驟過程當中，露絲之後變得好像很自然就獲得每個資訊的部分，並且已經忘卻讀者並不會自動理解到研究裡面的這個面向。在如此的情況之下，論文口試委員常常都可以建議其改變而稍微調整研究調查中的面向，或是填補這些落差的附加內容。審議內容可能會喚起那些博士候選人因為太接近而無法看清楚的研究面向之注意。或者是，已經精力消耗殆盡的博士候選人可能會由於檢視到更多具體需要修正，且能夠使其達到解決而繼續走下去的內容又再次充滿精力。在這些

---

[1] 相關意涵可以查詢第四章所提過的內容。

口試會議中的討論內容，不只是扮演了一個「問題解決」的增添而已，而像是口試委員以及博士候選人會達成一個共識來改變，而使得最後能成為一篇可令人接受的文獻。

可令人接受的品質 ━━━━━━━━━━━━━━━━━━━━━ 🏳

　　當博士生研究者已經很謹慎地透過整個研究調查步驟過程，而埋頭致力於思慮周延以及論述內容之中時，他們可能就會面臨到博士學位論文口試會議，來檢視這篇文獻是否有達到或是超過可接受的最低標準程度之門檻。在如此口試會議中所關注的思慮周延也許會轉了幾個不同的彎。在一方面，對於博士候選人而言，可能會關注於審議內容的意義，探究他（她）從這研究調查裡面學習到了什麼，並且進一步追尋藉由研究所產生的觀念之計畫。那些已經獨自閱讀完文獻的論文口試委員也許會希望彼此之間有機會來交換相互的意見，即使是與博士候選人也不例外。為了要達到一個更廣博之範圍，如此的審議內容也許會提供出用來肯定博士候選人已經理解到的程度，或是信任像是研究調查所做出來的結果。

　　然而，經過這幾年下來，我們也經歷過一些在審議內容上輕微不同的曲解發展。大體上，論文口試委員同意一篇博士學位論文就像其內容般是可令人接受的，但是同時也看到了其本身的潛力來當作是楷模範本。在這些案例當中，審議內容就可能會把文獻內容引領到更為修正過，且具有說服力的層次以探究出博士候選人的興趣來。從我們的觀點來看，介於一篇令人可接受的（或是更加不錯的）博士學位論文以及一篇可以成為楷模範例的博士學位論文之間的差異性，常常是取決於最外圍的描述內容；亦即是，決定於全面性的描述內容之敘述。如同在第七章以及第八章有討論過，質性博士學位論文是由所感興趣的描述內容來組成。精心處理描述的內容是一種反覆的循環過程，並在其中草擬一篇所闡釋的研究之現象或是上下文脈絡中的描述內容，用以為草擬詮釋的以及解釋的描述內容擺放出其位置來。逐漸地，草擬一篇

詮釋的以及解釋的描述內容，常常可以提供相當深入的洞察力到研究裡面的現象或是上下文脈絡當中，由此使得研究者可以運用更為適當的清晰性以及逼真性，再次精心處理博士學位論文中的每一個部分。同樣地，一旦研究者到達了研究調查的最終結果時，他（她）很可能會對全面性的步驟過程產生更加穩固的理解力。其有可能來修正包羅萬象的描述內容，以創造出一個更加具有一貫性的博士學位論文之編撰情節。

　　然而基於幾個原因，博士候選人可能無法完成這個最後的反覆循環。他們可能只是單純地用盡了時間、精力，或是其他的資源（例如：金錢、支持系統）而已。或者是，最後的、剩餘的不正確之「科學至上態度」的線索，可能會導致他們相信最後的再次撰寫是不被允許的。口試委員與博士候選人的審議內容之要旨可能是要達到興趣上的探究，或是有意願來將一篇好的文獻轉變成一篇可以成為楷模範例的博士學位論文。如果博士候選人決定不要演練這個選擇機會的話，這也並不是就表示他（她）之後將會在攻防答辯中無法過關。在接下來的許多討論之原因裡面，這樣的決定可能會具有其必要性或是適當性。

楷模範例的博士學位論文

　　有時候，口試委員有權力來接受到一篇「精心處理」成真的像是楷模範例的博士學位論文。在我們的經驗當中，有兩種類型的學生看起來像是可以產生楷模範例的文獻內容——那些在概念中的清晰性與一貫性上具有堅定需求的人，以及那些擁有敏銳的敘事體識別度的人。在很多狀況下，這兩種屬性是密切關聯在一起的。簡而言之，這些學生看起來似乎在本身可以敘述出一篇具有一貫性、良好精心處理過的情節內容之前，是無法獲得停止其充分的陳述。對他們而言，這個情節內容的本質是一個已經完整發展的概念性圖像，可以從具體的生活經驗無阻的流動到具有重要概念意涵的「為何如此？」之中。

　　那些產生如此高品質的學術作品之博士候選人可能會好奇：

「什麼內容會使得我們可能要來討論到2個小時的時間呢？」然而，這也許就只是如同他們可能體驗到的一種感覺，其更加像是佩特‧麥克馬隆所表達的：「我非常期待自己的博士學位論文口試會議。我已經處理完所有的工作了。這是真正與其他人共同討論這篇論文的好機會。無疑的，我的腎上腺素一直在上升；我很擔心會喪失這場口試會議的信心。但是我不會把這解讀成恐懼。因為我已經準備好了。」

事實上，論文口試委員也同樣像是博士候選人一般正準備要來產製相關的討論內容。博士候選人的作品提供了像是為擴大思慮周延邊際的一個發展性起始點，所有的參與者在這裡面都可以仔細檢驗研究裡面的意涵，以及延伸他們關於現象中相當具有深刻見解的啟發之想法。論文口試委員可能也會建議一些途徑來使得博士學位論文可以進入到公共論述領域當中——不只是透過它增加到學校圖書館裡以及成為博士學位論文的書籍摘要而已，也會經由文章、發表，或是專題研究或書籍形式來呈現。對於未來研究的可能性也有可能會進一步被加以探究。

如此的口試會議純粹是為了滿足教授們的意願，以及呈現出高等學術單位所能提供的一些令人滿意之學術論述時刻。然而，更常出現的是一種口試會議，博士候選人與口試委員能共同在其中仔細談論，確保一篇文獻將能夠更加符合外部的、學術的仔細檢視。然而，如果當博士候選人以及口試教授們正在檢視的文獻品質中握持著不同之觀點時，錯綜複雜的狀況就可能會浮現出來。

關於博士學位論文品質要求上的觀點之相稱性

觀點的一致性

先前的討論是依據在博士候選人以及口試委員可以共享一個

共同的背景這樣的觀念上，來仔細審思有關博士學位論文的文獻內容。其完美的狀況就是，博士候選人與論文口試委員對於博士學位論文的品質可以擁有較為相稱的評價。或者是，如果他們各自有不同的觀點，他們卻都可以評價此擴大博士學位論文的邊際而成為像是達到一種相互理解的方法，以及如果有必要的話，至少要達到一種合理的折衷方式。

當有博士候選人把自己視為是論文口試會議中的協同參與者這樣的案例發生時，就比較不可能有機會促成教授權力的運作，或是某個論文口試委員忽略要「融入自己的參與」這種觀念上的差異性產生。這裡也不容易出現一種期待來認為口試委員可能會提供詳細的一份「有問題之清單」，以說明出哪些是博士學位論文必須要完成的內容才得以「順利通過」。那些已經採取擴大思慮周延邊際能力的學生們會理解到，口試會議是可以讓思維逐漸從討論之中形成出來。結果就是，他們可以進入到討論之中，且具有投入的真誠、仔細聆聽的能力、有意願來探究問題與建議當中的意涵，以及準備就緒來清楚說明白自己的觀點與隱藏在這背後的理論基礎。當論文口試委員也同樣準備就緒來探究時，這個口試會議就會具有高度的生產力並且令人滿意，即使是一開始的地方可能有某些不足於令人可接受的博士學位論文也無妨。

觀點上的不同

當教授認為博士學位論文就像是還有主要的一些缺陷，而博士候選人卻相信文獻即使不是一篇好的內容，但至少還是令人可以接受的時候，問題就會趨向於浮現開來。這會傾向於創造出一個口試會議開端的緊張狀態來。在一個最糟的案例劇情之中，這可能會導致隨著口試委員要求重新審查，但是博士候選人卻拒絕聽從，而陷入一種「僵局」的結果。有幾種刺激的因素可能導致如此令人感到不幸的情境當中。如果博士候選人認為博士學位論文只不過是一種學術性的練習過程罷了，而對於要來重新審查的要求就很有可能會被解讀成像是一種主觀上專橫的障礙。大體

上，在博士學位論文中沒有什麼投入的博士候選人可能會採取這樣的看法：「我都已經通過你所要求要我跳過的所有箍環了。應該適可而止了。所以讓這篇博士學位論文通過，並且讓我能夠繼續往後的人生吧！」如果學生在這篇研究調查中沒有擁有什麼的感覺時，這個主題裡面就不會有任何特殊的變異數可以浮現出來。他們就會把自己當成是「沒有被告知任何正確訊息」，或者是沒有獲得有效協助的受害者一般。對於幫忙就會被解釋成如同是為了要完成整個任務中在細節上的指示，而不是對於一個學術思考方式的引導或是支持。

很反諷地，當學生們自己本身視為好像具有高度創意性、自由自在的個體，而自身的天分卻被誤解或是不被欣賞時，一種產生敵對的影響力量就有可能會出現。在某種意義上，他們將自己置於擴大步驟過程的邊際之度外（或者是過於看重），拒絕以折衷方式來妥協他們在博士學位論文的文獻中之觀點。在此，學生對於所有權的感覺是如此的強烈，而使得論文口試委員受迫要不是接受不然就是離席的結果。雖然我們承認有些非常態且具有創意的天才，也許可以創造出無法讓教授們感到欣賞或是公平受到評價的博士學位論文，但是在絕大部分的案例中，這種態度只是提出證明博士候選人錯誤地理解到擴大思慮周延的邊際之重要性。

朝著可共享的觀點來努力

很幸運的，如此極端在博士候選人或是口試委員觀點上配合不當的例子只是少數而已。大多典型上只是博士候選人對於本身的作品沒有清晰的想法。從這裡面沒有太多的個人經驗可以描述，這些研究初學者缺乏一個上下文脈絡來真實地評判出到底他們所產生出來的結果有多少價值。我們已經看到一個銅板的兩面了——其中一面是學生們自認為本身的博士學位論文比它真實情形來得更加完整，而另外一面卻是學生們過度低估自己作品的品質。不論是在哪一種情境下，口試會議都提供了一個論壇，博士

候選人可透過此來獲得更多明確而詳盡的理解，本身作品如何得以符合（或者是不符合）一篇嚴謹的博士學位論文研究之標準。口試會議也會提供另一種機會來學習究竟什麼是成為一名研究者或是學者的意義，以及如何運用啟蒙之眼來評價學術性的產物。

　　當博士候選人打了相當穩固的基礎、在本身的作品中擁有精確的想法，並且贊同論文口試委員認為博士學位論文雖然令人滿意但卻不是特別突出，這樣另外一種情節就會浮現出來。在如此之案例當中，情有可原的情況就有可能會出現，就好像博士候選人以及（或是）口試委員必須決定哪裡應該要對彼此加以敦促，產生更加文雅的草案或是相互同意哪裡是基本上會產生「負向數值」的具體改變。舉例來說，瑪德蓮娜（Magdalena）意識到自己的博士學位論文可以從被建議加以修正的地方中獲得較佳的結果，但這不一定是必須來自於本身的口試委員當中。然而她已經從本身國家政府的撥款補助來到美國唸書。而撥款補助已經快要到期了，所以她預計將要返回自己的國家並且開始承擔起教學的責任來。雖然帶著某些的遺憾，瑪德蓮娜還是決定讓博士學位論文維持在像是撰寫的狀態當中。

必要的折衷方式

　　我們之前毫不保留地在這本書中，很多已經談論過的內容是假設到博士學位論文的研究，可能會成為真實生活中讓人非注意到不可的一部分。然而實際上，我們曉得有時候也會有其他真實生活的情境，像是瑪德蓮娜的急迫性，會導致博士學位論文的步驟過程產生結束，尤其是當文獻本身還仍然是一篇草稿且遠遠尚未達到概念上的完善地步。像是孩子即將臨盆的時刻，卻因為配偶換了工作或是財政上的緊縮而需要遷往別處，這些全都是情境中的例證而可能對博士學位論文造成某一種程度強加上的專橫終止情形。博士候選人以及指導教授兩者可能都完全能理解博士學位論文可能由於某個最後的編輯整理，將所有的內容湊在一起而獲得實惠。然而兩者可能都需要在如此令人非注意到不可的真實

狀況中的表面上，以折衷方式並且接受這個令人可以容忍，但卻不是用作楷模範例的文獻內容。

當口試委員達成共識認為這篇博士學位論文已經相當不錯而能夠持續下去的時候，一個異常令人感到不自在卻情有可原的情況就會不時地產生。已經相當盡力（以及耗盡精力般）去幫助博士候選人來瞭解到一篇研究在所延長的那段時間中如何需要加以強化，以及只有發現到一些微不足道而要改善的地方，而使得口試委員可能會決定讓其獲得解脫且繼續正常生活下去是妥當的。有些人可能會好奇：「如果一篇作品沒有達到該有的水準的話，是不是應該要讓這名學生不合格呢？」也許在一個理想化的世界或是最無雜念的判斷中，這是可以執行的。然而很少有情況是可以從這樣單一的層面來看，而且當學生都已經向前花了許多思慮過的努力時，如果拒絕授與這個學位那就可能太說不過去了。

我們的目的是要編排這些各式各樣的情節來標示出兩個重點來。首先，對於博士學位論文品質在觀點上的相稱性或是非相稱性，可以有助於形塑出口試委員與博士候選人在口試會議期間的審議內容之特徵。其次，對於許多原因來看，並非所有已經完成的博士學位論文都可以被視為在品質上是程度同等的。總是與首先提到過的質性博士學位論文糾纏在一起的人，會發現自己所要面臨並且假定這只是一個需要與別人競爭之「模型」的話，這可能會產生相當大的風險。持續與個人口試主委以及其他口試委員進行謹慎的討論，可能會是最好的保護性措施來抗衡這潛在性意想不到的危險或困難。後者提到的重點可以引領到另一個可能會在博士學位論文口試會議期間當中出現的議題——教授們與博士候選人介於博士學位論文以及畢業生未來的工作角色之間具有關聯性的觀點。

博士學位論文在博士候選人日後專業生涯中所扮演的角色

透過這一整本書的內容，我們已經挑戰了許多博士學位論文

當中認為其只像是學術的一篇練習作品之不正確的刻板印象。如此之挑戰觀點是深植於我們本身對於個人的以及專業上的博士學位論文意義之信念。逐漸地，這些信念會根植於從事我們本身博士學位論文的經驗當中。

　　有時候諾林在撰寫她的博士學位論文時，質性研究調查在我們自己的大學中並非真的是一件可供選擇的項目。這雖然無關乎是有意造成的政策事件，卻反而反映出了現今所盛行的實證典範。隨之而來的，諾林只好埋頭致力於一個臨床的管理研究當中，而這並沒有反應出她最真實的聲音，一個更屬於是詮釋學的傾向。對於本身努力所呈現的結果內容感到不滿意，諾林常常會說些諷刺的話語：「我希望自己的博士學位論文在被放到圖書館裡面之前，能夠形成所有這四個方向的內容。」其顯得過於天真，她用這樣的想法來安慰著自己：「不論在哪個地方都不會有人來閱讀這篇博士學位論文。」三年過後，有許多令她感到懊惱的事，她開始看到本身的研究在其他有關臨床管理的文章中被引用到。「這真是令人深感痛心」，她解釋給自己那些組成第一批博士學位論文研究團隊的指導學生們聽。「但是我沒有得到什麼協助，這裡沒有任何可供合作的審議內容，我必須靠自己本身去完成這作品。」這篇博士學位論文的經驗給了諾林在思慮周延上燃起很大的信念，她強烈受到情緒支配來倡導詮釋學的研究，可以當作是一種可讓人加以選擇之可靠的博士學位論文研究的項目，她致力於支持學生學習相關的詮釋學研究，而且她認為這樣的博士學位論文具有一公開的地位，是不可以也不應該被貶低其重要性的。

　　瑪麗亞有仔細考慮過諾林提過的相關公開博士學位論文本質上的訊息，因此開始撰寫一本最後有可能會出版成書的博士學位論文。她所設定的目標不只是對醫院當中的教育工作內容貢獻出洞察力，也希望能夠藉由其他以醫院為基礎的教育業者來推廣這以工作為基礎的研究。雖然這些目標都無法用一種她所希冀的方式來達成，但是在瑪麗亞博士學位論文裡面的研究方法之章節

中，卻證明出其有助於其他正在為質性研究努力克服其理論基礎的學生們——特別是，紮根理論。有時候，正當性邏輯的概念仍然尚未進入到質性方法之中的論述部分。大體上，這就是她所創造像是自己努力掙扎要來理解本身研究程序之中的合法性。經由這樣的經驗使得瑪麗亞受到強烈情緒支配的信念可以努力克服個人正當性的邏輯，而可以促進從長期爭鬥或是帶領群眾歡呼的思想方法，得以改變成思慮周延且符合學術性之罕見的態度。

然而，透過我們與各式各樣的教授以及學生之面對面，我們可以識別出在觀點上的不同範圍來說明其關聯到博士候選人日後專業生涯的博士學位論文之角色。當教授質性研究導論的課程時，我們面對到那些無法看清楚介於博士學位論文，以及本身日後在學術領域之外的專業生涯之間有任何關聯性的學生們。其博士學位論文可能就會被單純地檢視成像是一篇特別冗長的文章，只會被論文口試委員（也許還有個人的配偶或是母親）來加以閱讀而已。如果持續保有這種觀點的話，其可能會被解讀成一種認為博士學位論文不是真正具有重要性的觀點。在博士學位論文口試會議期間的審議內容，可能會令人覺得像是一場拔河比賽（tug-of-war），就好像教授會促使博士候選人去注意到文獻裡面所公開的複雜系統之部分，而這學生本身處理得好像是在吹捧一篇期末報告一樣。

在專業的學院裡面，有些教授會強調學生們的角色應該要像是全職工作者一般。博士班的研究是要能夠透過獲得更多精緻的方法、技巧，以及模型來提升本身專業上的能力。博士班的學生們，尤其是那些已經獲得像是一名傑出有專職工作者名聲的人，也許會看起來像是可以貢獻在以行動為取向的專業從事場域之中。「博士」這個頭銜也許可以廣開其門路，並且提供如此的有專職工作者得以進入到一個讓他們可以試著來努力改變的新場域。在這架構之中，在個人研究領域中的學術上之論述內容的貢獻，可能就會被視為比較不像是令人非注意到不可的個人就業場域之貢獻。

　　其他的教授也許會把博士學位視為像是一張進入到學術領域當中的「入場通行證」，假設畢業生將來會從事於如同大學教授一般的工作。從這觀點來看，會比較受到重視的，就可能要頒給一個高度理論性的研究以及專精於複雜研究技巧的內容。博士學位論文使得博士候選人可以在研究已經極度分野的領域中，發展出更深入的專門知識或技巧，並且為將來的院士提供一個像是訓練的場合來學習如何引導博士學位論文的研究。論文口試委員，瞭解到長期聘用的壓力以及要求條件，也許會將評鑑博士學位論文換由其是否有潛在性所附加的文章，可以適合來發表在學術期刊、一個具有多種範圍的研究議程之實際組織，以及或許是一個可以取得最大量資源的影響位置之中。

　　如同在這一整本書中所建議到的，我們本身的見解會座落在介於這兩種觀點之間的某處上。對我們而言有用的是博士候選人的發展過程，如同是學術的從業者般，能夠證明出其具有擴大思慮周延的邊際之能力。這種觀點是依據於如此的觀念上，不論畢業生會投入到哪個專業的角色或是場域之中，一個思慮周延的取向都將會提供他（她）在需要時具有的幫助。的確是，如同是這領域中最高的學位一樣，博士學位會帶來一種期望認為畢業生將來會撰寫出在本身領域中具有貢獻的論述內容。那些認為「一旦我獲得了這個學位，我就再也不要持續地撰寫下去」的學生們，真的是太過忽略了學術圈對這個學位本來固有的責任期待。較為理想的是，那些已經發展出思慮周延的能力之畢業生，就比較能夠搭建起介於工作的世界以及研究的世界之間的橋樑。

　　需要博士候選人銘記在心的簡易重點，就是任何博士學位論文的口試委員會都可能是由具有各種差異性觀點的教授們所組成。雖然這些差異性不會相互地彼此排斥，但是他們可能都會影響到教授們在博士學位論文口試會議期間所提出的關注內容。在某種程度上，關於博士學位論文的審議內容可能會涵蓋到教授們彼此化解本身對於博士候選人專業發展上所安排之博士學位論文角色所具有的不同觀點之分歧。

之前討論過之目的也就是：第一，消除對於博士學位論文口試會議的審查印象，以及第二，用來建議許多影響到口試會議中審議內容之特徵的議題。在內心中保有這樣的脈絡，我們現在要轉向到幾個也要開始來進行的實際之考慮因素。

參與到實際之考慮因素

安排口試會議的行程

鑲嵌在研究調查的審問想法是一種「準備妥當或是尚未」的錯誤假設，認為博士候選人沒有任何可以置喙的空間，可說出博士學位論文何時已經準備好給正式的口試委員來回顧。然而，在典型上，這裡存有一個博士候選人以及他（她）的指導教授之關鍵決定因素。在思慮周延的第五個循環之後半部期間，如同是博士生研究者可以預見接受這個研究內容的結果，其就可以開始來擬定博士學位論文口試會議的日期。在一種「啊哈」般的豁然開朗時刻之後，博士候選人看起來似乎更有能力來評估大量的工作，以及在所要求的時間內完成整篇博士學位論文的草案。

即使是如此，博士候選人也有可能會陷入到一個曲解的時間當中。一方面，他們可能正心急如焚地努力加緊腳步來完成自己的研究，而使其能夠趕上可以畢業的最後截止日期。他們也許會相當全神貫注地撰寫而可能忽略掉其他程序上的截止日期。舉例來說，我們過去有與幾個已經安排好口試會議的博士候選人共事過，我們以為他們有辦法在口試會議開始的前幾天就把博士學位論文交到自己的口試委員手上。當他們發現到學校要求文獻內容必須至少在距離口試會議前的兩個禮拜這段時間就要交給學校的單位時，他們很驚恐地希望能夠得到保證。要謹記在心的是提交博士學位論文的日期是與論文口試計畫的狀況有很多相似之處，而這些都可以搶在時間快到了之前來解決這樣的問題。預期所要求的時間還有多少是相當重要的，這是在口試會議之後要做任何

最後的重要改變來提交出審查通過的博士學位論文給學校，以趕在畢業的最後截止日期之前完成。即使是一些次要的修正或是校定都可能會把時間給消耗殆盡。

　　會有受到時間壓迫的感覺都是因為這些後勤的掛念而升起，並非是由於口試委員所強行規定的任何控制之進行表現而引起。博士候選人被鼓勵來與自己的指導教授密切互動，運用兩個關鍵的日期來當作是另一個重點，以建構出一個真實的時間序軸來。如果博士候選人希望要在博士學位論文完成的同一個學期中畢業的話，之後要面臨一個沒有商量餘地的日期就是學校規定要申請畢業的最後截止期限。另外一個希冀的日期就是與口試委員碰面的會議。從這兩個日期不斷地向後並且往前來進行，可以使得博士候選人發展一套可實行的工作進度表。在這個步驟過程的階段當中，為公開檢視來準備博士學位論文的文獻內容是一個能夠讓工作趨於熟練的關鍵面向。

為公開檢視來準備博士學位論文的文獻內容

　　安排博士學位論文口試會議牽涉到要製作可使用到的文獻備份來作為公開檢視──很有可能是要給學校單位的任何成員。每個學校都有其具體的程序來說明官方上如何提交文獻，包括將會在口試會議中討論到什麼以及所宣布的日期、時間，與口試會議的地點。那些假設自己可以在最後1分鐘把本身的文獻強迫給教授的學生們，可能太過於忽視這個在博士學位論文步驟過程中更為公開的面向。博士學位論文的答辯過程是公開給整個學校的所有單位，博士學位論文正式流程的張貼會使得感到興趣的團體有機會在口試會議中來回顧重要的文獻內容。環繞在許多前往到博士學位論文口試會議的教授，以及學生們習慣上會在議程中呈現出差異性來。理解到個人本身議程上的習慣是瞭解到什麼將可以被預期的一部分。

　　準備好要來提交博士學位論文涉及到文獻之中的形式以及概念內容這兩部分。有一些詞彙可以用來強調相關的準備形式之議

題。要將內容準備就緒的確是有一點複雜。

就提到博士學位論文的文獻本身來看，有一種平衡必定會令人產生深刻的印象，其介於一篇呈現為初步草案的文獻相對於一篇呈現為已經完成的文獻之間。一篇運用像是印刷錯誤或是擁有不完整且不一致的引述所篩選出的文獻內容，都可能會被理解成像是在理解上的草率與不用心。除此之外，當文獻呈現成已經在發展歷程上的一個作品時，論文口試委員也會更感到自在地來要求一些實際上的改變。另外一方面，提交出一篇高度修正過的，甚至已有專業上準備的文獻，可以傳遞出一個像是讓博士候選人可以預期不需要在這之上繼續工作的印象。要是並非如此一篇符合學校要求之正式文獻的話，博士候選人可能就會拿著這樣的方法取向而面臨到要冒自身危險來遭受額外的代價，以重新印製並且重新裝訂這些文獻內容，這就好像會使得論文口試委員感到不悅，他們可能會覺得受到強迫要來提出修正的建議。

談到研究的內容，博士候選人的博士學位論文指導教授，經常都會有機會在進入到正式程序上分送到論文口試委員之前，就先行檢視較早的文獻內容。這提供了一個檢驗站而有助於找出主要的問題或是盯視到文獻當中的落差。博士候選人以及他（她）的指導教授可以共同來決定何時的文獻內容足以好到可以提出正式的審查。當然，在理想上，博士候選人以及其指導教授兩者都可能會覺得博士學位論文已經就緒，而可以轉移到公開的口試委員之檢視中。然而，如同之前有討論過，一個讓人可惜的結果可能會導致這樣一個決定，那就是退還相當粗糙的草案，而不是指導教授以及（或是）博士候選人可能會有所滿意的內容來往前推進。任何一個或是兩者可能都會清楚其是相當有需要來進行修訂。口試會議中一篇尚未到達完成地步的文獻內容可能會使得博士候選人在修正文獻內容時，會把注意力集中到論文口試委員所關注的地方。這也許可以節省一些時間，使得其有機會可以趕在學校截止日期前繳交出去。

同樣的博士候選人以及（或是）本身的指導教授意識到某些

東西未達到目標的話，這樣一個在概念上遇到了僵局，也可能是另外一個要來安排論文口試委員會議的原因。相當精心處理的描述內容在概念上的錯綜複雜常常會一個不小心就涵蓋或是掉出焦點外面——即使是在這般步驟過程晚期的階段。有時候，只是因為博士候選人太過於投入到研究調查當中而無法往後拉回來，並且看清楚不論是在描述內容裡面的落差或是描述內容並非相當聚焦的地方。與所有的論文口試委員共同進入到擴大思慮周延的邊際可以提供其新的、更加能夠保持距離的觀點，而能夠有助於解決這樣的僵局。在我們的經驗裡面，一個經常會出現來讓人忽略掉的部分，就是在一篇博士學位論文故事當中之良好精心處理過的描述內容。科學發表最後所殘留下來的刻板印象可能會導致一篇相當沒有成效的研究之敘述。不只是在一個情況中會產生，口試委員「允許」博士候選人來「將自身放置到研究當中」最後可能會解放研究初學者來完全的擁抱一個詮釋的觀點，並且找到自己在學術上的表達方式。

　　要來確定一篇博士學位論文是否到達足夠好的地步，指導教授與博士候選人都有可能會從口試委員所給予的想法中得到實惠。偶然地，我們會與那些推展詮釋學範圍中的研究類型之博士生研究者相當密集地共事在一起。雖然正當性邏輯以及描述內容讓我們產生出意義來，但是我們不是很確定其他人，鮮少涉獵參與到裡面的論文口試委員，是否會把此視為是一篇博士學位論文。在博士學位論文已經全部都完成之前，就先行安排口試會議的進度表，可以提供一個良好的回顧以及平衡，有可能可以搶在博士候選人直接進入到可能無法通過口試委員這一關之前就先行動。

　　更為與眾不同的情況就是博士生研究者會在這之中，就已經不顧我們要來催促其發展更深入且更為實際的詮釋方向以及描述內容。從我們的觀點來看，有更多的工作需要被執行完成；從博士候選人的觀點來看，這篇研究已經足夠好了。在如此的案例中，所有的口試委員之建議會有助於搖動出一個邏輯的平衡來。

詳盡討論這件事情中的一些詞彙在此都變得具有正當理由。典型上，我們對於質性博士學位論文的標準，特別是詮釋學的研究，都已經超越了足夠好或是可接受的範圍而到值得稱讚的地步。因為質性博士學位論文研究目前來講都還算是相當新穎的，本身的可靠度就像是一篇值得花時間的研究傳統一樣，其仍然受到相當緊密的仔細檢查來控制。當質性研究出現缺失時，教授們以及所建構的研究者就可能會像是範例2.4（詳見第二章）當中的P教授那樣反應：「這裡沒有如同質性研究那般的事物。這是一種矛盾的修飾法。我無法相信這期刊會刊載一篇引述來自於地震倖存者訪談的文章，當中全部的倖存者只說『這真是可怕』，而這居然可以稱為一篇研究！」當時更為傳統的，質性博士學位論文被認為是有缺失的，此趨勢是被認為其屬於有瑕疵的，認為研究者缺乏技巧或是能力而不是缺乏研究調查中的模型。因此，我們傾向於相信質性博士學位論文的貢獻不只是在研究領域範圍中，也有貢獻於質性研究調查的傳統之中。我們之目的也希望有可能讓那些貢獻能同樣反映在如此之研究的價值以及值得稱讚的領域上。在很多地方，我們感到相當幸運，因為在我們博士學位論文研究團隊裡面的文化也都傾向於支持這樣的標準。在我們接觸過的學生裡面，只有很少數人的動力是落在「只求完成」當中，其可能只想要以最少量的花費來完成一篇可令人接受的學術成就。在這樣的案例裡面，正式的論文口試會議之審查可能會變得極度有幫助來平衡學生的目標，以及學術工作上的公共期待之間這兩者。

　　最後一點有關為正式的論文口試會議審查來準備博士學位論文是相當值得來提出。在先前的評論當中，我們已經強調過博士候選人要很緊密地與指導教授共事在一起的重要性。這並不意味著表示在指導教授反覆認可文獻內容之前，其他的論文口試委員都沒有任何可以檢視的機會。那些重視擴大思慮周延邊際以及很技巧性地運用各式各樣論文口試委員的經驗之博士生研究者，其有可能會讓每個人參與本身的發展過程。然而為了要來參與這個階段的教授之偏好也常常會有所不同。有些論文口試委員想要看

到工作持續在進行，或者是能拿到進行過程進度表。其他的教授則是偏好於只要看到最後的研究草案就行了。事先來檢視每一個論文口試委員的偏好方式是相當具有先見之明的。然而，姑且不論各自的偏好，會有某一點來呈現出文獻已經準備好要來接受正式的審查了。單獨與每一位論文口試委員進行較不是那麼正式的討論，可以獲得方法來成為博士學位論文口試會議中的共同且擴大思慮周延的邊際結果。

博士學位論文口試會議的參與

　　實際上用來處理博士學位論文口試會議的程序很有可能會改變，不只是在學校裡面，在教授之間也是如此。舉例來說，我們認識一些教授們，他們會試著來著手將口試會議處理得頗為一派輕鬆的樣子，也許是希望如此較為非正式的態度將有助於緩和博士候選人的焦慮。其他人則是傾向於變得更為正式，藉由儀式來標示出這個里程碑的重要性來，很有可能會穿著學術的長禮袍。

　　為了要開展討論的內容，博士候選人在很多狀況下會被要求來提出一簡短的開場白之陳述。博士候選人被建議要與自己的指導教授共同檢視，並且留意到這些評論當中所期望之目的以及所使用的時間。舉例來說，有些教授可能會比較希望能夠看到博士候選人為此研究提出言簡意賅的摘要。其他的人也許會比較期待解釋出這篇博士學位論文對博士候選人產生的意義為何。對博士候選人來說，自從論文研究計畫經過審查並獲得通過之後，裡面許多內容都必須要公開來。博士學位論文裡面研究調查的描述內容之敘述是很正式的，並且要加以調整至適合給公開的陌生閱聽者。那些與博士候選人有比較深厚的個人關係之口試委員，都很歡迎能夠提出一些額外的洞察力給博士學位論文所意指的經驗當中。

　　不論博士候選人採取任何的聚焦點，要聰明地限制這些導論的評析到大約控制在10分鐘左右。我們在論文研究計畫當中有聽到過的警告同樣的也有可能會出現在博士學位論文口試會議裡

面。一場延伸的報告當中涵蓋了過度有信心的講義內容、不切實際的投影片或是幻燈片，都可能會確切的令教授們感到厭煩，他們來到這論文口試會議所期待的是能夠與博士候選人，以及彼此的其他教授共同埋頭致力於實際的對話內容之中。如果一場有限的論文口試會議時間是被消耗在教授們已經閱讀過的內容中，且只有形式上經過改變而已的話，就很可能會令人感到激怒。

我們也有看過博士候選人相當有效果地使用到具有視覺上的教具，所以這顯示我們並不是完全意指如此的方法從此不要拿來使用。舉例來說，有一位博士候選人，已經研究了在孟加拉（Bangladesh）這個國家中的女性並沒有受到正規之教育。在口試會議開始之前，她使用了微軟（Microsoft）的簡報軟體（PowerPoint）來達到鑲嵌在她的描述內容中所要訴求的理論主題。這些想法不間斷地出現在把博士學位論文提交出去以及口試會議進行之前的期間，其就已經盤旋在她腦海裡了，在那時她有喘息的空間來處理將來的反應內容。此稍微休息的期間可能會產生新的洞察力或是更好的方式，來清楚明白的說出博士學位論文當中的重點。

如同擁有這樣計畫方案的案例，在博士學位論文口試會議期間的討論，可以逐漸形成許多方向以及達到各種不同的層次內容。隨之而來具有批判性或是吹毛求疵的相似問題或是建議，都是口試會議中一種毫無創造性的觀點。毫無疑問，如果博士候選人以及（或是）口試委員相當在意有關研究調查或是文獻內容的品質時，這裡就會出現一個審議內容主要的聚焦點。然而，如果研究真的有被好好執行的話，其很可能就會讓審議內容變得具有教育意涵，就好像是教授們可以在研究當中各式各樣的面向裡面來相互交換觀點。舉例來說，有些教授也許會在某些研究調查的主題之中發表意見，建議博士學位論文是要在本身特定的研究領域中產生出貢獻來。其他教授可能會更加關注在此質性研究領域當中的博士學位論文研究方法論之貢獻。透過這樣的意見交換，教授們有機會來延伸本身的想法到新的方向裡面。希望能藉由理

解影響口試委員的審議內容之複雜議題的結合，使得博士候選人將來有能力來把對話內容的脈絡加以分類整理。

　　當口試會議已經接近一個尾聲時，博士候選人以及列席聽眾在很多狀況下會被要求離開這個空間，讓論文口試委員有足夠的私人時間來做出他們對這篇博士學位論文最後的審議結果。有時候，博士候選人除了會在一開始做出答辯的攻防之外，也會把這行為解釋成像是教授的權力以及特別待遇之展現方式。如此會更像是把這樣不公開的口試委員之決策當成是過去所遵循的慣例，所有口試會議都會這樣進行，或是這會成為博士候選人最為感到興趣之處。在口試會議召開之前，論文口試委員都會有各自對於相關質性博士學位論文的觀點。現在，在聽了彼此的觀點之後，他們可以加以評估哪一些屬於他們個人觀點的範圍，是與其他在場的教授或是博士候選人彼此相稱的。口試主委之後就需要藉此機會來從中斡旋在審定之後分歧的觀點以及決定，看其是否有符合每一位口試委員的預期結果。

　　這個口試會議是不是有討論出其中幾種之一的結果，這是取決於博士學位論文的品質與協議是否有達到博士候選人以及口試委員的認同。當然，每個人所希望的就是能夠對博士學位論文感到滿意。而讓每個人感到畏懼的，是在口試會議當中使得大量而廣泛的修正成為一種必要。典型上，多少都應該要有一些修正的地方。在很多狀況之下，論文口試委員所通過的文獻，是信賴主委會監督最後的校正或是修訂。習慣上如何通知博士候選人有關論文口試委員的決定都不太一樣。如果還存在有許多可觀的工作需要執行的話，這時候就道恭喜就不太妥當了。如果博士學位論文已經通過了（不管是不是有要修訂的地方），「博士」這個頭銜就可能會被主委用一種非常不一樣的隆重場面和儀式來加以授予。舉例來說，有些教授會把帶領博士候選人去拜訪教授們並且介紹這位剛出爐的「○○○博士」視為是一種必要的行為。

為沈重的博士學位論文之步驟過程帶來解脫

　　接著在博士學位論文口試會議之後，博士候選人可能會感受到這種競爭情緒上的急促起伏性：放鬆或是喜悅在博士學位論文終於全部都結束了；為還需要再處理的工作感到有點失望；不敢相信這「真的全都結束了」。在我們的經驗當中，口試會議裡面所有涵蓋的內容是無法馬上被加以全面理解。留一些時間來詢問自己的指導教授，不但有助於博士候選人來進行開誠布公的結果，並且對於博士學位論文當中更加細微的差異也是有幫助的。在一僅僅純為描述內容的層次之中，博士候選人可能需要加以回顧這些所預期的修訂內容，以及為完成這篇作品定下一個可以令自己的指導教授感到滿意的一致性。這就好像博士候選人可能會對這些在口試會議期間看起來似乎相當重要，但是卻沒有在最後的博士學位論文的評論中扮演任何明顯易懂之角色所感到困惑。

　　一提到娜歐蜜（Naomi）堅持到最後的精神就好像是可以幫助我們回憶起詢問的重要性。那一所娜歐蜜完成本身博士學位的大學，有一個隨機的政策來指派論文口試委員，以當作是每一篇博士學位論文口試委員會外部之審查人員。在娜歐蜜這個案例當中，在這整個幾乎都屬於是科學訓練方式的大學中是相當具有代表性，她在這口試會議期間被問及到許多問題，但是這些都不太適合教育學領域當中的詮釋學研究。娜歐蜜的口試主委認為娜歐蜜已經表現得相當優秀地回應這些問題，並且沒有損及本身質性研究類型的完整性。在口試會議結束的時刻，博士學位論文獲得了口試委員的通過，而在這之後很快地，娜歐蜜畢業了並且回到了自己的國家。二年之後，在一次她口試主委交際性的拜訪期間，娜歐蜜坦承自己在離開口試會議之後，覺得好像全然的失敗一樣。這二年以來，外部審查人員的幽靈以及他提出的問題讓她一直都揮之不去，裡面沒有任何可以讓她覺得非常值得引以自豪或是可以顯耀的感覺。

　　在一則更為正面的紀錄當中，當博士候選人與指導教授已經

在整個博士學位論文步驟過程中，埋頭致力於擴大思慮周延的邊際時，這也許都可自由地找出時間來坐著歇息，並且反映出他們已經共同經歷過的路程。

　　當然，這些專業的討論都可能會伴隨著許多個人的問題。在很多狀況下，對博士候選人而言，首先就會提到為口試會議結果而焦急地屏住氣息的家人以及朋友。某一種非正式的祝賀類型都可能等著要在這時刻加以慶祝。（典型上更加廣泛的慶祝都是會在畢業時期左右來加以計畫。當然，宴客一般常常都是排在這些正式內容中的議程裡面。有些學生們會打算要以一個十分特別的獎賞來款待自己。舉例來說，有一位指導的學生已經計畫要花一個星期到英國首席的騎師學校當中。另外一位則是躍躍欲試地期待著澳洲旅行。）

　　在這一、二天之後，這口試會議之後一開始令人感到興奮之騷動，會轉變成一種更加嚴肅來完成文獻內容的任務。博士候選人所面對實際上需要修正的內容時，可能會真正體會到沮喪的感覺，並且有困難來找回動力以埋頭致力於一個尚未但更加需要思慮周延的反覆循環。即使是沒有特別需要在大方向上修改的要求，最後清除的任務（例如：修正版面上的錯誤、再次確認引述內容與參考資料、最後的格式編排等）都需要時間以及注意力。因此，另外一種令人有種獲得解脫的感覺是當博士學位論文持續了很久一段時間之後，終於正式提交出去給學校。在這博士學位論文公開的特性之後，以及論文口試會議之後的慶祝，都可將此令人掃興的結局視為是一個重大事件的里程碑。諾林仍然還記得在提交自己的博士學位論文之後離開教育大樓並且感到好奇地自問：「什麼？！居然沒有教堂的鐘聲作響；沒有人在路上載歌獻舞？！沒有慶祝的煙火秀？！」

進入到博士社群當中

　　公開承認博士候選人的成就是在畢業之後那段期間會提到。有時候，畢業生不太看重那些可能會被加以認為是一場冗長而又可能很無聊的典禮儀式。我們很強烈地推薦畢業生一定要出席，因為在這學術上的儀式期間會使得個人有種很莊重以及正式地瞭解到身為博士社群當中的一員之感受。學位的授與以及「博士」頭銜不但標示出了這趟正式的歷程，並且幫助畢業生可以來接受自己新的身分認同，如同一位學者般。

本章節概要以及結論

　　第六個思慮周延的循環牽涉到要將博士學位論文轉移到公開論述的場域當中。這個移轉過程開始於如同一位博士生研究者，把博士學位論文之文獻內容呈交給論文口試委員，參與博士學位論文口試會議，以及接著就是處理完成博士學位論文的任務，換句話說這些就是畢業所需的要求。

　　在很多狀況下，博士學位論文口試會議或是攻防答辯過程看起來很像是一場很冗長之最後目的，對某些人而言，這是一段令人感到疲倦的旅程。我們知道到達這個位置的學生們會像是釋放般地說：「感謝上天這已經結束並且所有事情都已經處理完了，我現在終於可以返回到自己真實的生活中了。」對於如此之學生而言，當最後的博士學位論文之文獻內容獲得通過時，第六個思慮周延的循環就會來到一個具有權威性而受到肯定的結果。

　　然而我們也曉得有些學生會把博士學位論文手續上正式完成的過程看成像是在這持續進行之歷程中的一個重要里程碑。對這群人而言，博士學位論文的通過並不太像是關上象徵過去的這扇門之問題而已，而更像是對未來打開另一扇門。在這些案例當中，第六個循環也許會逐漸變成隨後而來的思慮周延之循環。相

關於思慮周延卻超越博士學位論文的議題會在本書的下一篇並且
為最後一篇的章節中所聚焦。

第十章

博士學位論文之後的新生活

　　我們時常被本身同儕的建議所提醒，賴瑞・諾爾（Larry Knolle）：「博士學位論文應該是會改變你的生活才對。如果沒有的話，這表示博士學位論文並沒有發揮其功效。」我們重新回到這相當發人省思的聲明，並且對這問題加以思考：「這些改變的本質是什麼呢？」雖然具體的改變是取決於博士學位論文口試會議裡面的每位個體本身獨特的生活環境，一種失調的感覺在很多狀況下看起來應該是會隨著博士學位論文的完成而結束。這種令人感到紛亂的感覺可能會持續留存幾個星期、幾個月，甚至是幾年。

　　當博士學位論文之後的新生活還沒有迅速地回到原本正常的情況時，我們仍然很鮮明地記得那時讓自己本身覺得訝異的感受。進行一篇博士學位論文已經難以翻轉地在一些我們沒有預期到的地方之方式上改變了我們，在那段時間，是很難完全加以說明清楚。因而，所謂回復到「正常的生活」並不單純只是重新開始一件我們如同在博士學位論文以前所過的生活之事情而已。當我們已經與本身研究團隊的成員一同沿著博士學位論文晚期來經歷這趟旅程時，我們也會開始懷疑這樣的失衡是否為正常的情況，並且因此需要加以注意。

　　一開始，我們認為引起這種莫名不安的感覺，是因為耗盡精力在不斷地改變例常性對博士學位論文於個人以及專業上的要求。只要一旦完成之後就會有徹底的釋放感覺，其可能會迅速地將幾乎是筋疲力盡或是呆滯冷漠感充斥在各處。有時候會需要再次補充個人的精力。

　　然而，除此之外，會出現另外一種需要考慮的事項。當我們談論到接受這個研究的內容時，我們提醒到博士學位論文會出現一種可以掌控個人生活的方法。一般正規的日常活動可能會被犧牲在如同是對博士學位論文的要求更加注意到的地方。使得個人嗜好或是閒暇的活動就可能會被當作首要的事物來看待。而更多看似平淡而瑣碎的事物，例如：購物、烹飪、打掃或是院子裡的工作，也許就只能夠分配到最少量的精力。當個人的注意力逐漸

變得增加於受限在研究當中時，與朋友相聚的時間就必須讓人很不情願地縮減或是將日期延後。畢業之後，我們研究團隊當中的一些成員描述了一種他們本身所處的逐漸破曉之真實性，一而再地，可以不受到限制地重新開始這些一般所追求的事物。

　　與再次平衡個人生活中的私人面向相處在一起時，其改變也就有可能會同樣的出現在專業的活動之中。手上握有博士學位證書，畢業生可以在自己目前的組織中找尋新的職位，或是在即將要進入的不同組織當中尋找全新的角色。即使是那些沒有更換工作的人都可能會覺得也失衡的狀況，就好像他們會把自己專業世界看得不一樣，並且（或是）同儕也會把他們看成與自己有所差異。因此，努力來重新平衡個人專業上的生活，也有可能會為處在尚未清楚的事件中找到可以增添的感覺。

　　然而，即使是在重新平衡本身個人的以及專業上的生活之步驟過程中，也許會被連結到一種更加細微的失落感。長久以來，博士學位論文一直都是一個非常令人生畏的活動，提供讓人可以計畫的重心來組織個人時間與精力。即使當時有其他個人以及專業上的要求可以暫時取代博士學位論文的進行，這樣具有控制的影響力是會損耗注意力的。畢業，是可以從如此之義務當中帶來一種令人愉快的釋放，也可以使人離開這個空間。那些放棄要求自己達到博士學位論文當中擴大邊際以及思慮周延特性的人，可能就會經驗到這種感覺如同是一種缺乏意義的理性承諾。處理這種失落的感覺可以當作是重新獲得那種平衡感的一部分。

　　在這一章節中，我們揭露一些相關於這三種適應博士學位論文之後新生活的領域之議題——重新平衡個人的私人生活、重新平衡個人的專業生活，以及重新聚焦在個人理性的生活。

重新平衡私人的生活

　　透過這整本書，我們已經爭論過研究者的敏銳度是要座落於有意義的研究之核心當中。將自己本身弄得敏銳成像是研究調查

的樂器一般，對於博士學位論文品質上的完成是具有關鍵重要性的，尤其是當個人是從事於詮釋學的傳統時。在在地都清楚顯示了相較於延長接受這個研究內容的循環狀況。這個格外特別需要關注的學歷是需要個人如同將自己沈浸在研究當中的現象，或是上下文脈絡裡面、透過大量的題材來加以累積與踏實工作、辛苦的努力朝向一種「啊哈」般的豁然開朗時刻，以及精心處理一篇具有完善根據的描述內容。持續進行如此集中的強烈感受所需要的不只是要以不間斷的時間來主要匯集出思慮周延，也需要在精神上心煩意亂中解放出來。

對成年人而言，靠著勤奮來為密集的思慮周延創造出空間是不太容易的，尤其是那些要支持所有的家計、照顧幼兒，與伴侶或是重要他人維持住一定品質的關係，以及維繫好友誼。雖然這看起來好像可以完全分散心力表現在對於家庭以及朋友的承諾上，但是一談到要接受這個研究的內容時，他們卻從這研究調查當中轉移開了注意力。

在如此的環境之下，要圓滿完成一篇有品質的博士學位論文在很多狀況下會牽涉到要做出困難的抉擇，以及令人感到不自在的妥協。只要意識到要完成博士學位論文的話，其中某些事情是具有其順序的，這也許可能會使得那些認為自己有能力且應該可以「一次完成」的人感到巨大不安或困惑。那些具有出色能力以及獨立性的人也許會發現這很難去請求並且接受協助。如果從個人的孩子、配偶、親戚成員，以及朋友們的身上來獲得堅忍、理解，以及支持力的話，可能會造成某種感激卻又內疚的衝突感覺。

順應這些各式各樣的壓力也會讓人輕微地發現到像是博士候選人，以及與本身最為親密的人逐漸地能找出更多的時間與空間來處理博士學位論文。到了博士學位論文已經完成的時候，未被意識到的重新組合方式也許就會建立在每天或是每週例行公事的關係、責任、優先順序，以及結構之中。

瑪麗亞常常說些風趣的話：「在我正在進行博士學位論文

時，我當時忘記了該如何烹飪一事。對我那段生活而言，我沒有辦法記得要如何全神關注於正餐上面。我最後同意使用微波爐可能會是最具實用性的。我們必須從我媽媽每個週末精心烹調的大餐當中，把剩菜重新給加熱過。」

　　更加痛苦的是要下定決心來改變長期存在的家庭傳統以及固定方式。「我今年將不再招待感恩節（Thanksgiving）大餐了。」「我已經告知我的家人，在那些節日當中我將不會出席。」「我們今年將不再去海邊玩。小孩子會到處哀嚎。但是我確實需要時間來撰寫博士學位論文。」即使是家庭例行公事中的一件非常小的事件之調整都可能讓人產生壓力。「我像是一位缺席的父母親。晚餐一馬上結束，我就準備閃人。這裡還有一些短暫的『美好晚間時光』，但是我繼續返回去撰寫博士學位論文。」

　　到了畢業的時候，那些透過這整個博士學位論文的步驟過程中已經做了很大犧牲並且接受支援的人，可能會經歷到一種不但感到自豪且解放的巨大感受。然而，一開始的興高采烈，可能會給人一種神智迷亂的感覺，而認為那些原本好像都已經分配給博士學位論文的時間與精力，突然間都可以用在其他的事情上面了。沒有預料到的緊張狀態都可能會出現，就好像是讓新的畢業生和那些與他（她）相當親密的人，重新透過如何「再次體驗」可以被運用的時間以及活力。有些人可能猜想生活有可能會回到博士學位論文寫作前的模式，與其他人共同拾起他們曾經失去良久的時光。而有些人則是假設博士學位可能會讓他們勇於採取過一種新的風格或是身分地位的生活。這兩者極端的想法都不太可能會實現。反而是，有一些商議過以及協調過的權衡因素比較有可能實現，如同是每個經歷過博士學位論文這步驟過程的人，都能夠清楚地表達出他（她）自己的希望與需求。

　　我們並不是要來建議這段需要重新調整適應的時間一定會無法避免地造成煩惱與痛苦。我們之目的是要標示出在博士學位論文之後這一段初始的時間，是可以拿來當成是反思的機會。當博

士學位論文不再具有掌控性存在時，這個空間就會消失結束而能夠再次用許多其他方式來填充。這也許會是生命當中的一個難得之機會來不慌不忙並且審慎地再次評估，與再次平衡個人的優先順序、興趣以及需求，如同個人可以跳脫博士學位論文而向前跨進一般。

重新平衡專業的生活

處理職業上的改變

　　即是像是個人已經準備好在私人領域中過著博士學位論文之後的新生活，同樣的改變也會發生在個人專業的活動範圍當中。許多學生懷抱著相當明確要拿到學位之目的以進入到博士班課程當中，而這可以使得他們有機會來實現一個具體的專業目標。教師們可能會希望能夠進入到管理階層當中。在公立的中小學之教學者也許會希望能夠成為大學的教授。有專職工作者可能已經擬定好要從現在的轉移到另外一個領域的計畫。因此，完成博士學位論文可以開始接納一個工作時期的轉變，就像是使畢業生現在可以將自己定位在主動追求這樣的目標上。這種連結到這些參與改變的失衡狀況也許並不會令人感到困惑或不安。然而，一再地，我們與那些體驗到失衡感覺的狀況之畢業生談論時，其比較像是一般會關聯到在找工作時的無法預測以及焦慮的感覺。

　　舉例來說，維吉尼亞（Virginia）過去一直是一位規模不大的天主教女子學校之出色校長。直到完成了本身的博士學位論文之後，她獲得了一個位於郊區之公共行政單位的某一職。雖然實質上在薪資部分有很大的提升效果是相當令人心動，但是維吉尼亞主要想變換工作的動機是希望能夠提供一己的貢獻到更廣大的教育場域當中。待了幾個月之後，這個工作所帶來的挫折感以及壓力最後引發了健康上的問題，而嚴重到足以讓她有正當理由來提

供醫療證明未能前往的缺席狀況。

　　愛力克斯（Alex）一直以來的目標就是要在一間大學裡面教書。介於中等學校以及高等學府職位之間薪資差異已經小到了一種需要讓人來嚴肅思考，甚至可能會感到憤怒的地步，都在在地考驗著愛力克斯對於職業生涯的抱負。在經過許多深刻的反省（以及仔細的預算考量）之後，愛力克斯決定要接受大學的職位以及在收入上有相當多的縮減結果。

　　海柔（Hazel）實際上的震撼不是來自於薪資的形式，而是文化的衝擊。如果這沒有造假偏袒的話，海柔至少在性別的細膩程度上於大學中已經通過了本身博士所要具備的工作條件。於較少有偏見的大學中，身為首位受僱於公共事務研究的課程之女性，她很困惑於（事實上是感到震撼於）自己同儕對她的假設，身為唯一的一名女性，應該要在教授會議時提供給每人一杯咖啡。

　　再次地，我們之目的並不是要點出黑暗的或是悲觀的圖像來。事實上，我們曉得有許多的畢業生會選擇繼續藉由轉換角色、組織，或是兩者都改變，而走到更為令人興奮以及讓人滿意的職位上。然而，還是要對於可能走到一個更加失衡的感覺當中抱持一定的警覺，才得以減少重新平衡個人的專業生活之衝擊。

處理其他人的看法

　　在專業上失衡的變異程度於這幾年來已經引起我們的注意了，這就好像幾個研究團隊的成員仍然停留在自己原先的角色以及組織裡面。對這些盡忠職守的教師們而言，博士班的研究一直以來都不是「可以離開教室外的另一張入場券」。反而是，他們的動機都是以豐富本身對於教學上的知識以及理解力。但從我們的觀點來看，尤其是依據號召教師們能夠更大量地參與學術上的追求面向，其實這已經提升了許多令人感到興奮的可能性（Clark, Moss, et al., 1996; Feiman-Nemser & Remillard, 1996; Jalongo & Isenberg, 1995）。介於修辭學以及實際上呈現出林恩・李察斯所謂的「一名在課堂教室中的博士」之間的差異，都可能會產生

如此深刻且擾亂這樣的失衡狀況。

舉例來說，凱西・契隆尼藉由在她的教學行政區之中敘述了一件雖然小但是卻相當顯著的真人軼聞，其標示出了教師們努力達到博士學位的成就並非一般所公認的、不必考慮價值的情形。在一個公開環境中揭示出新學年的開始，有一個任務是準備來條列出所有行政區域當中的職員。有鑑於主管的博士頭銜都列了出來，但是此行政區中具有學術證明的三位同樣持有博士學歷的教師卻被遺漏了。也許這單純只是辦事員一時的疏忽而已；我們懷疑這之中隱含有一種更為深入在認識以及尊重上的缺乏。

如此細微的蔑視情況或許可以看成只是一種無意得罪人的結果。有時候，缺乏對他人成就的認知可能會引發別人的消遣，其如同從林恩・李察斯在範例10.1之中所詳細描述到的真人軼事。

這樣的貶低形式會出現一種更加不光明且具有破壞性的結果，如同以下節錄自林恩・李察斯所撰寫之帶有分析和評論的內幕報導中，標題為「這個班級教室裡面有沒有博士呢？」：

身為一名賓州的州教育協會談判委員，我在去年的聘書中就已經拿到了本身的博士學位，而很湊巧地在薪資的預定表當中涵蓋有博士學位一欄。這表示我在本身年收入裡面有資格來獲得三千美元的加薪。這樣的加薪狀況的確在下一回合的談判之中引發了我的驚慌，其好像要取消可以因為博士學位一欄而提出新的聘書，並且要求我每年都必須要退還幾千美元給行政管轄區。尤其是當有其他人對於我「所增加的收入之部分」可能衝擊到他們的薪資收入之事實而明顯地表達出憤怒時，我的一些同儕對於我「具有博士學位結果」的兩難都感到相當同情。他們暗示著說：「為什麼我們要為她的學歷來多支出這些錢呢？」

那種我必須具有超過一般小學班級教室正常範圍的界線之看法就是：我已經不再屬於「他們之中的一員了」，同時也透過這樣的途徑來顯現此事實。我本身的小學建立時有些每棟大樓所設立的專款，其中有所用意上的規定標示著：「目的是要支助全體職員以及

他們最直接的家人最具立即性的工作以及悲傷之狀況。」後來即使是在這些專款原本所「承認」的事件以外也都涵蓋進來了，包括：結婚、分娩、過世、動手術、秘書節（Secretary's Day）、聖誕節禮物（給高等文職官員、所需要維持的同仁以及校長），專利商標（P. T. O.）的主席以及退休者。

　　而拿到博士學位這樣的「事件」卻沒有涵蓋在這樣的參照範本裡面（或許我應該是讓人看起來好像「充滿歡樂」的樣子），所以對這樣事件的投票表決就否決了，而且多數人所做出的裁決就是沒有多餘的款項可以花費在像是「這樣學位只是她本身想要去追求的事情上面」（也許成為一名家長也不應算在裡頭吧？）後來，我比較親密的一些設立團隊的成員在「教學者拒絕來慶祝一個教育學的博士學位」事件中顯現出了他們本身很大的憤怒。回想到之前，我倒是希望如果在同一棟大樓的人們可以更加瞭解我本身更有可能會從這間班級教室「退休」到其他地方教學，而不是我持續拿著這樣一個博士學位到他們之中的一個班級教室當中去。

　　我們希望這些真人軼事能夠呈現出在事情發生爭執時的一種孤立，而不是在態度上像廣大程度上接近於那些「過度擴張自己位置」的班級教室中之教師們一樣。很有趣的是，凱西與林恩現在正合作進行一個研究案來調查在班級教室有博士學位教師的經驗。

範例10.1

李察斯博士究竟是在哪裡呢？或者，根本就看不見這裡有位博士存在

　　在這個學年開始的第一天，我在本身班級教室的門口相當快樂地迎接自己這全新的二年級學生之班級。當我和每一張於上個學年照片裡面我就已經很仔細地在他們官方辦公室的文件檔案中，研讀過了的年輕面孔達到

心靈上之接觸時，其中一個笑瞇瞇、滿臉雀斑的深褐色頭髮白人小女孩遞交給我一封標準尺寸大小的信封。在她開學日當天最佳的那張列印紙中，她很仔細地用鉛筆寫出：「李察斯博士。」我以一位國小教師那樣充滿和藹可親的音調來對她說：「喔，那真的很謝謝妳！」「那麼，妳就是哈蕾（Haley）囉！妳的活動空間以及桌子就在那邊。」接著，我被其他新到達的孩童們分散了注意力，但是當我迎接並且安排座位給每一名看起來似乎相當憂慮不安的幼小孩童時，我都還是緊握著這個信封。當我走到哈蕾的桌子旁時，她的手突然伸出來並同時擺出姿勢來指向那封我還緊緊握著的信封。「這是要給李察斯博士的。」她再次強調一次。在教室門口往前注視著這張羞怯的臉龐，我相當心不在焉地回答：「我知道，小可愛。如果有機會的話，我會儘可能地找出時間來閱讀這些內容。」看起來好像相當堅持的樣子，哈蕾的小手又再一次舉了起來。「妳真的知道我給妳的那封信嗎？」她相當執意地說著。「嗯嗯。」我回答著，並開始猜想是否自己所謂中年人的耐心能夠持續這一整天，但這卻遠遠低於一整個學年時間該有的耐性。「好吧！這是給李察斯博士的。」「我知道啊！因為妳之前就有告訴過我了。」我以一種帶有某強調意味的方式來回答。「是啊！」哈蕾用一種疑惑並且顯示好像有點難過的表達方式來回應：「那妳知道『他』到底在哪裡嗎？」

　　我差不多只猶豫了1秒鐘之後就突然的猛烈發出笑聲來：「噢——我就是李察斯博士，難不成妳會覺得我是一個男人嗎？」「好吧！這倒是。」她感到相當不知所措般地回答著：「那麼我猜想這倒是無所謂——妳可以現在打開來閱讀。」在信裡面，她已經列印出了：

　　親愛的李察斯博士
　　　　我相當「積待」[1]能「間」到您
　　　　　　我是哈蕾
　　　　　　　×○　×○×[2]

1　譯者為求能更精確將翻譯語言的意境傳遞出來，但又顧及正確相關意思，因此以括弧方式標記起小孩用童言方式之撰寫內容。
2　○'S: Hugs, ×'S: Kissess一般以×○×○表示Hugs and Kissess，譯者按照美式幼童寫信之結語，將其譯成「抱抱親親」。

　　到了當天之後的心得分享時段時，我詢問孩童們是否他們曉得為何我會被稱呼為「博士」。有一頭淡黃色短髮的帥氣小傢伙，他很明顯地已經與父母親討論過這個擁有如此頭銜的教師現象，就自動舉手：「這是因為妳來到這個學校服務的時間比其他老師都要來得長！」我詢問哈蕾是否她會介意在這課堂中來分享我們「早晨的誤解」。她對於自己這樣的玩笑感到相當地平和，並且願意再次描述出我們一開始邂逅的具體看法。我詢問了其他有多少人之前認為我可能是一位男性，而這都只是因為「博士」被標記在我們班級教室授課名單的最上方而已。後來大約有七到二十一隻手舉了起來。

　　隔一天之後，哈蕾帶給我一張內容更長的紙條以及附有一張插畫。裡面寫著：

　　　　這內容是有關二年級的哈蕾。我每天都很早、很早就「星」來，然後就「傳」衣服，不知道我「影」該去「雪」校或是不「影」該去「雪」校。然後我就「週」到公車站牌那裡，然後這很讓我「壓」異的是我最要好的「倗」友「柯」以跑過來找我。然後「想」當讓我「壓」異的是我居然「任」為李察斯博士是個男人。之後我遇到這個叫做凱莉的小「汝」生。然後我就已經「世」應這樣生活了，然後我很喜歡我的「斑」級。

　　我也很喜歡我的班級，而且很確定的是這個就是在小學班級教室當中，擁有博士學位的其中一個好處！

　　我們之目的並非是極欲想要開啟任何人對於完成博士學位論文的遠見，並且「從此之後過著幸福快樂的生活」。我們加入這些故事是要來說明在專業領域中所潛在性隱含的失衡來源：擁有博士學位可能會改變一個人被本身同儕們來加以看待以及對待的方式。回應到這些其他人所改變的看法時，可能並不總是如此容易。在某種程度上，其需要將這樣綜合的博士學位所賦予之地

位融入到個人的認同之中。諾林對新的畢業生所提出的建議是：
「你已經獲得了這個領域最高的學位了，就應該要很自豪地擁有
博士這個頭銜。」這並不表示像是建議個人以自私或是自我擴張
的方式來炫耀誇示這個頭銜。反而是，鼓勵畢業生來認知到並且
內化如此像是一位學者般的教養與程度來。佩特‧麥克馬隆、凱
西‧契隆尼、林恩‧李察斯，以及瑪麗蓮恩‧勒威爾琳經歷博士
學位論文之後的反應，都提供了這種學者感受的綜合複雜之洞察
力，而讓個人得以想像。

內化如同一位學者般的感覺到個人的自我認知之中────────

在一次談論到有關拿到博士學位論文之後的生活之期間，佩
特提出自己的見解，不過感覺好像有點過於隨便般：「我真得沒
有什麼感覺自己像是一位學者」。這樣的評論倒是相當令人感到
訝異。對我們而言，佩特的博士學位論文呈現出了一種我們本身
對於質性研究發展過程的理解之轉振點，為個人敘事體帶來最重
要的先驅力量而成為其研究的模式。在她博士學位論文口試會議
期間，其中有一位論文口試委員一再地提到佩特本身的博士學位
論文實在是「相當令人感到驚喜」，並且所有的論文口試委員一
致認為不需要修改就全體通過。這是一則在學術上可以如此駕馭
人的作品，而且在很多地方上，佩特博士學位論文的品質與可靠
性也帶給我們有信心來與其他研究團隊的成員共事，希望他們能
夠形塑出更加精確的敘事體調查。因為我們對於佩特在學術上的
能力以及貢獻的看法似乎並不與她自己本身謀合，所以我們之後
會更進一步繼續探討這個議題。如同佩特的解釋說明：

> 我並不是十分確定。我猜想自己在內心中存有某種何謂學者以
> 及學術上研究的刻板印象。而我在自己博士學位論文上的處理並不
> 完全符合這種概念。自從我完成博士學位論文以來，我就變得非常
> 感興趣於以藝術為基礎的教育學研究，以及故事來當作是一種知識
> 的呈現形式。回顧過去，我認為博士學位論文有助於表現出本身具

有藝術天分的另一面。我已經一直持續在進行的作品，從那時候就已經強化了這種自己本身好像是一名藝術家的感覺。但這卻不符合我自己對於傳統學術從業者的刻板印象。不過現在，我已經開始更加明確看清楚自己的自然傾向於如何透過將故事變成研究調查的一種形式來重新建構出經驗來。這已經幫助我能夠將自己這兩個面向整合在一起，說故事者以及研究者，而進入到我成為一名學者的感覺當中。

佩特的評論內容浮現出了三個重要的議題來。第一，完成一篇博士學位論文或是得到某種學位，並不會具有很神奇地改變個人對於自己的認知。這不會如同好像一個人在某一天都還不是一名學者，而隔了一天之後他（她）馬上就變成了學者。反而是，這是一個逐漸發展的步驟過程而似乎可以開始形成一篇博士學位論文，並且就恰巧好像可以繼續順利地走到畢業的階段。第二，從博士學位論文的經驗當中來得到一些進展是可以為思慮周延增添新的機會。從另一個有利的位置來觀看事物，其觀點可以浮現出或許當個人陷入在博士學位論文「最擁擠的部分」當中已經遺失的內容。第三個議題並不是有關存在於表面上，而是關乎於論述社群的重要性。

與佩特處理自己博士學位論文時所同時發生的，有逐漸穩健之故事當中角色的論述內容、說故事的經驗，以及教育學研究當中的敘事體。但是這裡卻沒有很明確可以界定的論述社群來讓佩特能夠加以聯繫。簡而言之，要把自己視為是某一個學術社群當中的成員是不太容易的，尤其是當這樣的社群並不存在的時候。這在幾年之後有所改變，當時有一個具有學術傾向的藝術團體開始嘗試與美國教育研究協會來合併。現在已經正式建立了像是一個以藝術為基礎的教育學研究之特殊興趣團體，這個美國教育研究協會的論述社群提供了一個論壇，而能夠仔細談論有關如何在藝術與研究調查之間產生相互連結的效果。

凱西‧契隆尼博士學位論文之後的思慮周延內容提供了額外

的洞察力來加以內化一種對於學者的認同。對我們而言，凱西的博士學位論文引發了相當重要並且造成困難的認識論上之問題，這些我們之前已經試著要來努力克服的問題，也因為她的作品出現而變得更加具有令人信服的效果。甚至是那些大多在思想上強力挑戰凱西博士學位論文當中，高度具有個人特色的論文口試委員，也都因為她很仔細地精心處理正當性的邏輯，而能夠得到一個更加清晰的理解以及更為坦誠來面對詮釋學研究調查。然而凱西會定期發表自己的意見：

> 在那個時候我不是真的瞭解很多自己研究當中的意涵。當我聽到你談論到相關的內容時，我會認為：「喔，我的確是這樣做的嗎？」這感覺有點奇怪，但是在那時候你確實說出了比我做到的事情來得更多。我感覺自己好像只是剛開始要來理解本身如何處理博士學位論文而已。這怎麼會這樣呢？

然而可喚起情感回憶的豐富博士學位論文，在很多狀況下是可以使得局外人從那些研究當中來獲得不同的見解，凱西博士學位論文後續的反應意味著有些會更加來得複雜的事情是有可能會出現的。

對凱西而言，博士學位論文先前帶來了表面上相當莫名以及難以面對的恐懼。本身博士學位論文研究調查中的思慮周延會引導到一個需要思考的境界，然而卻擾亂且改變了凱西在原本世界中對於自身的理解。就好像是她在自己博士學位論文最後一章節中所撰寫的內容一樣：

> 這個我所經歷到的旅程如同我已經埋頭致力於這篇研究當中一樣，已經變成只有旅程本身而已。這個歷程已經帶領我到達了一個讓我感到被強迫要來停止以及反思的地方，這是內在於我身為一名教師與女性生活當中的矛盾以及兩難。這已經是一條令人感到相當孤獨的旅程，如同旅程可能會傾向於自身的結果般，但是我卻還沒

有意會到有孤獨的感覺。我沿著這條路上已經相遇並且共同埋頭致
力的人們，那些人跟我的狀況很相似，都正努力掙扎於要來處理
本身作品上的複雜之處，並且艱困地奮鬥為那些複雜內容發出聲
音……。

　　這個旅程是相當令人感到痛苦的，而我所能夠達成的經驗判斷
卻是充滿辛苦的智慧，然而看似矛盾但實際的問題卻是，它已經將
我釋放在這個充滿我們文化當中的專家政治之缺乏想法的地方，因
此，之後這就會變成是一個值得加以慶祝的理由。透過這個研究以
及反思，我已經能夠「看到」並且發展出一種理解力，這不只是瞭
解具有支配意識型態功能來壓迫我的班級以及性別的方法而已，並
且瞭解到在我本身行動上已經與非常多不同力量串通的方式，而這
是我正努力於搏鬥的結果……。

　　為了要考慮到能夠將所集中的觀點涉入到一個像是在理性上冒
險行為的學位，在我本身創造出了一種類似的恐懼感覺，像是發現
自己游泳在完全不知道有多深的水域中之經驗。（Ceroni, 1995, pp.
227-228）

　　在完全不知道有多深的水域當中游泳可能會引起恐慌，同時
也會使人失去判斷力。對於某些像是凱西的學生來說，博士學位
論文的正式完成可能會加速這段更能夠內省的反思。我們鼓勵凱
西來撰寫文章以及提出論文研究計畫來發表可能會專注本身向外
的注意力。如同範例10.2所闡釋的反思內容，凱西有一個更加深
層的需求來發現可以在個人研究中，重新輕鬆愉快的基礎本質以
及方向的感覺。

　　我們發現到很有趣的是聲音這樣的概念，扮演了極為重要的
角色，提供凱西一個可以重新輕鬆面對以及撰寫研究之方向。當
凱西逐漸沈浸在自己的博士學位論文當中時，她就能夠很敏銳地
調整出聲音表達以及觀點上的細微差異來。事實上，這些所能夠
提供的，就如同是給描述內容不同層次上關鍵的結構因素以構成
她個人的博士學位論文。對凱西而言，什麼於外部上顯現出像是

範例10.2

搜尋一個全新的方向

　　當我真正完全撰寫完本身的博士學位論文時，我覺得很累——非常疲憊也許會是一個更加精確的詞彙——那是一種好像是當旅行者本身已經很費力地走到了這個旅程的結束時，其可能會體驗到的疲憊。但是我本身所體驗到的如此筋疲力盡之感受並沒有帶給我平靜祥和的感覺。一開始，我認為這可能只是因為自己所獲得的知識是一種痛苦的智慧，其中一個喚起我要完全放棄自己先前的信念並且重新接受一個教師專業理論上剝奪了選擇權的觀點，這樣會促使我來辨識出以及接受自己已經經歷過的結果，如同懷特與懷特（1986）這二位作者將其描述成：「無法讓人瞭解的」，並且因為眼界變得狹窄了，所以使得我藉由自欺欺人的方式來蒙蔽自己。這樣產生對抗的結果實在是很難讓人興高采烈。在我最後一章節的末尾部分，上面附有小標題顯示「無可奈何地接受令人悲傷的事件」，我在裡面撰寫著：

> 　　反映出我人生當中的兩難狀況，就好像一位女性教師身處於這現代社會當中，同時令我感到喜悅與悲傷。當我透過反思的步驟過程來發現與串聯時，我能夠體會到有一股可以令人愉悅的充滿理性力量以及創造力之感覺，然而看似矛盾卻相當切中要點的說法，我也已經變得好像有一種全身癱瘓的憂鬱、疏離，以及矛盾的感覺。（Ceroni, 1995, p. 230）

　　我在這個部分所描述的負面感覺已經與我共處許久了，因為我「知道」讓我頭疼來正視的事情是比我研究的範圍來得更加重要、更為深入且遼闊的。我不知道在已經獲得的知識場域中該如何來接受以及如何行動，因為這裡依然存在有某些「地方」是我從未穿越過的。我認為自己現在可以在女性主義當中找出那些地方來。黛門（Dimen）（1989）告訴我們說：

也許在概念上缺少了女性主義這一環是可以運用到個人所發
出的聲音，充滿大量的感覺、價值，以及具有政治意味的抗議，
這個像是沈浸在女性主義傳記當中的聲音是可以使得主體之間能
夠相互銜接。但是這樣自傳體或是傳記體的政治觀點，不應該完
全取代那種公認正確而普遍接受的家父長制的聲音；反而是，要
與其並置以顯示差異。重點是在如何運用這兩種不同聲音的權力
來產生彼此相對、保有差異、創造出具有拉力狀態的感覺。因而
所產生出來的第三種聲音，能夠保留住第一種以及第二種當中多
數人能夠瞭解的個人權力，也可能由此打開一扇窗在尚未想像
到、非關性別的論説、瞭解以及生活方式之可能性。（p. 35）

自從我完成博士學位論文以來的第一次，我覺得自己有一種方向的感
覺，這種處於「第三種聲音」的自傳體可以讓我當成是用來重新進行本身
旅程的一種方式，整裝好我本身在博士學位論文中已擁有的知識，並且在
同時能夠提供我有機會能夠在這世界上真實的論説、瞭解以及生活方式之
可能性的希望。

一個從學術上努力所缺漏的時間點，在其中能逐漸發展出於博士
學位論文裡面學習到的經驗。凱西現在已經準備好要來聲稱一種
更加公開的女性主義之立場以及聲音，這是有些她在博士學位論
文處理期間當中尚未準備好要進行的內容。逐漸地，這使得她讓
自己變得更具有學術風範地從如此之背景中再度展現開來。

　　我們每一次在質性研究導論課程中所給予學生們有機會來完
整地回顧博士學位論文時，林恩‧李察斯的文件檔案都能夠引發
相當巨大的興趣來。她所扮演的就如同像是一種靈感以及模範，
能夠給其他班級教室的老師們突然間可以看到在自己本身教學法
於周遭上，得以精心處理博士學位論文的可能性來。然而，林恩
也是可以表達出內在的懷疑來，如同是從這篇〈這個班級教室裡
面有個博士嗎？〉所節錄出來的説明內容：

　　其中一個我目前所正在考量的專業上必要之惡，就是在我博士學位論文當中的預示。雖然我已經完成了一篇在這個行政區當中所能涵蓋範圍的小學之班級教室中具有沈浸在創意戲劇學步驟過程裡面的研究，我發現到自己運用非正式的戲劇過程比起之前的這幾年期間頻率更加來得低，並且在此我好像遺忘了要來解釋為何會如此，讓我從那時就高度評價班級教室戲劇像是一個帶有個人情感以及「精力充沛的、流動的與不間斷的小學班級教室之課程」，並且「意識到戲劇如同是構成教學以及認知上整體所必需的一部分」（Richards, 1996, p. 264）。深入到內部之後，我感覺自己就像是一個教學法上的庸醫，不斷地冒名頂替運用教育學博士這個頭銜，並且還小心翼翼地隱藏自己受到家庭、學校，以及研究團隊的對話內容所刺激而感到在學術上有所欠缺。

　　林恩的評論引發了一個有關個人對於學術成就的感覺而令人感到興趣的重點來。對於一篇詮釋學的博士學位論文研究調查之緊張程度可能會引起一種學術上交戰的劇烈感受。藉由相互比較，例行性的教學需求可能看起來比較不像是學術性的活動。然而，自從完成她博士學位論文之後，林恩同時也在大學的課堂當中任教，像是創意性戲劇、發表文章在出版刊物上、撰寫教學上的題材、提供波士尼亞一個研究場所給創意性戲劇、參與波士尼亞孩童在藝術上的一個特殊計畫，以及提供本身研究的經驗給其他研究所學生、很忠實地參與研究團隊召開的會議、仔細閱讀並且給予其他研究團隊成員所逐漸形成的博士學位論文一些評論，之後，更屬於近期的事，與凱西共同合作來處理一篇逐漸形成的研究計畫。這些由我們看來，在林恩致力於學術的證明上都不會顯得過於瑣碎，尤其是因為她身為一名小學教師的關係，可以全然不隸屬於任何黨派的運作中來埋頭致力於這些活動當中。

　　這一整本書當中，我們已經提及過博士學位論文具有讓人產生變化的力量。從我們所站的有利位置來觀看，尤其是當我們對比本身第一次碰見的佩特、凱西以及林恩來相較於後來的佩特‧

麥克馬隆博士、凱西・契隆尼博士以及林恩・李察斯博士的時候，如此具有讓人產生變化的潛力是能夠被證明屬實的。然而她們持續不停地努力來聲稱一種應該像是學者般受到良好待遇的認同，喚起了我們注意到這樣具有讓人產生變化的複雜性。這可能很容易來辯解如此之不一致，單純只是因為她們有參照一些觀點以評斷自己本身成就上的水準。或者是，拿凱西以及林恩的例子來看，我們可能會發現到一些缺陷，其缺乏組織性的肯定或是評價本身學術能力。然而這些臆測看起來卻太過於容易達成而使其不受到重視。之後我們也會變得能夠更加深入地欣賞到這些讓人產生變化的細微差異以及錯綜複雜的事物。經由瑪麗蓮恩・勒威爾琳博士學位論文之後的反思（參閱範例10.3）引發了一種由佩特、凱西、林恩，以及其他研究團隊成員在人性真誠上所顯示之感覺的迴響。

　　也許當博士生研究者看起來好像很仔細並且深入的觸及到自己與本身的實踐結果，如同是這些年輕學者已經經歷過的事件一樣，其並非將個人帶到一種顯示高傲的瞭解之地步，而是一種恭敬的──並且謙卑的──提出疑問之地方。這樣的推測可以引導至我們所關注的其他失衡面向──這種發生在博士學位論文恰巧完成之後的理性真空狀態。

重新聚焦在個人理性的生活

失去聚焦點

　　過去約定俗成的判斷認為博士學位論文創造出一種思想的基礎，讓個人可以在其上建構出持續進行的研究議程表。事實上，其中一位同儕，海倫・賀茲（Helen Hazi），很確切地描述出本身博士學位論文此作品自然的發生過程來：

　　　對我而言，博士學位論文是一個相當令人興奮的學習過程。它

變成是未來研究生涯的基礎以及持續學習的步驟過程。身為一名大學的教授，研究早已經是我表達思想的工具來作為倡導以及特有的認知方式。我能夠將本身博士學位論文的主題與設計建立得更加茁壯，以延續聚焦在自己撰寫、教學，以及服務當中的法則與政策。從事研究同時也已經變成了我目前正在學習的方式。我所撰寫的主題就是那些本身最想要學習的相關內容。博士學位論文進行的那段時間不只是學習到技巧以及發現新的知識而已，其也是一種讓人產生變化的經驗，而且此一直都是自己專業生涯當中相當重要的一部分。

範例10.3

內在的改變

　　當我接近要完成自己的博士作品時，有一些人告訴我說在自己完成博士學位論文之後，生活有可能會變得跟之前非常不一樣。其他人則是提醒我要有心理準備來面對博士學位之後可能會帶來的沮喪感，其可能會在我撰寫完成博士學位論文之後還持續下去。雖然這些事情都沒有像預言般地發生，但是我還常常地從完成學位之後就試問著：「現在究竟發生什麼事呢？我未來有可能會抽出空來再次埋頭致力於如此讓情緒激動的研究調查之中嗎？我未來會不會再次撰寫呢？我將來要到哪裡去找出這些時間呢？」我對於這些總是令人不得安寧的問題之回應，就是我必須持續埋頭致力於思慮周延的步驟過程當中，並且要在我生活當中挪出時間來給它。我會在本身默默耕耘的計畫（博士學位論文）中之最後一章節來標示出這些面向來，在那裡我會透過埋頭致力於本身研究以及所改變的面向來展示出到底我發生了什麼事情，而這些都是思慮周延的研究調查之過程步驟所帶給我的。也許對我而言，其中一個最為重要的揭露事項可能就是我埋頭致力於這樣的步驟過程並不是確切成為過去的事件。反而是，其是會一直以持續的方式來存在於我個人所處的世界之中。

　　我的研究調查聚焦於精神層面、教學法，以及教育學上面。在我的撰

寫內容當中，我很清楚說明了一種如同是教學法般的個人精神層面上之理解，並且描述了在如此方式當中同時會存在以及要持續學習的改變之可能性，如同使得他們可以觸及到其他對於教學法的精神層面同樣感到興趣的教育學者。我希望能夠在課程理論之論述裡面增進相關於精神層面以及教育學的對話，並且可以為這課程學習的領域產生貢獻。

默默耕耘的計畫之撰寫過程步驟，是構成我個人整體旅程邁向一個更加完整理解到自己身為一名教育學者的一部分。透過這樣的過程步驟，我學習到有關我「自己」的面向，這是我除此之外不太有可能會得到的瞭解與領會。這樣的領會可以引導我更加完整地詳細論述所處的這個世界。理查·帕瑪（Richard Palmer）（1969）描述了海德格（Heidegger）所理解的概念，其如同像是「一種可以全面領會個人本身存在的可能性之力量，而這是個人所存在於其中的生活世界之脈絡」（p. 131）。埋頭致力於這樣的研究調查步驟過程當中會很明顯地將畢生旅程朝向整體且自我的方向，而我會藉由精神層次將此稱之為如同是一種教學法，其為我本身持續進行改變成為一名教育學者之關鍵因素。透過與其他人、與自己生命本質，以及與各種論述社群的對話，空間會逐漸展開並且形塑出對於精神層次、教育學，以及教學法之新的理解內容。當我開始從事這個研究時，我就已經不再是過去的那個我了。經由主動把自己人生之意義給予承諾成真實存在之活生生的一個人，以及我究竟是怎樣的一位教育學者時，我體會到一種全新的自我之整合，並且在我生命當中重新找回了心靈上的力量。

透過埋頭致力於思慮周延的研究調查裡面，我得以進入到重要的人生經驗之中並且抵達到一種全新的意義之觸感當中。我可以看見自己默默耕耘的計畫之撰寫，就像是本身旅程裡面的一種上天顯靈現象，而進入到更深入的自我之覺察。我體驗到許多大量的毫無防禦之狀況來公開展示自己的研究，這都是因為本身不知道自己的問題可能會將我引導到哪裡去。如同高達美（Gadamer）所言：

> 對於問題而言，真正名符其實的意旨是「開放的空間」，因
> 為答案仍然尚未被加以確認。因而，一個修辭學上的提問並不是

一個真正的問題，在那裡並沒有真正可以受到質疑的地方，尤其是當事物論及到其從來沒有真正「受到質疑過」的時候。為了要能夠加以提問個人必須要有意願來瞭解；然而，這就表示要去瞭解本身所不瞭解的事物。當個人真正理解到自己本身並不瞭解，並且當其並不會因此透過理論來加以假設自己單純只需要更加深入地去理解本身已經瞭解的方式，之後個人就能夠獲得開放的結構來形塑出令人可信的提問內容。（Palmer, 1969 p. 198）

這個研究是以提問的方式來開始，那是一種需要自我研究調查的過程。透過此研究，我變得更加清晰能夠瞭解到本身精神層面如何形塑自己教學法的方式。我相信自己埋頭致力於這個研究裡面真實的問題當中，可以帶領我進入到一個更加真實的自我覺察之地步，如同像是一名教師以及有機會用一種全新的方式來成為這個角色。在這個步驟過程當中，我被自己所撰寫的故事所形塑。到最後，我相當感到光榮地締造出新的熱情以及承諾來持續真實的努力奮鬥、生活，以及教學下去。

我本身的改變是位居在這整個研究調查步驟過程中的核心位置。透過此研究，我變得更加清晰能夠瞭解到本身精神層面如何形塑自己教學法的方式。我的研究帶領我進入到一個更加深入探討有關語言如何形塑意義的覺察當中。我變得相當留心於詞源學的（etymological）詞彙之字根，並且經由深入地鑽研詞彙的意義時，我變得能夠看得見鑲嵌在這些詞彙的影響力與令人感到的驚嘆。在這個步驟過程當中，我發現自己本身開拓出精神層面的文字語言來，其能夠強化我在教育學領域之中所能夠顯現出對自己而言最為真實的撰寫與論說相關之內容。透過博士學位論文的撰寫，我對於自己到底是怎樣的一個人也變得更加有一種全新的理解。即使我承認這樣的步驟過程在畢生歷程當中可能只是能夠達到瞭解自我的其中一種方式而已，但是我能以一種精神層面來看待這一個階段，如同像是教學法一樣處在我持續進行改變的核心裡面，其就好像是同時身為一個個體以及教育學者一般。

　　我們常常大為驚訝於自己同儕一直在研究調查這個方向當中不斷出現的活力、專注力以及生產效率，而能夠建構出本身的博士學位論文。然而，如同上述的討論，我們也一直都受到研究團隊的成員所給予之衝擊，那些人姑且不論是否正在進行一篇相當傑出的博士學位論文，其看起來都好像經歷了一種延長畢業之後的莫名不安之感覺。下面接著是透過從林恩帶有分析和評論的內幕報導而來，其有助於將議題混合的複雜性加以具體化，而能夠對於失衡的理性運作產生貢獻：

　　　　在我自己博士學位後的反思當中，我能夠覺察到本身對於研究所失去的部分，一直以來都感到相當地悲傷，其驅策我（並且賦予我行政上的資格執照）運用創意性戲劇學來創造、個人化，以及灌輸到自己的班級教室裡面。我同時也必須承認如果自己能夠承受得了班級教室內戲劇步驟過程施行上相同之強烈程度的話，我或許能夠再加以埋頭致力於完成另外一篇博士學位論文之中。然而，我也會考量到本身所面臨到的專業或是職位上目標之可能性——已經穿越了大量薪資範圍的水平數字了，而變成一名高收益的教師以及在這個行政區的班級教室中唯一的博士——並且需要來尋找新的教育學之範圍。接著，我也共同執筆來為小學教師撰寫創意性戲劇學的文件或是講稿、教導大學裡面研究所的學生一些非正式的戲劇、在當地或是國際性研討會的會議當中發表文章，以及持續進行本身與「捷克奧布諾瓦重建兒童藝術畫廊」（Obnova Renewal Children's Art Gallery）有關的工作（一個延伸的計畫，其基礎有四個研討與講習的天數，這是我與大學團隊在波士尼亞與赫塞哥維納所呈現給教育學者的內容。）我已經撰寫了相關的文章給《藝術雜誌舞台表演》（*Stage of the Art Magazine*），這是美國戲劇教育學者聯盟（American Alliance of Threatre Educators）所發行的一種出版刊物（Spring 1998, pp. 5-10）。我持續在研究團隊當中發出學術性的討論。然而，此外我依然還覺得專業上未得到滿足並且覺得有種罪惡感。因此我與另外一名同儕試著要在每個行政區當中發起一種「教

師研究調查團隊」（Teacher Inquiry Group）——但是我們卻都沒有辦法能夠維持住博士學位論文步驟過程所提供的專注之動力或是前後一致性的興趣。

博士學位論文本身步驟過程的強烈深刻程度可能會相當特殊且具有意義。如果沒有如此之強烈深刻的程度，其有可能會讓人覺得失去目標，伴隨著無特定之目的或是方向。然而，認知到如此具有強烈之承諾所造成的損失，有可能會產生某些矛盾的情況。一方面，其呼籲了自由的感覺。但在另一方面，這裡可能會有一段長時間來再次體驗往昔高度承諾於理性上有關博士學位論文的感覺。

尋找思慮周延的上下文脈絡以及方向

審查這些不尋常之情感上的混合並加以分類整理，以及決定個人在博士學位論文之後所要進行的生活也許會花費一些時間。這就如同林恩已經發表的著作、撰寫文章，以及埋頭致力於教學當中，而且凱西、佩特以及瑪麗蓮恩也差不多同樣在追求相似的這些傳統學術性活動之模式。然而這些偶然發生之力圖現象並不完全合適於博士學位論文當中持續進行的理性之努力結果，他們也不必然會真實地提供一種持續進行的思慮周延之氛圍（milieu）。林恩試圖要與瑪麗亞差不多在二十年前嘗試過的內容一樣，在自己行政區裡面與具有相似努力的同好者共同來創造一支研究調查的團隊。對於上述兩者而言，其根本之目的是要在她們作品環境之中來創造出一種理性上具有激勵效果的上下文脈絡。缺乏組織的支持以及隨著時間要來認定廣大同階層者的批判之困難性，或是趨向於思慮周延都可能會導致這兩起案例的失敗。最後，林恩與瑪麗亞，就像是凱西、佩特，以及瑪麗蓮恩一樣，也都持續參與到博士學位論文的研究團隊當中，因為其提供了一種具有強烈情感且擴大思慮周延的邊際之氛圍，而這是她們在別處所無法體會到的。在此上下文脈絡當中，她們可以持續地

藉由其他人學術上之努力的支持來產生自己的貢獻。

我們也聯想到如此對於具有上下文脈絡之思慮周延，長期下來會藉由博士學位論文之鍛鍊而產生最具有基礎上之改變。如同瑪麗亞所顯示，思慮周延不單單只是某人所進行的事件而已。反而是，其變成了所呈現的方式以及與這世界所產生的連帶關係。蘇·古德溫（Sue Goodwin），她是一位研究團隊當中的正式成員，而現在是一名高度受到景仰的學校負責人，已經在自己的專業生涯之中找到方式來整合本身思慮周延上的能力了：

> 事實上我會選擇來處理這樣一篇概念性的研究，一部分是受到自己如何進行相關研究可能會變成怎樣內容所影響。我在這裡似乎看起來不像是很清楚知道自己做了什麼選擇，但是我在直覺上好像已經到達了自己所隸屬的地方之中。如此隨著博士學位論文而來的案例。我本身的研究是一篇逐漸形成的研究……，一篇會隨著我所蒐集到的資料而改變主題以及發展下去的研究。所以在管理方面……，至少是我最為擅長採取的方式。每一個議題都是充滿活力的，而每一個目的也都沒有標示在地圖當中。我認為此會很深切地聯繫到為何我會在自己整個職業生涯當中，變得如此對立於功能主義所發展或是計畫的全體相關模型。
>
> 處理這樣一個概念性研究的步驟過程，實際上可能會有助於我來培育管理之能力。我能夠相當包容歧異、混亂以及改變。未知的答案，或者更加貼切地說，不是很確切知道什麼是自己想要提供來激發本身像是一名偵探般的服務，而能夠持續地尋找下去。當我正在處理本身研究的感受時，我好像每一天在工作上都經歷到相同的情緒……，有時候感到挫折，偶爾幾乎像是一種恐懼感……，對於未知的結果感到害怕，或者擔心這樣的結果將可能會延伸自己而超越本身的界限。
>
> 我已經能夠理解到要成為一名真正傑出的負責人是必須要讓自己能夠遵循在自己（資料內容）的上下文脈絡之中。我無法駕馭這樣的內容，或者甚至是引導這些內容。我在這裡面不斷地進進出

出，仔細聆聽它的意涵並且在其所有的面向（社群、全體職員、文化、所有課程、學生們，以及其他等等）當中找出一個方向來。一旦我能夠從事之後，上下文脈絡（資料內容）看起來就會再次欣然讓我得以擁抱，並且讓我能夠在其中自由地移動，而變成其本身精力充沛特性當中的一部分。不過我尚未計算出本身的重要性來。也許像是一位概念上的研究者般，我蒐集資料、將其合成一整體，以及試著與我們其他人來溝通一些與此相關的感覺。

如同在所提及到的相關之即時性的論述當中，能夠涉入到論述社群之中，是可以為持續進行的思慮周延提供出一個上下文脈絡來。事實上，琴‧康佐，她的博士學位論文在第四章以及第五章裡面被當成是範例來運用，變得相當有貢獻於組織起美國教育研究協會之中以藝術為基礎的教育學研究之特殊興趣團體。在1997年時，琴同時從「質性研究特殊團體」（the Qualitative Research Special Group）以及「美國教育學研究聯盟第四部門」（Division D of the American Educational Research Association）那裡獲頒了「瑪麗‧凱薩琳‧艾爾文傑出博士學位論文成就獎」（the Mary Catherine Ellwein Outstanding Dissertation Award）以及從「作為教育學者般的特殊興趣團體之家庭成員」（the Families as Educators Special Interest Group）那裡所獲頒的「傑出博士學位論文成就獎」（the Outstanding Dissertation Award）。今日，琴持續將自己的興趣獻身於運用讀者劇場的概念來增進教師、行政人員，以及家長三者之間的思慮周延上。

同樣地，我們其中一位同儕，穆琳‧波特（Maureen Porter）博士，在1996年也讓自己的博士學位論文從「國家鄉村教育學協會」（the National Rural Education Association）那裡獲得了「鄉村教育學博士學位論文成就獎」（Rural Education Dissertation Award），〈移動中的山巒：肯塔基阿帕拉契一所高中的改革、阻礙力量以及其適應性〉（Porter, 1997）。她不只是

持續地從事於本身在教育學民族誌的工作而已，她也將自己投入相當大量的努力來創造出實際上的田野機會，在那些自己可以當成是研究初學者指導顧問的地方。

像是這樣的工作可以為個人學術上以及創造性能量來提供情感的宣洩管道。所以，同理可推論，撰寫文章也有此功能。

重新聚焦在撰寫的議程表中

無庸置疑地，年輕學者可以在傳統的方法上來撰寫文章，以從本身博士學位論文研究當中獲得好處。事實上，如同之前所提到的內容，幾個研究團隊裡面的畢業女校友，特別是那些追求在研究型大學之教授職位的人，也都持續有雄心壯志地在議程表當中來進行研究以及撰寫內容。然而，讓我們最為感到好奇的是，許多都是研究團隊中最慢給予學術上承諾而運用此種途徑的成員。這已經成為了特別令人摸不著頭緒的困惑，因為那些從事質性研究的人至少會朝著具有如此之傾向性前進，如果本身不具備撰寫上的特別天分更是如此。

而有些時候，我們會推論質性博士學位論文整體的結構，會不容易將其拆開成幾篇較為簡短的發表內容或是可以出版的文章。事實上，瑪麗亞在本身一畢業之後，直接就非常努力地與這個議題來奮鬥。如同她所描述的內容：

> 回溯過去，我現在可以察覺到幾個令我無法進行撰寫內容的不正確之假設。我想我必須摘述自己整篇博士學位論文成一篇較為簡短的文章。但是對我的人生而言，我卻無法計算出如何來進行並且真實描述出這篇研究調查來。我也想過自己必須儘可能地在本身博士學位論文當中提出所擁有的愈多資料愈好。如果沒有這樣的話，我如何能夠證明到底自己做出了哪些論證來呢？因此這使得我花了好長一段時間而停滯不前。是因為佩特的博士學位論文才真正幫助了我打破這樣不正確的既定看法。作為佩特研究整體中的一部分即是沒有發現具有明顯性的歧異觀念。這的確相當令我感到興趣，因

為某些課程指點了我當時正在從事的內容。我不顧一切地希望佩特
能夠撰寫出一篇文章來，讓我能夠拿給幾個我個人想要合作的教授
參閱。在當下那個時間點上，我看見了可以從博士學位論文當中來
採取某種概念或是議題的可能性，並且運用其（而不是一整篇的博
士學位論文）來當作是整篇文章的核心部分。這在現在看起來就顯
得相當清楚了，但是我卻非常尷尬於開口說出如此要求。

然而對瑪麗亞而言是如此顯而易見的並不是立即要為佩特催
生出一種撰寫行動上的騷動。過了幾年之後，這二位也都組成了
一個小型的撰寫團隊。在這個新論壇當中的討論已經為如此惱人
的不情願事物來散發出一些額外的領悟光芒，而能夠撰寫本身相
關的博士學位論文。對於佩特與瑪麗亞兩者而言，撰寫文章是
她們首要的方法來努力克服令人困惑的經驗面向。事實上，她們
兩者也都很本能性地走入到質性研究當中而能夠得到這個精確的
答案。因此，精心處理博士學位論文是一種方式，在之中可以為
一個複雜且令人不得安寧的概念性難題找到解答。一旦某個在經
驗上無組織且難以理解的雜亂事物能夠被加以分類整理，並且透
過撰寫而置入到觀念當中，就不會讓人有太多的興致來重臨這些
「老舊的難題」了。過了一段時間，他們就會在自己的工作過
程中享受到「滿足的」休閒時光，而變得更加地滿意（Rowan,
1981; Stabile, n.d.）。

令人回味的地方就是在這種方式中會有新的智力上難題，開
始來引發這些外表上經驗所呈現的表面下方之內容。這好像恰巧
就是這麼剛好，就在他們藉由全新的「敘事體之渴望」來加以克
服之前發生。這種渴望，其看起來相較於只是單純為了要出版而
在功能上（再次）重新包裝這些撰寫的文章，其好像更加不費事
就能夠涵蓋進入並且實現研究調查的任務。

這些發現已經導致了幾個有關撰寫在聚焦個人完成博士學位
論文之後的理性生活中所扮演角色之最後推論結果。精心處理一
篇詮釋學的博士學位論文，看起來似乎可以帶來更多可感受到

「撰寫文章好像是一種研究調查形式」的覺察之力量（Adams, 1984; Richardson, 1994）。博士學位論文所帶來的經驗可以為個人在撰寫上的習慣與天分，能夠形成一個更為聚焦的控制方式。經由佩特的博士學位論文後之反思（參考範例 10.4）提供了一個在改變上具有洞察力的敘述，且能藉由加以運用個人敘事體的敏銳度而得以鍛造。

範例10.4

透過撰寫來逐漸形成

要我來思考自己的生活，自從本身成為一名教育學博士之後已經歷經了多大的改變，而沒有包含進隨著這條幫助我達到本身目標之路徑的時刻，其實是不太容易衡量的。「逐漸形成」這個概念提醒我注意到尤朵拉·衛爾提（Eudora Welty）（1984），特別是她的優雅自傳寫作內容《一位作家的成長環境》（*One Writer's Beginnings*），隨著書中各個章節的標題：「聆聽」、「學習去感受」，以及「找尋一種聲音」，她在裡面鋪陳展開了自己身為一名作家的成長環境。雖然衛爾提正在描述如何逐漸成為一名小說中的作者之過程步驟，但是我相信當自己撰寫本身的博士學位論文時，我會透過與此知覺上相似的模式來逐漸成為這樣的結果。當然，我本身博士學位論文的敘事體特性可將其增添到衛爾提的哲學思想當中，但是我卻傾向於表示所有好的詮釋學研究，都是由這些要成為一名學者的歷程之覺察階段所構成，而這些階段都是雜亂無章但卻具有反身性的。

在我真正開始撰寫博士學位論文以前的很長一段時間，我一直都在聆聽。很快地在我開始本身博士學位研究的時候，我發現到至少在成為一名博士班學生之戲劇原本的一部分當中，就是要瞭解到如何來聆聽以及接收誰的訊息。我的其中一位教授，最後也成為我論文口試委員之一，就很喜歡說：「撰寫博士學位論文應該是會改變你的人生！」他個人的博士學位論文也已經在紐約時報上得到許多評論，而且之後伴隨而來的讚許也相當實至名歸，我揣測這已經改變了他的人生了。我不認為自己的作品可以藉

由此大好機會在這裡找到方向，並發表在紐約時報或者是一些當地的公報上，但是我還是保持著認為撰寫博士學位論文具有改變一個人的人生之可能性。我想我聽見了他所希冀要我去做什麼，而當時可能撰寫博士學位論文這樣的觀點是相當令人感到害怕的，他在表面上會重申一些我可能只敢想像的事物：撰寫博士學位論文不必然會是一種令人不愉快的課程作業之強制性結果。這是在環顧我研究裡面的當下之中，我立誓要停止聽取各式各樣同樣是研究所學生之讓人覺得恐怖的故事，雖然他們已經進行到比我更加前面的計畫之中。如果我想要相信其有可能讓我無法加以想像時，我知道這時就應該要聆聽自己的聲音了，雖然這僅僅不過是一種可以激勵自己的細語呢喃罷了。但是即使它非常微弱，我還是可以聽得見它的聲音，而且它可以讓我成為一位更仔細的聆聽者。什麼是我接近完成本身課程作業時所特別需要的，其實就是希望能有其他人來聽聽我說的內容。

有些人確實在聽取我說的，而她同時也是那一位可以讓我有可能進入到本身博士班研究的另外階段之中的人：學習去察覺。這位教授給了我另一副可供選擇的鏡片來察覺我的世界，而當我試著戴上它時，所看到之物真是令我屏息視之。這是我生命中的頭一遭，所有的東西都能夠聚焦在一起。這位教授，最後成為了博士學位論文的主委以及研究指導教授，諾林‧賈門博士，引薦我來真正地看到自己。這聽起來似乎有點奇怪，但這卻是不爭的事實。如果只提到她引導我進入到質性研究當中，其實是不只這些而已。當我在她課堂上學習時，我無法將自己與本身的研究加以區隔。而且之後，我愈加想要來理解本身研究的立場與自己的整體觀時，我就愈能夠隨著自我來更加熟悉這些形塑內容：本身個體、教師、作者、詮釋學研究者。

現在我可以聽到自己的聲音；它變得比較大聲了，而我認為它就像是一位說故事者的聲音。什麼是過去尚未充分發展的一種願望呢，那就是撰寫我的博士學位論文可能無法產生結果、平靜無事的任務，而現在則變成了一種承諾：我可以抓住這個機會來撰寫一篇有關某些真正與我產生關聯的博士學位論文。我把自己的博士學位論文視為像是一篇鼓勵我將自己沈浸在一個更寬廣的研究調查之中。我可能透過撰寫來發現自己如何變成一

位具有更好表現的教師，而我也可以運用敘事體來當成是認知的方法。這就是為什麼撰寫本身博士學位論文會是在自己人生當中成為最重要的事件之一。透過本身的撰寫，我找到自己的聲音，並且顯現出一位教師研究者來。能夠如此高度聚焦在自己教學上的探索，是本身博士學位論文所能夠提供給我的禮物。

撰寫本身博士學位論文之中一部分的禮物就是其需要努力來工作。這是一個有關我的學生、我的教學，以及我自己本身在學習上的延伸課題。而這同時也是有關思考與撰寫的一個課題。尤朵拉·衛爾提（1984）陳述說：「學習在當下的片刻將你與它緊緊地扣在一起，但是它並非穩定不變的，它是有波動的」（p. 10）。我相信如此之洞察力能夠很精確反映出經由整個博士學位論文步驟過程之弧度所呈現之個人轉移的趨勢，這時間是從一個研究所學生開始來想像自己將來可能會做什麼研究，到某一天她可以提交出自己的文件檔案來加以回顧以及解釋本身之作品。但是很確定的，當我考慮到有關撰寫本身博士學位論文真正的任務時，衛爾提對於像是學習上如此波動般的步驟過程之描述，大部分都能夠很強烈地讓我產生共鳴。當我回顧過去的經歷時，我可以感受到當自己在撰寫過程所發現到我本身在那個時刻的步調。我自己的撰寫節奏，並不是一直都很順遂，因為我能力上要來產生連結並非出現在一個穩定不變的速度當中。有時候，在我有規律的一連串之領悟之間會有一段很長的停頓，可是我還是依然處在學習的察覺步驟過程當中。在這些有規律的路徑（有時候會有勞力密集的插曲過程，但是看起好像沒有什麼產值）之間，我就會好像引發來注意到自己的老師以及博士學位論文口試委員的其他建議。他的言語可以有助於我將博士學位論文的經歷很恰當地置入在可以透視之中。他要我來察覺這段我人生當中的時刻以瞭解其本質為何，這也就是為何他過去總是不斷告訴我說：「記得，你的博士學位論文並不是你所瞭解到的全部結果或者是未來你將有可能會全盤經歷的；這只是讓你能夠進入到談論內容的入場券而已。這是你生命當中身為一名研究者的開端，而不是結束。」這些對我而言都是相當值得去聆聽，因為這些內容提醒我瞭解到自己真正處於本身「逐漸形成」的路徑上。我的博士學位論文並不是最終之目的地；它只

是在我成為一名學者的旅程上之一部分而已。這表示即使是在不平坦的撰寫（或是沒有撰寫）之時刻當中，也都是潛在性地具有重要的機會來深化本身的理解，不單單只是對於自己研究的聚焦而已，也涵蓋有我本身概念化與創作的步驟過程。在如此觀點之中所顯現的是相當戲劇性！博士學位論文可以激發起撰寫之作者擁有昇華覺察之感受，警覺到所發現之連結處並且將其賦予意義。再次地，我將要提到尤朵拉·衛爾提（1984），她是如此巧妙地設計出可以用來加以描述這種經驗：

> 文章的連結會慢慢浮現出來。就好像是你正在不斷接近的里程碑一樣，所導致的因素以及努力都可以開始來將它們安放到相互正確的位置上，更加緊密地把它們拉在一起。在它們之中體驗了太過於模糊的輪廓之後，就可以聯繫起並且證明出其好像就是一個更為廣大的形體。並且會有一種領悟力突然之間被拋到九霄雲外，如同當你的列車所產生出的弧線一樣，顯示這裡已經有一座重要的山脈在你過去所經歷的路徑上之背後隆了起來，而且還不斷地在升高當中，並透過回顧來證明當下之所在。（p. 98）

回顧我本身博士學位論文過去的旅程，我仍然能夠感受到在我身上所發生的衝擊。我博士學位論文的工作內容——不只是呈現出我學到了什麼而已，也顯示了我如何學習到這些——正是反映出我今天為自己所設定的目標。在如此之意義當中，我的詮釋學研究就能夠持續進行、充滿活力，並且具有生產力。這是如此不尋常歷程的開端，其已經在許多地方上豐富了我的人生，包括在個人之中以及專業上。我相信自己已經走過博士學位論文這段嚴格的歷程，而成為了一個更理想的個體了；我對於自己到底是誰、我瞭解了什麼，以及我是如何瞭解到這些內容都擁有更為深入的理解，而這些知識也讓我變成一位有擔當的教師。我在自己的工作領域中不斷挖掘與探究，為先前都還只是直覺上或是不知其名的內容帶來了啟發以及意義。為我在班級教室當中之所為賦予了新的語言表達，我已經變得更能夠清楚地察覺到自我以及本身的教學法，而如此之清晰狀態也已經給了

我一個基礎，讓我在其上可以繼續加以建構本身教學之中的藝術以及學術意涵。

　　所以，當有某人問及我既然現在已經是一位博士了，那麼本身的生活有怎樣的改變時，我會告訴他們這裡並不會在表面上有太大的改變。我還是在相同的一所社區大學教書，教授我慣常的一系列課程並且與一樣的同儕以及朋友共同來擔任口試委員。我沒有獲得特別多的收入，也沒有額外津貼或是特別的利益。實際上的改變就是我每一次都會感覺到自己走進不同的課堂教室，可能與不同的學生談話，或是更新自己的課程內容。我的博士學位論文現在已經成為我的一部分了，並且就是透過撰寫本身的敘事體而使得我能夠與到底我是誰這樣的故事來面對面。當我現在述說這些時，我能聽到一種更為內行的、能夠理解的，以及生氣勃勃的教師之聲音。這就是我一開始所希望達到的目標。而變成一位博士就是達成如此目標最好的報償了。

　　因此，將完成博士學位論文所剩下來的理性空間給填滿，並不只是從事一件「某些撰寫內容」的事情而已。反而是，直到一個全新的最初階段之形象開始變得更有條理之後，其牽涉到的就是此環繞在經驗上小水坑的艱難行程。如此關聯到將模糊的印象帶領至清晰當中的謹慎之令人好奇性，可以為個人理性生活提供一個全新的聚焦，並且能夠很迅速地進入到思慮周延的下一個新的循環當中。

後　記

　　在先前的這些章節當中，我們已經將博士學位論文的步驟過程描述成就像是思慮周延的循環一樣。雖然我們特別強調了裡面的七個主要的循環，但是有關於這七個循環也並非是如此神聖不可侵犯。反而是，我們運用這些循環來當成像是一種啟發式而強化了質性博士學位論文的重點，透過這些在想法上以及撰寫上連續不斷地反覆循環而能夠帶來實現的結果。綜觀這一整本書，我們也已爭論過對於質性博士學位論文之研究調查而言，擴大思慮周延的邊際不但是驅策其前進的動力，同時也是維持住其能量的方式。

　　我們撰寫這本書其中的一個目的就是想要弄清楚博士學位論文的經歷過程——給予此需要被注意之議題、可能會阻礙前進之意想不到的危險或困難，以及可以促進其往前移動的方法取向，能夠得到一個更清楚的意義。如此之觀點並不會勾勒出一幅簡單的博士學位論文之景象來。事實上，我們相信如果意味著博士學位論文應該要變得更加簡易的話，這所造成的傷害會是學生們以及高等學術需要來加以嚴肅面對的了。我們希望這一天永遠不會來臨，那就是當自己進入到書店而環顧時，緊靠在一大堆黑皮以及黃皮自修參考用的手冊之間，居然出現一本其名為《專為笨蛋量身訂做的博士學位論文》（*Dissertations for Dummies*）的書籍。

　　對我們本身以及許多我們過去有榮幸能夠共事在一起的學生們而言，博士學位論文所具有之可以轉變的力量是不可以也不應該變成瑣碎而不重要才對。博士班的學習提供了一種轉變上的可能性，讓學生可以經由研究初學者而後成為一名學者。從我們的觀點來看，這個就是博士班研究當中一個非常重要的精髓。

　　然而這樣的個人改變歷程可能會是甜中帶苦的。一方面，取得博士學位可以帶來職業上晉升、專業被承認的實現滿足感，

以及一種成就感。但是對於那些欣然接受思慮周延觀念，並且允許讓博士學位論文能夠觸及自己內心的人，這些所得之報償的甜美有可能會摻雜一種失去的感覺。一種不真實的、自大的必然感覺，可能會被用來與一個在生命當中更加無關緊要的模稜兩可之關係達成交易。這絕對不是世界上一種相當容易接受的生活方式，也不是讓其變成許多學生在自己進入到博士班課程之後用來討價還價的。我們用來分享博士學位論文是如此具有挑戰性的觀點之目的，並不是要勸阻研究初學者不要進入到這個旅程之中；反而是，希望能變得更加明確而詳盡地來選擇一條思慮周延後的途徑時所會面臨到的困難與報償。

幾年之前，我們招待這一群過去以及現在的研究團隊之成員。大約有二十五位女性來參與並且分享本身撰寫博士學位論文的經歷。有些是來自第一代團隊之中那些已經通過實踐而有豐富經驗的人，而其他的則是才剛剛踏入本身旅程的初學者而已。當我們交際過這些更加正式的聚會內容之後，一位「老前輩」（old-timer）走向我們這裡並且說了：「他們是站在我們的肩膀上來看這世界，能夠聽到他們所正在從事的研究是多麼令人興奮。回到當時我們全部都努力奮鬥要來理解質性研究的時候，我從來沒有夢想過自己的作品能夠成為引導的先驅——帶領其他學生們如何可以在我們過去的研究當中來加以往上建構。這真的是太令人興奮了。」

我們同儕的建議帶來一些我們一直以來都有意識到，但是卻沒有加以用詞彙來描述出來的東西。事實上，目前研究團隊的成員都是站在較早期以及彼此互相的成員之肩膀上。謹慎而積極來嘗試詮釋學的範疇，也已經發展成為此認識論的樣貌中強而有力的領域了。鑲嵌在個人從事博士學位論文研究的上下文脈絡之觀念，已經逐漸從陰暗當中浮現到充滿光明的境界。故事以及傳聞在最初階段的發展形式裡面也充分成熟地展現出精細複雜的敘事體。這些都是隨著我們本身小型的論述社群當中思慮周延過後所遺留下來的內容。

　　為了要撰寫這本書，我們已經嘗試過要來擴展此遺留之內容給那些有可能會走進詮釋學博士學位論文研究當中的人。這是我們用來讚賞那些對自己本身的理解方式保持真誠不變，以及用來支持那些有意願要在這個嚴峻的思慮周延之研究調查中，來調和自己的想法以及本身的人。

　　不久前，有一位我們姑且稱他為傑夫（Jeff）的年輕人來拜訪諾林，以尋求協助有關本身博士學位論文資料的詮釋方法。其看起來似乎他已經蒐集了相當多的質性資料而正在努力嘗試從中找出意義來，但是卻沒有摻入自己本身的觀點到這些詮釋內容之中。當對話內容逐漸形成時，他說到：「你指的是，我可以提出自己的觀點在所有的這些意義上嗎？」「還有哪些人的觀點是你可以提出來的呢？」諾林回應著。這導致了傑夫在進一步的詮釋內容中陷入了兩難。其看起來好像他當時正在處理一個更為廣博以實證為導向的計畫，而客觀性在之中卻被賦予了具有視為理所當然的價值。當詮釋學的可能性開始具有浮現的隱約跡象時，傑夫提出：「你知道，我真正想要做的是撰寫傳記體內容。事實上，我正在進行一個新的內容且正準備要出版。當我一能夠超過博士學位論文的進度時，我將會專心致力於撰寫傳記體內容。」當然，這很諷刺的是傑夫以及他的博士學位論文都很恰巧地符合了一篇傳記體的詮釋學研究之類型。似乎，其好像從未發生在傑夫身上，那就是他認為自己會隨著自己的博士學位論文而可能將本身的嗜好奉獻給傳記體。

　　我們期待撰寫這本書能夠搶在像是傑夫如此浪費掉機會的人之前就能出版，也許就能夠欣然地跟隨某個他們相當清楚理解到可行之詮釋學的腳步。從我們的觀點來看，撰寫博士學位論文的經驗是一趟富有各種可能性的旅程——發現自己具有學術性一面的可能性、增添個人本身表達能力到逐漸形成之質性博士學位論文研究論述內容的可能性，以及建造起個人本身透過學術上的思慮周延所遺留下來之獨特的可能性。

帶有分析和評論的內幕報導（一）

什麼是我們經由思慮周延所得的意義？

在質性研究導論課堂期間，我們正在討論思慮周延的重要性，當時有一位課堂同學察覺到：「我認為思慮周延很重要，但是身為一名行政人員，我不敢奢想能夠擁有許多時間來仔細考量。我必須在最後緊要關頭做出決定來，而那時確實就完全沒有時間來仔細考量。」其他班上的同學也都頻頻點頭，看起來似乎都相當同意這說法。

我們發現到對於許多人而言，思慮周延此詞彙意指討論的意思。其讓人覺得會突然浮現人與人之間長時間的談話之想像畫面於腦海之中。在這個正在進行之教育學者急促不間斷的世界步調之中，藉由委員會來做決定會是一種多餘的舉動，就會看起來好像是「一大串的摸索」行為。而且即使從1990年代這十年以來，在教育學之中已經帶來了相當熱烈的合作努力之興趣來，我們還是發現到思慮周延依然不是一個容易全面領會的觀念。已有工作者回到研究所來學習被期待要能夠假設出一個學習上的思慮周延之模型，然而這卻常常與他們本身在學術上的預期會有假設上之衝突。學生們冒著風險來成為我們所謂像是作繭自縛般的學習者。

在這篇帶有分析和評論的內幕報導之中，我們第一次嘗試來對比形成內心中的兩個架構：大致概括與思慮周延。我們假定大致概括的既定看法對思慮周延的學習來講是一種障礙。之後我們再來對比思慮周延以及相互討論。並假設學生們常常會對這兩個概念感到困惑。最後，我們會詳細說明並分析論述內容以及擴大思慮周延邊際的觀念，這是研究調查學習內在本來就有的步驟過程。

大致概括vs.思慮周延

　　對那些決定要重返正式學習的專職人員來說，體驗到一種像是大致概括的內在陳述並不是異於尋常的。對身為擁有多年經驗的專職人員而言，他們總是帶來能夠「展現」本身專業職責的模式。因為學生的身分，大致上，他們會被期待能夠「調查出」改變自己學習的喜好傾向。一方面，他們通常會隨著自身帶來某一種程度的學術教育上的民間傳聞（Garman, 1985），像是都會被假設要能夠有正式的教學以及學習一些難以發覺的期待方式。另一方面，他們懷有一種對抗的感覺，在很多狀況下會顯現得好像：「這不太像是一個真實的世界一般。」許多人至少都會對本身持有這兩種印象的角色——其一：專職人員，而另一個：學生。專職人員本身找尋直接的角色學習榜樣，那些想法以及方法就會在個人本身工作環境當中被想成好像是實用的以及適用的。但是在此同時，學生本身卻找尋傳統的教師，其暗示著想要獲知哪一位教師可以允許沒有課堂參與的結果。在內心這樣的架構之中，學生們主要可以獲得的資訊來源就是從他們本身的專職經歷（在別處所發生的事情），以及教師不受個人影響與讀本的教學大綱而來。學生們常常會在這兩者的角色之間陷入困境。只要他們在心智上被自己本身學術教育上的民間傳聞所團團包圍時，他們學習上的水平層次就會缺乏創造力。可以引起個人來尋找榜樣而讓自己能夠獲得理解之強大力量，也同樣的具有阻塞個人研究調查或是讓自己成為學習之樂器般的共鳴力量。其阻礙了引導有關個人在本身世界當中獲得知識之研究的洞察力以及意義。概括而言，或許可以被建構成像是個人在專職以及學生角色之間的拉力所呈現之一種失去感，其清楚地顯示一種疏遠的形式並且使個人遠離了思慮周延的內在架構之形式。

　　當專職人員持續修習研究所課程之後，他們就會比純粹是學生角色者變得更加具有社會化的樣子，並且比較少會由於立即上

相關於本身工作場合的缺乏而感到挫折。更重要的是，許多學生開始來找尋介於自己學術以及專職工作之間的關聯性。然而，如此概括性的情況還是依然存在著。課程作業的架構可以激勵學生將自己絕大部分的精力都專注於理解，以及參與經由指導老師及授課大綱內容所預期的樣子。有一位教授表達出了一般常見的埋怨：「這些學生不斷地要求在課堂上要被如何告知該怎樣進行，即使是在我已經講解過相關的期待之後還如此。令人感到惋惜的是他們無法變得更加成為獨立自主的學習者。」我們相當懷疑當學生們正在詢問到：「究竟她（這位教授）想要的是什麼呢？」其到底真正在表示什麼，「我究竟需要怎樣做才能在課堂上表現精采呢？」在美國正式的研究所流程以及課程，一般都沒有什麼組織，所以學生們都可以選擇是否成為獨立自主的學習者。然而，當博士班學生移動進入到博士學位論文的經歷之中時，不論其本身是否已經準備妥當，他們自然都必須變成獨立自主的學習者。思慮周延就會成為相當緊急所需的。學生們會被期待要從課程作業的模式移動進入到思慮周延的模式當中。

　　思慮周延會以一種社會性的建構方式出現。我們可以透過已經存在過的經驗當中之承諾來瞭解到某些事情。想法會進一步像是所持有之觀點以及相對觀點的樣子，透過談論以及撰寫方式而加以記錄。這些經歷包含了彼此相互矛盾以及對比的聲音而進一步點出立場，以及增添到或挑戰既存的觀念。思慮周延一般通常運用在描述團隊如何在做出決定之後能夠繼續前進下去。（例如：陪審團仔細的考慮是為了能夠提交出裁決；國會議員會基於立法的提案而進入到審議之中等等）不論思慮周延是否關聯到某個團隊的步驟過程或是個人的考慮因素，其顯示個人應該主動埋頭致力於搜尋資訊當中、仔細考慮出想法的重要性，以及在結果部分的呈現。以此方式，個人就能夠透過縝密思考地謹慎斟酌後而得到一個想法或是做出決定，其在很多狀況之下是經由仔細考量商議或是討論結果。

　　而後，對於博士班學生而言，我們強烈建議一個思慮周延的

學習模式是可以被描述成像是一個持續的循環，其需要學習者來加以詰問、聆聽、思考，以及行動。在建構出具有生產效益的問題時，個人可以主動來搜尋有關他（她）本身事先形成的觀念之資訊或是實況報導。在一個思慮周延的的模式當中，聆聽是需要個人在旁白部分置入評判的標示，而能夠聽取到更多深入而可能會呈現的內容。經縝密思考的推論可以有助於學習者從瑣碎之中整理出重要的訊息。然而，最為重要的就是行動——個人如何隨著訊息的呈現而來加以進行。行動在此含有一種思考的方式，這是為了要能夠促使研究調查往前更進一步。此也許是意指未來的概念化、新觀念的動機，以及對於目前想法的修正。在思慮周延的模式之中，想法被當成猶如是一種短暫的結論來處理，其總是受到校訂以及延展的限制。然而，對行動來說就是一種修正並產製出個人下一步在思考以及撰寫上的精心處理結果。思慮周延的循環持續涵蓋了提問、聆聽、思考以及行動，儘管其並不總是按著這樣的順序來出現。

商量討論 vs. 思慮周延

在教育學院當中，就像是學術界其他的地方一樣，討論被視為像是一個所有課程結果中最為有價值的內容。這裡有一個廣受歡迎的假設，其認為當學生們交換觀點時，不論是在他們本身之中或是隨著指導教授，就會產生重要的學習效果。課堂的討論也許可以當成是一個思慮周延的案例，或者其也有可能只是人們一種相互對話的談論案例而已。事實上，這裡會有一種從對話之中而得到知識的產生。當人們置入進一步的觀點時，其他人有可能會選擇加以同意或是反對。在許多案例當中，團體討論可能會有助於成員變得比較能夠相互察覺，並且開始發展出對於團體之中的多元性表示尊重。這是一種很重要的結果，但是其不應該被誤解成思慮周延。在觀念的交換過程，團隊的成員常常會專注於要

表現出客氣或是增添自己本身相互的經驗。在課堂作業中，團隊是藉由指導教授或是教學大綱而被組織，並且指引到本身的任務當中，就如同我們在先前所給予之建議，此會傾向於聚焦在團隊像是「為課堂來分配作業」，而非在問題之中找出可以進行的研究調查來。

　　當學生們為了博士班資格考試而進入到研究之中，並且（或是）開始博士學位論文的步驟過程時，他們發現到其有需要認定其他人（最重要的是本身的指導教授）來當作是自己研究的資源。既存的思慮周延之經驗就會變得具有真實性。其需要一種非常不同的方式來轉變成為一名學習者。認知的來源會持續從學習者這一部分的仔細審思之效果中而來。（我們會傾向於忽略閱讀學術性期刊，也有可能會被認為是一種「既存的經驗」。）除此之外，許多學生加入研究團隊是為了要幫助自己的思慮周延隨著論述社群來建立起本身的內容來。

思慮周延與論述

　　在學術性的文獻當中，思慮周延以及論述這兩個詞彙在很多狀況下都可以相互交替使用。事實上，我們發現自己運用它們時並沒有注意到要加以區隔。不過，目前我們已經思考到論述比較像是一個理論性的詞彙（Sills & Jensen, 1992），然而思慮周延卻隱含有此時此刻的提問、聆聽、思考，以及行動——這是一個涵蓋於更廣博的論述概念之步驟過程。當後結構主義者使用到論述這樣的概念時，其「傳遞了人類世界中之社會關聯性，而更加特別的，我們的社會關聯性如同是透過語言來加以永久記錄以及表達出來」（Pinar, Reynolds, Slattery, & Taubman, 1995, p. 49）。波維（Bové）（1990）建議著：

　　「論述」此詞彙現在已經有一個全新具有力量之批判的功

能：⋯⋯「論述」這全新的感覺使得我們能夠加以描述：其「不言而喻」以及「常識性」都具有未被察覺到之特別給予的力量，而這個力量產生出了可以控制的工具來。如此運用來控制東西是相當困難的；這並不是表示其如同是佛洛伊德式（Freudian）或是馬克思主義者（Marxist）的理論一般，是受到被壓抑或是排除在外的控制。反而是，其是意指藉由正面產能效益的力量來加以控制：亦即是，一種力量其可以產生某種問題類型、置入於體系之中，而能夠合法化、證明出，以及回答那些問題；那就是一種在步驟過程當中的力量，包含在其本身體系之中所產生的那些內容，其如同是可以於它們之中有能力產生行動的原因。（p. 54）

在學術性的見解當中，論述已經是能夠呈現出在某個研究主題或是領域中產生語言的交換。傅柯（Foucault）（1972, 1980）討論到論述系統可以產生出精神科醫師來讓人們談論，或者甚至「告解」，而藉此控制其實踐的內容。由傅柯的觀點來看，所有的理性、所有的教師以及學生都在這規訓之中，也都被引伸到某種涵蓋到這些控制系統的範圍裡面，其根本是立基於知識產生的模式，而用此來對我們的社會世界產生定義的內容。如同波維（1990）的假設：「這裡並沒有存在一個可以讓我們任何一個人置身事外的地方」（p. 54）。論述這個詞彙已經提供了另外一種有力於分析上以及理論上的概念，而能夠使得我們努力跳脫當代的社會以及這個歷史洪流。

當埋頭致力於正式的知識當中時，我們會攜著這隨著潮流向前的觀念（論述的路線、思想的學派，以及邏輯辯證法等等）。哲學家也嘗試來解釋認識論之下的偽裝（我們如何得以認知到某事物）與近來的本體論（我們把什麼當作是一實體），以及價值論（什麼是讓我們視為有價值之物）。就以學術上之目的來看，重要的是來提醒我們自身擴大知識邊際是透過想法的交換以及詮釋，且用許多不同的方式來創造出，如同是一種經驗上的詮釋。舉例來說，切瑞霍爾姆斯（Cherryholmes）（1988），討論到

教育學的論述時，假設其「教育學的論述是從所謂的小學班級教室、教師傳教的課堂所延伸而出，而研究的發現呈現在研討會上以及協定會議之中，而顯示於高中教科書中的撰寫內容、考核成績的測驗，以及研究的文章會在專業期刊上發表出來」（p. 3）。米凱‧巴赫汀（Mikhail Bakhtin）（1981）提出這些都是必要性的對話行為。他提醒我們這裡必定存在一種「承諾」來讓學習的關聯性得以發生，而這還不足以擁有兩倍或是三倍之交互觀點上的關聯性；反而是，此關聯性的特質就是一個問題。他說到：

> 此觀點的存在不只是某一個體孤獨的個別之知覺——如果其依然只是存在於那裡而已，它就會逐漸衰退而終於死亡。此觀念開始存活，亦即是，產生形體、加以發展、找尋以及更新其口語上的表達，這只有在當其與其他觀念一同進入到真實的對話關係，以及伴隨他人的觀念時，而能夠使得新的觀念得以產生。此即是，人類的想法可透過一個觀點而變得具有真實性，其只有與另一個並不熟悉的想法在生活上有所接觸的情境中時，此想法才得以鑲嵌在某些其他的聲音之中，亦即是，存在於某些其他人有意識的論述表達之中。介於具有聲音意識的接觸點上時，觀念於是得以產生並且延續。（p. 188）

就巴赫汀所使用的術語來看，論述（或是從單一前提所獲得之結論）就是一種意義，藉此使得文化能夠透過語言而存在，並且將本身隨時做一更新。

論述已經變成意指一種知識得以被產生的來源；其意指是社會性建構的知識；其意指論述的社群，並且，在學術性的見解當中，其意指一種習以為常的系統而能夠以受到規範的語言來產生知識。我們都身處於幾個種類之不著邊際的社群裡面。學術社群只是其中的一種而已，而這裡還有許多不著邊際的社群受到高等學術來形塑。家人、鄰居，以及工作全都有可能是擴大邊際之後的社群，而我們也不斷在創造出本身的理解，如同我們在這些當

中持續進行本身的思慮周延。

之後，我們發現擴大思慮周延邊際這個詞彙可以成為我們目的上一個有用的概念。其建議著，當學生們在博士學位論文經歷的期間埋頭致力於思慮周延裡面，他們努力掙扎要在本身研究（在自己所選定之主題與領域的論述）之中來理解其連結。擴大思慮周延的邊際暗指著博士學位論文的步驟過程會在論述社群之中持續進行。此外，博士學位論文的研究是一種相當特別的研究調查之類型。博士班的學位論文呈現出一種論述的系統，如同是一享有特殊待遇而得以進入到學術社群之中。因此，擴大思慮周延邊際的結果就是紀律的創造，其透過產生與規訓一種知識轉移、語言型態，以及訓練出具有學術性的身心狀態之步驟過程。

帶有分析和評論的內幕報導（二）

博士學位論文研究團隊：為擴大
思慮周延的邊際建立起一個社群

　　我們堅定地認為思慮周延以及論述都是構成質性博士學位論文研究整體中所必需的部分，並深植於我們與博士學位論文研究團隊的經驗之中。1980年代開始，研究團隊就已經透過三個世代交替而逐漸形成，並且裡面包含了超過五十位的博士班學生。所以我們沈浸在如此思慮周延的社群論述裡面，因此要我們談論到相關的質性博士學位論文而不參照這些研究團隊，其是很困難的。我們幾乎常常懷有相當大的興致般而未假思索就談論到研究團隊，其就好像是我們對於質性研究調查模型的評論一樣。尤其是，學生們很有可能會問到：「你的研究團隊運作得如何呢？」、「我怎樣進入到某個研究團隊之中呢？」、「是否需要有一位教授般的成員來加入呢？」、「如果在本身的大學中沒有辦法參與一個團隊時，我該怎麼辦呢？」

　　要回答這些問題實在是很不容易。團體就像是個體一樣，彷彿有某種明顯區隔的人格特質，幾乎是很神奇地從一個很獨特的各種特色之混合當中被創造出來。因此，我們不相信這會產生實質效益——或是有可能——提供一套指導方針來讓其他人可以為了再製我們研究團隊的模式以貫徹實行。取而代之，在此帶有分析和評論的內幕報導前半部裡面，我們試著來賦予這個團隊某個特色——其如何變成應有的樣貌以及該怎樣運作。這個敘事體描述內容聚焦於三個基本的準則上，以形塑此研究團隊得以思慮周延以及擴大邊際的特性。在此帶有分析和評論的內幕報導的後半部裡面建議了其他的方式，學生們在其中或許可以建立一種風氣來

導引至自己本身擴大邊際的思慮周延之中。

我們博士學位論文研究團隊的敘事體描述內容

　　當諾林‧賈門的五位指導學生（裡面包含了瑪麗亞‧皮耶塔妮達）觸及本身博士班進度差不多是撰寫博士學位論文階段的時候，我們博士學位論文研究團隊就正式開始了。不滿意於她自己本身的博士學位論文經歷，並且感覺自己的指導學生可能會有興趣來處理「其他可選擇的」研究，諾林召集了我們形成一個團隊以探索我們如何有可能來著手處理本身的博士學位論文。在發出如此的慫恿之下，她提出了三個非常清晰的重點來。第一，她沒有任何理由而願意與我們一起來共同學習。第二，我們學習上的主要聚焦點可能會像是他們所提供的博士學位論文題目之研究方法取向。第三，採取自願性的參與。我們在當下還沒有意識到的時候，這三個「條件」已經變成了此團隊文化之中所持續的準則了。

　　學習，而非支助，是這個團隊之目的。諾林致力於本身學習到此團隊的環境當中，其有助於建立一種擴大思慮周延邊際的風氣。較屬於是演變成像是一種學術課程的架構，指導教授可以在其中將知識傳遞給學生們，研究團隊的學習就會出現像是成員們相互討論問題；提出議題；分享資源；以及，更重要的是，評論彼此的作品。雖然諾林似乎更加有能力來看出我們朝某方向進行的感覺，很清楚地，她也正在努力克服有關每個人研究當中所涉及之認識論以及方法論的議題。如此彼此相互學習的風氣依然持續到今天，就好像是團隊成員探究研究調查的新模型一般，不斷地對於我們認識到的質性研究相關內容進行挑戰。

　　雖然團隊正在學習包羅萬象的聚焦點，會很容易讓人誤以為忽略掉本身的社會性以及支持性之面向。團隊會議是環繞在諾林家中的餐廳桌上進行。一般而言，我們大約會在晚上6點，當大部

分成員到齊時就召開會議，裡面不只有博士學位論文檔案文件的
草稿而已，也包括了共同分享食物。大約30至40分鐘，當成員用
額外時間討論個人的近況以及開始增添自助式的食物時，這裡已
經滿滿都是食物以及到處巡視的活動了。一旦每個人都拿著一盤
滿滿的食物時，討論就會開始轉向到「手邊的工作」上。那些想
要幫忙維持議程表時間的成員就會開始來討論。

　　在團隊成員之中連結的品質是不太容易描述的。雖然有些成
員會在團隊之外仍保持著友誼關係，但是大部分都不會在這以例
行公事為基礎之上而交際。雖然成員們很感謝有連結、承諾，以
及支持等強烈的感覺，但是大多數的人在本身完成博士學位論文
之後都不會再出席會議。然而多數團隊中的女畢業校友都會表現
出一種深切關係的感覺，即使與那些在她們參與團隊結束很久之
後才來的成員，甚至都已經在完成學位數年之後，都還是能證明
出彼此之間具有的忠誠度。

　　我們可能會再次想起團隊成員畫出了一整幅令人鼓舞的畫
作。對某些學生而言，學習團隊並不是特別有所助益。在參與過
一段時間之後（有時候是一年或更久），這些學生們停止再出席
會議了。有時候，我們會透過同學、朋友之間消息的傳播而得知
他們已經在別處找到一個不同類型的支持。另外其他人則好像是
銷聲匿跡了。過一段時間後，當學生們感覺到自己好像不屬於這
裡或是無法達到要求標準時，我們就會看到其會在研究團隊之中
出現了「陰暗面」。雖然我們試著要來同理這些議題，但是要來
解讀這些困境的線索並不總是那麼容易。要團隊符合每個人的需
求也不是一件如此容易的事。我們曾經為這些困難點所做出最強
烈的保護措施就是自願參與的特性。

　　自願性的參與。幾年下來，學生們透過各式各樣的途徑來到
這個團隊之中。差不多原先研究團隊裡面幾乎都是諾林的指導學
生，加入原因是為了要回應諾林的邀約。當幾位學生要求諾林能
夠支持他們完成自己的博士學位論文時，第二代的研究團隊於是
就形成了。當我們教育學院經歷了相當徹底的重建時，有些學生

失去了本身的指導教授；其他人則是失去與他們系所或是課程連結的感覺。當學生們聽說關於這個團隊時，他們接近諾林來詢問如何加入。這支研究團隊的成員就不完全是諾林的指導學生了。第三代是逐漸從第二代那裡浮現出來。再一次，諾林邀請她的指導學生加入團隊。除此之外，其他教授把對質性有興趣的指導學生，也開始送交到此研究團隊之中。前不久，幾個學生要求瑪麗亞能夠成為自己的博士學位論文口試會議中的研究指導老師。她也邀請了這些學生加入此團隊。

我們逐漸對於團隊裡面的陰暗面有所認識，這也使我們在邀約時會更加猶豫。我們詢問學生前來並參觀團隊是什麼樣子，且要他們自我評斷什麼才是對他們有所助益。一旦學生們有更好的感覺來認定自己加入的時候，稍後就會做出加入此團隊的承諾了。我們希望這能提供給學生較沒有壓力的方式來進入或是脫離此團隊。有趣的是，「學習，而非支助」的準則看起來似乎像是一種自我保護的策略。那些將支持定義成儘量快速地完成博士學位論文的學生，就不會覺得這個團隊有很大的功效。這些學生會傾向於在幾次會議之後就選擇離開。

考慮到團隊參與的自願性，在此也強調地指出諾林的參與也是出於自願的。減少團隊所面臨的困難並不是她在大學中行政教學負荷上的一部分。因為學生們並沒有選修加入這個團隊或是繳交學費，所以她在這個活動期間沒有得到任何學分時數的計算。雖然其有可能看到團隊好像能實現她學術上所建議的責任感，但是事實上卻忽略了裡面也包含了那些不是她指導的學生。

第三種自願性參與的問題面向包含了團隊中的女畢業校友。第三代的研究團隊是由瑪麗亞來當協同領導者，她是從原先團隊中畢業的女校友，以及包括了三位第二代女畢業校友，她們非常有規律地不只貢獻出本身的觀點到團隊當中，也仍然從事於本身計畫的撰寫。除此之外，其他幾個第二代團隊中的女畢業校友也會定期地坐在會議當中。雖然這些畢業生都沒有在本身的參與中獲得金錢上的報酬，但是全部都覺得藉由團隊關係的品質、有機

會來埋頭致力於學術論述中、滿意於和其他人分享本身的知識與
經驗，以及她們持續學習到相關的質性研究，而有非常豐富的獲
得。

　　如同主要學習上所關注的研究調查模式。研究團隊成員所給
予之承諾就是要埋頭致力於學習本身所需要的概念化，與處理一
篇有一定標準的質性博士學位論文。雖然博士學位論文的領域題
目都是每位個體學習上所要面對的重要問題面向，但是這卻不是
團隊思慮周延中最重要的關注點。當個人第一次加入到團隊之
中時，他們會談論到本身領域題目，如同是他們會開始來清楚說
明本身研究之目的。甚至是即使團隊成員要處理相當不同的領域
（例如：小學美術教育、公立學校行政事務管理、課程評估、遺
傳學顧問等），令人訝異於個人會在彼此題目中時常表達出本身
的經驗或強烈的觀點。無可否認地，題目如此受到注意且迷人，
讓我們常常屈從於這樣的誘惑而願意探究這些議題。然而，很有
趣的是，團隊在這點上看起來似乎相當自制。每次會議之後，更
多有經驗的成員會提出從研究主題到研究調查模式，或是研究程
序中能夠改變注意力的問題。典型上，當新進者獲有一個本身研
究目的以及研究調查步驟過程特性更為清晰的想法時，他們就需
要逐漸地減少談論相關的主題。同樣地，就像是團隊成員為了要
理解每個人的研究而發展出一種可分享的上下文脈絡，他們所需
要的是來詢問相關可縮小主題的背景問題。談論相關主題的本質
傾向於轉移到一開始食物與巡訪的時間當中，讓團隊能逐漸適應
這個會議。除此之外，主題的討論常常（雖然不總是）一再迫切
要求理解訊息如何能從研究調查中浮現出來，而能夠運用在博士
學位論文的詮釋與描述。

　　那些想安排在議程中的團隊成員可能需要用一種或是多種方
式來分享本身目前的想法或是進度。他們可能會經由某一重點
來討論引起本身困難的地方，有些他們帶來團隊中的案例是找
不到文字資料。他們可能會分發一張相關的書寫小紙條給團隊來
閱讀，之後進行討論。不時地，成員可能主要為了討論而放聲來

閱讀這些紙條內容，或者他們可能會暗示鑲嵌在文件檔案中的議題，然後要求其他人來閱讀並在會議之後給予評論。當文件檔案變得更長且複雜時，文章可能會給全部或是某些團隊成員在下次會議中做一深入回顧與評論。有時候，當複印冗長文件檔案的支出變得高不可攀時，團隊成員就會提供口頭的摘述。也有時候，個人會提出立場上的觀點來描述他們正處在哪個階段過程——包括正在敷衍或是無法找出時間來進行博士學位論文。

雖然研究團隊成員關係常常維持在大約十至十二人之間，但很少是每個人在同一時間都需要出席。這使我們要找出可以有效管理會議的議程，通常要進行3至4小時。即使是當他們沒有在議程上需要時間，仍需注意到那些三個星期才來一次會議的成員。強烈鑲嵌在團隊文化之中是承諾要給其他人思慮周延的內容，如同像是給自己的協助一樣。始終如一地，研究團隊成員會談論到有關傾聽以及參與其他人在概念上所努力掙扎的價值。在很多狀況下，他們可以更清楚地看到其他研究脈絡裡面的研究議題，然後吸收這些洞察力，在自己同樣思考本身博士學位論文時來運用。

連續十七年與超過五十位學生共同經歷這種思慮周延論述的類型，使我們確信在一個研究團隊架構中學習，是有根本上不同於在學術課程架構中學習的效果。雖然研究方法課程在博士學位論文資源上的重要性是無可爭辯的，但是學生們常常將本身的精力聚集在滿足教授如同是特定在教學大綱上的期待。隨之而來，即使當指導教授設計課程要來支持學生在博士學位論文上的需求，那些仍保持「課程形式」的學生有可能會錯失將訊息轉換成本身的研究調查。就我們本身教授研究課程的經驗來看，我們已經發現對學生而言，將課程形式轉換成學習一種更為思慮周延以及擴大邊際的形式是相當困難的。我們看到在研究團隊成員之中，會出現一個更加深入且具有變化的學習方式，如同將專注力從一個以指導教授立場為主的議程，轉變到自己本身的研究調查當中。以下的建議是由四位團隊成員將本身化成像是個人、從業

者，以及學者般所提及的基本改變：

　　「我已經學習到很多了。首先，研究團隊的成員都是相當傑出的學者，而我也相當敬畏他們的學術成就。我從未錯過要向他們學習。處在研究團隊裡面會比待在某些課堂中更令人容易感動。當我從研究團隊那裡返家時，這需要花費我一些時間來『恢復平靜』。我學習到當人們深切地關心自己所為以及在過程中的其他人，每一種經驗都會變得豐富。我從研究團隊經驗中所拿走的，影響了我所謂的其他每件事情以及我如何思考自己本身。」

　　「我已經學習到在研究中新的語言之使用以及方法取向。我不再用相同方式來看待事物，而會從中找出更多問題來。我更加聆聽，並且更為緩和地確切表達出意見。我也會質疑，但是希望能夠有審問效果。雖然這些回應都很一般，但是這都是因為研究團隊而讓我認為現在自己所應從事的。」

　　「應該如何進行研究與如何幫助其他人做研究。已經可透過讀本的分享以及其他研究的例證內容來學習到質性詮釋學的研究。如何弄清楚研究以及處理一般令個人或是他者焦慮的時間。成為一名教授所指涉的是什麼。」

　　「參與到研究團隊當中會比較像是變成什麼而非學到什麼。當我進入到研究團隊時，我就會變成一位相當聚焦於細節的教師。隨著諾林的引導以及與其他團隊成員所發展出來的關係，我變成了一位具有教學與學習同時兼顧之具有寬廣視野的教育家。我也開始相信（逐漸地）本身能夠處理一篇紮根理論研究，並且用一種學術的樣貌來敘述。我隨著一些適當的支持而能夠學習到任何有關可以進行之事物。這樣的信念已經帶到了我自己領導風格之中，並且成為本身學校行政區全面信念系統中的一部分。」

　　我們希望這部分能夠描述出本身博士學位論文研究團隊中思慮周延與擴大邊際的特性，並以此方式進行，能夠給予讀者一些組成自己本身研究團隊的想法。認知到每位讀者的情況是不一樣

的，我們現在要轉向到一些附加的方法取向，其也許會更屬於立基於個人情況中可行之道。

研究團隊所附加的方法取向

許多研究團隊概念上的變異數都是可行的。一種以教授為引導取向的變異數可由下方流傳給學生們之備忘錄來加以闡釋，其藉由同儕深入承諾要幫助學生來完成他們的研究：

給那些我正在指導的學生同儕之博士學位論文以及

給我在當中像是一名成員般所擔任的學生同儕之博士學位論文口試委員會

開始於1996年1月，我打算要與兩支研究團隊碰面，以幫助你們來進行博士學位論文。第一支團隊是強制給每一位希望我來指導他（她）的博士學位論文的人；第二支團隊給那些我在其博士學位論文口試委員中服務的人來選擇性加入。要不是這裡有大量的成員，否則以下的這些進度表都無法實現，強制性的團隊會在每個月的第一與第三週的禮拜三召開會議，而選擇性的團隊則是在每個月的第二週禮拜三召開會議。我們開會的地點將選在速食餐廳環境電梯下方的一組桌子來進行。我們給兩支團隊的時間都是晚上的5點30分至7點。

我們會議大致上將會依循研討會的模式。亦即是，指定的個人將要在團隊中發表工作進度以進行討論而獲得回饋。這個部分可能會有所助益，並非負面的批評，但是你應該期待參與者能夠很明確地質疑你的作品。這會是一種幫助你跳脫本身盲點並精粹自己研究的絕佳方式。

為了你們團隊的第一次會議，請務必準備一頁自己打算要研究的大綱。裡面應該包含小型的問題陳述以及簡短的方法描述。請影印給每個人一份，包含給你自己與我。在第一次會議中我們將會瀏

覽這些大綱，並安排發表的進度表來當作是春季班的協調狀態。

　　為了幫助你與本身的作品，我會要求書局進貨兩本書：拜
倫・L・史岱（Byron L. Stay）（1996）由聖地牙哥的綠色天堂出
版社（Greenhaven Press）所發行之《辯論性撰寫的入門書》（*A
Guide to Argumentative Writing*）；與大衛・J・史坦伯格（David J.
Sternberg）（1981）由紐約的聖馬汀出版社（St. Martin's Press）
所發行之《如何完成與持續經歷一篇博士學位論文》（*How to
Complete and Survive a Doctoral Dissertation*）。除此之外，你應該
有大學裡面導引至碩士學位論文與博士學位論文的入門書，以及
最新版的《美國心理學會》（*American Psychological Association*;
APA）論文撰寫格式指南。

　　因為如此強烈的工作需要這些團隊，伴隨其他專業的責任，所
以我要求你只要出席本身團隊的會議——至少整個春季班。更進一
步，我要求你讓我在你團隊第一次的會議中能夠瞭解該怎樣對你期
待。此尤其適用在選擇性的團隊當中。謝謝你們，而且我非常期待
與你們共事。

　　如同備忘錄所標示，此以教授為主導的團隊被建構成更加朝
向著博士班研討會這條路徑來進行。然而這並非一堂有學分的課
程，而此象徵著其為教授成員自願性的承諾，願意在整個博士學
位論文過程中提供學生們大量的指導。

　　另一方面，更為緊迫之有限時間中的方法取向會以正式、有
學分的課程方式來呈現，來提供綜覽性的撰寫結構。在我們大學
裡面，像是由莫赫（J. E. Mauch）博士所開設，他與博曲（J. W.
Birch）博士共同撰寫這本書：《成功進入碩士學位論文與博士
學位論文的入門書：從構思到發表：專門給學習者與教學者的手
冊》（*Guide to Successful Thesis and Dissertation: Conception
to Publication: A Handbook for Students and Faculty*）
（1983）。處理各式各樣研究類型的學生們可以來選修這門傳遞
精心處理論文研究計畫之意向的課程。從這具有學術性基礎而逐

漸形成的經驗中，可以繼續存在、讓學生來組織，以及由學生來引導的研究或是支持團隊。

　　學生們常常組成這樣的團隊來當作是吸引其他讓他們覺得有連結感覺的人加入。在某些案例中，如此之連結是立基於一種像是博士班工作平台的共性上。其他案例中，在運作的脈絡（例如：學校的行政單位）、地理的鄰近性，或是研究領域的相似性都可能會把學生們拉攏在一起。那些常常在本身從事博士班研究時需面對外加的教育與社會挑戰之國際學生，在很多狀況下也能夠找到一個支持團隊而得到非常大的助益。

　　就如同我們的研究團隊有其陰暗面，我們也看到有案例顯示支持團隊變成了抱怨團隊，學生們聯合聚在那裡來抱怨「學術緊箍帽」以及「博士學位論文的勾心鬥角」。為支持團隊建立起基本原則可以有助於阻止產生如此負面的影響力量。在我們機構中的一支團隊詳細描述了其如何上網搜尋資料以開始運作一支團隊。成員們發現並與其他人相互分享以下的這「12條形成支持團體的準則」：

1. 至少聚集五位學生（多樣性）。不同背景（量化或是質性、具有電腦技能、研究法等）。
   - 兼容並蓄的人格特質
   - 在博士學位論文過程中具有相似的階段
2. 每個禮拜一次的會議，並且在會議一開始時就給所有成員能夠拿到每個人論文（不論是在哪個階段）的一頁影印。
3. 每一次會議由二位成員負責報告研究內容，每次大約45分鐘。
4. 最晚在會議開始的前三天，提供每位成員一張將可能會討論的摘要。
5. 抱持有建設性的評論。
6. 每位成員一致同意每週花費3個小時在支持團隊的活動上面（1個小時在草稿的閱讀與評論、2小時參與會議）。

7. 會議開始後與結束前的15分鐘，給其他成員來報告進展以及提出具體的問題。

8. 如果有空參與的學生少於四個人的話，則會議延期。不然，發表的學生可能無法得到各式各樣的觀點。

9. 在第一次會議召開時就遵守彼此信任的同意原則，即使是有關於教授或是其他學生的內容，也都應該讓每個人都能夠公開地談論。

10. 接受博士學位論文的成功。慶祝這樣像是順利經過檢驗的博士學位論文以及通過口試攻防答辯的成就。

11. 限制只能談論論文相關的事情。

12. 要求每位成員錄音的部分，需聚焦於他（她）的論文上。

很有趣的是，那些共享如此之準則的學生們也按照這樣的意思來組織自己的團隊規範，但是其也顯示他們並不遵循11與12條準則。

姑且不論結構、領導人員、格調，以及風格上的差異，這些各式各樣努力來支持博士學位論文的進行，看起來似乎反應出幾個關鍵的價值，包括參與的承諾、待人如己地給予忠告，以及負有責任感。另外一個共性就是強調要發表個人作品的草稿，並且提出具有建設性、評論性的回饋給其他人。大體上，我們觀察所有這些選項為一種可以創造出小型論述社群的努力結果，其可以支持學生們仔細審思自己相關的博士學位論文。

就某種理由來看，要是如此的學習或是支持團隊無法讓學生加入的話，我們會建議與個人博士學位論文指導教授逐漸形成一種思慮周延或是擴大邊際的關係。雖然有些學生本能上就會這樣做，但是其他人可能首先就必須要改變自己的觀點來接受。有些學生似乎會把自己的指導教授看成是次要的公務員，其每學期只做一些比批公文格式要好一點的事情而已。其他的學生可能會很不情願地來討好指導教授的歡心，錯誤地認為學費已經支付給博士學位論文，而使他們有資格從自己的指導教授以及博士學位論

文口試委員成員那裡得到時間與注意。尤其令人惋惜的是那些把自己的指導教授以及口試委員看成是「敵人」，並與其保持距離的學生們。感覺受到威脅或是恐嚇，如此的學生可能會仍然停留在「課程模式」當中，努力地爭取脫離來生產出一篇文件，他們之後會假設可能會由口試委員那裡頒授一個通過或是失敗的成績。如此的觀點將會讓學生與擴大思慮周延邊際的重要支持斷了關係。

帶有分析和評論的內幕報導（三）

教育學研究當中的知識陳述與正當性議題

　　一般通常會假設教育學研究的主要功能就是要創造出新的知識來。教育學研究者從事本身的研究調查是為了要說明某相關於具體事件的陳述，以及要瞭解與改善我們教育學的環境與機構的模式。如同落實在研究調查的結果，研究者宣稱已經發現到教育學特殊面向的新事物。為了要報導這些研究調查的結果，研究者會將其對某些特定的聽眾公開討論有關什麼是他（她）所宣稱的內容。已撰寫完成的報告之功能不只是給予讀者訊息來理解到研究者所要聲稱的內容，也可以用「真實狀況」來說服他們，或是也許更加將這幾天以來的陳述稱為真理。

　　我們想要藉由敘述兩段諾林近來的對話，來為此帶有分析和評論的內幕報導組成一具有上下文之脈絡。其中一段是與瑪希（Marcy）的對話，她是一位效力於匹茲堡這大型都會學校行政區研究與評估部門裡面的研究助理。我們那時正在討論有關她當下接受指導者所委派的計畫。

　　「我被指派的任務，」瑪希說，「就是要發展可供我們全體職員對人事部門所持有的觀點之調查。這看起來似乎產生了在人事部門與其他職員之間產生了一些不協調性。理事會要求必須對議題加以澄清。好吧！我真的不是很清楚到底爭議點的性質為何。我也不是很瞭解人事部門做了什麼，所以我就開始和其他人談論這件事情。我做了一些正式的訪談，我也透過與雙方團體人員共進午餐的方式來對話，我在電梯裡也與人們談論這件事情。我聆聽他們對於此嚴重衝突的說詞。到我必須要為此調查來建構內容項目的時候，我也比過去本身曾經有的想像更加瞭解到人事部門與其他全體職員的處境。這些題材是相當豐富的。以某種方

式來看，當我開始為調查中的項目內容將其置入抽象概念時，其變得很沈悶並且沒有真正觸及到事情的核心。」

　　諾林詢問她為何會覺得自己無法運用這些充沛的資料在本身的研究結果當中，以作為是從這調查工具裡面的發現。

　　「我的老闆，」瑪希回答，「真的只相信量化的資料才是當下盛行的，或者也有可能，才是實在的研究。如果我用敘事體的所有資料來呈現結果的話，這可能就會只像是我個人的詮釋而已。調查可能會讓人懷疑反應者是否持有這樣的觀點。這應該要更加客觀才對。然而，我的確感到相當挫折，因為研究調查的發現真的沒有深入到事件的核心。」她反覆說了幾次，「這真的沒有深入到事件的核心。」

　　幾天過後，諾林在教育心理學系其中的一位同儕走進她的辦公室當中。她是一名家喻戶曉的研究者，其在本身研究領域中拿過政府百萬美元的撥款。她談論到自己其中一名博士班學生，其有相當需要深刻瞭解的個人故事，來當作是自己博士學位論文處理的方向。這聽起來似乎她的學生，艾瑪（Alma）患有癌症，而且在她長期的治療期間，艾瑪開始發現到自己本身的學習能力已經多少產生改變了，但是這對其他與她共事的人是很難瞭解到這樣的改變。她想要描述此發生在疾病末期為了治療結果而產生的特殊學習障礙。這位同儕想到選擇用自傳式的方法取向，可能會是一個被認為「真實的」研究。事實上，諾林明確地對她保證，這當然是種在博士學位論文研究中相當具有一定標準的類型。（研究團隊其中一名成員才剛剛完成一篇被她的口試委員稱之為「一件令人驚奇的作品」之自傳式研究。）我們的那位同儕卻同時存在了信與不信的感覺。很顯然地，她並不是相當被說服說自傳體是研究當中的一種正統的方法取向。她持續問到：「但是我只是想要確定這是不是可以被接受。畢竟，這真的只是一種個人的敘述而已。」

　　在這兩者的對話當中，其議題是探討正當性。哪種再現的形式會被認為其如同知識宣稱般而具有正當性呢？哪些是構成具有

正當性的研究呢？這兩個對話也深刻地反映出所持有（其常常是不正確的）對於哪些是構成正當性知識宣稱之相關信念。甚者，有關知識（哪些是我們從研究之中視為具有正當性的知識）之信念常常被歸類到視為理所當然的假設當中，且很少被加以檢驗。也許最常見的假設就是認為研究知識只是一種透過像是科學般的研究調查來加以建立，其測量只是對正當性驗證的一種方法而已。測量方式是位於不易移動的信念之核心（註釋1）。在我們質性研究課堂中的學生們，常常會告訴我們說他們（或是他們的論文口試委員）「預期會在本身研究當中看到數字」。更加令人不解的是會出現這樣常見的不正確之陳述：「我想要進行一篇質性研究的原因是自己並不擅長於統計」。

　　鮑金霍恩（Polkinghorne）（1997）描述到盛行於社會科學的研究假設期間，就好像是本身所稱的「實證主義之全盛時期」。知識被認為需透過源自於數學的公式，而持有一種邏輯上結論的所有權。知識所聲稱的結論，如同是一種假設，是有邏輯上加以演繹推斷的，而之後如果結論是遵循假設而來，其所觀察的發現就能被加以確定。如同鮑金霍恩所指出：

　　　　一個真實的知識陳述具有邏輯上的確信，因為其是一種透過正式步驟的產物。如同是伴隨數學上解釋的案例，研究的合邏輯性之結論就能夠被加以理解，而能夠成為獨立於個人加以宣稱與其聲稱所要呈現給聽眾這兩者之間。（p. 7）

　　近來，根據鮑金霍恩以及其他人的見解，知識的所有權也已經再次被加以思考（註釋2）。作為邏輯必然性的替換，知識被理解如同是一種學術圈社群所達成的協議。知識被認為是一種最佳的真實圖解或是描述哪些是社群已經達成一致性的結果。換句話說，知識的描述不再被認為需要與某些外在的真實性達成一致；反而是，它們人性模型或是真實圖像的建構。透過辯證法的相互性，這些建構逐漸形成更加具有實用性的描述內容。如同鮑金霍

恩所言：

> 逐漸形成愈來愈多的模型並不必然產生更精確的真實性之描
> 述，但是它們的功用是提供一個與世界更具有成效之互動，而非只
> 是個模型而已。研究報告藉由此知識理解來提供訊息，其可以像是
> 持有某一論據或是敘事體的報告方式來發表。（p. 7）

當前，大家熟知的教育學之學術社群，像是後實證主義者，
他們已經稍微改變了原本強勢的邏輯實證主義慣例（註釋3）。
他們持續來發展可以反映出與原本一致性觀念相符合的知識所有
權，意指知識是某種邏輯運作之產物，換而言之，其有可能發展
出與外在真實能夠直接產生一致的知識描述內容。

從許多學者將知識理解成像是一張具有個人、他者與社會不
同面向之圖像，或是描述內容的觀念知識，其各種後實證主義之
觀念（同時關聯到本體論與認識論）是相當不同的。對這些學者
而言，其評論點不是在於是否相符合，而是融貫性。為了要在研
究描述內容中找出融貫性，研究者責無旁貸地要隨著某種全面性
的理解感覺來證明邏輯的相互連結。融貫性的觀念是假設在撰寫
的上下文脈絡中具有一整體，其源於在本身潛在性想法與主題內
容發展之間的連結。（舉例來說，一張地理上的圖像也許不會被
認為直接相符合真實地貌。這是製圖者為了某種特定目的以及為
某些具體的觀賞者而來設計的地圖。這是製圖者的詮釋，以決定
他（她）本人將如何描述與地理樣貌相符合的內容。）然而，在
教育學描述中具有融貫性的議題，是比地圖來得更加複雜。地理
樣貌提供某些不易改變的真實性，而從中解釋各式各樣的性質。
另一方面，教育現象學，包含文化的性質、時間、空間，以及人
類的互動（所提到的某一些）是持續在變動的。就這理由來看，
有些教育學研究者（例如：巴龍（Barone）1992,1995）爭論教
育學的描述內容是藉由自然界來想像而出的，因為研究的文本是
不可能會擔保某種那些聲稱努力達到與真實性相符合的必然結

果。

因此，從那些認同「符合論」（correspondence theory）與另外假設有「融貫論」（coherence theory）者的知識哲學體系是相當具有差異的。每一個知識的聲稱都不盡相同，且雖然研究者很少公開發表研究文件來陳述本身的觀點，但是其也應該透過自己最為認同的論述社群來加以澄清。雖然他們依然像是一種不能並存的整體觀，一般而言，符合以及融貫之觀點都各自在教育學研究社群中具有其空間與著眼點。

然而，在1970年代晚期部分到1980年代早期，有關教育學研究的性質與特點在學術社群中產生了相當強烈的爭論與意見分歧。其可被簡化為斷定成符合或是融貫的差異為主要爭論核心。不管怎樣，這只是一個不直接表明的事實而已。且雖然1990年代已經呈現出比較溫和的辯論，但還是存有某種緊張關係經緩和後的論述特點。

爭論逐漸在關於真實的特性（本體論）以及知識的性質與意圖（認識論）裡面相左的假設中形成，好像是各種不同理性傳統的競爭，以建立更新的研究調查之慣例。許多學者會聯繫到服膺於教育學研究的準則當中，例如：社會學、人類學、政治科學，以及心理學，並開始把社會科學看作是「可以提供啟發式小說，用這種方式或是那種方式以認定這個世界的本土方言」（Popkewitz, 1984, p. vii）。教育學研究者開始重新檢視文學批判、哲學與修辭學，以正當化本身對於知識的聲稱。因此，我們會一直想到被稱為論述社群之社會與集體的研究脈絡。這是經由某個具有相同想法的社群之學者，隨著一共通的知識領域而透過各式不同的論述觀念而產生知識（Sills & Jensen, 1992）。這也是一個可以讓論述社群經由回顧其過程而能有各式各樣得以評判本身成員知識聲稱的環境。那些正式呈現回顧過程者（例如：期刊編輯者、研討會文章評論者、博士學位論文口試委員）都扮演了守門人的角色，並且常常決定哪些可以被接受而成為具有正當性知識的宣稱。

　　在我們的經驗當中，許多教育學領域之研究初學者並不確定要以傳統的準則，來當作是開啟這個知識產生的慣例。他們可能在大學時期就已經主修過了社會科學的訓練方式，然而卻覺得與目前論述相關認識論與本體論有很遙遠的距離。在很多狀況下，他們會隨著資料蒐集與分析技巧來連結到教育學研究的正當性以支持符合邏輯的研究發現。如同波克維茲（1984）所指出，研究是「一種讓特定的資料蒐集技巧能夠假設出意義及其重要性之複雜的步驟過程，而這只關聯到更廣博的理性傳統之假設當中，且其技巧在裡面是具有效用的」（特別附加強調，p. ix）。這幾年來，教育學的論述社群都已經顯現出來，並且透過專業組織、特定議題、研究領域以及其他方面等，而形成了理性的傳統。也許其中某種最適當來接觸到論述社群之觀念的方式，就是經由列出在美國教育研究協會中已經形成的特定興趣團體之清單以及描述，這就和其他各式各樣教育學專業組織一樣。

　　對於那些可能變得心不在焉於資料蒐集與分析功能的研究初學者而言，就會有一種理解上的挑戰，知識正當性議題的聲稱是歸屬於論述社群之中，而這也是研究者努力嘗試要來影響的。因此，研究者相當感謝能夠弄清楚那些形塑他（她）的研究調查之理論性準則。

註 釋

1. 參閱克羅斯比（Crosby）（1997）。克羅斯比的討論穿越中世紀末期以及文藝復興，而在西歐的量化理解上具有劃世紀的轉變。如此之轉變，他涵蓋到的內容，使得現代科學、技術、商業行為，以及官僚體制成為可能。到了16世紀的時候，在西歐有更多的人透過量化方式來思考，而因此開創了整個世界的優勢地位。克羅斯比的作品有助於解釋甚至我們今日都還持有的量化之既定看法，來當作是一種思考的掌握方式。

2. 舉例來說，可參閱安格斯（Angus）與朗斯多夫（Langsdorf）（1993）、布魯納（1986）、哈伯瑪斯（Habermas）（1979）、賀斯訓與巴拉德（Ballard）（1996），以及鮑金霍恩（1988），裡面會有多一些提到的內容。

3. 邏輯實證主義，就像是科學的哲學，從1920到1950年代期間都支配了物理科學的研究思維。施哈克（Schrag）（1992）認為此哲學「在本身學說遭到批判其重要性而導致本身內部的崩潰之前」（p. 5），已風光地走過大約三十年的歲月。實證主義所遺留的部分在今日仍然保有一定程度的研究方法取向。

帶有分析和評論的內幕報導（四）

使人理解到質性研究調查的論述內容

　　雖然現在存有一為數相當可觀之被標記成「質性研究調查」的參考資料，包括書籍、期刊文章，以及期刊類型，但是質性對研究初學者而言還是一種相當不習慣使用的詞彙。如同一個形容詞般，其可以指涉各種式樣之社會與教育學研究調查，並擁有本身在解釋學、現象社會學或心理學、文學批評、文化研究或是美學之理性根源。許多學者運用質性研究調查此詞彙，像是一任何的上述內容之描述種類，就好像也可成為人類學、個案研究調查、自然探究、自傳、敘事體研究調查，以及其他相似類型一樣。因為此形容本身是很廣泛且迂迴的，所以其引發了那些想要尋找如何立足於質性研究此領域的研究初學者一種挑戰（Denzin & Lincoln, 1994）。

　　雖然教育學研究者已經倡導十年的質性研究，但是他們的工作並非只是運用程序與大學課程，提供引導與結構來建立研究領域的一部分而已。除了人類學裡面的民族誌傳統、美國芝加哥大學社會學系個案研究模式，以及英國行動研究的成效之外，在1980年之前，這裡很少有其他可以讓教育學研究者由於質性愛好而接受的模式以轉為主要方向。心理測量模式長期都掌控了教育學研究，如同其一般而言也都是社會與行為科學的主流。如果教授及其他學生背離這樣的方式，且沒有加以拒絕澄清的話，他們就會招致他人輕蔑的態度。控制實驗與調查是為了要能夠變得具有科學方法：不是如此的話就會顯得過於模糊、不正確或是混亂（Eisner & Peshkin, 1990）。到了1980年，即使是實證主義的心理測量學者也都開始感受到本身產生知識的難以鬆動之模式所具有的限制性。許多這些研究者，現在被稱為後實證主義者，至少

某些部分已經開始來接受語言對於形塑人類存在的位置，並且不情願地承認所有人類真實的可能性都是屬於社會的建構。質性此詞彙意旨要來探究有可能會在自然對話與敘事體中更加廣博的理解，如同去檢視在人類經驗中最基本的屬性特徵。

因此，在1980年代早期，質性此詞彙，甚至即使他們忠於像是科學般模式的步驟過程而為了要得到客觀之效度與信度，對某些人而言，其意旨還是在於語言上的關注而已。換句話說，他們承認在質性研究裡面，也許會在忠於實驗設計當中找到可取之處，然而質性研究還是相對地缺乏正規標準以及慣常作法。因為質性的程序會比較取決於個人的習性，因此所得到的結果會比較難以被理解。且雖然在早期對於質性相較量化之核心有所爭論，但是在質性研究中卻沒有一個公開辯論的核心。然而，我們想提出的是，早期的這些爭論賦予了我們這個不適當的「質性」名稱，來當作是對比主流研究調查之模式所運用來確保嚴謹科學的數學公式。如同施萬特（Schwandt）（1997）所提出：「最早期的質性對抗量化的爭論也許已經更加被稱之為『非數字的價值相對於數字資料的爭論』，但是這並不完全恰當用來指涉其像是更為一般所用的公開辯論之稱呼」（p. 130）。在當時，爭論也有防衛的意涵，像是信度與效度，其運用來產生質性資料的方法（例如：無特定結構、開放式的問題、對話內容、參與觀察）都是被那些相信方法必須用來產生量化資料（例如：心理測量的度量、調查以及測試）的人加以抨擊。

很不幸的是質性此詞彙所提供的只有困擾研究初學者而已。然而，讓人明確瞭解到只是公開辯論，是無法拉近兩個形成鮮明對比位置：質性對抗量化，或是甚至無法在完全對立形式中產生出一套方法。此爭論涉及到許多層面的議題。一個廣泛的各式各樣之位置也已經藉由那些共享思想體系與評判每一篇作品的論述社群而形塑出來（Hammersley, 1989）。然而，我們也許會認為1980年代的質性對立於量化之爭論不會一直是教育學研究的主要關注點。現在持續的爭論主要存在於論述社群之中，而非在交互

競爭的社群之中。許多質性研究的傳統（那些長期被建立成像是已經在過去十年就已浮現的議題）也正被加以證明其具有教育學研究之正當性的形式（註釋1）。不管怎樣，我們建議那些將自己的研究標記為「質性」的研究初學者，必須要更加特別地謹慎。如果缺少一個明確的準則之理解就要建構本身研究的理論基礎，其質性研究會只像是一種描述符號而已，相對上就變得缺乏意義。

我們所提到的那些自稱正在從事質性研究調查之「論述社群」。在教育學研究當中，這些社群一般都是座落於三種，更常是四種「典範的」組成觀點中。索提斯（Soltis）（1984）將這三種相關於這些組成觀點的研究方法取向標記為實證的、詮釋的，以及批判的研究調查（註釋2）。賽博（Sipe）與康斯特布爾（Constable）（1996）也涵蓋了解構主義來當作是第四種的組成觀點。依凡娜‧林肯（Yvonna Lincoln）（1994）把第一組（相關於實證的研究調查）稱之為後實證主義質性研究者，其忠於客觀性、效度以及信度這些原則來當作是本身嚴謹的研究發現之標準。對於後實證主義者而言，真實「本身已經存在於那裡」，而研究者的工作就是去發現與研究當中的真實結果具有一致性的客觀明確之描述內容。就本體論而言，後實證主義者相信他們並沒有創造出世界來，反而是，這個世界是被給予的，而他們只是在原本就存於真實當中而尋找出意義罷了。麥爾斯（Miles）與胡伯曼（Huberman）（1984）也許可以成為這些學者的代表，他們支持實證質性資料分析的理論，以當作是本身認為是嚴謹研究的代表作。

第二組一般被稱為詮釋學者。基本的詮釋主義信條包含了身為具有反思性的人文觀念，我們建構本身的真實性，就大多數而言，都是在論述社群之中。其他對這個組成觀點的描述符號涵蓋了建構主義者或是現象主義者。他們的作品是由詮釋學取向以解釋為基礎，以及為了更深入理解所做的研究所延伸而出。對於詮釋學者而言，這個世界是由每一個理解者或是觀察者所建構而

成，並依據讓個人與多數人都能理解的對話式交換而得以實現。詮釋學者會與象徵意義以及各式各樣所呈現的形式產生關聯性，這有助於讀者能更加瞭解研究當中的現象。根據其詞義上嚴格來講，詮釋學者並不會聲稱本身研究的描述內容會與一般的真實情境具有一致性，卻反而是詮釋學者會努力為融貫性而描述，其提供讀者一張隱藏在研究本質意義裡面的鮮明圖像。這一組傾向於認為後實證主義者已經增加了質性這一詞彙，並且除此之外，還認為後實證主義者並不承認理論性的議題，或是研究者具有的整體觀取向，並且主要聚焦於方法上或是技巧上來讓資料、分析以及發現更加具有正當性。詮釋學者論證到一個人所採用之理論性觀點就是本身研究調查的核心。他們非常不同地關注在哪些可以建構良好設計之上；個人如何在研究當中描述現象；以及具有哪些真實性、精確或是可以信賴的標準或許能夠具有實用性的獲得以及評論。描述的議題，或是如同艾斯勒（1993）稱之為再現的形式，會是這樣研究報導的核心。

　　第三組所指涉的就是所謂的批判學者。如同林肯（1994）所言：他們也許會如此自稱，是由於他們都以批判理論者為人所周知。他們在許多方面的立場都很類似於詮釋學者，包括最具有真實性之特徵（就本體論而言）。然而，其社會政治的經濟真實性特徵會被視為是「無偏見的」真實，而且不會仰賴於觀察者或是研究者的觀點。新馬克思主義者以及女性主義學者也常常會被認為與批判理論者有關聯，但是這一組是極端地具有差異性，但卻共同有一種傾向要導引其研究之目的來質疑相關社會的、歷史的、性別的，以及（或是）經濟的力量。他們運用這些理論性的視野來檢視研究當中的情境，而導致其被賦予批判理論者的頭銜。一種主要連結到批判理論研究的類型就是辯證法。

　　第四組，深植於後現代主義之中，被定義成像是解構主義者。根據賽博與康斯特布爾（1996），在解構主義者的想法裡，隱含在詮釋主義以及批判理論的相對主義是「帶領其至最終的極限：解構主義者聲稱真理的公式永遠都是鑲嵌在語言裡面，其可

能用一種自我矛盾的方式來顯示在某特定的立場上……，我們無法脫離自己本身的符號系統，而且之後會被本身毫無防備之處所強迫」（p. 159）。從一個解構主義者的觀點來看，我們「具有規則性的網絡」，不論是社會的或是語言的，都會被像是完全難以預料以及主觀的方式來加以揭露（Scheurich, 1997）。

當研究初學者閱讀到這些相關概念的描述符號，並且將它們放置到這四種典範式的組成觀點之中時，會有一個需要被加以注意的預示意涵。我們持續聽到自己學生們把本身與這些描述符號連結在一起。舉例來說，在閱讀完這些內容之後，有一位學生加以評述：「我知道自己是一位批判理論者，因為我會用一種具有懷疑的眼光來檢視教育的現象。我同時也察覺到政治觀點在大多數由學校所做之決策中扮演了相當重要的角色。這些描述與我相當符合。」這位學生還尚未全面理解論述社群的重要性，而這樣的觀念是透過連結到各個組成觀點之論述，而使得意義能夠浮現出來。一旦描述符號抽離了本身的論述內容時，它們就會失去其擴大邊際的意義以及讓人信服的力量。

在這四個廣博的組成觀點中加以觀察是很重要的，有一些次主題常常是立基於類型之上（例如：民族誌、象徵互動論、紮根理論），但不總是如此，藉由不同學科（人類學、社會學）或是其他教育學研究領域（課程研究、師資培訓）而加以確認。在許多論述社群之中的每一個，其都會用本身具有的觀點來判斷出質性研究中「精華之處」。當然，這四種觀點就比較不會受到教育學研究社群取向的束縛，並且很少建立出本身最純粹的形式來。

然而，這裡還是有一些信條原則可以讓後現代詮釋學者以及批判理論者加以接受（註釋3）。第一條就是科學無法對至高無上的真理加以聲稱。科學完全難以處理那些被稱為具有整體性或是宏偉的敘事體內容。這會導致另一條有關於後現代世界的強力措辭，而那就是所有的知識都是不完整的，讓個人在其中採取某種明確的觀點來邁向自己所正在研究的世界之中。而第三條原則就是知識總是來自於某個占據社會位置的個人之觀點。基於這個原

因，許多研究著作會以研究者本身的社會位置之敘事以及研究假設為一起始點。

在其他可被理解的意義裡面，教育學者將本身的注意力轉向至公平正義與同情憐憫的問題當中。如同我們轉移至後現代的時代之中，我們走進了一個全新的境界，這是人類在其中逐漸努力掙扎成為一具有道德之生物體的過程。如同安德森（Anderson）（1990）所指出：

> 在後現代時期中我們不會——像是有如此多的恐懼般——停止要變成具有道德之動物而偷偷地進入到享樂主義或野蠻的規範領域中。但是這兩者都不是要我們像是對於各式各樣的聖桌表示恭敬的樣子，而永久保留關於哪些是我們該做或是不該做的看法。其終止後而變成一種由社會來加以定義的道德秘密，且隨著這些秘密的揭露，某種堅定的信仰就會滋生在許多人的思維當中——舉例來說，馬克思與傅柯——道德的社會性定義是權力所熱烈要獲得與共謀的活動。（pp. 153-154）

因此，在後現代的感知中，學者們已經從對於知識之理性或是技術性宣稱的闡述中轉移了，而進入到一種反射在辯論與探討的啟發式之理解當中。結果就是，會產生一種在修辭學以及哲學上的復甦。對於人類的研究調查已經進入到一種「新的情境」之中，堅定的信仰與取向在那裡已經很傳統地將其標示為修辭學的分離，隨著其關注在所持有之信念以及哲學，隨著其對於真理聲稱的在乎。這兩者都已經開始趨向於某一能夠透過論述此核心詞彙來加以建立的新空間（Angus & Langdorf, 1993）。有一個在質性研究中重要的主題，就是需要為在此之前於人類研究調查中，未引起注意的聲音以及位置來創造出空間。

朝向質性研究調查的論述前進，需要許多我們本身研究傾向與論述社群所反映之敏銳而深刻的理解力。在1980年代這十年來，其已經被視為是有關教育學研究調查與實踐基礎上的思想之

革新。如同教育學者在這十年初期所宣稱：「有些事情正在朝某些我們所認為應該如此的方向來發生。」而質性研究就是這些裡面的其中一個方向。

註 釋

1. 個人只需要回顧過去這十年來美國教育研究協會（AERA）每年所召開的會議中之研討會議程，就可以理解到質性研究的研究傳統以及相關類型之迅速增長狀況。

2. 雖然教育學研究者大致上都會同意這些領域可以被這三種眾所周知的研究調查之方法取向：實證的、詮釋的以及批判的，來加以區分，但是學者持續地提醒我們這些領域是比這三者來得更加複雜且相互關聯的。有幾位學者已經嘗試來將此描述或是「繪製」成讓人更加可以理解的領域。可參閱Paulston與Liebman（1994）以及Wolcott（1992）來獲得一些僅有的簡述。

3. 一本可以使人在後現代主義方面愉悅地獲取大量知識的書籍就是Walter Truett Anderson（1990）撰寫，而由舊金山的哈珀與洛出版社（Harper & Row）所發行之《真實性並非其過去所呈現的樣貌：戲劇般的政治觀點、當今的區域範圍、全球化的迷思、原始的高雅與令人感到訝異的後現代社會》（*Reality Isn't What It Used to Be: Theatrical Politics, Ready-to-Wear Region, Global Myths, Primitive Chic and Other Wonders of the Post Modern World*）。

帶有分析和評論的內幕報導（五）

文本以及解釋內容

什麼是我們所謂的「文本」呢？

　　文本在詮釋學研究調查中是一種相當有爭議的觀念，但是我們卻可能都從來沒有找出文本的意義來過。有些聲稱從事質性的研究者（例如：Miles & Huberman, 1984）會運用資料呈現（data display）此詞彙來替代文本。在教育學之中，我們傾向於同義性地使用同文本以及教科書。然而在詮釋學的理論當中——詮釋學是一種解釋性的研究（Palmer, 1969; Ricoeur, 1991）——文本的意義是論述內容的核心。文學理論學家以及其他哲學家持續在本身所關切的詮釋當中來探究文本以及文本性（textuality）的意義（Barthes, 1976; Derrida, 1989; Ray, 1986）。我們不會想要嘗試來概括這些論述內容——我們不認為自己可以辦得到。然而將其存在標示出來是很重要的，只是我們唯恐在此帶有分析和評論的內幕報導中，本身會冒著自身危險來變得好像是完全門外漢的樣子。

　　史坦利・費雪（Stanley Fish）（1980）以《在課堂中是否具有文本呢？》（*Is There a Text in This Class?*）作為起始的文中說到：

　　　　這本書的解答給予了本身名稱一個問題：「這裡是有與無的並存」。如果提到的文本是以赫許（E. D. Hirsch）與其他人所指涉的話：「一個實體從此刻到下一段時間，總是依然保持著相同狀態」，那麼在這裡就不會有文本或是其他的課程存在。但是如果個

人所謂的文本之意義結構是很明顯，也不可避免地從不論是哪種詮
釋學假設的觀點而來，並能夠有效發生的話，這裡是會存在某一文
本以及各種的課程。（p. vii）

　　在費雪的觀念中，其看起來似乎文本會經由本身潛在性的詮
釋而清楚顯示，且反之亦然。有些人視此一再延續的文本或是解
釋內容，就像是一種詮釋學的交互增生。時而改變，時而難以捉
摸。反諷的是，研究與撰寫的活動卻傾向固著於更像是費雪所宣
稱的文本或是解釋內容，而非如同赫許所意味的內容。此外，
為了要更加接近以檢視研究調查，有時候會需要來思索有關各式
各樣複雜步驟過程的「篇幅內容」。所以我們可能會專注於文本
上，找尋文本以及解釋內容的根據（也許有可能會是在另一篇文
本上）來當作是他們有可能關聯到詮釋學的博士學位論文中。這
也許會是一種過度簡化的方法取向，但是其卻是一個起始點。

　　艾斯勒（1991）在其《啟蒙之眼》一書中，提醒我們說作者
展示了將自己本身的經驗轉換成一種稱之為文本的公開形式之能
力，於是，能夠巧妙地精心處理，使得我們得以參與在其中。我
們於是可藉由這些作者已經形塑而出的優點而得以理解到這種
感受。因此，作者隨著此特徵來開始，而以文字來劃下句點。文
本問題中的核心是描述內容的議題。作者的經驗如何能夠被再現
呢？這會是一種敘事體、故事、一連串的統計表或是重複事件、
詩集，或是其他再現的形式呢？

　　有些詮釋學者可能會假定所有的文本，就某些範圍來講，都
是解釋內容。其他人則區分了描述與解釋，認為描述可以被當作
是「提出一種現象」，然而解釋卻可以拿來當作是「作為某事的
解釋」。因此，一則故事可能會成為很生動的事件之描述，或許
一個更顯著的扼要概述可被設計來提高一個已經處於緊張的狀
態，而更加具有強烈的程度。（你可以參照詮釋學已經在印象以
及語言選擇上的意涵。）在一件藝術作品上，這種再現的形式可
能會相當充足。美學可以用文本的方式來保持一種獨立的存在。

然而，在博士學位論文中，作者會被期待要對教育學進一步的理解提供解釋。為了要理解在某一情境中未公開的或是暗含的意義，解釋的內容必須穿透其表象。研究者必須尋找那些被克利福德‧紀爾茲（Clifford Geertz）（1973）所指涉成像是「厚厚一疊的描述內容」。紀爾茲撰寫到：

> 任何一篇好的事物之解釋──一首詩、一位人物、一段歷史、一種儀式、一樣習俗、一個社會──可帶領我們進入到其所要解釋的核心。當其不這樣進行時，卻還能引領我們到其他地方──進入到一個它本身會散發讓人感到欽羨的優雅、其作者聰穎慧黠，或是具有歐幾里德幾何次序美感之中──其可能會有本質上吸引人的地方；但這卻是手邊任務之外的其他東西──弄明白全部像是數羊般的複雜敘述──所要求的。（p. 60）

因此，站在詮釋學的立場，在某種意義上，研究者必須將自己與情景保持距離，而能夠加以闡明其意義並且解釋哪些已經被描述過了。艾斯勒（1991）提醒我們要說明的是：

> 置入於上下文脈絡中、解釋、展開、詳細解說。亦即是，如同有些人可能會說，這是一種在體系中解釋性將訊息解碼的行動。為了加以印證，這裡沒有任何密碼需要解開，至少不是在技術上所能辨識的。但是這裡卻存有等待被穿透的表象。如果描述能找出到底是什麼的話，解釋內容就能夠聚焦在原因以及如何進行之上。（p. 97）

但是，艾斯勒持續說了：「那條介於描述以及解釋之間的界線是很難被描繪出讓個人能夠加以相信」（p. 97）。

兩種解釋內容

　　我們討論之目的包括了博士學位論文研究當中的解釋內容，我們覺得本身可以檢視這兩種解釋內容：反覆的、觀念上的。反覆的解釋內容傾向於概括、重複文本之中的基本要素。作者反覆提出文本中重要的觀點或是細節內容。觀念上的解釋內容勾勒出概念以及理論（不論是實際的或是形式的），以提供來說明此情境。研究者在這裡常常能夠運用這些理論的論述在與文本有關聯的文獻當中。

　　我們會試著來為這兩種解釋內容的形式呈現出例證來。以下就是諾林為撰寫內容之一部分所產生出來的文本。在此文本之後，我們也會同時呈現出反覆的以及觀念上的解釋內容。我們會以具有重要的正當理由根據之探討而達到詮釋學的研究調查，並以此做一結束。

文本或是解釋的例證

文本 ─────────────────────────────────

　　我最近常待在一所郊區中型學校的教師自助餐廳中，而我無意中聽到一段介於一名教師與校長之間的有趣對話。先前這幾天，他們都照例出席了一場有關合作學習之一整天的研討講習會。校長尋問了一些管理上典型的問題：「好吧！葛瑞斯，妳覺得這個研討講習會辦得如何呢？」

　　葛瑞斯回應說：「是的，首先，我很高興能夠遠離那些大樓以及孩子們……，就在當下我的確很需要休息一會兒，而和其他教師討論分享也很有趣。關於合作學習模型……，好吧！我有一些很複雜的情緒。你知道的，我在自己的班級上進行計畫團隊，讓小孩子以小團隊的方式來共同進行這個計畫，而我確實很喜歡

這種持續的方式……，但是我們沒有讓他們彼此產生一種團隊競爭的感覺。在此合作學習模式當中，團隊的競爭會讓彼此反目。我的確不是很贊成這樣。」

校長說了：「好吧！妳知道的，合作學習模式是從研究當中所產生的。他們有上百種的研究來證明具有競爭的模式效果確實會比較好。」

葛瑞斯回答說：「是的，好吧！我認為自己無法與研究唱反調，但是或許，我才真正知道哪些對我的孩子們是有幫助的。」之後她停頓了一會：「你知道哪些才是讓我接觸這些題材的因素……，每一次當我們到了這些日子期間，我們從研究當中聽到了新的想法，而這讓我覺得好像自己在本身班級中所作所為都沒有什麼效果的樣子。此訊息所顯現的就是，我們最好能夠從研討講習會中開始做一些事情。而之後你用一種不帶個人情感的監督方式來到我的班級之中，以檢視我們是否有乖乖在進行。」

校長回答著：「好吧！我認為這就是所謂的專業發展。所有的專業人員，像是律師與醫師，只要他們還在執業之中，都必須要不斷地提升本身的技能。」

反覆的解釋內容

在自助餐廳的一席對話，我們聽到了教師對於能夠離開班級教室以及能在每日學校例行公事中釋放，且有機會與同儕好好交談而呈現出了愉快的內心表達。我們獲悉她運用自己本身的合作學習之觀點，但卻質疑外在模型正以研究之名來加以框限。我們聽到她試著以身為一名教師角色的行動，來說出研討講習會的總體安排以及後來降低管理的想法。我們聽到一名校長需要藉由呼籲研究的權威性來維持住其立場。事實上，他可能會因為被質疑的態度而覺得很受挫——而且，常常會覺得受到阻力——這是來自於教師對於本身專業發展所產生的結果。（他強調，醫師與律師都沒有受到這樣的阻力而持續在學習。）

觀念上的解釋內容

　　如果我們更加深入一點點到解釋的內容中，我們會開始進入到概念上所考慮的領域裡面。在教師或是管理階層對話之間所反映出來的差異性，可能會被認為是哲學上的考慮因素，在很多狀況下反映出像是不同的「理解方式」。我們每一個人都會藉由哲學性的取向來處理本身的評判以及行動。取向此詞彙指涉了個人如何觀看這個世界的具體方式。在表面上，其包含了視野、觀點，以及一種個人展望相關事件與想法的角度之觀念。（我們不會承認本身所持有的一致性取向，但卻讓我們反而懷疑其改變是依據周遭的環境。）

　　范‧瑪儂（Van Manen）（1977）提醒我們「隱藏在每一個取向下是很明確的認識論、價值論，以及本體論」（p. 211）。這些言過其實的哲學性詞彙很精確地指出個人的取向是由他（她）相信其為真理（認識論）、其為價值（價值論），以及其為真實（本體論）所建構而成的。「任何一種取向」范‧瑪儂說到：「都有其出乎意料來簡述那些以學會如何運用的個人之特性」（p. 211）。在管理方面，認識論的正當性是一種相當受到爭論的議題。每一個體的取向提供了他（她）在行動上具有正當性的準則。舉例來說，在自助餐廳的一席對話，有人可能會問到：正當性究竟隸屬於哪個特定的合作學習之模型上呢？教師呼籲要有注重實務的權威，尤其是當她運用其經驗來說出：「我不相信競爭是一種最好的取向」，但是校長卻引用科學的權威，而用「根據研究顯示……」來回應自己對於正當性的聲稱。

　　在如此之情節中，教師的立場是深植於本身實務上的感覺。她透過自己在班級教室中多年來的經驗而「理解」哪些會有效果。校長運用科學上相反的立場，也許是他擔心其會是教師從教學經驗中所獲得的方法，導致過於狹窄且習以為常的結果，而讓他會更加樂於看到她改變本身的觀點。另一方面，校長也許已經付出相當大的代價在本身的位置上。他會「在職期間進行」某

些教學的模型，並將其連結到自己對於這些模型客觀管理的觀點中。再者，在他的想法中，他客觀管理的技巧是取決於本身「認知」到哪些是好的教學內容。

在這兩者的立場之間具有相當大的差距。他們不單單只是在主張上有差距而已，也是一種認識論上的衝突。亦即是，這種差距的產生是在彼此談論到何為真理上（來自於經驗的認知vs.來自於科學的正當性）。在這案例當中，就是這位身為管理者的校長站在一個比較容易動搖的位置上。他對於相關教學的科學性「認知」是受限於將案例託付給在職期間所進行的訓練。他也許已經被告知過相關的研究了，但是問題在於他可能沒有加以閱讀過本身所指涉到的這「上百篇之研究」。然而在這情節之中，教師所具有的某種實用主義之立場（我的理解是來自於經驗）以及校長所具有的某種科學現實主義之相對立場（我所學習到之好的教學法是從那些研究裡面而來的），都是參與者站在某一種客觀管理中最常見的分歧意見之討論。

具有正當理由的根據

所有好的研究都必須可以提供具有正當性的根據，而能夠給予由作者所聲稱的內容一個可靠的或是正式的保證。正當性的根據就是那種可以賦予研究具有本身的權威與認可之本質性的邏輯。在一篇博士學位論文當中至少有兩種具備正當性根據的類型。第一種就是我們已經提出過像是一種正當性的邏輯（Smith & Heshusius, 1986）。處理詮釋學研究調查的研究者，會詳細解說這些本質性的邏輯（假設以及準則）以引導出自身的研究方法取向。（像是民族誌會有一套與文學批判相當不同的邏輯。傳記文學也會有一套與法律學或是教育學爭論不同的邏輯。）整體觀的假設是這個連結中的一部分。如果研究者正在進行一篇科學的研究（實證取向、由質性或是量化之間做選擇），他（她）常常會跳過連結到隱含在整體觀之中的正當性邏輯。在此案例中，研究者會被賦予責任來為計畫中的技術面向連結到具有正當理由的根

據上。

第二種也許是更加抽象且具有正當理由的根據之種類,是關聯到文本或是解釋內容本身。在此,具有正當理由的根據可能會歸類到由研究者從各種不同方面中挑選出來的證據以及證明,在強而有力且令人信服的見解中,以滿足於創造出一種邏輯性的爭論,或是反映出具有逼真性的故事。因為詮釋學研究調查之目的是要來描述一種在研究主題當中更為深入的理解(並不是要證明某些事情的存在),具有正當理由的根據就是用來提供以標示出所環繞之「描述內容」是真理。

國家圖書館出版品預行編目資料

質性研究論文撰寫：一本適用於學習者與教學者
的入門書／Maria Piantanida, Noreen B.
Garman著；郭俊偉譯．
-- 1版. --臺北市：五南, 2008.01
面；　公分.
參考書目：面
譯自：The qualitative dissertation:a guide
for students and faculty
ISBN 978-957-11-4998-1（平裝）
1.論文寫作法　2.學位論文　3.質性研究
811.4　　　　　　　　　　96020454

1JBM

質性研究論文撰寫

作　　　者 ― Maria Piantanida, Noreen B.Garman

譯　　　者 ― 郭俊偉

發 行 人 ― 楊榮川

總 編 輯 ― 龐君豪

主　　　編 ― 陳念祖

責任編輯 ― 陳俐君　李敏華

封面設計 ― 杜柏宏

出 版 者 ― 五南圖書出版股份有限公司

地　　　址：106台北市大安區和平東路二段339號4樓

電　　　話：(02)2705-5066　傳　　　真：(02)2706-6

網　　　址：http://www.wunan.com.tw

電子郵件：wunan@wunan.com.tw

劃撥帳號：01068953

戶　　　名：五南圖書出版股份有限公司

台中市駐區辦公室／台中市中區中山路6號

電　　　話：(04)2223-0891　傳　　　真：(04)2223-35

高雄市駐區辦公室／高雄市新興區中山一路290號

電　　　話：(07)2358-702　傳　　　真：(07)2350-23

法律顧問　元貞聯合法律事務所　張澤平律師

出版日期　2008年　1月初版一刷
　　　　　　2010年　8月初版二刷

定　　　價　新臺幣510元